Theo Pointner

Highscore

Kriminalroman

grafit

Theo Pointner (Jahrgang 1964) hat Betriebswirtschaft studiert und arbeitet im Westfälischen Zentrum für Psychiatrie in Bochum.

1992 erschien sein Kriminalromandebüt *Tore, Punkte, Doppelmord;* es folgten *Scheinheilige Samariter* (1994), *Einer nach dem andern* (1997), *Rechts-Außen* (1998), *... und du bist weg!* (1999), *Ein Tropfen Blut* (2001), *Rosenmunds Tod* (2002) und *Der Dominoeffekt* (2005).

Nicht zu vergessen das Team rund um **Sigrun Pohl von SchlussBlick**, das jede Seite dieses Buches Korrektur gelesen hat.

Auch bei allen Syltern, die Teil meiner Inselgeschichten sind, möchte ich mich für das mir entgegengebrachte Vertrauen bedanken. Es war eine wundervolle Reise mit euch, die mich in vielerlei Hinsicht bereichert hat.

Ein ganz großer Dank geht an meine Familie, meinen Freund und meine Freunde. In der intensivsten Arbeitsphase musstet ihr oft auf mich verzichten. Trotz der vielen Monate auf der Insel habe ich meinen Heimathafen immer im Herzen getragen.

Zu guter Letzt möchte ich mich bei **allen Sylt-Fräulein-Fans** bedanken. Ohne euch wäre unser Projekt nicht so schnell gewachsen. Ohne euch würde ich dieses Büchlein wohl nicht in den Händen halten.

Impressum

Herausgeber: Kassian A. Goukassian, falkemedia Stadtmagazine GmbH, An der Halle 400 #1, 24143 Kiel, Tel. (0431) 200 766-00, Fax (0431) 200 766-50, HRA 8781 KI Amtsgericht Kiel

Mitglied der Geschäftsleitung & Marketingleitung: Wolfgang Pohl

Autorin & Fotografin: Finja Schulze

Designkonzept & leitende Grafik: Lara Klemm

Konzeption & inhaltliche Entwicklung: Katharina Troch und Finja Schulze

Redaktion: Finja Schulze, Lene Rusbült und Ramona Dabringer

Design-Entwicklung & Layout: Lara Klemm und Mariechristin Lulli

Bildbearbeitung: Marleen Osbahr

Projektmanagement: Rainer Thomas, Regina Kühfuß und Jana Buschmann

Lektorat: Sigrun Pohl (SchlussBlick, Hamburg)

Druckmanagement: impress Media GmbH, impress-media.de

Anzeigen & Vertrieb: falkemedia GmbH & Co. KG

Illustrationen: Herzen im gesamten Buch: S. 171/243/260/274: Lara Klemm, S. 231/200: Mariechristin Lulli. Alle weiteren Illustrationen von: www.gettyimages.de. Herzchenlinien im gesamten Buch: PinkPueblo, Anker im gesamten Buch: vectorikart. S. 6/9/88: kyuree, S. 7: Marvid, S. 87: krugli, S. 107: FrankRamspott, S. 108: Pikovit44, S. 123: ourlifelooklikeballoon, S. 129: Cheremuha, S. 170: Yevhenii Dubinko, S. 182: LokFung, S. 193: Handini_Atmodiwiryo, S. 194: ulimi, S. 194/259: kite-kit, S. 216: redchocolatte, S. 276 ulimi, S. 287: kleyman

Fotografie: Finja Schulze, Kathrin Knoll, Lene Rusbült. Außer: S. 60/61: Appartements & Mehr, S. 66: Stefan Malzkorn, S. 67: rechts: Stefan Malzkorn, S. 67: links: Metin Yelkenli, S. 87: Phaedra Klein, S. 93: Axel Steinbach, S. 95: Bett & Bude Boardinghouse, S. 97: rechts: David Norden, S. 98/99: Hotel Miramar, S. 107: Michael Magulski Fotografie, S. 123: Margit Ludwig, S. 157: Hotel Aarnhoog, S. 162: Markus Tollhopf, S. 182: www.gettyimages.de/jctabb S. 186/187: David Norden, S. 195: Jenny Langenberg, S. 220/226: David Norden, S. 227: www.gettyimages.de/Creative-Nature_nl, S. 233: rechts: David Norden, S. 238: Axel Steinbach, S. 250: www.gettyimages.de/happyborder, Umschlag: gettyimages.de/phatthanit_r, gettyimages.de/imamember

falkemedia stadtmagazine GmbH | Kiel, 2019
www.syltfraeulein.de

Für Iris

01

Schwärze umgab sie. Sie fühlte sich wohl wie noch nie in ihrem Leben.

Ihre Hormone spielten immer noch verrückt und ihr war regelrecht schwindelig vor Glück. Sie wünschte, dass der Zustand ewig so andauern würde.

Wo blieb Simon nur?

Neben ihr wurden Stimmen laut. Egal. Hauptsache, er kam bald zurück.

Ein Mann in ihrer unmittelbaren Nähe flüsterte schmeichelnd. Sie fröstelte.

Wo kam plötzlich die Kälte her? Und jetzt, jetzt schien der Sauerstoff knapp zu werden – zu viele Menschen in dem kleinen Raum?

Das Wohlgefühl wich einem Schmerz, der nach und nach von jedem Zentimeter ihres Körpers Besitz nahm. Panik stieg in ihr auf, sie bekam keine Luft mehr. Sie wollte um Hilfe rufen, um sich schlagen, ihr Herz raste, die Lungen brannten – warum stand ihr niemand bei, wo war Simon?

Der schrille Schrei einer Frau gellte durch die Dunkelheit.

02

»Ich kann nicht mehr«, erklärte Katharina Thalbach und legte das Besteck auf den Teller. »Nicht einen Bissen schaffe ich noch.«

»Das könnte dir so passen«, entgegnete Veronika Mitschke und leckte ihre Gabel ab. »Es gibt noch ein Dessert.«

»Unmöglich.«

»Wenn du das Dessert nicht probierst, hast du das Beste verpasst, dann hast du nicht gelebt.«

Die Kriminalkommissarin rollte verzweifelt mit den Augen. Wenn sich ihre Freundin etwas in den Kopf gesetzt hatte, half noch nicht mal ein Veto des UN-Sicherheitsrates.

»Na gut, einen Happen kann ich ja mal versuchen«, lenkte sie ein und strich sich ihre langen blonden Haare zurück. »Vorher gibst du ja sowieso keine Ruhe.«

»Stimmt. Und außerdem ist das dein Geburtstagsgeschenk. Wäre eine persönliche Beleidigung, wenn du davon etwas zurückgehen ließest.«

Katharina schob demonstrativ den Teller beiseite und griff nach dem Aschenbecher. Schon die Pizzabrötchen in Verbindung mit Oliven, Peperoni und der raffiniert gewürzten Knoblauchbutter waren Spitzenklasse gewesen, doch was die Küche danach auf den Tisch gezaubert hatte, war unbeschreiblich gewesen. Angefangen beim Hirschochsenfilet-Carpaccio mit Artischocken und Pommerysenf-Vinaigrette, gefolgt von leichten Arrabiata-Spaghetti mit gehacktem Rinderfilet und gebratener Cime di rapa bis hin zum Hauptgericht. Die französische Barbarie-Entenbrust mit gebratenen Steinpilzen in Calvadosauce gehörte wohl zu dem Besten, was Katharina jemals gegessen hatte.

Die beiden Frauen saßen im *Vecchia Roma,* einem Geheimtipp der Essener Gastronomie. Die Terrasse war geschmackvoll mit massiven Holzmöbeln ausgestattet und von den Nachtschwärmern, die über die Frintroper Straße das nahe gelegene CentrO ansteuerten, bekam man fast nichts mit.

Katharina seufzte zufrieden. »Da wohnen wir nahezu ein Jahr um die Ecke und haben es erst jetzt hierhin geschafft.«

Veronika hob die Hände. »Das lag nicht an mir. Ich wollte den Laden schon viel früher testen. Aber du hattest ja nie Zeit. Ein Wunder, dass dein Handy heute noch nicht geklingelt hat.«

»Ich weiß, diese blöde Bereitschaft. Aber das gehört nun mal zu meinem Job. Dabei hätte ich gerne einen von den Weinen probiert.«

»Sobald ich aus den Staaten zurück bin, können wir ja noch einmal herkommen.«

Katharina zog an ihrer Zigarette. »Ist denn inzwischen klar, wie lange du weg sein wirst?«

»Nein, noch nicht. Wir rechnen mit zehn Tagen, es können aber auch zwei Wochen werden. Solche Übernahmegeschichten ziehen sich mitunter ganz schön in die Länge.«

»Am liebsten würde ich mitfliegen. Täte bestimmt ganz gut, mal was anderes zu sehen, mal abzuschalten.«

Veronika füllte sich Rotwein aus der Karaffe nach und streichelte ihrer Freundin über die Hand. »Du bist doch selbst schuld. Wann hast du deinen letzten Urlaub genommen? Richtig, als wir eingezogen sind.«

»Es war so viel zu tun«, verteidigte sich Katharina schwach.

»Blödsinn. Du läufst immer noch vor dir selbst davon, bloß nicht zur Ruhe kommen, weil du da vielleicht mal nachdenken könntest.«

»Wird das eine Therapiesitzung?«

Veronika lachte. »Nein. Aber du solltest aufpassen, dass du dich nicht übernimmst.«

»Das mach ich schon nicht. Was hältst du davon, wenn wir ein oder zwei Wochen Urlaub machen, sobald du von deiner Geschäftsreise zurück bist? Ginge das?«

»Was ist denn das? Katharina Thalbach und ein Anflug von Spontaneität?«

»Hin und wieder soll das vorkommen.«

Veronika griff erneut nach Katharinas Hand und drückte sie kurz, aber fest. »Das wäre traumhaft schön.«

»Maximal vierzehn Tage?«

»Bitte?«

»Du bist maximal vierzehn Tage weg?«

»Ach so. Ja, länger auf keinen Fall.«

Katharina nippte an ihrer Cola light. »Dann gebe ich am Montag einen Urlaubsschein ab.«

»Bestehen denn Aussichten, dass du den Urlaub auch tatsächlich bekommst?«

»Natürlich. Wielert will erst im September drei Wochen wegfahren, Berthold hat sich gerade erholt und kommt Montag zurück. Und Karl Heinz spart seinen Resturlaub, bis er in Rente geht. Der kann es gar nicht mehr erwarten, seinen Schreibtisch zu räumen.«

»Ist schon Wahnsinn, wie die Zeit vergeht«, sinnierte Veronika und nahm ihre Hände vom Tisch. Das Dessert wurde gebracht.

»So, die Damen, hausgemachte Mousse au Chocolat, Tiramisu, Panna Cotta und eine Variation von Früchten der Saison. Guten Appetit. Darf ich Ihnen sonst noch etwas bringen?«

»Zwei Espressos, bitte«, orderte Katharina und drückte ihre Zigarette aus. Die eben noch geäußerte Absicht, nichts mehr zu essen, war angesichts der Köstlichkeiten vor ihr vergessen.

»Willst du deinen Geburtstag noch feiern?«, fragte Veronika zwischen zwei Bissen.

»Eigentlich nicht. Vielleicht im nächsten Jahr, wenn ich vierzig werde. Obwohl das ja eher ein trauriger Anlass ist.«

»Jedes Alter hat seine Vorzüge.« Veronika ließ genüsslich etwas Tiramisu auf der Zunge zergehen und nippte erneut von dem Wein. »Doch ich verstehe das schon. Aber vielleicht gibt es ja noch einen anderen Anlass zu feiern.«

»Was meinst du?«, fragte Katharina.

Veronika legte ihr Besteck beiseite. »Ich wollte das eigentlich schon lange tun«, erklärte sie dann. »Und eine bessere Gelegenheit als heute Abend kann ich mir nicht vorstellen.«

»Was meinst du?«, wiederholte Katharina verständnislos.

Veronika griff in ihre Handtasche und zog ein kleines, liebevoll eingepacktes Geschenk hervor, das sie Katharina zuschob. »Mach es auf.«

Katharina überkam eine unbestimmte Angst. Mit zitternden Fingern griff sie nach dem Päckchen, löste im dritten Versuch das silberne Geschenkband, klemmte einen Fingernagel unter das Papier und riss es auf. Unter dem Papier kam ein dunkelblaues, samtenes Schmuckkästchen zum Vorschein.

Ihre Angst steigerte sich in Panik, sie ahnte, was sich in dem Kästchen befand. Trotzdem versagten ihre Finger, als sie auf den kleinen Knopf drücken wollte, der den Verschluss entriegelte.

»Mach schon«, ermunterte sie Veronika, deren Stimme nun ebenfalls leicht zitterte.

Der Deckel des Kästchens sprang auf, Katharina holte tief Luft. »Das ist nicht dein Ernst«, hauchte sie entsetzt.

»Allerdings ist es das.«

Der Ring war wunderschön. Schlicht, aber elegant, blank poliertes Weißgold, eine kunstvoll gestaltete Fassung, die einen funkelnden Diamanten hielt.

»Ich … ich kann das nicht annehmen«, stotterte Katharina.

»Warum nicht?«, fragte Veronika leise.

»Der muss doch ein Vermögen gekostet haben.«

»Ich habe eine ordentliche Provision gekriegt, mach dir deswegen keine Sorgen.«

»Aber …«

»Hoffentlich ist der Preis der einzige Grund, weswegen du den Ring nicht annehmen möchtest.«

Hilflos pendelten Katharinas Augen zwischen dem Ring und den Augen ihrer Freundin hin und her. Sie versuchte zu sprechen, aber mehr als ein Krächzen kam nicht über ihre Lippen.

»Ich dachte, irgendwann müssen wir uns sowieso mal entscheiden, wie das mit uns weitergeht. Es ist zwar schön, so wie es ist, aber es könnte noch schöner sein.«

»Soll das ein Heiratsantrag sein?«, brachte die Kommissarin endlich hervor.

»Ich weiß nicht, wie die genaue, juristisch korrekte Formulierung bei gleichgeschlechtlichen Paaren lautet, aber im Prinzip ja.«

»Puh, das ist ein Hammer.«

»Und, was sagst du?«

Katharina strich vorsichtig über den Edelstein, so als könne sie ihn durch die bloße Berührung verkratzen. »Ich … Kann ich darüber nachdenken?«

Veronika lächelte erleichtert. »Natürlich. Ehrlich gesagt, hatte ich befürchtet, dass du sofort ablehnen würdest. Dass du es dir durch den Kopf gehen lassen willst, ist schön.«

Katharina gewann langsam ihre Fassung zurück. Dass Veronika ihr mal einen Antrag machen würde, das war zu erwarten gewesen. Trotzdem hatte sie heute nicht mit dieser Überraschung gerechnet.

»So oder so musst du endlich die Sache mit Ulli klären«, setzte Veronika hinzu.

Katharinas Anflug von Selbstbeherrschung war augenblicklich wieder vorbei. Die Erwähnung ihres Verlobten – oder Exverlobten? – warf sie aus der Bahn. Mit einem Schlag hatte sie die Erinnerung an die hässlichen Auseinandersetzungen vor Augen, nachdem der Vater ihres Sohnes von ihrem Verhältnis mit Veronika erfahren hatte. Das Geschrei, seine sehr wohl berechtigten Vorhaltungen, ihre verzweifelten Versuche, sich zu rechtfertigen und ihm zu erklären, warum es so gekommen war. Auf dem Gipfel ihres Streits hatte Ulli Katharina sogar geschlagen, mit der flachen Hand mitten ins Gesicht. Gleich darauf war er, fassungslos über sich selbst, zusammengebrochen und hatte sie gebeten, ihm zu verzeihen. Noch im selben Moment hatte sie sich umgedreht, war ins Schlafzimmer gerannt, hatte ein paar Kleidungsstücke in eine Reisetasche geworfen und das Haus verlassen.

Seitdem hatten sie kein einziges Mal richtig miteinander geredet; wenn sie etwas aus der Wohnung geholt hatte, dann nur in Begleitung oder zu Zeiten, in denen Ulli nicht zu Hause war. Sie hatten sich mit knappen Worten darauf verständigt, wann Katharina ihren Sohn zu Besuch holen konnte. Dass Arne bei Ulli bleiben würde, stand außer Frage, sie hatte gar nicht die Zeit, sich ausreichend um ihren Sprössling zu kümmern.

»Ich weiß«, seufzte Katharina nun und winkte der Kellnerin, damit sie bezahlen konnten. »Irgendwann muss ich es hinter mich bringen.«

03

Der Ausblick faszinierte ihn immer noch, obwohl er ihn jeden Tag vor Augen hatte.

Ulli Zander griff nach dem Glas mit dem Orangensaft, nahm einen Schluck und lehnte sich auf dem Polster der Gartenliege zurück.

Unter ihm breiteten sich die Weiten des Ruhrtals aus, das Mondlicht reflektierte silbrig auf der ruhig daliegenden Wasseroberfläche. Auf der anderen Seite der Ruhr befanden sich die Hügel von Hattingen, überwiegend schon in der Dämmerung verschwunden, vereinzelt waren jedoch kleine, hell erleuchtete Fenster zu erkennen. Die meisten Bewohner der anderen Seite mochten wohl genau wie Ulli auf ihren Terrassen oder Balkonen die für einen Sommerabend überraschend klare Luft genießen.

Nach der Arbeit war er zum Einkaufen gefahren, hatte für Arne bei einem Zeitschriftenhändler noch ein paar Comics besorgt und war dann in das viel zu große Haus zurückgekehrt. Obwohl ihn jeder Winkel, jede Ecke, jede Kleinigkeit in der Wohnung an die Frau seines Lebens erinnerte, war das Haus in Bochum-Stiepel immer noch so etwas wie eine Zufluchtsstätte für den Sozialarbeiter.

In den ersten Monaten, nachdem Katharina ausgezogen war, hatte sich Ulli fürchterlich hängen lassen, hatte mehr getrunken und geraucht als je zuvor in seinem Leben. Letztlich bewahrte ihn die Tatsache, dass Arne bei ihm geblieben war, davor, sich ganz in seinem Elend und Selbstmitleid zu verkriechen. Es war schon schlimm genug für das Kind, dass seine Mutter nicht mehr bei ihnen lebte, es brauchte nicht auch noch einen alkoholkranken Vater.

Nachdem ihm das bewusst geworden war, hatte Ulli alle Alkoholika, abgesehen von dem überschaubaren Vorrat seines Lieblingsrotweins, aus dem Haus geschafft und wieder mehr auf seine Gesundheit geachtet. Es war ihm gelungen, mit dem Rauchen aufzuhören, und er ernährte sich überwiegend von Rohkost, Gemüse und Obst, was ihm durch eine beständig weniger Gewicht anzeigende Waage gedankt wurde. Allerdings war ihm das erbärmliche Gefühl der Einsamkeit ein ständiger Begleiter geworden.

Um sich abzulenken, hatte er irgendwann begonnen, die Wohnung im Erdgeschoss des Zweifamilienhauses zu renovieren. Sie stand seit dem Tod der ehemaligen Hausbesitzerin leer. Ullis handwerkliche Fähigkeiten waren eher bescheiden, doch nach und nach bekam er Routine, und irgendwann machte ihm die Sache sogar Spaß.

Sein Hintern begann zu schmerzen, er setzte sich aufrecht hin. Die Uhr zeigte Viertel vor elf, gleich würde er sich im Fernsehen die Wiederholung eines Films mit Sylvester Stallone ansehen.

Heute war ein guter Tag gewesen. Seit Beginn seiner selbst verordneten Diät ging er mittags im Stadtpark spazieren, statt der Kantine der Klinik, in der er arbeitete, einen Besuch abzustatten. Und die Joggerin, die einem frei laufenden Hund ausweichen musste und ihn deswegen versehentlich umgerannt hatte, war sehr sympathisch gewesen. Ulli hatte sich bei dem Sturz eine leichte Schürfwunde am Handgelenk zugezogen, die Frau wollte ihn gleich zum Notarzt begleiten. Lachend hatte Ulli abgewunken. Und sich beinahe selbst erschrocken, als er sie fragte, ob sie stattdessen nicht mal einen Kaffee mit ihm trinken wolle.

Tatsächlich erschrocken war er, als sie spontan Ja sagte. Der Zettel mit ihrer Handynummer befand sich in seinen Shorts, eigentlich hatte er sofort, nachdem er die Einkäufe weggeräumt und Arne die Comics in die Hand gedrückt hatte, bei ihr anrufen wollen, es aber dann doch unterlassen. Besser, er erledigte das, wenn Arne im Bett war, der Junge musste das ja nicht unbedingt mitkriegen.

Nun, jetzt war Arne im Bett. Kein Grund mehr, den Anruf noch länger aufzuschieben.

Oder vielleicht doch? Konnte er um diese Zeit noch bei der Frau anrufen? Oder war es nicht schon viel zu spät?

Morgen, dachte er. Morgen Vormittag rufe ich bei ihr an. Und vielleicht hat sie ja sogar gleich morgen Abend noch nichts vor. Das wäre doch mal wieder eine Abwechslung.

Ulli musste grinsen, als genau in diesem Moment das Telefon klingelte. Er stemmte sich von der Liege hoch und ging ins Wohnzimmer. Anrufe um diese Zeit waren eine Unverschämtheit, nachher wurde Arne noch wach.

»Ja?«, bellte er unwirsch in den Hörer.

»Ulrich?«

O Gott, das hatte ihm gerade gefehlt. Seine Mutter.

»Mutter, was gibt's denn?«

Die nächsten Worte waren kaum zu verstehen, am anderen Ende der Verbindung waren undefinierbare Geräusche zu hören. Erst mit Verzögerung wurde Ulli klar, dass seine Mutter schluchzte.

»Dein Vater ist tot«, vernahm er schließlich wie durch einen Schleier.

04

Seit Katharina bei der Bochumer Kripo arbeitete, hatte es nur sehr wenige Momente gegeben, an denen sie froh gewesen war, dass ihr Handy bimmelte. Nun war einer dieser Momente.

Um kurz vor dreiundzwanzig Uhr hatte der Bereitschaftsdienst im Präsidium einen ungeklärten Todesfall in einem Bochumer Club gemeldet. Dankbar war Katharina von der Wohnzimmercouch aufgesprungen, hatte Veronika einen schnellen Abschiedskuss gegeben und war aus der Wohnung gestürmt. Und als sie die Treppe im Hausflur erreicht hatte, verschwand endlich dieses unbestimmte, flaue Gefühl aus ihrer Magengegend.

Noch bevor sie hinter dem Lenkrad ihren Sportwagens saß, hatte ihr Handy ein zweites Mal geklingelt: Karl Heinz Gassel, einer ihrer Kollegen aus dem KK 11, bat sie, ihn zu Hause abzuholen, weil sein Wagen nicht ansprang. Für Katharina bedeutete das nur einen kleinen Umweg und nach einem verwegenen Ritt über die A 40 sah sie schon nach wenigen Minuten Gassel am Straßenrand stehen.

Unter Einsatz der Handbremse brachte Katharina den Mazda mit quietschenden Reifen zum Stehen, ihr Kollege sprang vor Schreck mit einem großen Satz zurück auf den Gehweg.

»Du bist, glaube ich, die einzige Polizistin, die sich selbst ohne Blaulicht und Sirene mit einem Auto bemerkbar macht«, schimpfte er zur Begrüßung.

»Im Gegensatz zu deinem Wagen fährt meiner wenigstens«, gab Katharina grinsend zurück. »Was ist denn jetzt schon wieder im Eimer?«

»Die Servolenkung. Bin mal gespannt, was mich der Spaß kosten wird.«

Die Kommissarin wartete, bis der Kollege sich angeschnallt hatte, dann ging es im Tiefflug weiter. Gassel klammerte sich an die Armlehne der Beifahrertür.

»Wo müssen wir eigentlich hin?«, fragte er.

»In ein Gewerbegebiet, nicht weit von hier. Der Laden, in dem die Leiche gefunden wurde, heißt *Kings-Club.*«

Gassel räusperte sich vernehmlich. »Äh, *Kings-Club?* Habe ich das richtig verstanden?«

»Ja. Kennst du den Schuppen?«

»Ich habe davon gehört.« Er runzelte seine eisgrauen Augenbrauen. »Ich glaube, das ist ein Swingerclub.«

Katharina lachte auf. »Echt? Irre, jemanden, der sich totgevögelt hat oder totgevögelt wurde, hatten wir bisher noch nicht.«

»Warum wurden wir denn überhaupt gerufen? Wenn dort jemand an Herzversagen oder Kreislaufschwäche verstirbt, ist das doch kein Fall für uns.«

»Wenn ich das richtig verstanden habe, konnte der Notarzt die Todesursache nicht eindeutig feststellen.«

»Viele Alternativen zu einer natürlichen fallen mir nicht ein.«

»Schauen wir uns das doch erst in Ruhe an. Da vorne muss es sein.« Katharina dirigierte den Wagen in die nächste Seitenstraße. Vor ihnen stand ein Streifenwagen mit kreisendem Blaulicht, direkt dahinter erkannte die Kommissarin einen Rettungswagen und das Einsatzfahrzeug des Notarztes.

Unmittelbar neben dem Streifenwagen stoppte sie den Mazda. Ein Streifenpolizist kletterte bei ihrem Erscheinen aus der Wanne und nickte, als er Katharina und Gassel erkannte.

»Na, was haben wir?«, fragte die Kommissarin.

»Wenn wir das mal wüssten«, entgegnete der Schupo. »Vor etwas mehr als einer Stunde bekamen wir den Einsatzbefehl. Da drin ist jemand ums Leben gekommen und der Notarzt weiß nicht, wieso. Ich dachte mir, damit ist das ein Fall für euch.«

»Wo ist der Notarzt?«

»Im Rettungswagen, der wollte 'nen Kaffee trinken.«

»Und die Leiche?«

»Haben wir nicht angerührt. Ihr solltet euch das ansehen. Jemand hat 'ne Decke über sie gelegt. Gehen Sie durch die Kneipe und dann runter in den Keller, ist nicht zu verfehlen.«

»Frau oder Mann?«

»Bitte?«

»Ist die Leiche eine Frau oder ein Mann?«

»Ach so. Eine Frau, vielleicht so um die vierzig. Name unbekannt.«

»War sie allein hier? Oder in Begleitung?«

»Keine Ahnung, bei uns hat sich keiner gemeldet und es ist auch niemand durch übermäßige Trauer aufgefallen.«

»Ist schon jemand von den Gästen nach Hause gegangen?«

Der Uniformierte schüttelte den Kopf. »Seit wir hier sind, nicht, aber ich weiß nicht, ob vor unserem Eintreffen jemand verschwunden ist.«

Katharina überlegte, ob sie sich noch eine Zigarette gönnen sollte, entschied sich aber dagegen. Besser, sie fingen sofort mit der Untersuchung an. »Wo ist Ihr Kollege?«

»Wartet im Foyer.«

»Okay. Sie bleiben hier und lassen weiterhin niemanden zu seinem Wagen. Komm, Karl Heinz.«

»Geh allein runter«, bat Gassel, »ich rede in der Zwischenzeit mit dem Notarzt.«

»Auch gut. Bis gleich.«

Im Foyer des Clubs herrschte eine aufgeheizte Stimmung. Der zweite Schutzpolizist hatte sich, mit einer imposanten Statur gesegnet, unverrückbar wie ein Felsbrocken in den Durchgang zu den Umkleiden gestellt. Hinter ihm erkannte die Kommissarin vielleicht zehn oder zwölf Personen, die alle gleichzeitig auf den Kollegen einredeten. Auch ohne einzelne Wortfetzen zu verstehen, war klar, dass alle so schnell wie möglich nach Hause wollten.

Katharina zückte ihren Dienstausweis, trat an die Seite des Kollegen und setzte ihr bösestes Polizeigesicht auf. »Kripo Bochum, mein Name ist Thalbach. Ich bitte Sie um Ihr Verständnis, dass wir Sie noch nicht gehen lassen können. Ich versichere Ihnen, wir arbeiten, so schnell wir können. Bitte geben Sie jetzt den Eingang frei und behindern Sie nicht die polizeilichen Ermittlungen.«

»Scheiß was auf Ihre Arbeit«, motzte ein gedrungener Typ um die fünfzig, der Katharina an ihre Lieblingsschokolade erinnerte – quadratisch, praktisch, gut. »Ich will hier raus, Sie haben kein Recht ...«

»Doch, das Recht habe ich«, erwiderte Katharina scharf. »Solange nicht klar ist, was hier geschehen ist, verlässt niemand diesen Club. Und wenn Sie uns noch länger behindern, wird es ein paar Stunden dauern, bis wir Sie gehen lassen können.«

Der Querkopf setzte erneut zum Sprechen an, aber der drohende Blick des großen Mannes in Uniform verfehlte seine Wirkung nicht.

Verwünschungen ausstoßend, zog sich der Dicke daraufhin mit seiner Begleiterin, einer attraktiven Rothaarigen Mitte zwanzig, in den Kneipenbereich zurück. Die anderen Gäste folgten dem Gespann murrend.

»Na also, geht doch. Wo ist die Leiche?«

»Da vorne links, dann immer geradeaus. Dort ist eine Wendeltreppe«, antwortete der Schupo. »Die müssen Sie nehmen, um in den Keller zu kommen.«

Katharina machte sich auf den Weg. Während sie den Gastronomiebereich durchquerte, musste sie sich ein Grinsen verkneifen. Etwa sechzig Personen, jeweils zur Hälfte Frauen und Männer, drückten sich an den Tresen oder hinter die Tische. Einige trugen bereits Straßenkleidung, andere immer noch ihren ›Club-Look‹. Katharina hatte noch nie so viel hervorquellendes, von Cellulitis befallenes nacktes Fleisch gesehen wie in diesem Raum.

Katharina musterte die Ausstattung des Clubs mit professioneller Neugier. Dienstlich war sie zwar schon mehrere Male in einem Bordell gewesen, aber eine derartige Örtlichkeit war ihr fremd. Bei der Vorstellung, was sich hier alles abgespielt haben konnte, stellten sich ihre Nackenhaare vor Abscheu senkrecht.

Sie erreichte die Treppe, vom Untergeschoss drang helles Neonlicht nach oben. Die fahle, sonst übliche Beleuchtung war zwar ebenfalls noch angeschaltet, aber anscheinend hatte es jemand angesichts der Ereignisse für angemessen gehalten, die schummrige Stimmung abzustellen.

Langsam stieg Katharina die enge Wendeltreppe hinunter. Zwischen den Stufen konnte sie den leblos am Boden liegenden Körper sehen, über den in der Tat jemand eine Decke ausgebreitet hatte. Mit jeder Stufe wurde der Kommissarin unbehaglicher zumute. Oft lagen die Leichen, wenn sie zu einem Tatort kam, schon in Plastiksäcken oder Zinksärgen. Die helle, an den Enden mit Fransen verzierte Wolldecke verlieh der Szenerie einen völlig deplatzierten Farbtupfer. Katharina atmete tief durch. Dann trat sie von der letzten Stufe, ging neben der Leiche in die Hocke, fasste einen Zipfel der Decke an und zog sie zurück.

Sekundenlang empfand die Beamtin nichts. Ihre Augen musterten das Gesicht, nahmen jede Einzelheit auf und registrierten sie in einem kleinen, imaginären Notizbuch. Die panisch nach oben verdrehten Augen. Die Reste von Schleim oder Erbrochenem im Mund, an dem einige Fussel der Wolldecke klebten. Die verzerrten Gesichtszüge. Die bläuliche Färbung der Gesichtshaut.

Die Augen der Toten standen etwas weit auseinander, die Augenbrauen waren kaum zu erkennen. Dafür fiel die Stupsnase auf, die halblangen Haare wirkten strähnig. Jeglicher Versuch, die Fehlstellung der Ohren durch eine Frisur zu kaschieren, war wohl zum Scheitern verurteilt, auch wenn die Bezeichnung Segelohren übertrieben gewesen wäre.

Der Körper wirkte verkrampft, die Finger verharrten in einer geradezu spastischen Stellung. Aber es gab keine erkennbaren Anzeichen einer Verletzung. Keine sichtbaren Hautfetzen unter den Fingernägeln, die auf einen Kampf oder heftige Gegenwehr hindeuteten. Mal sehen, was die Gerichtsmedizin finden würde.

Die Frau musste Höllenqualen gelitten haben, bevor sie starb. In ihrem Gesicht waren, wahrscheinlich vor Anstrengung, etliche kleine Äderchen geplatzt. Weshalb? Hatte sie so starke Schmerzen gehabt? Hatte sie keine Luft mehr bekommen?

Seufzend breitete Katharina die Decke wieder über der Toten aus. Irgendetwas sagte der Kommissarin, dass die Frau zu ihren Füßen keines natürlichen Todes gestorben war.

Welcher Mörder sucht sich einen Swingerclub als Schauplatz seiner Tat aus? An eine Tat im Affekt glaubte Katharina nicht, dann hätten Spuren vorhanden sein müssen, die auf den ersten Blick erkennbar waren.

Von oben vernahm sie Schritte, Gassel kam langsam die Treppe herab.

Als er Katharina sah, zuckte er mit den Achseln. »Der Notarzt hat absolut keine Ahnung, woran die Frau gestorben sein könnte«, begann er, noch bevor er die letzte Stufe erreicht hatte. »Das ist so ein junger Schnösel. Wenn der mal mehr als zwei Monate Berufserfahrung hat … Immerhin kann er die üblichen Verdächtigen wie Herzinfarkt oder Kreislaufversagen ausschließen. Wie sieht sie aus?«

»Scheußlich. Guck selbst.«

Der ältere Polizist ging nun ebenfalls in die Hocke und warf einen langen Blick auf das gequälte Gesicht der Toten.

»Unschön«, meinte er dann. »Das volle Programm, was?«

»Ich denke, uns bleibt nichts anderes übrig«, antwortete Katharina. »Hast du Wielert schon verständigt?«

Bernd Wielert war der Leiter des Bochumer KK 11.

»Natürlich. Aber ich klingel gleich noch einmal durch und bitte ihn, die Kriminaltechnik aus dem Bett zu scheuchen. Dann werden wir mal die anwesenden Gäste befragen. Ich wette, von denen hat keiner etwas gesehen.«

»Ich wette sogar, dass die meisten noch nicht einmal wissen, wo sie überhaupt sind«, gab Katharina seufzend zurück. »Sag Bernd auch, er soll noch mehr Leute mitbringen, dann schaffen wir die Vernehmungen in einer halbwegs annehmbaren Zeit. Hast du den Betreiber dieses Clubs irgendwo gesehen?«

»Nein, keine Ahnung, wer das ist. Fragen wir das Thekenpersonal.«

Während Gassel schon wieder auf dem Weg nach oben war, sah sich Katharina um. Zu Füßen der Leiche befand sich ein hüfthoher Vorhang. Die Kommissarin schob ihn beiseite und sah in eine viereckige Öffnung. Der Geruch menschlicher Ausdünstungen schlug ihr entgegen. Sie beugte die Knie und erkannte nun eine Kammer, ausgelegt mit einem weichen Untergrund. Katharina dämmerte, welchen Sinn der Innenarchitekt dieses Clubs diesem Raum zugedacht hatte – eine Dunkelkammer. Hier konnten sich die Swinger vergnügen, ohne den Anblick des anderen ertragen zu müssen, ja sogar, ohne zu wissen, mit wem sie es trieben.

Absolute Dunkelheit, geradezu ein perfekter Ort, wenn man jemanden ermorden wollte.

Gassel wartete am Ende der Treppe auf sie. Aus dem Schankraum war undeutlich das Gemurmel vieler Stimmen zu hören, das schlagartig nachließ, als die beiden Beamten durch die Tür traten. Einige der Gäste musterten sie neugierig, andere nervös und feindselig.

»Am besten, wir gehen in das Nebenzimmer«, sagte Gassel und deutete mit dem Kopf auf den angrenzenden Speiseraum.

Katharina nickte und kramte ihren realen Notizblock hervor. Während sie in den anderen Raum lief, wandte sich Gassel an das Thekenpersonal.

Die Beamtin hatte kaum Platz genommen, als in ihrem Blickfeld ein hoch aufgeschossener, dürrer Mann erschien. Katharina schätzte ihn auf Mitte vierzig. Der Kerl war ihr auf Anhieb unsympathisch, einerseits wegen der ungepflegten, strähnigen blonden Haare, andererseits wegen des T-Shirts, das er sich über den Leib gezogen hatte. Auf dem schwarzen Hemdchen reckte sich in weißer Farbe ein Phallus in die Höhe, an den Spitzen hatte der geschmacklose Designer zwei Engelsflügel drapiert. Unterhalb des T-Shirts trug der Mann einen knapp sitzenden Slip aus einem glänzenden Stoff, was die Sache nicht gerade besser machte.

»Sie wollen mich sprechen?«, fragte der Phallusträger.

»Sie sind?«

»Rüdiger Krohn.«

»Und Ihnen gehört der Club?«

»Das nun leider nicht. Ich bin nur der Geschäftsführer. Herr Wiemers, der Inhaber, ist zurzeit im Urlaub.«

Katharina nickte und deutete mit der Hand auf den gepolsterten Stuhl auf der anderen Seite des Tisches, hinter den sie sich gesetzt hatte. Durch die offen stehende Tür sah sie, dass weitere Streifenbeamte eingetroffen waren. Und jetzt trat auch Gassel in den Speiseraum, im Schlepptau eine hübsche junge Frau, die einen knappen, hautengen Body trug.

»Herr Krohn, wie viele Gäste hatten Sie heute?«

»Das kann ich erst sagen, wenn ich die Einnahmen gezählt habe. Aber normalerweise kommen freitags zwischen fünfzig und hundert Paare. Je nachdem.«

»Je nachdem, was?«

»Je nachdem, was für Wetter ist. Oder ob Ferien sind. Außerdem, so lange haben wir ja noch nicht geöffnet, wir haben noch kein richtiges Stammpublikum.«

»Haben Sie die Tote unten im Keller gesehen?«

»Als sie schon tot war? Ja klar. Vorher ist sie mir allerdings nicht aufgefallen.«

»Und? Kennen Sie sie? Wissen Sie, wer die Frau ist?«

»Nein. Keine Ahnung.«

»Waren Sie derjenige, der den Notarzt gerufen hat?«

Krohn beugte sich vor und legte zwei tätowierte Unterarme auf den Tisch. Auf dem linken spannte ein prächtiger

Adler seine Flügel, auf dem rechten war, bereits etwas verwaschen, eine nackte Frau zu erkennen.

»Ja klar, wenn einer unserer Gäste ein gesundheitliches Problem hat, können wir doch nicht tatenlos zusehen. Aber warum sind Sie eigentlich hier? Warum gleich die Kripo? Wissen Sie eigentlich, was das für Konsequenzen für uns haben kann? Mensch, wir haben uns nicht umsonst für das Gewerbegebiet als Standort entschieden, Diskretion ist unser stärkstes Pfund. Und jetzt kommen Sie und wollen hier jeden verhören, nur weil …«

»Weil was?«, unterbrach Katharina schneidend den Redeschwall des Geschäftsführers.

»Ich kann doch nichts dafür, dass die ein schwaches Herz hat«, grummelte Krohn und zog seine Kunstwerke vom Tisch zurück. »Diese Sache kann uns ruinieren, ist Ihnen das klar?«

»Nein. Das Einzige, was mir klar ist, ist die Tatsache, dass im Keller Ihres Clubs eine Leiche liegt. Und im Moment spricht einiges dafür, dass die Frau einem Verbrechen zum Opfer gefallen ist.«

Krohns Augen weiteten sich. »Wollen Sie damit etwa sagen …«

»Ich sage gar nichts. Sie machen Ihren Job und ich den meinen. Also, noch mal von vorn. Bevor Sie die Tote unten im Keller gesehen haben, ist die Frau Ihnen nicht unter die Augen gekommen?«

»Nein. Ich habe mich, wenn das Geschäft läuft, um viel Organisatorisches zu kümmern.«

»In dem Aufzug?«, konnte sich Katharina nicht verkneifen zu sagen.

»Ja klar, Straßenbullen tragen Uniformen. Wir tragen hier so was«, giftete Krohn.

»Bleiben Sie ruhig, Mann. Haben Sie einen Sicherheitsdienst?«

»Bulli und Klausi. Die beiden passen auf, dass hier niemand über die Stränge schlägt. Und werfen hin und wieder mal ’nen Spanner raus.«

»Weitere Sicherheitsmaßnahmen?«

»Hier drin gibt es keine. Für den Parkplatz ja klar, da haben wir zwei Videokameras, die die Autos im Blick behalten.«

Katharina horchte auf. »Werden die Bilder aufgezeichnet?«

»Natürlich.«

»Wir brauchen die Bänder. Sie bekommen auch eine Quittung«, setzte sie hinzu, da Krohn protestieren wollte.

»Ich leg sie Ihnen raus«, presste Krohn hervor. »War es das?«

»Kann hier jeder rein? Oder gibt es Einlassregeln?«

»Hier darf jeder rein, der bereit ist, den Eintritt zu bezahlen, und nicht gerade hackestramm ist.«

»Männer wie Frauen?«

»Nein. Nur Paare. Wir achten auf ein ausgewogenes Verhältnis unter den Besuchern.«

»Dann muss die Tote in Begleitung eines Mannes erschienen sein?«

»Ja klar, habe ich doch gerade gesagt, hier kommen nur Paare rein.«

»Das ist ja merkwürdig, uns hat sich keiner der Herren als Begleiter der Toten zu erkennen gegeben«, sagte Katharina nachdenklich. »Ist Ihnen jemand aufgefallen, der es sehr eilig hatte, Ihren Club zu verlassen? Ein einzelner Mann?«

»Nö«, gab Krohn zurück. »Vielleicht haben die Süßen von der Theke ja was bemerkt, ich sitz meistens im Büro. Darf ich jetzt gehen?«

»Eins noch. Wie oft wird der Abfall geleert? Und wann? Nur abends nach der Schicht?«

Krohn blickte die Kommissarin verständnislos an. »Wenn wir zumachen natürlich.«

»Also sind die Abfalleimer noch nicht geleert?«

»Nein.«

»Das soll auch so bleiben, wir nehmen das Zeug mit.«

»Sie sind ja irre«, lachte Krohn. »Viel Spaß beim Präsersortieren.«

»Lassen Sie das unsere Sorge sein.«

Krohn wuchtete sich von dem Stuhl hoch und verließ den Raum ohne ein weiteres Wort.

Katharina seufzte und vervollständigte ihre Notizen. Als sie dem uniformierten Kollegen, der sich inzwischen im Türrahmen aufgebaut hatte, ein Zeichen geben wollte, den Nächsten hereinzuschicken, bemerkte sie Wielert, der gerade die Theke passierte.

»Heiliges Ofenrohr, wo sind wir denn hier hingeraten?«, fragte er Sekunden später und hockte sich neben Katharina auf die Tischkante. »Mir wurde nur etwas von einem ungeklärten Todesfall erzählt und nun steht draußen Bochums High Society in Strapsen und Tarzankostüm stramm.«

»Tarzankostüm?«, fragte Katharina.

Wielert zwinkerte ihr zu. »Wenn ich mich nicht irre, hockt da vorn an der Theke einer der führenden Gewerkschafter Bochums. Bekleidet mit einem eng geschnittenen Leopardenfell und an ihn klammert sich eine dralle Blondine. Seine Frau ist allerdings, wenn mich mein Erinnerungsvermögen nicht trügt, dunkelhaarig. Und jetzt erzähl!«

Mit wenigen Worten setzte Katharina ihren Vorgesetzten ins Bild. Als sie ihm von ihrer Anordnung erzählte, den Müll zu sichern, musste er lachen.

»Rex wird dich hassen«, kicherte er, »aber natürlich hast du recht. Würde mich nicht wundern, wenn wir ausgerechnet darin wertvolle Spuren finden würden. Weißt du schon, um wen es sich bei der Toten handelt?«

»Nee. Es gehört nicht zu den Gepflogenheiten dieses Etablissements, mit gezücktem Personalausweis herumzulaufen. Außerdem sind wir ja auch noch nicht lange hier.«

»Dann sollten wir uns zunächst die Spinde vornehmen. Ich habe sie eben gesehen, als ich durch den Vorraum hereinkam. Der Schrank der Toten dürfte ja nicht schwer zu identifizieren sein. Ist die Staatsanwaltschaft schon informiert?«

»Nein. Wenn du sie nicht angerufen hast ...«

Wielert erhob sich von der Tischkante und dachte nach. »Warten wir noch einen Moment damit. Noch ist ja gar nicht sicher, ob überhaupt ein Verbrechen vorliegt.«

Katharina nickte dankbar. Die Staatsanwältin de Vries war die letzte Person, der sie heute unter die Augen treten wollte.

05

»Was war das? Wo steht die Karre?«

Polizeiobermeister Thomas Greulich presste den Telefonhörer ans Ohr und versuchte, die Instruktionen aus der Leitstelle zu verstehen. Der Lärm der vorbeidonnernden Lkws, die auf der Bundesstraße die Autobahnmaut prellten, machten eine Verständigung fast unmöglich.

»Okay, hab ich«, meinte der Polizist dann. »Wir kümmern uns drum.«

»Wo geht's hin?«, fragte Niko Kuntzsch, sein Partner, gelangweilt. Dabei fixierten seine Augen den Plastikbecher mit Kaffee, der bei jeder Erschütterung durch die vorbeirasenden Brummis unternehmungslustig über das Armaturenbrett hüpfte.

»Strausberg, erst mal ab in die Innenstadt.«

»Und was liegt an?«

»Da parkt ein Leichenwagen angeblich gleich zwei Parkplätze zu. Und das samstags vormittags, dem Haupteinkaufstag. Keiner weiß, ob man so eine Karre einfach abschleppen kann. Von wegen Leichenschändung und so. Wir sollen uns das mal anschauen.«

Kuntzsch legte den ersten Gang ein, kippte den Rest seines Kaffees durch das Fenster nach draußen und gab Gas. Einer der Lastwagen ließ drohend seine Lichthupe auflodern, den Stinkefinger angesichts der Dreistigkeit der Staatsgewalt verkniff er sich jedoch.

Greulich hängte das Telefon zurück in die Halterung, kurbelte das Fenster ganz herunter und hielt seinen rechten Arm in den Fahrtwind. Kuntzsch war ein sicherer Fahrer, er konnte ganz entspannt bleiben. Diese Kuh, die man letzte Woche mit ihm auf Streife geschickt hatte, war da schon ein ganz anderes Kaliber gewesen. Zwei Hemden hatte er sich mit verplempertem Kaffee versaut, weil sie so ruckelnd angefahren war. Anscheinend hatte sie ihren Führerschein noch auf einem Trecker gemacht. Und was war ein Polizist auf Streife schon ohne seinen Kaffee in der Hand?

»In dem Ding wird aber doch wohl kaum noch 'ne Leiche liegen«, überlegte Kuntzsch. »Wer macht denn so was! Und außerdem: Bei den Temperaturen würde die inzwischen gen Himmel stinken.«

Der Obermeister kniff seine Lippen zusammen. Den Ostdeutschen traute er alles zu. Obwohl er sich schon vor fast fünfzehn Jahren aus dem Münsterland nach Brandenburg hatte versetzen lassen, existierte die Schranke in seinem

Kopf noch. Er war einer der Ersten gewesen, die nach der Wende Aufbauarbeit geleistet hatten. Aber nicht, weil ihm die Brüder und Schwestern so am Herzen gelegen hatten, sondern weil ihn die Buschzulage gelockt hatte. Außerdem hatte ihm auch privat ein Ortswechsel gut in dem Kram gepasst, da er sich gerade von seiner Frau – vielmehr seine Frau von ihm – getrennt hatte.

Angekommen war er hier jedoch nie richtig, obwohl man, wie er inzwischen zugeben musste, auch im Osten ein einigermaßen angenehmes Leben führen konnte. Und seit der explosionsartig angestiegenen Tabaksteuer war die geringe Entfernung zu Polen ein wahrer Segen. Ständig bekam man geschmuggelte Zigaretten zum Kauf angeboten – und Greulich kaufte, anstatt die Hehler einzubuchten. Immerhin sparte er mittlerweile fast fünfundzwanzig Euro pro Stange.

»Wenn in dem Wagen tatsächlich 'ne Leiche liegt, kriegt jemand mächtig Ärger, nicht nur, weil er falsch geparkt hat«, antwortete er endlich seinem Kollegen. »Und jetzt drück mal auf die Tube, ich habe Hunger, ich habe noch nicht gefrühstückt.«

Kuntzsch drückte, der Streifenwagen passierte bereits die Randbezirke der Strausberger Innenstadt. Kuntzsch war hier geboren worden und hatte sein Glück kaum fassen können, dass er nach der Polizeischule in seinen Heimatort versetzt worden war. Jedes Mal, wenn er mit Blaulicht und Sirene durch das kleine Kaff, etwa eine halbe Stunde südöstlich von Berlin, bretterte, fühlte er sich wie Clint Eastwood in seinen besten Tagen.

»Wo müssen wir denn nun genau hin?«

»Zum Landsberger Tor«, gab Greulich bekannt.

In der Innenstadt war noch nicht viel los, dazu war es zu früh am Morgen. Die üblichen sozialen Randgruppen, die hofften, den einen oder anderen Euro schnorren zu können, hatten allerdings schon Stellung bezogen. Als der Streifenwagen auftauchte, verschwanden die bemitleidenswerten Gestalten umgehend.

»Pack«, kommentierte Kuntzsch säuerlich. »Sollen sich lieber eine feste Arbeit suchen, anstatt hier rumzulungern.«

»Lass die Kirche mal im Dorf, so leicht findeste heute keinen Job. Da vorne steht das Teil.«

Greulich deutete mit dem immer noch lässig aus dem Fenster hängenden Arm auf einen längsseits zum Gehweg abgestellten, verbeulten Leichenwagen, der tatsächlich zwei der schräg zur Straße angeordneten Parklücken besetzte. Zu allem Überfluss ragte das Heck ein kleines Stück in eine Garagenausfahrt hinein.

Kuntzsch stoppte vor dem Biergarten neben dem Postgebäude, griff sich seine Dienstmütze, die in der Ablage der Fahrertür steckte, und stieg aus. Greulich verzichtete auf die Kopfbedeckung und wuchtete sich ebenfalls aus dem Wagen.

»Ich hatte angerufen«, krähte ein matronenhaftes weibliches Wesen in einer gestreiften Kittelschürze. »Sagen Se doch mal selbst, ist das nicht frech, wie der hier parkt?«

Der Polizeiobermeister stieß insgeheim einen Seufzer aus. Die Frau reichte ihm selbst auf Zehenspitzen nur knapp bis ans Kinn. Unter der deutlich erkennbaren Kunsthaarperücke quollen wahre Schweißbäche hervor. Der Kittel verdeckte kaum den Saum eines altmodischen Unterrocks.

»Na, so schlimm ist das ja nun nicht«, gab Greulich zurück, wobei die Betonung auf dem zweiten Wort seiner Erwiderung lag. »Das Heck ragt doch höchstens zehn Zentimeter in die Einfahrt.«

»Was?«, fragte die Xanthippe. »Und dass der sich einfach so quer über die Parkplätze stellt? Und bei uns ausser Ausfahrt kommt keiner mehr raus. Hören Se mal, mein Mann hat sich grade erst 'nen neuen Wagen gekauft, 'nen nagelneuen Zafira. Was meinen Se, wenn da was drankommt, was der für Theater macht. Und so gut sieht mein Mann auch nicht mehr, der da hat einfach nicht in unserer Einfahrt zu parken.«

»Schauen wir erst mal nach, was mit dem Wagen los ist«, entgegnete er besänftigend. »Haben Sie gesehen, wann er hier abgestellt worden ist?«

»Nein. Wir sind gestern Abend von unsere Tochter zurückgekommen, das war so um sieben, da war der noch nicht da. Irgendwann danach.«

Kuntzsch hatte den Wagen inzwischen einmal umkreist. Nun stand er kopfschüttelnd neben der Fahrertür. »Sieh mal, Thomas. Ich glaube, als Leichenwagen wird der gar nicht mehr genutzt.«

Greulich ließ die Kittelträgerin stehen und gesellte sich zu seinem Kollegen. »Wie kommst du darauf?«

»Na hier, die Beschriftung. Ist entweder schlampig entfernt worden oder einfach abgeblättert. *Besta...haus La...e...t*, mehr ist nicht mehr zu erkennen.«

»Probier mal aus, ob das Teil überhaupt abgeschlossen ist.«

Der jüngere Beamte rüttelte an dem Griff der Fahrertür, aber diese war ordentlich verschlossen. Durch das Fenster erkannte Kuntzsch, dass auch der Knopf auf der Beifahrerseite eingerastet war. »Nix zu machen. Abschleppen?«

Greulich zögerte. »Nee«, meinte er dann, »stellen wir erst mal den Halter fest. Vielleicht können wir mit dem Namen ja etwas anfangen.«

Kuntzsch warf seinem Kollegen einen Blick zu, als zweifelte er an dessen Verstand. Trotzdem zog er sich in den Streifenwagen zurück, um die Leitstelle zu kontaktieren.

»Machen Se jetzt was?«, wollte die Schürzenomi wissen.

»Wir sind doch schon dabei. Wenn Sie mal falsch parken, sind Sie doch auch froh, wenn sich jemand bemüht, den Abschleppwagen zu vermeiden.«

»Wir parken nicht falsch«, fauchte die Frau und ballte ihre Hand zur Faust. »Wofür halten Sie uns eigentlich?«

Genervt drehte sich Greulich um. Rentner, dachte er wütend, hoffentlich entwickelte er sich im Ruhestand nicht selbst zu so einem liebenswerten Exemplar.

»Thomas«, rief Kuntzsch, während er wieder aus dem Streifenwagen kletterte. »Mit dem Wagen stimmt was nicht.«

»Sag ich doch die ganze Zeit«, giftete die Kittelschürze.

»Halten Sie jetzt endlich mal den Mund!«, entfuhr es Greulich. »Was ist los?«

»Das Kennzeichen. Vor zwei Wochen in Potsdam gestohlen.«

Der Polizeiobermeister nickte unbewusst. Damit ergab das P am Anfang des Nummernschildes einen Sinn. »Und der Wagen? Auch geklaut?«

»Woher soll ich das wissen?«

»Hätte ja sein können, dass der Leitstelle etwas von einem gestohlenen Leichenwagen bekannt war.«

Kuntzsch schob sich die Mütze in den Nacken und baute sich wieder neben seinem Kollegen auf. »Und was machen wir jetzt?«

»Jetzt schauen wir, ob hinten die Klappe auf ist. Nicht dass da tatsächlich einer hinten drinliegt.«

Der Griff der Heckklappe hatte sich in der Morgensonne bereits aufgeheizt. Greulich drückte die Klinke herunter und zog an der Tür. Mit spielerischer Leichtigkeit ging sie auf.

Drei Augenpaare starrten in das Innere des Leichenwagens. Als Erstes nahmen sie den Leichnam einer Frau wahr.

Hände und Füße waren an das Chassis des Wagens gefesselt. Das einfallende Sonnenlicht ließ deutlich die Würgemale an ihrem Hals erkennen.

Als Zweites registrierten die geschockten Betrachter eine lose herunterbaumelnde Nylonschnur, an deren Ende der Verschluss eines zylindrischen Behälters befestigt war. Der Inhalt des Behälters hatte sich, den Gesetzen der Schwerkraft folgend, auf den Körper der toten Frau ergossen.

Als Drittes wurde die Aufmerksamkeit der drei Personen hinter dem Leichenwagen auf den Rauch gelenkt, der sich plötzlich über dem Leichnam erhob.

Und bevor einer der drei vor der Heckklappe Stehenden reagieren und die Arme zum Schutz vor die Augen reißen konnte, traf sie eine grelle Stichflamme.

06

Erst um Viertel vor vier heute früh war Katharina wieder zu Hause gewesen, die Vernehmungen in dem Swingerclub hatten sich endlos hingezogen. Viel gebracht hatte es nicht. Sie hatten noch nicht einmal in Erfahrung bringen können, wie die Tote hieß.

Völlig erschöpft war Katharina in die Wohnung geschlichen, hatte kurz geduscht und war dann ins Schlafzimmer gegangen. Veronika war zum Glück nicht aufgewacht, um halb sechs musste sie raus, um ihren Flieger nicht zu verpassen.

Als der Wecker klingelte, hatte sich Katharina schlafend gestellt, obwohl sie kein Auge zugemacht hatte. Sie hörte, wie Veronika in der Küche herumhantierte, hörte die Geräusche aus dem Bad und wie Veronika vorsichtig die letzten

Kleinigkeiten zusammensuchte und ihre Sachen aus dem Schlafzimmer holte.

Sobald die Wohnungstür zugeschlagen war, hatte Katharina erleichtert aufgeatmet. Die nächsten anderthalb bis zwei Wochen war sie allein zu Hause, Zeit genug, um in Ruhe über sich und ihre Zukunft nachzudenken. Sie musste endlich herausfinden, was sie eigentlich wollte. Bisher wusste sie nur, was sie nicht wollte – und dazu gehörte, den Rest ihres Lebens an der Seite einer anderen Frau zu verbringen.

Bisher war alles so einfach, so unkompliziert gewesen. Katharina hatte die Beziehung zu Veronika immer als eine temporäre Phase betrachtet, etwas, was irgendwann einmal vorbei sein würde. Die gemeinsame Wohnung an der Stadtgrenze Essens hatte sich doch nur zufällig ergeben, weil beide gleichzeitig eine neue Bleibe gesucht hatten.

Von dem Balkon der Dachgeschosswohnung aus übersah Katharina die Skyline von Oberhausen. Da die Luft am heutigen Morgen sehr klar war, ging der Blick weit. Übermächtig waren die gläsernen Kuppeln des CentrO sowie die zylindrische Gestalt des Gasometers, der unmittelbar neben dem Rhein-Herne-Kanal stand.

Die Kommissarin trank den Rest aus ihrer Kaffeetasse, betrat das Wohnzimmer und schaltete das Radio ein. Die schmeichelnde Stimme des Sprechers auf WDR 2 verkündete, dass zurzeit keine Staus gemeldet seien. Sie konnte also in Ruhe noch eine weitere Tasse Kaffee trinken, die nächste Besprechung im Präsidium war erst für zehn Uhr angesetzt.

Kurz darauf stand Katharina wieder auf dem Balkon, nippte an dem schwarzen Gebräu und seufzte. Wie sollte sie Veronika nur klarmachen, dass sie sich durch den Heiratsantrag zwar sehr geschmeichelt fühlte, es für sie aber absolut nicht infrage kam, sie tatsächlich zu heiraten? Und wie sollte das mit Ulli weitergehen?

Als sie nach ihren Zigaretten greifen wollte, klingelte es an der Tür. Um diese Tageszeit konnte das eigentlich nur der Postbote sein.

Katharina drückte die Haustür auf und hörte schwere, schlurfende Schritte im Flur. Überrascht schaute sie durch den Spion. Nachdem der Mann das Dachgeschoss erreicht hatte, erkannte sie Ulli.

Um Himmels willen, was wollte der denn hier? Zwei Mal war er erst in ihrer neuen Wohnung gewesen, und das auch nur, um Arne vorbeizubringen. Hatte sie etwa vergessen, dass sie den heutigen Tag mit ihrem Sohn verbringen wollte? Nein, erst für morgen hatten Ulli und sie ausgemacht, dass sie den Jungen holte.

Ulli war allein, von Arne keine Spur. Als er die Hand hob, um zu klopfen, öffnete Katharina die Tür.

»Grüß dich. Was machst du denn hier?«

Ulli sah erbärmlich aus. Seine rotblonden Haare standen büschelweise ab, unter den Dackelaugen hatten sich dunkle Ringe gebildet, die von mindestens einer harten Nacht zeugten, und unter der für Menschen seiner Haarfarbe ungewöhnlich sonnengebräunten Haut war er eigenartig blass.

»Kann ich reinkommen?«, fragte er.

»Klar. Möchtest du einen Kaffee?«

»Gern.«

Katharina trat zur Seite und Ulli schleppte sich an ihr vorbei in die Diele. Dann blieb er abwartend stehen und warf einen vorsichtigen Blick ins Wohnzimmer.

»Veronika ist nicht da«, erklärte Katharina ungefragt. »Sie ist heute Morgen in die Staaten geflogen, wahrscheinlich kommt sie erst in zwei Wochen zurück.«

Ulli nickte und traute sich nun über die Schwelle in den Wohnraum. Dort ließ er sich mit einem Ächzen in einen der Sessel fallen.

»Immer noch Milch und Zucker im Kaffee?«

»Was? Nein, schwarz bitte.«

»Ist etwas mit Arne passiert?«

»Nein, dem Jungen geht's gut.«

Bevor Katharina weiterfragte, ging sie in die Küche, um den Kaffee zu holen.

»Eine ziemlich ungewohnte Uhrzeit für einen Besuch«, meinte sie, während sie Ulli den Kaffee vor die Nase stellte. »Hättest vorher besser angerufen, ich muss gleich los.«

Ulli sah fragend auf.

»Kannst du Montag wahrscheinlich sowieso in der Zeitung lesen. Wir haben es wohl mit einem ziemlich abgefahrenen Mord zu tun. Und rate mal, wer gestern mal wieder Bereitschaft hatte.«

Am liebsten hätte sich Kathrina selbst geohrfeigt. Was erzählte sie denn da für einen Müll? Warf sie Ullis Besuch so aus der Bahn, dass sie wie eine schlecht vorbereitete Fremdenführerin einfach drauflosplapperte?

Ulli griff stumm nach der Tasse Kaffee, nahm einen Schluck und stellte das Gefäß wieder ab. Dabei war er so fahrig, dass die Tasse beinahe vom Tisch gefallen wäre. Katharina schob sie im letzten Moment weit genug von der Tischkante weg.

»Also, was gibt's? Warst du zufällig in der Nähe?«

»Mein Vater ist tot«, brach es endlich aus Ulli heraus. »Gestern Nachmittag ist er gestorben. Meine Mutter hat es mir am Telefon gesagt.«

»Das tut mir leid«, antwortete sie leise. »Woran ist er gestorben?«

»Krebs. Er muss das schon lange mit sich herumgeschleppt haben, hat aber niemandem was gesagt.«

Katharina setzte sich endlich auf die Couch und musterte Ulli aufmerksam. Als sie sich kennen gelernt hatten, war Ulli voller Hass und Verachtung für seinen Vater gewesen. Dieses Gefühl hatte auf Gegenseitigkeit beruht, Ullis Vater hatte in Frankfurt bei der größten deutschen Bank gearbeitet und war mehr als enttäuscht gewesen, dass sich sein Filius entschieden hatte, Sozialarbeiter zu werden. Über Jahre hatte es nur sporadischen Kontakt gegeben, hin und wieder eine Karte zu Weihnachten und ein Anruf zum Geburtstag. Das hatte sich erst geändert, als Arne auf die Welt gekommen war.

Das Verhältnis von Vater und Sohn war danach zwar nicht gerade herzlich gewesen, aber die beiden konnten sich wenigstens miteinander unterhalten. Katharina jedoch hatte ihren damaligen Schwiegervater in spe als einen kalten, hartherzigen Mann erfahren, der, wenn überhaupt, zum Lachen in den Keller ging. Lediglich im Umgang mit seinem Enkel hatte Ullis Vater eine winzige Spur an Herzlichkeit gezeigt, seinem eigenen Sohn gönnte er dagegen bei der Begrüßung nach wie vor nur einen formellen Handschlag.

»Es geht dir nahe, nicht wahr?«

»Ja. Und das überrascht mich. Er war ein Kotzbrocken und trotzdem hat es einen fürchterlichen Stich gegeben, als Mutter mir das gestern erzählte. Vater hatte die letzten drei Wochen im Krankenhaus gelegen und ihr verboten, mir Bescheid zu sagen. Verstehst du das?«

»Nicht unbedingt. Aber es passt zu dem Mann, den ich kennengelernt habe. Zum Glück hast du nicht seinen Charakter.«

Ulli sah einen Moment auf und überlegte, wie er diese

Bemerkung verstehen sollte. Dann nickte er langsam. »Nein, das habe ich wirklich nicht. Nur seine Dickköpfigkeit habe ich geerbt.«

Katharina schielte unauffällig auf ihre Uhr. In zehn Minuten musste sie los. »Und was machst du jetzt? Fährst du nach Frankfurt?«

»Zur Beerdigung sicher, meine Mutter will sich um alles kümmern.«

»Nimmst du Arne mit?«

»Ich denke doch. Er hat seinen Opa ja gemocht, warum sollte er dann nicht auf die Beerdigung gehen.«

»Das ist deine Entscheidung, ich möchte dir da nicht reinreden.«

»Und was ist mit dir?«

Katharina schrak zusammen. »Wie meinst du das?«

»Kommst du auch mit?«

»Nein«, antwortete die Kommissarin sofort. »Erstens kannte ich deinen Vater ja kaum …«

»Was nicht an ihm gelegen hat«, unterbrach sie Ulli mit einem Anflug von Bitterkeit. »Du bist ja nur ein einziges Mal mit zu meinen Eltern gefahren.«

»Wie ich sagte, wir haben einen neuen Fall. Ich kann mich da nicht einfach verdünnisieren.«

Ulli griff wieder zur Tasse, stellte sie dann aber mit einer harten Bewegung zurück auf den Tisch. »Ich rede nicht davon, dass du deinen Jahresurlaub nehmen sollst«, sagte er leise. »Es geht immerhin um einen Todesfall in der Familie. Wenn Wielert dir dafür nicht zwei, drei Tage freigibt, sollte er sich zum Teufel scheren.«

In Katharina breitete sich ein Gefühl von Hilflosigkeit aus. »Übertreibst du nicht ein wenig?«, fragte sie nach einer Weile. »Ich habe deinen Vater ein einziges Mal gesehen, wenn ihr telefoniert habt, hat er mir noch nicht einmal Grüße ausrichten lassen. Und jetzt ist sein Tod plötzlich eine Familienangelegenheit?«

In Ullis Augen gefror etwas zu Eis. »Wie würdest du es denn sonst nennen, wenn der Vater deines Verlobten stirbt? Ob ihr ein gutes Verhältnis zueinander hattet, spielt doch keine Rolle. Und Arne würde es auch nicht verstehen, wenn seine Mutter nicht zur Beerdigung seines Großvaters geht.«

»Lass den Jungen aus dem Spiel«, gab Katharina energischer zurück, als sie beabsichtigt hatte. »In Wahrheit reden wir doch über ganz etwas anderes, oder?«

Ullis Hände krampften sich in die Armlehnen. »Ich weiß nicht, was du meinst«, antwortete er trotzig.

»Natürlich weißt du das. Ein klärendes Gespräch zwischen uns ist schon lange überfällig, das weiß ich selbst. Aber nicht unter diesen Voraussetzungen. Nicht, wenn du wegen des Todes deines Vaters völlig neben der Spur stehst. Ich wollte mich in den nächsten Tagen bei dir melden, aber wir sollten abwarten, bis dein Vater beerdigt ist und du das Ganze etwas verdaut hast. Vorher hat das keinen Zweck.«

Während Katharina sprach, war Ulli mehr und mehr in sich zusammengesunken. Abwesend nahm er die Tasse und drehte sie hin und her.

»Also schön«, seufzte er schließlich. »Verschieben wir das Gespräch mal wieder. Wann kannst du denn mal ein, zwei Stunden für mich erübrigen? An Weihnachten vielleicht?«

»Ulli«, sagte Katharina verzweifelt, »das ist unfair.«

»Passend, dass du von Fairness sprichst!«, schrie Ulli wütend und stand auf. »Darin bist du ja eine absolute Expertin!«

Katharina setzte zu einer Antwort an, aber Ulli befand sich schon halb in der Diele.

»Kümmerst du dich morgen wenigstens wie abgemacht um deinen Sohn?«, rief er, die Türklinke in der Hand.

»Ich rufe an«, erwiderte Katharina.

Gleich darauf knallte die Wohnungstür ins Schloss.

Na toll, dachte die Kommissarin. Hätte sie anders reagieren sollen? Oder können? Ulli war mit den Nerven am Ende, er war gerade erst am Anfang des Weges, ihre Trennung zu verarbeiten. Und jetzt starb auch noch sein Vater. Wider Willen beschlichen Katharina Schuldgefühle.

WDR 2 hatte auch um halb zehn keine Staus zu melden. Sie verriegelte die Balkontür und griff nach ihren Autoschlüsseln. Es wurde höchste Zeit, wenn sie nicht zu spät kommen wollte, musste sie jetzt los.

Eine Minute später dirigierte sie ihren Sportwagen aus der Parklücke und gab Gas. Dabei ertappte sie sich bei dem Gedanken, dass sie sich wünschte, die Tote von gestern Abend möge tatsächlich ermordet worden sein. Im Moment konnte sie Ablenkung von ihrem privaten Chaos gut gebrauchen.

07

Rocco Daubitz langte in seine Hosentasche, fingerte nach einem Streifen Kaugummi, packte das mit einem feinen weißen Puder behaftete Erzeugnis aus und schob es sich in den Mund. Das Papier knüllte er zwischen Daumen und Zeigefinger zusammen und steckte es wieder in seine Tasche.

Das ausgebrannte Wrack des Leichenwagens stand etwa fünfzehn Meter entfernt, noch immer stiegen leichte Qualmwolken aus dem Heck auf. Einer der beiden Feuerwehrwagen rückte gerade ab, die Besatzung des anderen war dabei, ihre Ausrüstung zu verstauen. Ein Brandmeister hielt zur Sicherheit mit einem Feuerlöscher Wache, falls das Feuer doch noch einmal aufflackern sollte.

Daubitz bereitete die Sache schon jetzt Kopfschmerzen. Okay, ein Leichenwagen beinhaltete nun mal Leichen, aber in der Regel keine, die an den Boden des Fahrzeugs gefesselt waren. Und im Normalfall explodierte so ein Fahrzeug auch nicht, sobald man die Hecktür öffnete.

Der Kriminalkommissar war erst dreiunddreißig Jahre alt, trotzdem durchsetzten zahlreiche graue Strähnen seine schwarzen Locken. Als der Anruf aus der Einsatzleitstelle gekommen war, hatte er gerade bei seiner Mutter den Hausflur gewischt. Die alte Dame hatte beständig Probleme mit Rheuma, trotz der momentan ganz angenehmen Temperaturen war es seit zwei Wochen besonders schlimm. Aber nicht deswegen sah Daubitz so fürchterlich verknautscht und ungepflegt aus. Die Jeans war frisch gewaschen, das Hemd erst gestern gebügelt, aber alles wirkte schon wieder so, als hätte er in seinen Kleidern geschlafen.

Daubitz konnte nichts dafür, er mochte sich noch so sehr vornehmen, auf sein Äußeres zu achten, immer erweckte es den Eindruck, als wäre sein nächster Schritt der in die Obdachlosigkeit. Natürlich wusste er, dass seine Kollegen ihn hinter seinem Rücken *Columbo* nannten. Doch es störte ihn nur zum Teil – es gab schlimmere Vergleiche.

Die Krankenwagen mit den Verletzten waren kurz nach Daubitz' Eintreffen mit Blaulicht und Sirene davongejagt. Immerhin hatte der Kommissar mit einem der beiden Schutzpolizisten noch ein paar Worte wechseln können, bevor der Notarzt eine Ampulle seiner stärksten Schmerzmittel geopfert hatte.

Der Einsatzleiter der Feuerwehr wischte sich mit einem

Handtuch den Schweiß vom Gesicht und nickte dem wartenden Polizisten zu. Endlich konnte Daubitz mit seiner Arbeit beginnen.

»Das ist eine schöne Scheiße«, stellte der Oberbrandmeister fest.

Daubitz erinnerte sich, dass der Mann Seewald hieß. »Kannst du mir schon etwas erzählen?«

Seewald setzte eine Flasche Mineralwasser an den Mund und leerte sie mit einem Zug zur Hälfte. »Ich habe eine vage Vermutung, möchte aber nachher nicht darauf festgenagelt werden.«

Daubitz wartete stumm. Fachleuten sollte man nicht auf die Füße treten, wenn man von deren Spezialgebiet keine Ahnung hatte.

»Zunächst mal hat das Feuer selbstverständlich keine natürliche Ursache. Da hat sich jemand eine ganz perverse Kiste ausgedacht. Ich weiß noch nicht, wie das Ganze entfacht wurde, das müssen die Analysen ergeben, aber ich tippe mal darauf, dass die Brandursache zwei heftig miteinander reagierende Chemikalien waren. Das Feuer hat eine irrsinnige Hitze entwickelt, ein großer Prozentsatz der Metallteile hinten im Wagen ist ja fast geschmolzen. Wenn wir da mit Wasser drangegangen wären, hätten wir die Katastrophe nur vergrößert. Zum Glück hatten wir genug Schaum in unseren Wagen.«

Der Kommissar nickte zustimmend.

»Zu der Leiche hinten drin kann ich dir so gut wie gar nichts sagen«, fuhr der Brandmeister fort, »noch nicht mal mit Sicherheit, ob es sich dabei um einen Mann oder eine Frau handelt. So wie es aussieht, ist sie wahrscheinlich an allen Extremitäten gefesselt gewesen.«

»War die Person schon tot?«

»Davon gehe ich aus. Sonst hätte sie sich ja eventuell bemerkbar machen können.«

Daubitz nickte erneut. Das bestätigte, was ihm der verletzte Kollege erzählt hatte. »Es war eine Frau und sie war schon tot«, teilte er Seewald sein Wissen mit. »Was noch?«

»Nun, wie gesagt, der Körper ist fast vollständig verbrannt. Wenn du weißt, wie lange eine Leiche in einem Krematorium vor sich hin schmörgeln muss, kannst du dir ja vorstellen, was ich gerade mit der Hitze des Feuers meinte.«

»Und wie wurde das alles in Gang gesetzt?«

»Vermutlich durch das Öffnen der Heckklappe. Wir haben unter dem Wagendach so etwas wie zwei Metallhaken gefunden, wenn ich mich nicht irre, kleben daran Reste von geschmolzenem Glas. Ich spiele jetzt mal Orakel und behaupte, der Täter hat unter dem Fahrzeugdach eine Phiole mit irgendeinem Teufelszeug angebracht. Die andere Chemikalie, die das Feuerwerk gezündet hat, war vermutlich auf der Leiche und im Innenraum des Leichenwagens verteilt. Als deine Kollegen die hintere Tür geöffnet haben, wurde das Zeug unter dem Dach durch irgendeinen Mechanismus freigesetzt. Dann begann der Schlamassel. Und ich behaupte weiterhin, dass der Kerl zudem Benzin in dem Wagen gebunkert hatte. Sonst hätte das Feuer nicht so lange und so heiß gebrannt.«

Daubitz kaute in Gedanken versunken auf seinem Kaugummi. Da bemerkte er, dass sich sein Chef einen Weg durch die Schaulustigen bahnte.

»Hast du mir noch etwas zu sagen?«, fragte Daubitz den Feuerwehrmann schnell, bevor sich Kriminalrat Jahn in den Vordergrund spielen konnte.

»Im Augenblick nichts.« Der Oberbrandmeister bemerkte nun ebenfalls den Näherkommenden und nickte Daubitz zu.

»Wenn noch was ist, ich bin noch eine Weile hier.« Damit war Seewald weg.

»Verdammter Mist«, dröhnte nun Kriminalrat Jahn, »schon wieder ein versautes Wochenende. Daubitz, los, erzählen Sie schon.«

»Guten Morgen, Herr Kriminalrat. Tut mir leid, dass Sie sich herbemühen mussten, aber die Umstände verlangen es.«

»Schon gut, Daubitz, schon gut. Was ist hier passiert?«

Der Kommissar gab einen kurzen und präzisen Bericht über das, was er bisher in Erfahrung hatte bringen können. Dabei bemühte er sich, seinem Chef nicht zu nahe zu kommen. Jahn war nicht dick, sondern schon fett, zwischen der spärlichen Haarpracht glänzten Schweißperlen, unter den Achseln des mit Querstreifen verzierten Hemdes breiteten sich Schweißflecken bis zum Bauchnabel aus. Da Jahn sich beharrlich weigerte, eines der nach der Wende auch in Brandenburg in überwältigender Vielfalt überall erhältlichen Deosprays zu verwenden, umgab den Kriminalrat permanent eine übel riechende Duftwolke. Nicht nur im Sommer, sondern auch im Winter.

Als der Kommissar verstummte, nahm der Kriminalrat seine Unterlippe zwischen die Zähne und kaute unbehaglich darauf herum.

»Wie geht es den beiden Kollegen? Und der alten Frau?«

»Nach Auskunft des Notarztes schlecht. Alle haben Verbrennungen zweiten und dritten Grades erlitten, der ältere der beiden Wachtmeister dürfte wohl sein Augenlicht verlieren. Er war der Stichflamme am nächsten, sie hat ihn voll im Gesicht erwischt.«

Jahn nickte noch besorgter.

»Am schlimmsten geht es aber wohl der Anruferin«, fuhr Daubitz fort. »Sie trug eine billige Perücke und einen Kittel aus irgendeinem sehr leicht brennbaren Kunststoff. Sowohl die Perücke als auch der Stoff des Kittels sind mit ihrer Haut verschmolzen.«

»Ach du Scheiße«, entfuhr es dem Kriminalrat.

»Man muss schon sagen, wenn sie Glück hat, stirbt sie, wenn sie Pech hat, nicht.«

»Daubitz, das ist ja fürchterlich. Wir müssen dieses Schwein erwischen, der Kerl darf uns nicht entkommen. Verstanden?«

Daubitz nickte. Jahns Forderung hörte sich so an, als habe er damit die gesamte Verantwortung der Ermittlung auf seinen Untergebenen übertragen. Trotzdem fragte Daubitz: »Wie soll es weitergehen?«

»Der Wagen kommt in die KTU, unsere Leute sollen sich einen Brandexperten von der Feuerwehr ausleihen. Dann müssen wir natürlich erst mal in Erfahrung bringen, um wen es sich bei der toten Frau handelt. Jemand soll sich darum kümmern, herauszufinden, woher der Leichenwagen stammt, so ein Gefährt verschwindet nicht unbemerkt. Wo war der Wagen vor der Tat abgestellt, wer hat den Wagen gesehen? Wurde er gestohlen oder gekauft? Wann wurde das Fahrzeug hier noch mal geparkt?«

»Irgendwann gestern Abend nach neunzehn Uhr«, gab Daubitz, gegen seinen Willen beeindruckt, zurück. Aufgrund seiner unumstößlichen Abneigung vergaß er manchmal, dass Jahn durchaus logisch und scharfsinnig denken konnte.

»Also müssen wir die Anwohner und vor allem die Besucher der umliegenden Kneipen aufs Korn nehmen. Heute Abend am besten mit großer Besatzung, vielleicht ist ja ein Teil der Gäste von gestern auch heute wieder da. Trommeln Sie zusammen, wen Sie erreichen können. Daubitz, das wird ein langer Tag.«

»Ja, Herr Kriminalrat«, antwortete der Kommissar und

wandte sich ab. Der Brandgeruch, der ihm in der Nase geklebt hatte, war nicht so schlimm wie der Schweißgestank seines Chefs.

08

»Entschuldigt bitte«, sagte Katharina, als sie um Viertel nach zehn in das Besprechungszimmer stürmte. »Mir ist leider etwas dazwischengekommen.«

Wielert lächelte nachsichtig und deutete mit der Hand auf einen freien Stuhl. Außer dem Leiter des KK 11 waren Doktor Brettschneider, der meistgefürchtete Gerichtsmediziner westlich des Urals, und die Kollegen Gassel und Hofmann anwesend.

Katharina hängte ihre Tasche über die Lehne des Stuhls, der neben Hofmann stand, und setzte sich. Erst jetzt fiel ihr die Veränderung an ihrem Kollegen auf.

»Sag mal, gab es in eurem Ferienhotel keinen Spiegel?«

Berthold Hofmann, mit dem Katharina seit Beginn ihrer Dienstzeit in Bochum das Büro teilte, sah sie irritiert an. »Das ist ja eine nette Begrüßung. Ich dachte, du freust dich, dass ich wieder da bin.«

»Ja klar. Aber doch nicht mit Vollbart und schwarz gefärbten Haaren. Du siehst ja aus wie Pierce Brosnan als junges Mädchen.«

Hofmann wurde rot, Brettschneider lachte dröhnend.

»Es muss ja nicht dir gefallen«, erwiderte der Gefoppte schnippisch. »Hauptsache, Sabrina findet das cool.«

»Falls ihr eure Nettigkeiten fertig ausgetauscht habt, könnten wir endlich anfangen«, begann Wielert den offiziellen Teil. »Eigentlich hatte ich ja auch Frau de Vries zu unserer Unterredung eingeladen. Aber die geschätzte Staatsanwältin vertritt die Ansicht, dass noch nicht eindeutig geklärt ist, ob wir es mit einem Verbrechen zu tun haben oder nicht. Daher wird sie uns vorerst nicht mit ihrer Anwesenheit beehren.«

»Worüber wir alle fürchterlich traurig sind«, warf Gassel leise ein.

»Vielleicht kann Doktor Brettschneider ja bereits etwas zu diesem Punkt beisteuern«, überging Wielert die Bemerkung. »Haben Sie schon etwas für uns?«

Der knapp zwei Meter große gebürtige Bayer griff automatisch in die Innentasche seiner Jacke, um einen seiner berüchtigten Zigarillos hervorzuholen, besann sich dann aber, wo er sich befand. Das Rauchopfer musste noch warten.

»Ungewöhnliche Fälle erfordern ungewöhnlichen Einsatz«, sagte Brettschneider. »Sie haben mir da ein Zuckerstückchen serviert. Endlich etwas, was meinen Intellekt voll beansprucht.«

Katharina konnte ihren Mund nicht halten. »Ach, haben Sie ohne fremde Hilfe festgestellt, dass die Frau tatsächlich tot ist?«

»Nur so weiter«, gab Brettschneider zurück, »und ich erzähle das Interessante erst, wenn Ihr Chef Sie auf den Flur geschickt hat.«

»Herrschaften«, mahnte Wielert, »bitte sachlich bleiben.«

»Nun gut«, wurde der Süddeutsche ernst. »Die Frau ist in der Tat ermordet worden.«

»Und wie?«, fragte Wielert.

»Gestorben ist sie, weil sie erstickt ist, bedingt durch eine komplette Lähmung der gesamten Muskulatur. Sie wurde vergiftet.«

»Interessant«, meinte Gassel ruhig. »Was für ein Gift?«

»Die toxikologischen Untersuchungen sind noch nicht abgeschlossen. Ich tippe auf ein Pflanzengift.«

»Ein Pflanzenschutzmittel?«, fragte Hofmann, dessen Interesse nun auch geweckt war.

»Nein. Ich meine ein Gift, das aus dem Extrakt einer oder mehrerer Pflanzen gewonnen wurde. Leider gibt es da sehr viele verschiedene Möglichkeiten. Wie gesagt, sobald die Analysen abgeschlossen sind, erfahren Sie Näheres.«

»Kann man ausschließen, dass die Frau das Gift versehentlich zu sich genommen hat? Vielleicht bei Gartenarbeiten?«, wollte Wielert wissen.

Brettschneiders Augen blinzelten amüsiert. »Äußerst unwahrscheinlich. Und wenn, verdient die Frau posthum den Preis für den skurrilsten Selbstmord des Jahres.«

Erst als er die fragenden Blicke der Polizisten lange genug genossen hatte, zeigte der Gerichtsmediziner Erbarmen. »Die Tote hat das Gift über ihre Vagina aufgenommen.«

Für ein paar Sekunden herrschte völlige Stille.

»Über die Vagina?«, wiederholte Katharina ungläubig. »Sind Sie sich sicher?«

»Spielt Bochum in der zweiten Liga?«, kam Brettschneiders Gegenfrage.

»Nein«, konterte Hofmann. »Falls Sie es noch nicht mitgekriegt haben, die sind mal wieder ...«

»Die steigen sowieso wieder ab«, unterbrach der Doc. »Es ist kein Irrtum möglich. Das Gift wurde über die Schleimhäute im Körper absorbiert und gelangte über die Vagina in den Blutkreislauf. Der Tod dürfte innerhalb von vielleicht zehn bis fünfzehn Minuten eingetreten sein, was die Anzahl der infrage kommenden Gifte glücklicherweise etwas einschränkt.«

»Ein Versehen genauso wie einen Suizid können wir damit wohl ausschließen«, meinte Gassel. »Meine Güte, etwas Derartiges ist mir bisher noch nicht untergekommen.«

»Wenn ich darüber nachdenke, wie der Mörder das Gift in die Vagina injiziert haben könnte, fallen mir nicht viele Möglichkeiten ein«, überlegte Wielert. »Hätte sich der Täter dabei nicht selbst vergiften müssen?«

»Oder die Täterin?«, fügte Katharina hinzu.

Brettschneider nickte. »Sie weisen da auf einen sehr interessanten Punkt hin. Natürlich kann die Tat auch von einer Frau begangen worden sein, vielleicht mithilfe eines ... na, sagen wir mal, Spielzeugs, das zuvor entsprechend präpariert worden ist. Ich habe in der Vagina keine Spuren fremder DNA gefunden, kein Sperma, keine Schamhaare, nichts. Entweder wurde also wirklich ein Hilfsmittel benutzt oder der Täter, sofern es ein Mann war, hat ein Präservativ verwendet.«

»Wie das?«, fragte Hofmann. »In solchen Clubs liegen die doch überall bereit, der Mörder musste doch erst das Gift auf den Pariser auftragen. Das hätte doch auffallen müssen.«

»Du kennst dich mit der Ausstattung derartiger Clubs aber überraschend gut aus«, meinte Katharina amüsiert.

Hofmann wurde erneut knallrot.

Wielert räusperte sich überdeutlich und warf Katharina und Hofmann strafende Blicke zu. »Der Mörder könnte das Präservativ auch mitgebracht haben«, stellte er fest. »Aber warum begeht er – ich setze jetzt einfach mal voraus, dass es ein Mann war – den Mord in einem Swingerclub? Warum tötet er auf diese nahezu diabolische Art und Weise? Warum nicht an irgendeinem anderen Ort, an dem das Risiko aufzufallen gleich null ist?«

»Vielleicht war es ein Ritual«, mutmaßte Katharina. »Vielleicht wollte er sich dadurch auch nur den absoluten Kick verschaffen.«

»Auf jeden Fall ist der Typ krank«, nickte Wielert. »Krank und gefährlich. Und ich vermute, auch sehr intelligent.«

»Nun denn, Sie haben ja jetzt genug zu tun«, meldete sich Brettschneider zu Wort und stand auf. »Ich verschwinde mal wieder zu meinen Leichen. Die geben mir wenigstens keine Widerworte, wenn ich etwas sage. Sobald ich etwas Neues für Sie habe, melde ich mich. Allerdings kann die Giftanalyse einige Zeit in Anspruch nehmen, werden Sie also nicht zu schnell ungeduldig.«

Die Beamten nickten dem Gerichtsmediziner zum Abschied zu, dann war Brettschneider verschwunden.

»Das wird nicht einfach werden«, seufzte Wielert, als die Kripoleute unter sich waren. »Vorrangig müssen wir uns erst mal um die Identifizierung der Leiche kümmern. Der Täter hat ja nicht nur die Kleidung der Frau mitgenommen, sondern auch ihre persönlichen Papiere, das Handy und so weiter.«

»Woher wissen wir das?«, traute sich Hofmann endlich wieder, etwas zu sagen.

Katharina erklärte ihm die Aktion mit den Umkleidespinden. Die Inspektion hatte über eine Stunde gedauert, sie hatten aber nichts gefunden, was nicht den anwesenden Gästen des Swingerclubs gehörte.

»Wie sieht es mit dem Begleiter der Toten aus?«

»Eine Frau von der Thekenbesatzung kommt gegen zwölf, um uns zu helfen, ein Phantombild zu erstellen. Wobei sie sich aber leider mehr an körperliche Details erinnert, weniger an das Gesicht.«

»Wieso das?«, fragte Hofmann.

»Der Mann hat eine Narbe, die sich fast über den ganzen Oberkörper zieht. So etwas bleibt haften.«

»Sobald die Thekendame kommt, gehe ich mit ihr an unseren Computer«, entschied Wielert. »Katharina, du konzentrierst dich auf die Identifizierung. Gib aber noch kein Bild der Toten an die Presse, damit möchte ich noch ein wenig warten. Berthold und Karl Heinz, ihr zwei geht die Sexualdelikte der letzten, sagen wir, zehn Jahre durch, ob da mal irgendetwas Vergleichbares vorgefallen ist.«

»Wann erhalten wir den Bericht der Kriminaltechnik?«, fragte Gassel.

»Das wird wohl länger dauern als üblich. So ein Swingerclub ist ja leider alles andere als ein steriler OP-Raum. Du kannst dir ja vorstellen, dass man allein aus den Matratzenbezügen eine bundesweite Gendatenbank aufbauen könnte.«

»Interessant sind aber doch vor allem die Spuren aus diesem merkwürdigen Raum im Keller«, wandte Gassel ein. »Prinzipiell können wir von einem Sexualmord ausgehen, nicht wahr? Wahrscheinlich hatte der Täter doch wohl einen Orgasmus. Und das Präservativ wird er nach dem … Akt abgezogen haben. Vielleicht ist ja dabei etwas von dem Inhalt auf die Matratze getropft.«

»Möglich«, meinte Wielert zweifelnd. »Ich kümmere mich darum. Allerdings vermute ich, dass der Täter sehr vorsichtig war. Und das Präservativ sowieso mitgenommen hat. Aber wir werden ja sehen.«

»War es das?«, fragte Hofmann.

»Fürs Erste, ja. Wir treffen uns heute Abend um achtzehn Uhr wieder hier, um die Ergebnisse zusammenzutragen. Katharina, bleibst du bitte noch einen Moment da?«

Hofmann und Gassel warfen Katharina einen fragenden Blick zu, aber die Kommissarin war sich keiner Schuld bewusst.

»Hab ich etwas angestellt?«, fragte sie, nachdem die beiden anderen den Raum verlassen hatten.

»Nein, eher im Gegenteil.«

Katharina sah ihren Chef überrascht an.

»Nun, wie es den Anschein hat, werde ich in absehbarer Zeit ein Treppchen nach oben fallen. Noch ist nichts sicher, aber Flenner hat gestern angedeutet, dass die Wahrscheinlichkeit hoch ist.«

Katharina rutschte unbehaglich auf ihrem Stuhl hin und her. Sie hatte immer noch keine Ahnung, worauf Wielert hinauswollte. Und die Erwähnung des Polizeipräsidenten machte das Raten nicht einfacher.

»Heißt das, du wirst versetzt?«

»Wenn, dann innerhalb des Hauses, Bochum bleibe ich erhalten. Allerdings braucht das KK 11, sollte der Fall eintreten, einen neuen Leiter. Oder eine neue Leiterin«, fügte Wielert nach einer Pause hinzu.

In Katharinas Magen bildete sich ein dicker Klumpen. Die Worte ihres Chefs dröhnten ihr geradezu in den Ohren. »Und?«, fragte sie verunsichert.

»Ich dachte da an dich. Und das habe ich Flenner bereits mitgeteilt.«

»Was?«

»Guck nicht so erstaunt. Der Alte hält genauso große Stücke auf dich wie ich. Er kann sich durchaus vorstellen, dass du das KK 11 übernimmst.«

Der Kommissarin wurde schwindelig. »Ich? Ich soll die Abteilung leiten?«

»Ja, wer denn auch sonst? Karl Heinz geht bald in Rente, Berthold kommt noch nicht einmal ansatzweise dafür infrage. Und dir traue ich den Job zu.«

»Du bist verrückt.«

»Warum? Zweifelst du etwa an deinen Fähigkeiten? Oder fürchtest du, dass die anderen aus der Abteilung nicht damit umgehen könnten, wenn du plötzlich ihre Chefin wärst? Katharina, ich kenne dich nun seit fast acht Jahren. Während der Zeit hast du oft genug deine Belastbarkeit und deine Ausdauer unter Beweis stellen können. Egal, wie schwierig ein Fall war, wenn du dich in etwas verbissen hast, dann so lange, bis wir den Täter hatten oder wirklich gar nichts mehr zu machen war. Deine Einsatzbereitschaft ist ebenfalls tadellos. Meinst du, ich sehe nicht, dass du eher da bist als alle anderen und dafür auch noch länger bleibst? Nein, wenn es tatsächlich so kommen sollte, wie es sich abzeichnet, bist du die erste Wahl. Zumindest für Flenner und mich.«

»Schön«, antwortete Katharina. »Soll ich jetzt eine Bewerbung abgeben?«

»Nein, so weit sind wir noch nicht. Aber ich möchte dich bitten, die Ermittlungen in diesem Mordfall zu übernehmen.«

»Das mache ich doch sowieso«, antwortete die Kommissarin verständnislos.

»Verantwortlich«, erläuterte Wielert. »Das heißt, du bist auch die Schnittstelle zur Staatsanwaltschaft, zur Presse und so weiter. Um es mal ganz jovial auszudrücken: Du sollst das Frontschwein spielen.«

»Und ich halte den Kopf hin, wenn wir den Fall in den Sand setzen?«

»Nein. Obwohl, würde dir das Probleme bereiten? Du hast dich doch noch nie gescheut, Verantwortung zu übernehmen. Aber noch leite ich das KK 11. Betrachte diesen Fall als Möglichkeit, dich etwas freizuschwimmen.«

Katharinas Hände waren eiskalt, als sie sich nervös durch die Haare fuhr. Wenn sie Wielert jetzt abblitzen ließ, würde sie für den Rest ihres Berufslebens mit Hofmann zusammen Klinken putzen müssen.

»Einverstanden«, meinte sie freudlos.

09

Abschlussbericht Mission I

Ergebnis insgesamt: Mission erfüllt

Zeitrahmen: wurde eingehalten

Zielperson: Vorgeschichte ist bekannt

Schauplatz: Swingerclub, verwinkeltes Gebäude; Foyer, Thekenraum, Restaurant, Umkleide- und Duschräume, Poolbereich im Erdgeschoss. Im ersten Stock drei größere sowie mehrere kleinere Räume, ausgestattet, um den Beischlaf zu zweit oder in Gruppen zu vollziehen. Im Kellergeschoss SM-Studio und eine sogenannte Dunkelkammer. Fast alle Räume verfügen über nur schummriges Licht, die Dunkelkammer selbstredend über keins: ein Ort, an dem man den Partner nicht ansehen muss. Aber auch ein Ort, der aufgrund seiner Kleinheit den Kontakt zu Unbeteiligten wahrscheinlich werden lässt. Hinein gelangt man durch eine kleine Öffnung hinter einem Vorhang.

Publikum: Mindestens achtzig weitere Paare, wobei ein ständiges Kommen und Gehen herrscht.

Zum Ablauf: Umkleiden entsprechend den Anforderungen der Örtlichkeit. Essen im Restaurant. Unvorhergesehen musste ich mich der Avancen einer Unbeteiligten erwehren, was zur Verunsicherung der Zielperson führte. Mir gelang es aber, sie vom Verbleib zu überzeugen.

Erkundung der Clubräume. Musik, Beleuchtung, Stimmung der anderen Gäste und selbstverständlich meine Aufmerksamkeiten verfehlten ihre Wirkung bei der Zielperson nicht. Nachdem ich an den Geschlechtsteilen der Zielperson manipuliert hatte, vergaß sie gänzlich ihre Hemmungen und wollte selbst mehr.

Ich schlug vor, die Dunkelkammer aufzusuchen. Die Zielperson kroch als Erste in den Raum, drinnen umgab uns undurchsichtige Schwärze. Fehlende Geräusche deuteten darauf hin, dass sich außer uns niemand in dem Raum befand. Nun folgte das Schwierigste: Um meinen Plan umsetzen zu können, musste ich auch meinen Körper dazu bringen, einen gewissen Erregungszustand zu erreichen. Nach ersten Ekelgefühlen versuchte ich, meinen Verstand auszuschalten und die Berührungen der Zielperson als angenehm zu empfinden. Sie küsste mich, mein Gesicht, meine Lippen, die Brust, bis sie schließlich in der Lendengegend angekommen war. Ich spürte ihre Lippen auf meinem Geschlechtsteil und zu meiner großen Überraschung gefiel ihm das. Der Punkt war erreicht, an dem ich zum Finale übergehen konnte.

Ich hatte eine kleine Tasche dabei, unter dem Vorwand, nicht alles Wichtige dem Spind im Vorraum anvertrauen zu wollen, tastete danach und zog den Reißverschluss auf.

Jetzt folgte der gefährlichste Moment des ganzen Abends, ich hatte den Ablauf so lange geprobt, bis ich ihn mit geschlossenen Augen beherrschte: das Öffnen der luftdichten Verpackung, der leichte Druck auf das untere Ende der Folie, bis der Gummiring des Kondoms über Zeige- und Mittelfinger der rechten Hand glitt. Das Verstauen der Kondomfolie in meiner Tasche. Das Zufassen auch mit der anderen Hand, die Dehnung des Latexstoffes und schließlich das vorsichtige Überstreifen des Kondoms. Und tatsächlich gelang es mir, ohne mit der Außenfläche des Präservativs in Kontakt zu kommen.

Auch das Weitere klappte reibungslos. Die Zielperson war bereit und auch mein Körper zeigte keine Schwäche. Nach dem vollzogenen Geschlechtsakt blieben mir etwa fünfzehn Minuten, aus dem Club zu verschwinden. Wie vorausgesehen, achtete die Zielperson erst mal nicht auf mein Tun, sondern war noch ganz mit sich selbst beschäftigt, und ich konnte durch Zuhilfenahme eines

Einmalhandschuhs und von Tissuetüchern unbemerkt das Kondom abstreifen und alles in dem Täschchen verstauen.

Anschließend flüsterte ich, ich müsse mal die Toilette aufsuchen, wäre aber sogleich zurück, um den Akt zu wiederholen. Zielperson sagte glücklich: Lass dir nicht so viel Zeit …

10

Katharina erblickte am Straßenrand einen Kiosk, setzte den Blinker nach rechts und parkte unmittelbar vor dem Verkaufsfenster des Büdchens. Ihre Kehle war völlig ausgetrocknet, außerdem brauchte sie dringend eine Pause. Sie erstand eine Cola, setzte sich wieder in ihren Wagen und zündete sich eine Zigarette an.

Rauchend versuchte sie, ihre Gedanken zu ordnen. Die Cola tat gut. Das trockene Gefühl in der Kehle verschwand mit dem ersten Schluck, langsam fühlte sie sich wieder menschlich.

Wielerts Worte ließen sie nicht los. Sie als Leiterin des KK 11? Katharina hatte nie daran gedacht, die Nachfolge ihres Chefs anzutreten. Einerseits, weil sie nicht davon ausgegangen war, dass Wielert vor seiner Pensionierung noch einmal etwas Neues beginnen würde. Andererseits hatte sie geglaubt, dass ein erfahrener Kollege eher für den Job infrage kam.

Würde die Truppe sie akzeptieren? Verfügte sie über genug Autorität, um sich durchsetzen zu können? Und wie würden die Kollegen darauf reagieren, wenn sie als Frau und zudem als eine der Jüngsten die Leitung übernahm?

Klar, die Position reizte sie, so eine Chance durfte man

nicht ungenutzt verstreichen lassen. Aber welche Auswirkungen würde eine Beförderung auf ihr Privatleben haben?

Nun ja, ihr Privatleben löste sich sowieso gerade in seine Bestandteile auf.

Die Zigarette war heruntergebrannt, Katharina schnippte sie aus dem Fenster und seufzte. Sie hatte jetzt keine Zeit, sich mit sich selbst zu beschäftigen. Immerhin hatte sie einen Mord aufzuklären.

Schwungvoll beförderte sie die leere Colaflasche in den Fußraum vor dem Beifahrersitz, warf einen Blick in den Seitenspiegel und fuhr wieder an. Bis zu der Adresse, die sie auf einem Schmierzettel notiert und neben sich in die Ablage gelegt hatte, war es nicht mehr weit.

Wielert hatte natürlich recht, die Identifizierung der Toten war im Moment die wichtigste Aufgabe. Katharina war als Erstes die Vermisstenanzeigen durchgegangen. Heute früh um kurz nach acht Uhr hatte es die letzte derartige Meldung gegeben. Und die Beschreibung der vermissten Frau passte auffallend zu dem Äußeren der Leiche aus dem Swingerclub.

Zehn Minuten später hatte sie ihr Ziel erreicht. Sie parkte ihren Wagen, stieg aus und lief auf ein schmuckloses, sanierungsbedürftiges Einfamilienhaus zu. Das Tor vor dem gepflasterten Weg hing lose in den Angeln. Der Weg selbst war zum großen Teil mit Unkraut überwuchert. In der Mitte der aus dunkelbraunem, massivem Holz gefertigten Eingangstür hing in Augenhöhe ein Türklopfer aus Messing. Eine Klingel gab es allerdings auch. Auf dem verwitterten Schild darüber entzifferte Katharina den Namen *de Rosa.*

Unmittelbar nach dem Schellen hörte sie von drinnen das zornige Keifen einer alten Frau. Die Tür ging auf.

»Ja?«, bellte eine stattliche Frau älteren Jahrgangs mit Turmfrisur, noch bevor der Eingang völlig frei war.

»Frau de Rosa?«

Misstrauisch schob die Frau die Tür wieder ein Stück zu. »Was wollen Sie? Wer sind Sie?«

»Mein Name ist Thalbach, ich komme von der Polizei. Sie haben heute Morgen eine Vermisstenanzeige aufgegeben?«

»Nein«, schimpfte die Seniorin wütend. »Ich wollte eine Anzeige aufgeben, aber dieser störrische Beamte sagte, dass es noch zu früh sei. Dabei ist meine Tochter verschwunden.«

»Jedenfalls wurde Ihr Anruf entgegengenommen«, versuchte Katharina zu beschwichtigen. »Darf ich vielleicht reinkommen?«

»Zeigen Sie mir erst Ihre Marke.«

Insgeheim musste Katharina schmunzeln. Jede Wette, freitagabends wurde in diesem Haus ZDF geschaut.

Pflichtschuldig präsentierte die Kommissarin ihren Ausweis, worauf sie tatsächlich das Haus betreten durfte.

»Machen Sie die Tür hinter sich zu«, befahl die Seniorin energisch und ging voraus.

Katharina folgte und legte ob des deutlich zu riechenden Miefs die Nasenflügel an. Die Bude hätte dringend gelüftet werden müssen.

»Möchten Sie einen Kaffee?«, fragte Frau de Rosa, während sie, auf einen Stock gestützt, das Wohnzimmer durchquerte.

»Gern.«

»Dann kochen Sie uns einen, vorne links in der Küche steht die Kaffeemaschine. Aber für mich nur eine Tasse, mehr Koffein vertrage ich nicht.«

Katharina klappte fast der Unterkiefer herunter. Doch sie sagte nicht. Immerhin bestand die hohe Wahrscheinlichkeit, dass sie der Frau gleich eröffnen musste, dass deren Tochter gestorben war.

Kopfschüttelnd ging Katharina in die Küche, suchte sich die nötigen Utensilien zusammen und befüllte die Kaffeemaschine.

»Möchten Sie Zucker oder Milch?«, erkundigte sie sich bei de Rosa, während die ersten gluckernden Geräusche zu hören waren.

»Nein. Einfach nur Kaffee. Tassen sind im Schrank über der Spüle.«

Wenig später trug Katharina zwei zierliche Porzellangefäße ins Wohnzimmer. Frau de Rosa hatte sich derweil in ihren Fernsehsessel gesetzt, für die Beamtin blieb der Platz auf der Couch.

»Gut«, entschied die Hausherrin nach dem ersten Schluck. »Sie kochen einen ausgezeichneten Kaffee, mein Kind. Renate bekommt nur so ein Spülwasser zustande.«

Katharina nippte ebenfalls an dem Kaffee, der so schmeckte wie immer, wenn sie welchen kochte, und zückte ihren Notizblock.

»Frau de Rosa, es ist tatsächlich ungewöhnlich, eine Vermisstenanzeige aufzugeben, wenn eine Frau von … achtunddreißig Jahren eine Nacht nicht nach Hause kommt.«

»Das sagen Sie«, erwiderte die Hausherrin streng und durchbohrte Katharina mit stechenden Blicken. »Meine Tochter ist jeden Abend zu Hause. Wenn sie ausnahmsweise einen Termin hat, sagt sie mir zuvor, wann sie wieder zurückkehrt. Und spätestens zehn Minuten vor dem angegebenen Zeitpunkt ist sie dann wieder hier, damit ich mir keine Sorgen zu machen brauche.«

»Und dann haben Sie erst heute Morgen bei der Polizei angerufen?«, konnte sich Katharina nicht verkneifen zu fragen. »Immerhin war sie ja da schon mehrere Stunden überfällig.«

»Ich bin gestern auf der Couch eingeschlafen und habe es nicht vorher bemerkt.«

Aha, so viel zu den Sorgen, dachte Katharina und kontrollierte angestrengt die Spitze ihres Kugelschreibers. »Wo wollte Ihre Tochter gestern Abend hin?«

»Sie sagte, sie sei mit zwei Freundinnen verabredet. Angeblich wollten sie in der Stadt essen gehen und dann noch bummeln.«

»Haben Sie schon mit den Freundinnen Ihrer Tochter gesprochen?«

»Nein.«

»Warum nicht?«

»Ich kenne diese Personen nicht.«

»Wie meinen Sie das? Kennen Sie speziell diese beiden nicht?«

»Bis gestern Abend war mir nicht bekannt, dass Renate überhaupt Freundinnen hat. Sie ist eine Einzelgängerin, sitzt lieber bei mir oder arbeitet in ihrem Zimmer.«

»Was arbeitet sie?«

»Sie ist Grundschullehrerin. Aber was hat das damit zu tun, dass Renate nicht nach Hause gekommen ist?«

Katharina ignorierte den Einwand. »Besitzt Renate ein Handy?«

»Selbstverständlich, sie muss mich doch verständigen können, wenn sie unterwegs ist und aufgehalten wird.«

»Haben Sie es auf dem Mobiltelefon versucht?«

»Natürlich. Es ist nicht eingeschaltet.«

»Kommt das öfter vor?«

»Wenn Renate zu Hause ist, ja. Wenn sie das Haus verlässt, nie. Sie muss ja auch für mich erreichbar sein.«

»Frau de Rosa, hat Ihre Tochter einen Freund?«

Die alte Dame klopfte verärgert mit dem Gehstock auf

den Boden zwischen ihren Füßen. »Nein. Renate ist nicht so eine. Wenn sie einen Freund hätte, wüsste ich das.«

»Warum?«

»Ich hätte darauf bestanden, den Mann, mit dem sich meine Tochter trifft, kennenzulernen. Das ist doch meine Pflicht als Mutter.«

»Ihre Pflicht?«

»Ja, meine Pflicht. Renate hat doch keine Erfahrung mit Männern, sie hat sich noch nie dafür interessiert. Gerät sie an den Falschen, kann das unter Umständen böse enden.«

Die Kommissarin seufzte innerlich. »Haben Sie ein Foto von Renate?«, fragte sie.

»Selbstverständlich. Oberste Schublade im Wohnzimmerschrank, da sind die noch nicht eingeklebten Bilder.«

Die Fotos stammten anscheinend aus dem letzten gemeinsamen Urlaub von Mutter und Tochter in Bad Münstereifel. Jedenfalls war auf einem der Fotos das entsprechende Ortseingangsschild zu erkennen.

Schon das erste Bild, das Renate de Rosa zeigte, verriet Katharina, dass die Identität der Toten nicht länger ein Geheimnis war.

Langsam kehrte Katharina zum Sofa zurück. Jetzt begann der wirklich unangenehme Teil ihres Besuchs. »Frau de Rosa, ich fürchte, ich habe schlechte Nachrichten für Sie.«

»Inwiefern?«, fragte die Mutter der Verstorbenen streng.

»Gestern Abend wurde in einem ... Club in Bochum die Leiche einer Frau gefunden. Und es hat den Anschein, dass es sich dabei um Ihre Tochter handelt.«

Katharina hätte nicht sagen können, mit welcher Reaktion sie gerechnet hatte. Aber bestimmt hatte sie nicht so eine seelenlose Gelassenheit erwartet, mit der die alte Frau weiterhin in ihrem Sessel thronte.

»Wie sicher sind Sie sich?«, fragte sie ruhig.

Katharina zog ein Polaroidfoto, das am Tatort aufgenommen worden war, hervor und schob es über den Tisch. »Ist das Ihre Tochter?«

Die Augen der Seniorin hefteten sich auf das Bild und fixierten es lange. In dem faltigen Gesicht zeigte sich keine Regung, kein Zucken, rein gar keine Reaktion.

»Das ist Renate«, erklärte de Rosa schließlich und stützte sich wieder auf ihren Gehstock. »Was ist passiert?«

Katharina schluckte ob derart offensichtlicher Herzlosigkeit. »Renate wurde wahrscheinlich vergiftet, die genauen Ergebnisse der Gerichtsmedizin liegen uns allerdings noch nicht vor.«

»Also wurde meine Tochter ermordet?«, fragte de Rosa, nun doch überrascht.

»Alles spricht dafür.«

»Haben Sie einen Verdacht, wer meinem Kind das angetan hat?«

»Frau de Rosa, wir stehen erst am Anfang der Ermittlungen. Aber Sie können sicher sein, wir werden alles unternehmen, um das Verbrechen an Ihrer Tochter aufzuklären.«

»Das setze ich auch voraus«, zischte die Mutter.

Behutsam fragte Katharina: »Ist alles in Ordnung mit Ihnen? Soll ich jemanden anrufen? Damit Sie nicht alleine im Haus sind?«

»Lassen Sie ruhig, außer Renate habe ich ... hatte ich niemanden. Nun gut, es gibt noch meine schwachsinnige Schwester Hettie, aber die will ich jetzt nicht sehen. Müssen Sie nicht langsam mal etwas unternehmen, um den Mörder meiner Tochter zu stellen?«

»Frau de Rosa, ich bin dabei. Ich würde mir gerne Renates Zimmer ansehen. Wo ist es?«

»Renates Bereich ist oben, die Treppe hoch. Sie werden sich schon zurechtfinden.«

»Danke. Falls Ihnen doch nicht gut sein sollte, rufen Sie mich bitte.«

»Warum sollte mir nicht gut sein?«

Katharina trank hastig ihre Tasse leer. Dann beeilte sie sich, ins obere Stockwerk zu kommen. Sie war froh, dem Dunstkreis dieser Person zu entrinnen, die so viel Kälte versprühte, dass ein Eisbär dagegen wie ein lodernder Dämon wirken musste.

Der Zugang zum ersten Stock war mit einer sperrmüllreifen Kommode zugestellt und der Gang lag im Dunkeln. Katharina betätigte den Schalter für das Dielenlicht, worauf eine höchstens dreißig Watt starke Birne ihre Arbeit aufnahm.

Oben angekommen, erkannte Katharina, dass drei Türen aus dem Flur führten. Sie öffnete als Erstes die Tür vor Kopf und sah in ein in blassem Blau gefliestes Bad. Die Sanitäranlagen waren klinisch rein, der beißende Geruch eines aggressiven Desinfektionsmittels hing in der Luft. Der Vorhang der Dusche war halb zurückgezogen, die Ringe über der Stange befanden sich jedoch in identischer Entfernung voneinander, so als hätte sie jemand mithilfe eines Lineals drapiert. An der Wand über dem Waschbecken hing ein schlichter, kreisrunder Spiegel, darunter klebte eine kleine Ablage, auf der sich ein Plastikbecher mit Zahnbürste und Zahnpasta befand. Daneben lagen ein billiger Deoroller und zwei kleine Parfümproben.

Den Deckel der Toilette umkleidete ein bonbonrosafarbener Plüschbezug, der altmodische Druckspüler glänzte als sei er neu. In der Ecke neben der Toilette standen eine WC-Bürste aus Plastik und drei Rollen Ersatzpapier. Die Bürste hätte frisch aus dem Laden stammen können, sie wies keinerlei Gebrauchsspuren auf.

Katharina trat zurück in die Diele und öffnete die zweite Tür. Dahinter befand sich ein Dachboden, zudem führte eine steile Treppe zu einer Falltür. Vermutlich verbarg sich dahinter der Spitzboden.

Familie de Rosa hortete in dem Dachboden Ausgedientes der letzten dreißig Jahre. Die Beamtin starrte auf kaputte Stühle, zerlegte Schränke, zerfetzte Wäschekörbe und Porzellan, das in einer Regalwand gestapelt war. Ein verrostetes Fahrrad lehnte an der steilen Treppe, unter dem einzigen Dachfenster erblickte die Kommissarin etliche blaue Plastiksäcke, aus den nur nachlässig zugebundenen Öffnungen zweier Säcke hingen alte Kleidungsstücke heraus. Noch nicht einmal ein Flohmarkthändler hätte Freude daran gehabt, hier zu stöbern.

Renate de Rosas Zimmer verbarg sich hinter der dritten Tür auf der anderen Seite des Flurs. Katharina blieb im Eingang stehen und ließ ihre Augen über das Interieur gleiten. Je länger sie sich in diesem Haus aufhielt, desto mehr wunderte sie sich darüber, wo und wobei die Frau den Tod gefunden hatte.

Direkt neben der Tür stand das Bett, ein schlichtes Holzgestell, zwei Meter mal neunzig Zentimeter in den Maßen. Es war ordentlich gemacht, über dem Bettzeug lag eine dunkelbraune Tagesdecke mit roten Rosenmotiven. Ein niedriges Regal diente als Nachttisch, eine schmucklose Nachttischlampe und ein Radiowecker hatten auf dem oberen Brett ihren Platz. In dem unteren Fach lagen einige Bücher, Taschentücher und eine halb verspeiste Tafel Schokolade.

An der rechten Wand befand sich ein billig aussehender Kleiderschrank mit Nussbaumfurnier, die mittlere Tür war komplett verspiegelt. Die Kommissarin zog sich Gummihandschuhe an und öffnete vorsichtig die rechte der drei Türen.

Fünf Wäschefächer, in den oberen beiden Hand- und Badetücher, anscheinend sogar gebügelt. Im mittleren Fach Jeanshosen, Stoffshorts für den Sommer und zwei etwas elegantere Beinkleider. Irritiert krauste die Kommissarin die Nase. Das passte nicht ganz zu der peniblen Ordnung, die das Zimmer sonst ausstrahlte. Warum hingen die Hosen nicht über einem Bügel?

In den anderen Fächern Pullover und T-Shirts, alle akkurat gefaltet. Hinter der Spiegeltür stieß Katharina auf eine Kleiderstange, gefüllt mit Kleidungsstücken, die nach Kaufhausware aussahen. Renate de Rosa hatte praktische Anziehsachen bevorzugt, die meisten waren in Schwarz, Braun und Dunkelrot gehalten.

Fünf weitere Wäschefächer hinter der dritten Tür des Schranks, drei davon voll mit Schuhen, Turnschuhen, Mokassins, Slippern, flachen Sommerschuhen, nichts mit Absatz und nichts Elegantes. Katharina schätzte, dass keines der Paare mehr als neununddreißig Euro gekostet haben dürfte.

In den beiden letzten Fächern die Unterwäsche, ausnahmslos weiße, bereits vom Waschen verschlissene Baumwollsachen. Keine Spitzenhöschen, kein Tanga, nichts, was einem Mann mehr als ein erschöpftes Gähnen entlocken würde.

Auf der anderen Wand neben dem Nachttischregal zwei Meter Fläche, die zwei Filmplakate füllten: *Casablanca* und *Dirty Dancing.* Daran schloss sich ein Bücherregal an.

In dem Bücherregal herrschte Ordnung wie auf einem Kasernenhof. In den oberen zwei Reihen Fachbücher über Pädagogik, Sozialwissenschaften, Germanistik und Esoterik. In der Reihe darunter Lyrikbände, von keinem der Autoren hatte Katharina jemals etwas gehört. Sie nahm eines der kleinen Bändchen und schlug es auf. Bereits nach der ersten Zeile erinnerte sie sich, warum sie Lyrik schon in der Schule nicht gemocht hatte.

Es folgten populäre Belletristik, Bildbände, die von archäologischen Ausgrabungen handelten, und Biografien. Im Fach darunter entdeckte Katharina einige wenige Frauenzeitschriften und eine Ausgabe von *SCHÖNER WOHNEN*. Auf dem untersten Brett standen Aktenordner. Die säuberliche Beschriftung zeugte davon, dass die Tote darin ihre Unterrichtsmaterialien aufbewahrt hatte.

Vor dem Fenster stand der Schreibtisch, ein dunkles, antikes Ungetüm mit zerkratzter Tischplatte und zwei seitlichen Schränken, zwischen die ein billiger Drehstuhl geschoben worden war. Unter der Tischplatte eine eingelassene Schublade, obendrauf eine transparente Schreibunterlage, ein Halter für drei Kugelschreiber, ein Locher, ein Tesafilmabroller und ein Tischkalender.

Katharina öffnete zunächst die Türen der beiden Seitenfächer. Sie unterzog das Gemisch aus Handarbeitszeug, handschriftlichen Aufzeichnungen zur Unterrichtsgestaltung, Schuhkartons mit alten Fotos und Ordnern mit Versicherungsbescheinigungen, Steuererklärungen und Kontoauszügen einer ausgiebigen Begutachtung. Schulden hatte die Tote nicht gehabt, ihr Girokonto wies laut dem letzten Kontoauszug ein Plus von dreitausend Euro auf. Zuletzt zog die Kommissarin die Schublade auf. Buntstifte, weitere Kugelschreiber, noch zwei Tafeln Schokolade und – ein Notizbuch.

Aufatmend nahm Katharina das kleine Büchlein und schlug es auf. Sie hatte schon befürchtet, diese Frau hätte überhaupt keine persönliche Note gehabt. Nach dem Eindruck, den das Zimmer auf Katharina machte, vermutete sie, dass de Rosa ein ähnlich aufregendes Leben geführt hatte wie ein Eremit im Himalaja.

Katharina blätterte in dem Buch und war gleich wieder enttäuscht. Kaum Namen, Adressen oder Telefonnummern, die Überprüfung der persönlichen Kontakte dürfte nicht länger als einen halben Tag dauern.

Katharina steckte das Notizbuch in ihre Tasche, lehnte sich gegen den massiven Schreibtisch und sah sich noch einmal um. Abgesehen von den Filmplakaten keine schmückenden Gegenstände. Keine persönlichen Briefe. Keine Erinnerungen, bis auf wenige Fotos in der Schublade. Eine graue Maus, die von ihrer Mutter zu einer Haussklavin abgerichtet worden war.

Hätte man Renate de Rosas Leiche in einem Häkelkurs gefunden, wäre die Kommissarin davon ausgegangen, dass sie aufgrund eines besonders gelungenen Handarbeitsstücks vor lauter Aufregung an einem Herzinfarkt gestorben wäre. Aber in einem Swingerclub?

Katharina orderte per Handy die Kriminaltechnik zu de Rosas Adresse und ging anschließend die Treppe wieder nach unten. Die Mutter der Toten saß immer noch starr in ihrem Sessel. Aber bewegt haben musste sie sich. Die Kaffeetasse war zwischenzeitlich geleert worden.

»Haben Sie etwas gefunden?«, fragte sie, als Katharina in das Wohnzimmer trat.

»Ein kleines Notizbuch. Ich muss das mitnehmen, um die darin genannten Personen zu überprüfen. Sie erhalten natürlich eine Quittung.«

Frau de Rosa winkte ab.

»Außerdem habe ich unsere Kriminaltechnik hierher gebeten«, fuhr Katharina fort. »Das Zimmer Ihrer Tochter muss untersucht werden.«

»Meinetwegen.«

»Frau de Rosa, waren Sie gestern Abend zu Hause?«

Die Augen der alten Frau musterten sie ungehalten. »Ja. Ursprünglich wollte ich über das Wochenende zu meiner Schwester, aber deren Sohn war überraschend anwesend. Und zu diesem ... Subjekt wünsche ich keinen Kontakt.«

Katharina nickte. »Meine Kollegen müssten in spätestens fünfzehn Minuten da sein. Soll ich noch solange bei Ihnen bleiben?«

»Nein, das ist nicht nötig.«

»Und ich soll wirklich niemanden anrufen?«

»Muss ich mich wiederholen?«, fragte Renates Mutter gereizt.

»Nein«, antwortete Katharina. »Ich werde sicher noch einige Fragen an Sie haben, aber vorerst belassen wir es dabei. Guten Tag.«

Ohne auf eine eventuelle Erwiderung zu warten, eilte Katharina nach draußen. Nachdem sie die Haustür hinter sich zugezogen hatte, blieb sie noch einen kleinen Moment vor dem Eingang stehen.

Wenige Sekunden später hörte sie von drinnen ein verzweifeltes Aufschluchzen. Also doch, dachte die Kommissarin und zog ihren Autoschlüssel hervor.

11

In der Ecke möchte ich noch nicht mal tot überm Zaun hängen, dachte Rocco Daubitz und verschloss seinen Wagen. Hegermühle war mit Abstand der heruntergekommenste Stadtteil Strausbergs. Polizeieinsätze waren an der Tagesordnung. Und jedes Mal, wenn Daubitz hier zu tun hatte, war er nachher froh, wenn er das Viertel wieder verlassen konnte.

Er stand inmitten gigantischer Plattenbauten, die als letzter Gruß des real existiert habenden Sozialismus in die Wolken ragten. Arnfried Pachulke hatte gegen Mittag bei der Polizei Strausberg seine Frau als vermisst gemeldet. Daubitz hatte den Kollegen in der Einsatzzentrale strikte Anweisung gegeben, derartig eingehende Meldungen sofort an ihn weiterzuleiten.

Der Klotz mit der Hausnummer acht befand sich direkt vor dem Beamten. Die Metallplatte mit den Klingeln und Namensschildern war mit Graffiti verschmiert, aber Daubitz brauchte nicht zu warten, bis ihm jemand die Tür aufdrückte. Das Schloss der Eingangstür war kaputt, die Tür nur angelehnt.

Daubitz trat in einen der wenig vertrauenerweckenden, nachträglich eingebauten Aufzüge. Neben den Etagenknöpfen standen, mit schwarzem Filzstift geschrieben, die Namen der Hausbewohner. Pachulkes wohnten im dritten Stock. Daubitz drückte die entsprechende Taste und ergab sich seinem Schicksal.

Eine gute halbe Minute später verließ er aufatmend die Kabine. Gleich darauf bedauerte er seinen tiefen Atemzug. Eine Wolke Uringestank hüllte ihn ein und der Mief, der unter einigen Türritzen hervordrang, verbesserte das Aroma auch nicht.

Die vorletzte Wohnung auf dem rechten Gang gehörte Pachulkes. Daubitz drückte auf den Klingelknopf, sofort ertönten das Kreischen von Kindern und eine genervte Männerstimme, die sie zur Ordnung rief. Dann wurde die Tür aufgerissen.

Arnfried Pachulke war gut eins achtzig groß, unrasiert

und augenscheinlich trotz der frühen Stunde leicht alkoholisiert. Er trug eine fleckige Jogginghose und ein früher mal weißes Unterhemd. Seine etwas zu weit auseinanderstehenden Augen versteckte er hinter einem billigen Kassengestell mit dicken Gläsern.

»Ja?«, fragte er unsicher.

»Daubitz, Kripo Brandenburg. Sie haben Ihre Frau als vermisst gemeldet. Darf ich kurz reinkommen?«

»Irre, dafür macht die Kripo jetzt schon Hausbesuche? Treten Sie ein, aber Vorsicht. Die Blagen haben ihre Bauklötze noch nicht aufgeräumt.«

Der Kommissar machte einen Schritt in die winzige Diele und erhaschte einen Blick in das Wohnzimmer. Protzige, geblümte Sitzgarnitur, Plastikpflanzen, Kacheltisch, Fernsehsessel, hellgelber, an etlichen Stellen verdreckter Teppichboden. Zwei Jungen, vielleicht sechs und acht Jahre alt, hockten vor einer Spielekonsole und vergnügten sich mit einem dieser zweifelhaften Videospiele.

Pachulke war bereits in der Küche verschwunden und hatte sich auf einen Stuhl hinter dem kleinen Resopaltisch gesetzt. Misstrauisch atmete Daubitz weiter durch den Mund, bis er bemerkte, dass das Fenster weit geöffnet war.

»Wollen Sie was trinken?«, fragte der Gastgeber. »Ist warm draußen.«

Beinahe hätte Daubitz bejaht, aber dann besann er sich eines Besseren. Auf dem Tisch standen in einer schimmernden Lache ein halbes Dutzend geleerter Bierflaschen aus Plastik. Bevor er Pachulke davon etwas wegtrinken musste, würde er lieber verdursten.

»Vielen Dank, aber das ist nicht nötig.«

»Na, dann nicht. Ich hab jedenfalls einen tierischen Brand.«

Damit langte Pachulke zu dem in seiner Reichweite befindlichen Kühlschrank und nahm eine neue Flasche heraus. Daubitz konnte erkennen, dass es noch reichlich Nachschub gab.

»Haben Sie Ihre Frau früher schon mal als vermisst gemeldet?«, fragte Daubitz, während Pachulke einen großen Schluck nahm.

»Nee. Wieso?«

»Wegen Ihrer Bemerkung gerade. Der Hausbesuche.«

»Ach das. Nee, als 'nem Kumpel von mir die Alte abgehauen ist, hat der auch bei eurem Verein angerufen. Die haben das zwar notiert, aber gemacht haben sie nix. Mussten sie ja auch nicht, die Kuh rief am andern Tag an und hat Bescheid gesagt, dass sie für immer weg ist.«

»Verstehe«, meinte Daubitz.

»Und, was brauchen Sie jetzt von mir? Fotos oder 'ne Personenbeschreibung?«

»Wann haben Sie Ihre Frau zuletzt gesehen?«

»Gestern Abend, bevor sie abgeschoben ist.«

»Abgeschoben?«

»Ausgegangen, auf die Rolle, nennen Sie's, wie Sie wollen.«

»Kommt das öfter vor?«

Pachulke lachte trocken auf. »Regelmäßig. So jedes zweite Wochenende. Manchmal auch mitten inner Woche.«

Der Kommissar runzelte irritiert die Brauen. »Gibt es dafür einen bestimmten Grund?«

Der Hausherr setzte die Flasche erneut an und ließ ein beachtliches Quantum der Flüssigkeit in seinen Hals laufen.

»Klar gibt's dafür 'nen Grund. Trifft sich mit irgendwelchen Stechern. Würde mich nicht wundern, wenn Dagmar gestern schon 'ne halbe Stunde nach ihrem Abgang 'nen Schwanz gelutscht hat.«

»Bitte?«

»Gucken Sie nicht so schockiert. Mit der Zeit gewöhnt man sich dran.«

»Sie erzählen mir also gerade, Ihre Frau ist regelmäßig allein außer Haus gegangen, um Sie zu betrügen?«

Pachulke grinste freudlos. »So vornehm hat das noch keiner ausgedrückt. Aber ja, so kann man das nennen.«

»Vermuten Sie das? Oder wissen Sie das?«

»Herr Kommissar, das läuft schon seit gut vier Jahren so. Ich hatte damals, beim ersten Mal, ein paar Polacken angestellt. Hatte noch 'nen Kundentermin, der Typ war aber nicht da, ich kam also unvermutet zurück in die Werkstatt. Und da hab ich sie erwischt, wie sie es mit zweien von den Schweinen getrieben hat. In meiner Werkstatt, das müssen Sie sich mal reintun!«

»Und was passierte dann?«

»Hab die Polacken vom Hof gejagt und mit Dagmar 'ne Werkstattbesichtigung gemacht, von einem Türrahmen direkt zum nächsten. Grün und blau hab ich sie geschlagen, zwei Wochen lief sie nur mit Sonnenbrille rum. Allerdings ist die Schlampe zu ihrem Arzt gegangen und hat sich bescheinigen lassen, was mit ihrer Fresse los war. Und Fotos hat sie machen lassen.«

»Hat sie Sie angezeigt?«

»Nein. Aber sie hat mir gedroht. Entweder akzeptierte ich, dass sie regelmäßig auf anderen Kerlen reitet, oder sie würde mich fertigmachen. Anzeige, Scheidung und so ein Scheiß. Dann hätte ich meinen Betrieb zumachen können.«

»Was für einen Betrieb haben Sie?«

»Gas, Wasser, Scheiße. Läuft aber nicht so gut. Diese Polacken und das ganze andere Gesocks machen einem doch das Geschäft kaputt.«

Die Flasche war leer, Pachulke bediente sich wieder im Kühlschrank.

»Und dann?«, fragte Daubitz.

»In der ersten Zeit bin ich ihr nachgefahren, weil ich das alles nicht wahrhaben wollte. Einen ihrer Stecher hab ich mir sogar mal vorgenommen. Aber hat alles nix genützt. Die Schlampe ist krank, die treibt es mit jedem Kerl, selbst wenn der gerade erst vom Baum runtergeklettert ist. Hauptsache, sein Schraubenschlüssel steht.«

Daubitz zog sich jetzt einen Stuhl heran. Als er sich setzte, bemerkte er, dass ihm sein Hemd aus der Hose gerutscht war. »Und gestern Abend?«

»Was gestern Abend?«

»Sind Sie ihr da auch nachgefahren?«

»Nee, die Zeiten sind schon lange vorbei. Ich war zu Hause und hab auf die Blagen aufgepasst. Und mit ein paar Kunden und Lieferanten telefoniert. Tagsüber komm ich ja kaum dazu.«

»Bleibt Ihre Frau denn dann nicht regelmäßig über Nacht weg?«

»Nein. Wenn das geplant ist, sagt sie mir vorher Bescheid. Ab und zu kommt sie mal 'ne Stunde später nach Hause als angekündigt, aber das war es dann auch.«

»Und gestern wollte sie wann zurück sein?«

»Zwischen zwölf und eins. Sie wollte heute früh um sieben aufstehen und sich um die Kinder kümmern. Eigentlich müsste ich in der Firma sitzen und Bürokram erledigen, aber ich weiß ja nicht, was ich mit den Kröten anfangen soll.«

Wie aufs Stichwort stürmte die ältere Kröte plötzlich in die Küche, steuerte auf seinen Vater zu und patschte ihm mit verschmierten Fingern auf die Jogginghose. »Hunger, Papa.«

»Nachher, Papa hat zu tun«, gab Pachulke zurück und rülpste.

Der Bengel wollte protestieren, schloss den Mund aber wieder. Traurig stakste er zurück in das Wohnzimmer, um sich, da er in der Küche keinen realen Helden fand, wieder den virtuellen zu widmen.

Daubitz atmete unangenehm berührt durch. Leider konnte sich die Polizei nicht um alles kümmern.

»Und was machen Sie jetzt?«, fragte der Pachulke gelangweilt.

»Haben Sie eine Ahnung, wie Ihre Frau ihre ... Liebhaber kennenlernt?«

»Ja, sicher. Ein paar über Anzeigen in der *Märkischen Allgemeinen,* ein paar andere hat sie ganz normal aufgerissen, ist in 'ne Kneipe oder 'ne Disco gerannt und hat es darauf angelegt, dass sie einer abschleppt. Aber die meisten durch dieses verfickte Internet.«

Daubitz war plötzlich hellwach. »Über das Internet?«

»Klar. Dagmar ist da ziemlich aktiv, soweit ich weiß, ist sie in mehreren Chatdingern.«

»Das hat sie Ihnen alles erzählt?«

»Nee. Aber wenn die Blagen im Bett sind und ich ein bisschen was im Fernsehen gucke, dann hängt sie wie eine Blöde vor der Kiste. Dabei ist es ihr sogar egal, wenn ich ihr hin und wieder über die Schultern gucke. Sie schreibt trotzdem weiter.«

»Besitzt sie einen eigenen Computer? Oder nutzen Sie den gemeinsam?«

»Ihr eigenes Ding. Steht im Schlafzimmer. Warum?«

»Ich würde ihn gerne mitnehmen. Eventuell finden wir darauf Hinweise, die mit dem Verschwinden Ihrer Frau ursächlich in Zusammenhang stehen.«

Pachulkes Augen verengten sich. Trotz des stetig steigenden Alkoholpegels war er noch in der Lage, zwischen den Zeilen zu hören. »Irgendwas stimmt doch nicht, hab ich recht? Wissen Sie etwas über meine Frau?«

Daubitz holte tief Luft und zuckte dann mit den Achseln. Seine rechte Hand fuhr in die Hosentasche, holte einen Klarsichtbeutel hervor und zog den Verschluss auf. In dem Beutel befanden sich einige Ringe, ein Armband und eine Uhr. Alles durch das Feuer stark in Mitleidenschaft gezogen, aber die ursprüngliche Form und das Design der Schmuckstücke war noch erkennbar.

»Gehört davon etwas Ihrer Frau?«

Pachulke stellte die Flasche ab und richtete sich auf. Dann warf er einen langen Blick auf die fünf deformierten Gegenstände. Schließlich nickte er vorsichtig. »Ja, die Armbanduhr hat sie seit ein paar Jahren, hab ich ihr mal zu Weihnachten geschenkt. Und dieser Ring, das war ein Geschenk zur Hochzeit. Das andere Zeugs hat sie sich irgendwann mal selbst gekauft, aber es gehört ihr. Woher haben Sie das?«

Der Beamte verstaute die Schmuckstücke vorsichtig wieder in dem Klarsichtbeutel. »Heute Morgen gab es in der Innenstadt einen Fahrzeugbrand. Dabei stießen wir auf die Leiche eines Menschen. Die Schmuckstücke befanden sich ebenfalls in dem Fahrzeug. Es tut mir leid, aber ich fürchte, Ihre Frau ist tot.«

Pachulke schnappte sich erneut die Flasche, nahm einen tiefen Schluck, stand dann auf und trat an das geöffnete Fenster. Lange starrte er auf die Silhouetten der Plattenbauten, ohne ein Wort zu sagen.

»Alles okay?«, fragte Daubitz schließlich.

»Dieses verfluchte Miststück!«, wetterte Pachulke leise. »Ich hab ihr immer gesagt, irgendwann gerätst du mal an

’nen Perversen. Wissen Sie, was diese blöde Kuh mir geantwortet hat? Noch perverser als ich?«

Daubitz schluckte. Was sollte man auf so etwas erwidern?

»Muss ich sie identifizieren?«, fragte Pachulke sachlich.

»Nein, das dürfte nicht nötig sein. Die Leiche ist ... ziemlich stark verbrannt. Wir werden die Identität wohl anhand der Zähne endgültig abklären. Oder durch eine DNA-Analyse.«

»Gut, das muss ich auch nicht haben. Sie ist also verbrannt?«

»Allem Anschein nach war sie bei Ausbruch des Feuers bereits tot. Genaues wissen wir natürlich noch nicht. Aber ich verspreche Ihnen, wir finden den Täter.«

Pachulke nickte abwesend, nahm noch einen Schluck und drehte sich wieder um. »War es das?«

»Im Moment ja. Ich nehme den Computer mit und lasse Ihnen eine Quittung da. Wenn Sie Fragen haben«, erklärte Daubitz und zog eine seiner verknautschten Visitenkarten aus der Brieftasche, »rufen Sie mich an. Wir tun, was wir können. Auch wenn Sie Hilfe mit den Kindern brauchen.«

Pachulke nickte erneut.

Der Kommissar schaute fragend auf die Türen in der Diele. »Wo steht der Computer?«

»Die Tür vor Kopf«, erklärte der Witwer.

12

Die Schwüle war unerträglich.

Tim zog unsicher an der Hemdnaht, die über die linke Schulter lief und holte prüfend Luft. Obwohl er heute wieder nicht hatte duschen können, roch er noch ganz okay. Das Deo, das er gestern in der Parfümerieabteilung von Karstadt geklaut hatte, taugte was. Trotzdem, morgen musste er eine Dusche finden.

Inzwischen war es vollständig dunkel geworden, ohne die Straßenbeleuchtung hätte Tim nicht viel erkennen können. Es war fast Neumond, Wolkenschleier verdunkelten regelmäßig die schmale Sichel und die Sterne. Der Wetterbericht hatte für später in der Nacht ein Gewitter vorausgesagt. Bis dahin wollte er seine Geschäfte erledigt haben.

Bereits vor einer halben Stunde hatte Tim seinen Beobachtungsposten in unmittelbarer Nähe einer verwitterten Litfaßsäule bezogen. In etwa einhundert Meter Entfernung lungerte eine Handvoll junger Männer in betonter Lässigkeit an der Mauer, die sich an den Park-and-ride-Parkplatz neben dem Hauptbahnhof anschloss. Hin und wieder war ein potenzieller Kunde erschienen, hatte die Jungs begutachtet, hier und da auch mal ein Gespräch begonnen, aber zu einem Vertragsabschluss war es noch nicht gekommen. Nun, der Abend war noch jung, jetzt, wo es dunkel war, würde der Betrieb sicher schnell zunehmen.

Tim wurde ungeduldig. Das letzte Mal war er vor drei Tagen auf dem Strich gewesen, es hatte keine fünf Minuten gedauert, bis er den ersten Freier hatte bedienen können. Drei Stück hatte er an dem Abend gemacht, dann hatte er genug Geld gehabt, um eine Zeit lang über die Runden zu kommen. Viel brauchte er ja nicht. Etwas zu essen, hin und wieder etwas Neues zum Anziehen. Drogen kamen für ihn nicht infrage.

Der Typ, der ihn schon ein paarmal zu verscheuchen versucht hatte, war immer noch da. Der Drecksack nannte sich Ali, aber Tim ging jede Wette ein, dass das Südlichste, was dieser Penner jemals gesehen hatte, der Arsch eines südeuropäischen Freiers gewesen war. Okay, Alis Teint war dunkel, die langen, lockigen schwarzen Haare hingen bis weit über die Schulter. Aber das Gesicht war deutlich älter als der Rest des Körpers, Ali schien zu koksen oder sogar zu drücken. Gegen Jungen wie Tim hatte er kaum noch Chancen, bei den Freiern zum Stich zu kommen.

Es war genau Viertel nach elf, als Ali endlich zu einem dickbäuchigen Glatzkopf ins Auto kletterte. Augenblicklich löste sich Tim aus dem Schatten der Litfaßsäule und ging vorsichtig auf die Mauer zu, die anderen Stricher musterten abschätzend die neue Konkurrenz. Tim wirkte mit seinen maximal einhundertsiebzig Zentimetern bei vielleicht sechzig Kilo ausgesprochen feminin und hätte bei einem Kräftemessen gegen keinen der anderen Stricher eine Chance gehabt. Aber außer Ali ließen ihn alle in Ruhe.

Tim lehnte sich mit dem Rücken an die Mauer und sah sich schüchtern um. In den ersten Minuten, in denen er sich jeweils feilbot, grummelte sein Magen so stark, dass er fürchtete, sich übergeben zu müssen. Diese Anspannung ließ irgendwann nach, aber meistens war dann auch bereits der erste Freier zur Stelle. Das hieß, sich zusammenzureißen, in Pose zu werfen und zu lächeln …

Keine zwei Minuten später war es so weit. Ein blendend aussehender Mann, vielleicht Anfang dreißig, mit kurzen blonden Haaren, schlenderte an der Gruppe der Stricher vorbei. Jeder der Jungen und Männer versuchte, seine Aufmerksamkeit zu erregen, aber als der Typ Tim entdeckte, hatte er nur noch Augen für ihn …

13

Vorbereitungsphase Mission II

Zielperson: Auswahl und Vorgeschichte bekannt, Kontakt läuft, Vertrauen hergestellt.

Werkzeug: Objekt gefunden; von zu Hause ausgerissen, keine Drogenerfahrung, im Strichermilieu noch relativ neu. Blond, für sein Alter (siebzehn Jahre) schmächtig, femininer Typ. Ist damit einverstanden, sich gegen ein angemessenes Entgelt in einem Hotel bereitzuhalten, um für die Zielperson das unschuldige Mädchen zu spielen. Glaubt, Zielperson sei Chef, dem ich aus Karrieregründen helfe, seine Neigungen auszuleben.

Nächste Aufgabe: Bestimmung des Schauplatzes

14

Verdammt, war die Kiste schwer!

Rocco Daubitz wuchtete Dagmar Pachulkes PC aus seinem Auto, warf die Tür ins Schloss und betätigte die Fernverriegelung an seinem Zündschlüssel. Obwohl es inzwischen nach einundzwanzig Uhr war, war die Hitze nicht gewichen. Kaum hatte Daubitz seine schwere Last geschultert, lief ihm der Schweiß in Strömen übers Gesicht.

Natürlich hatte er in unmittelbarer Nähe seiner Wohnung keinen Parkplatz gefunden. Nach den etwa einhundertfünfzig Metern Gewaltmarsch keuchte er wie ein Stier unter dem Joch. Pachulke musste statt Festplatten Flüssigbeton in ihr

PC-Gehäuse gefüllt haben; die Kanten des Geräts drückten ihm schmerzhaft in die Schulter, die Muskeln seines rechten Arms brannten wie Feuer.

Als Daubitz endlich seine kleine Wohnung betreten hatte, stellte er den Computer vorsichtig neben seinen Schreibtisch. Bevor er die Kiste hochfuhr, musste er erst einmal duschen und etwas essen.

Daubitz schleppte sich ins Bad und entledigte sich seiner Kleidung. Das Hemd, die Hose, die Unterwäsche und die Socken landeten in dem chronisch überfüllten Wäschekorb.

Die Dusche tat unendlich gut. Als Daubitz die Reste aus der Shampooflasche quetschte, gab diese ein peinliches Geräusch von sich. Er müsste nicht nur dringend mal wieder Wäsche waschen, sondern auch einkaufen.

Einigermaßen erfrischt rubbelte sich der Kommissar mit einem Badetuch die widerspenstigen Haare trocken. Prüfend fuhr er anschließend mit der Hand über seine Wangen. Bartstoppeln ohne Ende, aber an eine Rasur war nicht zu denken. Seine Rasierklinge war so stumpf, dass er sich damit ohne Weiteres hätte die Zähne putzen können.

Mit Boxershorts und einem T-Shirt bekleidet, betrat der Ermittler die Kochnische und warf einen prüfenden Blick in den Kühlschrank. Die Haut der Tomaten war so welk wie eine Wüstendüne nach einem Sandsturm, der Schnittkäse dafür so hart, dass er auseinanderbrach, als Daubitz eine der Scheiben herausnehmen wollte. Im Margarinetopf hatten sich imposante Schimmelkulturen gebildet, in der Milchtüte war auf wundersame Art und Weise eine neue biologische Lebensform entstanden. Wenigstens war die Marmelade noch in Ordnung, von dem Toast wies nur die oberste Scheibe einen kleinen, grünen Stippen auf.

Kurz darauf betrat Daubitz, einen Teller mit vier Scheiben

Marmeladentoast in der einen und eine Anderthalb-Liter-Flasche Mineralwasser in der anderen Hand, sein Wohnzimmer. Pachulkes PC wartete an dem Platz, an dem er abgestellt worden war, darauf, dass ihm seine Geheimnisse entlockt wurden.

Hungrig verschlang der Beamte die Toasts. Nachdem er Wasser hinterhergekippt hatte, kroch er unter seinen Schreibtisch, stöpselte das Netzkabel, die Tastatur, die Maus und den Monitor aus seinem eigenen Computer und pfriemelte die Kabel an sein Mitbringsel. Als Daubitz die Powertaste betätigte, klopfte sein Herz ein irres Stakkato.

Die Verbindungen standen, der Lüfter des PCs begann zu rauschen, über den Monitor huschten die BIOS-Einstellungen. Dann erschien die Maske eines bereits etwas veralteten Betriebssystems von Microsoft und ein rechteckiges Kästchen, in dem der Benutzer aufgefordert wurde, ein Passwort einzugeben.

Daubitz rümpfte die Nase. Er hatte mit Schwierigkeiten gerechnet, aber das Passwort für die Zugangsberechtigung herauszufinden, sollte kein großes Problem werden. Solange es dabei blieb, war er hochzufrieden.

Er zog sein Notebook von dem unter dem Schreibtisch parkenden Rollcontainer, stellte es auf den Schreibtisch und verband die beiden Computer mit einem Netzwerkkabel. Dann startete er sein transportables Rechenzentrum.

Das Notebook lief, wegen der wesentlich geringeren Empfindlichkeit für Viren, auf Linux. Abgesehen von den notwendigen Programmen, die man für den Zugang zum Internet brauchte, befanden sich ausschließlich Programme auf der Festplatte, die man nicht im Laden kaufen konnte.

Daubitz hatte, bevor er ein halbwegs rechtschaffener Polizist geworden war, einen Namen in der Hackerszene gehabt, war wie etliche andere auch in fremde Systeme eingebrochen, hatte geschützte Daten ausspioniert und den einen oder anderen Streich gespielt. Seinen besten Hack hatte er in dem Netzwerk eines ehemaligen Fußball-Bundesligisten aus dem Osten abgeliefert, indem er vor dem Beginn einer neuen Saison die Daten der Dauerkartenbesitzer hatte verschwinden lassen. Als Fan von Hansa Rostock hatte sich der jetzige Kripomann diesen bösen Gag mit dem Erzrivalen einfach nicht verkneifen können.

Er war nicht einer der besten Hacker, aber seine Kenntnisse waren überdurchschnittlich. Und er hatte noch Kontakte zur Szene, was ihm bei Ermittlungen manchmal hilfreich gewesen war.

Entsprechend optimistisch startete er zwei seiner Diagnoseprogramme und ließ sie auf Pachulkes Rechner los. Bevor er versuchte, das Passwort zu knacken, wollte er wissen, ob eine Falle auf ihn wartete.

Kriminalrat Jahn hätte Daubitz gesteinigt, wenn er von seinen Extratouren gewusst hätte. Für den Vorgesetzten gab es nur den Dienstweg und von Computern hatte er genauso viel Ahnung wie ein Ameisenbär vom Drachenfliegen.

Die beiden Diagnoseprogramme meldeten Vollzug, sie hatten nichts Außergewöhnliches entdeckt. Daubitz hatte eigentlich auch nichts anderes erwartet. Es wurde Zeit für das Entschlüsseln des Passwortes.

Er startete ein weiteres Tool und wettete mit sich selbst, wie lange es dauern würde, bis der Zugangscode geknackt war. Länger als fünf Minuten mit Sicherheit nicht.

Die meisten Passwörter waren, mit einem entsprechenden Programm, schnell herauszufinden. Der normale User bewies wenig Fantasie und dafür umso mehr Faulheit, wenn es darum ging, den eigenen Rechner vor fremden Zugriffen zu schützen. Die Codes bestanden meist aus Vornamen, Geburtsdaten oder Kombinationen aus beidem. Noch öfter lauteten sie *Passwort* oder *Password.* Und zwar aus einem ganz einfachen Grund. In den meisten Fällen lautete die Aufforderung zur Eingabe des Codes: *Bitte Passwort eingeben …*

Drei Minuten waren vergangen, an der Statusanzeige seines Codeknackerprogramms erkannte Daubitz, dass es bereits über einhunderttausend Kombinationen geprüft hatte. Ganz so einfallslos war Pachulke wohl doch nicht gewesen.

Nach sieben Minuten und zwei Sekunden war es so weit, die Kontrolllampe auf dem Notebook sprang von Rot auf Grün. Das Passwort war geknackt, es hatte *SebastianXY* gelautet. Der Vorname einer der Söhne mit einem Anhängsel. Immerhin.

Der Rechner fuhr zu Ende hoch, auf dem Monitor erschien ein Hintergrundbild: ein palmengesäumter Strandabschnitt im Sonnenuntergang, so herrlich kitschig, dass sich Daubitz vornahm, für den nächsten Urlaub endlich auch mal wieder ein Flugzeug zu besteigen. Die Icons der installierten Programme verteilten sich auf der Mattscheibe, der Computer war einsatzbereit.

Nichts Ungewöhnliches war zu sehen: zwölf Icons, gängige Ladensoftware, die typischen Windowssymbole, ein Textverarbeitungs-, ein Tabellenkalkulationsprogramm, zwei Internetbrowser, Fotobearbeitungssoftware, eine Telefonauskunft, ein CD-Brenn- und ein Antivirenprogramm.

Der Polizist lenkte den Mauszeiger über das Startkästchen und drückte die rechte Taste. Dann öffnete er den Explorer.

Zwei Partitionen, ein DVD-Laufwerk und ein Brennlaufwerk, eine Konfiguration wie sie bei den meisten häuslichen Computern üblich war.

Daubitz öffnete den Ordner mit den eigenen Dateien, jedoch war der leer. Nun gut, hatte die Frau ihre Dateien also woanders abgelegt. Daubitz hatte keine Lust, manuell zu suchen, er startete ein weiteres Programm auf seinem Notebook. Das Tool suchte nach bestimmten Dateitypen, für den ersten Durchlauf begnügte sich der Polizist mit Word-Dokumenten, Fotos und temporären Internetdateien.

Während die Datenpakete hin und her flossen, gähnte Daubitz herzhaft und rieb sich die schmerzenden Augen. Den ganzen Tag über war ihm der Schweiß in die Augen gelaufen, seine Netzhaut brannte und juckte, als ob ihm jemand eine Ladung Juckpulver verpasst hätte.

Ein ungewöhnliches Geräusch ließ ihn aufschrecken. In Pachulkes Computer knarzte und knackte es, als wenn jemand die Festplatte mit einer Laubsäge bearbeiten würde.

Als Daubitz begriff, was da vor sich ging, war es bereits zu spät. Er bewegte die Maus, aber der Zeiger war auf dem Bildschirm festgebrannt. Hastig riss Daubitz am Netzwerkkabel des Notebooks und trennte die Verbindung, aber auch sein eigenes, transportables Gerät befand sich bereits in der Auflösung. Der Trackball war funktionslos geworden, der Mauszeiger auf dem kleinen LCD-Bildschirm war ebenfalls wie eingefroren.

Das sonst probate Mittel, die Tastenkombination *Steuerung, Alt* und *Entfernen* zu drücken, zeigte bei keinem der beiden Geräte Wirkung. Genauso wie das verzweifelte Einhämmern auf die Reset-Knöpfe ohne Resultat blieb.

Die Geräusche aus dem Stand-PC wurden immer lauter, das Notebook hatte inzwischen in das in Daubitz' Ohren fürchterliche Konzert eingestimmt. Wütend krabbelte er unter den Schreibtisch und zerrte an dem Stromversorgungskabel des PCs. Endlich erstarben die Laute nach einem letzten Kreischen. Beim Notebook dagegen zeigte das Kappen der Stromversorgung keine Wirkung – der Akku war noch mit genug Energie gefüllt, um den Bildschirm vorerst weiter leuchten zu lassen.

Verzweifelt sank der Kommissar auf seinem Stuhl zusammen und griff sich in die Haare. Seine Finger wurden feucht, der Schweiß rann ihm wieder in Strömen vom Kopf.

Daubitz wartete eine Weile, kabelte den Standcomputer dann wieder an den Strom und betätigte den Powerknopf. Das Gerät bekam erneut Saft, die Kontrollleuchte des Monitors sprang an. Doch bevor der PC hochzufahren begann, ertönte ein lautes Piepen.

Daubitz zog die Augenbrauen zusammen. Das verhieß erneut nichts Gutes. Zu seiner Verwunderung begannen Stücke aus dem Monitorbild herauszubrechen, so als säßen im Inneren des Bildschirms kleine Männchen, die das Bild mit großen Kneifzangen demontierten. Nach und nach verschwanden alle Pixel, der Monitor wurde schwarz. Das Kontrolllämpchen für die Netzversorgung erlosch. Im gleichen Moment gab auch endlich das Notebook Ruhe.

Verdammt, was war da gerade passiert? War er zu unvorsichtig gewesen? Er hatte doch, bevor er mit seiner Untersuchung begonnen hatte, seine Diagnoseprogramme durchlaufen lassen, sie hatten nichts Verdächtiges gefunden. Und das Notebook verfügte selbstverständlich über eine Firewall, keines dieser Micky-Maus-Kaugummiautomatenprogramme, sondern eine auf Herz und Nieren erprobte. Was war das bloß für ein Virus, um Himmels willen?

Daubitz sah auf die Uhr, halb zwölf, eigentlich Zeit, ins Bett zu gehen. Seufzend krabbelte er erneut unter den Schreibtisch, kabelte die zuvor abgezogenen Verbindungen zurück an seinen eigenen PC und ließ den Rechner hochfahren. Irgendetwas musste über das gerade Erlebte doch in Erfahrung zu bringen sein ...

15

»Möchten Sie etwas trinken? Einen Kaffee oder ein Wasser vielleicht?«

»Ein Mineralwasser, wenn es keine Umstände macht.«

Bettina Marx lächelte Katharina freundlich an und sprang wieder auf. »Warum sollte das Umstände machen? Ich wollte mir selbst was zu trinken holen, ist doch kein Problem.«

Katharina lehnte sich in die mit hellgrünem Veloursleder überzogene Couch zurück und massierte mit den Fingerspitzen ihre Schläfen. Ein dumpfer Schmerz pochte dahinter. Sie hatte kaum geschlafen. Ständig war sie hochgeschreckt, weil sie entweder von Ulli träumte, wie er wutentbrannt aus ihrer Wohnung stürmte, oder von Renate de Rosa, die bleich und tot ihre Mutter um ein Lächeln bat.

»Möchten Sie einen Spritzer Zitrone in das Wasser?«, rief Bettina Marx aus der angrenzenden Küche.

»Gerne.«

Gleich darauf kehrte die Frau mit zwei Gläsern in den Händen zurück ins Wohnzimmer. Nachdem sie eines vor Katharina auf den Onyx-Tisch gestellt hatte, hockte sie sich im Schneidersitz wieder auf den Sessel.

»Und jetzt erklären Sie mir doch bitte, was Sie über Renate wissen möchten. Ich kann mir nämlich keinen Grund vorstellen, wegen dem sie etwas mit der Polizei zu tun haben könnte.«

Katharina nahm einen Schluck Wasser und kramte dann

ihren Notizblock hervor. »Darauf komme ich gleich. Wie würden Sie Ihr Verhältnis zu Frau de Rosa beschreiben?«

»Sie ist eine Kollegin«, antwortete Marx und strich sich eine Strähne ihrer schwarzen Haare aus dem Gesicht. »Nicht mehr und nicht weniger.«

»Also keine Freundin?«

Marx lachte. »Nein, wirklich nicht. Obwohl, Renate hätte nichts dagegen, aber ich hab so meine Schwierigkeiten mit ihr. Nicht, dass sie unsympathisch wäre, aber ich weiß irgendwie nichts mit ihr anzufangen.«

»Können Sie das ein bisschen verdeutlichen?«

»Ach, es ist einfach so, dass sie manchmal ganz schön nervt. Sie hat etwas von einer Klette, wenn sie sich einmal festgekrallt hat, wird man sie nicht wieder los. Und außerdem ist sie wie ein Wetterfähnchen. Bloß keine eigene Meinung haben, mit der man jemandem wehtun kann.«

Katharina sah von ihren Notizen auf. »Sie meinen, sie will es jedermann recht machen? Verstehe ich Sie da richtig?«

»So kann man es ausdrücken. Ich glaube, wenn ich Renate jetzt anriefe und ihr sagte, mein Garten müsse mal wieder auf Vordermann gebracht werden, Rasen mähen, Hecke beschneiden und Unkraut jäten, würde sie höchstens fragen, ob sie ihr eigenes Werkzeug mitbringen soll. Wenn ich mich dafür fünf Minuten mit ihr unterhalten würde, wäre das Belohnung genug.«

Die Kommissarin nickte. Nach Besichtigung des Zimmers der Toten und dem, was sie sonst über de Rosa in Erfahrung hatte bringen können, passte auch das zu dem Bild, das sie sich gemacht hatte.

»Hat sie überhaupt eine Freundin? Oder einen Freund?«

»Soweit ich weiß, nicht. Im Kollegium auf gar keinen Fall, in den Pausen holt sie uns zwar immer den Kaffee und sorgt dafür, dass der Zucker und die Milch nicht ausgehen, aber dann hockt sie sich wie ein graues Mäuschen gerade dahin, wo noch Platz ist, und hört andächtig zu, wenn wir anderen uns unterhalten. Und einen Freund? Kann ich mir nicht vorstellen.«

»Warum nicht?«

Marx lachte erneut. »Aus mehreren Gründen. Sie wohnt doch noch mit ihrer Mutter zusammen, oder? Ich habe die alte Dame einmal erlebt. Mein lieber Mann, die hat Renate aber voll im Griff. Die darf doch gar keinen Mann mitbringen. Renate ist außerdem so was von verklemmt ...«

»Verklemmt?«

»Ja. Vor den Sommerferien haben wir gemeinsam in einer der zweiten Klassen eine Stunde abgehalten und uns mit den Kindern unter anderem darüber unterhalten, was sie später beruflich machen möchten. Einer der Jungen antwortete, er würde gerne Intimfriseur werden.«

Katharina sah erstaunt auf. »Das hat der ernsthaft gesagt?«

»Ja. Keine Ahnung, wo der den Ausdruck aufgeschnappt hat, ich konnte mir gerade noch auf die Lippen beißen, um nicht vor Lachen zu platzen. Aber Renate? Die bekam einen hochroten Kopf, schnappte nach Luft und verließ die Klasse voller Empörung.«

»Also hat sie nie von einem Mann in ihrem Leben erzählt? Oder vielleicht von einer Frau?«

Marx nippte an ihrem Wasser und dachte nach. »Doch«, meinte sie dann, »aber das ist schon Ewigkeiten her. Drei oder vier Jahre etwa, glaube ich. Aber das hatte nichts mit einer herkömmlichen Beziehung zu tun.«

»Erzählen Sie bitte«, bat Katharina interessiert.

»Renate hat ein gutes Herz, sie macht alles für andere und denkt dabei zuletzt an sich. Damals hat sie wohl, über irgend so eine Hilfsorganisation, Kontakt zu einem Strafgefangenen aufgenommen. Sie kennen so etwas ja bestimmt, erst regelmäßige Briefkontakte, um diesen angeblich so armen Sündern ein wenig die Zeit zu vertreiben, irgendwann dann auch mal ein persönlicher Besuch. Und scheinbar hatte sich Renate in diesen Typen verliebt. Hörte sich in meinen Ohren jedenfalls so an.«

»Können Sie mir darüber ein wenig mehr sagen?«

»Einige Male kam sie freudestrahlend ins Lehrerzimmer und erzählte, ihr Schwarm habe geschrieben oder sie sei gestern wieder ins Gefängnis gefahren, um ihn zu sehen. Auf einmal war damit Schluss.«

»Warum?«

»Na, der Kerl wurde entlassen. Renate rief mich einen Abend bitterlich weinend an, der Kerl muss gerade einen Monat draußen gewesen sein. Es war vorbei, für sie war eine Welt zusammengestürzt. Sie hat danach nie wieder ein Wort über die Geschichte verloren.«

»Weswegen hat Frau de Rosas Bekannter denn eingesessen?«

»Hören Sie, ich habe ja nichts dagegen, Ihnen das alles zu erzählen, aber warum fragen Sie Renate das nicht alles selbst?«

Katharina seufzte. »Weil Ihre Kollegin vorgestern Abend ermordet worden ist. Und ich brauche jedes Fitzelchen an Hintergrundinformation; wir haben noch keine Idee, wer das getan haben könnte.«

Bettina Marx schlug erschrocken die Hand vor den Mund. »Ermordet? Renate?«

»Es tut mir leid, dass Sie es auf diese Art erfahren. Ihr Name stand in ihrem Adressbuch auf der ersten Seite, wir sind deshalb davon ausgegangen, dass Sie mit Frau de Rosa befreundet waren. Ich hatte bereits gestern versucht, Sie zu erreichen.«

Marx griff erneut zu ihrem Wasserglas und drehte es gedankenverloren in ihrer Hand.

»Kommen wir doch noch mal zu dieser Sache mit dem Strafgefangenen zurück. Wissen Sie, warum er inhaftiert war?«

»Irgendetwas Sexuelles, glaube ich. Ja, Renate erzählte, dass sie so furchtbar enttäuscht darüber war. Dass er sie belogen hatte. Sie war wohl davon ausgegangen, dass er wegen Diebstahl oder Betrug saß. Aber nachher stellte sich halt etwas anderes heraus.«

»Können Sie sich an einen Namen erinnern?«

Marx hörte endlich auf, ihr Glas zu drehen, und trank einen Schluck. »Ingolf«, erklärte sie dann. »So hieß der. Aber den Nachnamen? Tut mir leid, ich kann mich nicht erinnern.«

»Wissen Sie denn, wo dieser Ingolf eingesessen hat? Hier in Bochum?«

»Nee, in Köln. Renate war drei oder vier Mal im Knast, für einen Besuch. Hinterher ist sie jeweils in den Dom gerannt und hat ihrer Mutter immer eine dieser Kitschkerzen gekauft. Sie wissen schon, womit die Mönche die Touris abziehen. Einmal muss das kurz vor Weihnachten gewesen sein, da hat sie gleich für das ganze Kollegium Kerzen mitgebracht. Mann, haben wir uns darüber gefreut.«

Mit einer heftigen Bewegung stellte Marx das Glas zurück auf den Tisch. Beinahe trotzig stemmte sie die Fäuste gegen ihre Wangen, um den Anflug von Melancholie zu vertreiben.

Katharina überlegte. Diese Sache mit dem Exknacki war bisher das Beste, was sie hatten. »Was wissen Sie noch über sie? Hatte sie Hobbys?«

Bettina Marx stand auf und trat an ein metallenes Bücherregal. Nach einigem Suchen nahm sie ein amateurhaft gebundenes Bändchen aus dem Regal.

»Renate liebte Lyrik. Verstehen Sie mich nicht falsch, hin und wieder kann ich mich auch in einen Gedichtband vergraben, Mörike oder Benrath mag ich besonders. Aber Renate stand auf die modernen Dichter. Hier, das hat sie mir zum Geburtstag geschenkt, letztes Jahr.«

Katharina nahm das Bändchen entgegen und blätterte es auf. Der Verfasser erging sich über die Merkmale moderner Lyrik, speziell über die starke Subjektivität der Aussage, bei der sich ein lyrisches Ich ergießt, und über den freien Umgang mit den Regeln der Grammatik, dem Verzicht auf Satzzeichen und andere Ordnungselemente. Wahrlich keine spannende Lektüre, fand auch die Kommissarin.

»Mit so etwas hat sie sich in der Freizeit befasst«, fuhr Marx fort. »Und natürlich mit dem Chatten.«

Die Kommissarin horchte auf. »Womit?«

Marx nahm ihr das Lyrikbändchen aus der Hand und legte es achtlos auf eine Reihe anderer Bücher. Ob es später im Altpapier landen würde?

»Internet. Chatten. Sagen Sie bloß, das kennen Sie nicht!«

»Doch, natürlich. Aber ... ich habe bei Frau de Rosa zu Hause keinen Computer bemerkt.«

»Keine Ahnung, wie das sein kann. Mir hat sie ein paarmal erzählt, dass sie die ganze Nacht durchgechattet hätte.«

»Hat sie auch erzählt, über was oder mit wem sie chattete?«

»Meistens war sie wohl in irgendwelchen Frauenchats. *Meine Selbsterfahrung beim Menstruieren* oder *Tausend teuflische Tricks beim Töpfern,* so etwas, schätze ich. Aber ab und zu hat sie auch mit Männern gechattet, um nicht ganz so einsam zu sein.«

»Ich hatte Sie doch gefragt, ob Sie etwas über eventuelle Beziehungen zu Männern wissen«, sagte Katharina, nicht ohne eine gewisse Schärfe in der Stimme.

»Richtig, aber es ist doch ein Unterschied zwischen persönlichen oder virtuellen Kontakten, oder? Wissen Sie, was, nach Renates Aussage, das Schönste war, was sie je erlebt hatte? Ich verrate es Ihnen. Es muss jetzt fast dreißig Jahre her sein, es war im Jahr 79 oder 80, da hat sie das Preisausschreiben in Ilja Richters *Disco* gewonnen. Die Einladung in die Sendung, das Wochenende in einem Luxushotel und dann, vor allem, dieser unvergessene Moment. Direkt zuvor hatte die Goombay Dance Band *Sun of Jamaica* gesungen, und dann war er da, der Moment, der sich in ihr Gedächtnis gebrannt hatte: Licht aus – Womm – Spot an – Ja – Renate de Rosa aus Bochum ... Sie hätten sie hören sollen, als sie das erzählte! Sie hat mir unendlich leid getan. So eine Frau ist schon nervös, wenn sie ein Onlinedate hat. Wenn sie wirklich einen Mann kennengelernt hätte, also richtig real, sie wäre vor Aufregung gestorben.«

Katharina blieb einen Moment unbeweglich sitzen, dann drückte sie die Mine zurück in den Kugelschreiber, klappte ihren Notizblock zu und kramte, bevor sie die Utensilien in ihre Tasche packte, ein Papiertaschentuch hervor. Marx' Augen schimmerten feucht, die Finger, die sich wieder um das Glas krampften, waren auf den Knöcheln schon weiß vor Anstrengung.

»Danke«, schniefte Marx und nahm das Tuch entgegen. »Ich glaube, ich kenne niemanden, der so wenig Selbstvertrauen hatte wie Renate. Wenn sie ein Date gehabt hätte und der Typ hätte sie nur musternd angeschaut, wäre sie auf der Stelle im Boden versunken und hätte anschließend die Flucht ergriffen.«

»Vielen Dank für Ihre Hilfe. Und für das Wasser.«

»Was ist denn eigentlich genau passiert?«

»Die Untersuchungen laufen noch.«

Marx nickte und tauchte ihre Nase erneut in das Taschentuch. »Ob Sie es glauben oder nicht ... es tut mir furchtbar weh, dass sie tot ist. Wann wird sie beerdigt?«

»Auch das kann ich Ihnen noch nicht sagen«, antwortete Katharina und schob eine Karte mit ihrer Büro- und Handynummer über den Tisch. »Wenn ich noch Fragen habe, melde ich mich. Und wenn Ihnen noch etwas einfallen sollte ...«

16

»Herr Daubitz, ich habe Sie etwas gefragt!«

Kriminalrat Jahns schneidende Stimme riss Rocco Daubitz aus seinen Gedanken. Die Besprechung, in der die bisherigen Ermittlungsergebnisse zusammengetragen wurden, dauerte schon fast eine Stunde. Jahn verbreitete wie immer glühenden Optimismus, obwohl sie rein gar nichts in der Hand hatten.

»Entschuldigung, mir ist da gerade etwas durch den Kopf gegangen«, log Daubitz und richtete sich auf. »Was wollten Sie wissen?«

»Haben wir schon etwas über den Leichenwagen?«

»Das Fahrzeug wurde vor vier Monaten von seinem früheren Besitzer abgemeldet und an eine Fahrzeugverwertungsfirma in Chemnitz verkauft«, gab der Kommissar Auskunft. »Dort stand das Gefährt unbeachtet auf dem Gelände, bis es vor circa drei Wochen gestohlen wurde. Das heißt, vor drei Wochen ist dem Besitzer aufgefallen, dass das Fahrzeug entwendet wurde.«

Jahn nickte zufrieden.

Gelangweilt lehnte sich Daubitz wieder zurück und versuchte, den Ausführungen seiner Kollegen zu lauschen. Das gelang ihm allerdings nicht mit voller Aufmerksamkeit.

Gestern hatte Daubitz, nachdem sich die Computer verabschiedet hatten, noch gut zwei Stunden vor seinem letzten funktionierenden Gerät gesessen, bevor er hundemüde ins Bett gefallen war. Er hatte Suchabfragen ins Netz geschickt und diese immer weiter verfeinert – ohne brauchbares Ergebnis. Heute Morgen, bevor er zum Präsidium gefahren war, hatte er weitere Fragen formuliert. Jetzt brannte er darauf, nach Hause fahren zu können, um das Ergebnis seiner Recherche einzusehen.

Morgen würde er Pachulkes Computer mit in das Präsidium nehmen, die zwei Tage Verspätung zwischen Beschlagnahme und Weitergabe würde er mit dem angefallenen Stress begründen. Jahn würde das wahrscheinlich nicht gutheißen, aber diese Standpauke würde Daubitz überleben.

»Also sollten wir uns auf die Befragung möglicher Zeugen konzentrieren«, erklärte der Kriminalrat, nachdem Kollege Sielaff endlich seine Ausführungen über die im Leichenwagen aufgefundenen Chemikalienreste beendet hatte. »Daubitz, Sie fahren nach Chemnitz und sehen sich die Gegend um diesen Fahrzeugverwerter an. Vielleicht gibt es da jemanden, der etwas beobachtet hat, Hinweise, wann und von wem der Leichenwagen gestohlen wurde. Und die anderen werden sich erneut in die Innenstadt begeben und die Befragung fortführen. Vielleicht haben wir heute ja mehr Glück als gestern.«

»Was ist mit den Liebhabern der Toten?«, fragte Daubitz. Jahn schien diesen Punkt der Ermittlungen völlig vergessen zu haben.

»Um die müssen wir uns auch kümmern. Aber dazu müssen wir erst einmal Namen und Adressen kennen. Vielleicht findet sich dazu ja was auf dem Computer, den Sie sichergestellt haben.«

Daubitz zuckte mit keiner Wimper, da hatte er ein klassisches Eigentor geschossen. »Ich bringe das Gerät morgen mit, zurzeit befindet es sich noch in meiner Privatwohnung. Vorhin habe ich einfach nicht daran gedacht.«

»Erledigen Sie das heute noch, ich habe unseren EDV-Spezialisten bereits informiert, dass Arbeit auf ihn zukommt.«

»Selbstverständlich.«

Wenig später stürzte Daubitz zu seinem Auto. Die Fahrt nach Chemnitz passte ihm gar nicht in den Kram, aus seiner Sicht war der Fahrzeugverwerter die kälteste aller Spuren. Bevor er sich jedoch auf den Weg nach Sachsen machte, würde er zu seiner Wohnung fahren. Schließlich hatte er sogar die Anweisung erhalten, Pachulkes PC herbeizuschaffen …

Die Straßen waren frei und er benötigte nur ein paar Minuten, direkt vor dem Haus entdeckte er sogar einen freien Parkplatz. Drei Stufen auf einmal nehmend, hastete Daubitz die Treppe hoch.

Sein eigener PC hatte die Suche beendet. Das Schnüffelprogramm, das Daubitz mit den Stichworten gefüttert hatte, hatte nicht nur die öffentlich zugänglichen Informationen überprüft, sondern sich auch die Dateien der Polizeirechner, der LKAs, des BKA und aller wichtigen Informationsmedien wie Zeitungen, Hörfunk et cetera vorgenommen. Wenn es irgendwo gespeicherte Daten über ein Verbrechen gab, das Ähnlichkeiten mit dem hier in Strausberg hatte, würde er das jetzt erfahren.

Natürlich war sich der Kommissar der Gefahr seines Handelns bewusst. Ein aufmerksamer und fähiger Netzwerkadministrator konnte bei sehr genauem Hinsehen feststellen, dass sich jemand unberechtigt Zugriff verschafft hatte. Die Spur zu Daubitz zurückzuverfolgen, war allerdings nicht einfach. Er hatte alle möglichen Vorkehrungen getroffen, um nicht erkannt werden zu können. Und sollte jemand – während Daubitz' PC online war – versuchen, seinen Aufenthaltsort über den Datenhighway ausfindig zu machen, ihn also zu tracen, sorgte ein kleines, aber sehr aufwendig programmiertes Tool dafür, dass die Verbindung sofort unterbrochen wurde. Andererseits – solange Daubitz nur Einsicht in die Datenbestände nahm und nichts veränderte oder sabotierte, war die Gefahr einer Entdeckung generell gering.

Er stopfte sein T-Shirt wieder in den Hosenbund und setzte sich an seinen Schreibtisch. Augenblicklich vergaß er alles andere um sich herum.

Verbrannte Mordopfer in Leichenwagen: Fehlanzeige.

Brand und Sexualverbrechen: sieben Übereinstimmungen.

Zügig klickte Daubitz die entsprechenden Datensätze durch, aber er war auf dem Holzweg. Die Taten, die sein Programm aufgespürt hatte, lagen zum Teil schon Jahre zurück, bei zweien handelte es sich um Fälle von Pädophilie, die Männer waren längst gefasst und abgeurteilt, zwei weitere Taten, ein Mord an einem Homosexuellen aus Dieburg sowie gleichfalls ein Mord an einer neunundachtzigjährigen Frau, die nach der Vergewaltigung samt ihrer Wohnung in Brand gesteckt worden war, waren ebenfalls aufgeklärt. Die anderen drei passten nicht in das Schema des Leichenwagenmörders. Im aktuellen Fall hatte der Täter die Verbrennung inszeniert, die anderen wollten lediglich ihre Spuren verwischen und die Entdeckung des Verbrechens verhindern.

Sexualverbrechen mit Todesfolge nach Internetkontakt: neun Übereinstimmungen.

Aufmerksam klickte der Beamte jeden der Datensätze an, aber mit jedem Mal wuchs Daubitz' Enttäuschung. Alle Taten waren nach demselben Strickmuster abgelaufen. Die Opfer waren jeweils zu einem relativ einsam gelegenen Treffpunkt bestellt oder in eine abgelegene Gegend verbracht und dann vergewaltigt und getötet worden. Bei keinem dieser Verbrechen erfolgte eine derartige öffentliche Zurschaustellung der Leiche wie im aktuellen Fall in Strausberg. Auch hier war nichts zu holen.

Sexualverbrechen ohne Todesfolge nach Internetkontakt: achthundertachtundvierzig Fälle.

Daubitz war entsetzt. Bereits bei der Formulierung der Kriterien hatte er vermutet, hier die meisten Treffer zu landen, er war aber nicht davon ausgegangen, dass es so viele waren. Der Kommissar schätzte, dass die Dunkelziffer sogar um ein Vielfaches höher lag, weil die Opfer aus falschem Schamgefühl den Vorfall nicht zur Anzeige gebracht hatten.

Selbstverständlich konnte er sich im Moment nicht jeden einzelnen Eintrag einsehen, das musste warten, bis er ein wenig mehr Zeit hatte. Aber notwendig war es trotzdem, vielleicht hatte der Täter von Freitagabend bereits früher Vergewaltigungen begangen, für die er die Opfer im Internet ausfindig gemacht hatte. Und vielleicht brauchte er neuerdings das Erlebnis, einen Menschen zu töten, um seinen Kick ins Unermessliche zu steigern.

Nach und nach ging Daubitz die weiteren Kriterien durch, aber seine Hoffnung, etwas Brauchbares zu finden, sank kontinuierlich. Schließlich überprüfte er die letzte Abfrage.

Außergewöhnliche Sexualdelikte innerhalb der letzten achtundvierzig Stunden: zwei Übereinstimmungen.

Bei dem ersten Eintrag handelte es sich um die Vergewaltigung einer polnischen Prostituierten in Frankfurt an der Oder durch sechs Männer. Das war zwar schlimm, hatte aber nichts mit seinem Mord zu tun.

Anschließend studierte er die Informationen über den mutmaßlichen Mord einer Frau in einem Bochumer Swingerclub. Daubitz runzelte die Stirn. Er wollte die Datei schon wieder schließen, als er dann doch genauer hinsah. Und mit jedem Wort, das er las, wurde er nervöser.

Daubitz war auf den Artikel einer großen westdeutschen Tageszeitung gestoßen, der erst morgen, am Montag, erscheinen sollte. Wie eine Schneefräse bohrten sich die Augen des Kommissars durch die Zeilen. Er formulierte eine neue Suchabfrage, speziell auf diesen Fall bezogen, erhielt aber kaum neue Informationen. Schließlich schob Daubitz die Tastatur seines PCs zur Seite, stützte sich mit den Armen auf der Schreibtischplatte ab, legte seinen Kopf auf die Hände und dachte nach. Dabei klopfte er mit dem Daumennagel vor seine Schneidezähne, das klackende Geräusch half ihm dabei, Ordnung in das Chaos seiner Gedanken zu bringen.

Bochum ... Swingerclub ... Mord quasi in aller Öffentlichkeit ... Bisher keine Spur ...

Kurz entschlossen schnappte er sich Pachulkes PC, griff nach seinen Autoschlüsseln und stürzte zu seinem Wagen. Plötzlich hatte er es fürchterlich eilig, wieder ins Präsidium zu kommen. Er musste dringend ein Ferngespräch führen. Und das wollte er lieber von seinem Dienstapparat aus erledigen. Sicher war eben sicher.

17

»Wir haben gar nichts!« Kriminalhauptkommissar Wielert seufzte enttäuscht und blickte in die Runde seiner Mitstreiter. Thalbach, Hofmann und Gassel hielten seinem Blick stand. Sie hatten getan, was sie konnten.

»Bernd, es war nicht zu erwarten, bei einem derart verzwickten Fall innerhalb von vierundzwanzig Stunden eine Lösung präsentieren zu können«, gab Katharina ruhig zurück. »Und es stimmt ja auch nicht, dass wir gar nichts haben.«

»Nein? Gibt es ein Ergebnis?«

»Anhaltspunkte«, erklärte Katharina. Sie räusperte sich. »Ich fasse zusammen. Zunächst können wir davon ausgehen, dass es sich nicht um ein klassisches Beziehungsdelikt handelt. Schlicht und ergreifend aus dem Grund, weil Renate de Rosa, außer zu ihrer Mutter, keine normalen Beziehungen hatte. An erster Stelle müsste meines Erachtens die Frage geklärt werden, ob sie ein zufälliges Opfer des Mörders war oder ob sie gezielt ausgesucht wurde.«

»Zufälliges Opfer?«, hakte Hofmann überrascht nach. »Immerhin ist sie mit einem Mann in diesen Club gegangen. Glaube kaum, dass der sie auf der Straße angesprochen und gefragt hat, ob sie Lust habe, mit ihm einen Swingerclub zu besuchen.«

»Stimmt. Aber wer sagt uns, dass de Rosa von ihrem Begleiter umgebracht wurde? Der Täter könnte jeder andere Besucher des Clubs gewesen sein.«

Die drei Männer sahen sich verblüfft an. Auf diese Idee war noch keiner von ihnen gekommen.

»Interessant«, meinte Gassel. »Doch warum hat sich ihr Begleiter dann still und heimlich aus dem Staub gemacht, wenn er mit dem Mord nichts zu tun hat?«

»Dafür könnte es mehrere Gründe geben. Einerseits ist denkbar, dass er verheiratet ist und seinen Abstecher in diesen Club vor seiner Frau geheim halten will.«

»Stimmt«, nickte Wielert.

»Andererseits besteht auch die Möglichkeit, dass der Mann schon gar nicht mehr da war, als der Mord passierte. Vielleicht hatte er seine Bedürfnisse schon befriedigt und de Rosa noch keine Lust, den Club so zeitig wieder zu verlassen. Ist zwar die unwahrscheinlichere Möglichkeit, aber immerhin.«

»Und was schlägst du vor?«

»Wir müssen versuchen zusammenzutragen, wo sich wer wann in diesem Laden aufgehalten hat. Also noch mal alle Besucher befragen.« Und nach einer Pause, während der Wielert ihr leicht zunickte, ergänzte sie: »Berthold und Karl Heinz, das wäre ein Job für euch.«

»Einverstanden«, erklärte Wielert schnell, bevor einer der beiden Genannten reagieren konnte. »Weiter.«

»Diese Geschichte mit dem Sexualstraftäter. Vielleicht eine Sackgasse, aber wir müssen uns darum kümmern. Immerhin wissen wir, in welcher Haftanstalt der Kerl gesessen hat. Bernd, übernimmst du das?«

»Selbstverständlich.«

»Gut. Ich werde mich um die Frage kümmern, wie de Rosa in Kontakt zu ihrem Begleiter gekommen ist.«

»Na, wahrscheinlich über das Internet«, warf Hofmann ein. »Diese Kollegin von ihr hat doch gesagt, dass de Rosa gechattet hat.«

Katharina nickte. »Das stimmt. Allerdings gibt es ein kleines Problem. Renate de Rosa hatte keinen Computer. Nach der Befragung ihrer Kollegin habe ich noch einmal mit ihrer Mutter gesprochen, die weiß nichts von einem PC. Und die Kollegen der KTU haben auch keinen gefunden. Ich kann mir nicht vorstellen, dass Rex und seine Leute geschlampt haben.«

»Hat Kollege Rex in dem Abfall des Swingerclubs eigentlich etwas Auffälliges entdecken können?«, wollte Wielert wissen.

»Sie haben bisher vierundvierzig benutzte Präservative untersucht, ohne eine Spur von Giftrückständen gefunden zu haben. Etwa zwanzig liegen noch im Labor ...«

»Hat sich Brettschneider noch einmal gemeldet? Wegen der genauen Zusammensetzung des Gifts?«

»Er kennt die immer noch nicht genau«, antwortete Wielert auf Gassels Frage. »Sagt aber, dass der Täter über außergewöhnliche toxikologische und biologische Kenntnisse verfügen muss.«

»Das Video von der Überwachungskamera auf dem Parkplatz des Clubs gibt übrigens nichts her«, bemerkte Katharina. »Zum Glück war die Kamera mit einem Bewegungsmelder gekoppelt und hat nur aufgezeichnet, wenn sich etwas ereignete. De Rosas Ankunft ist nicht auf dem Band zu sehen, entweder sind sie und ihr Begleiter zu Fuß oder mit einem Taxi gekommen. Oder der Mann hat schlicht und ergreifend auf der Straße geparkt.«

»Dieser Typ«, sagte Gassel, »scheint ein ausgeschlafenes Bürschchen zu sein, sicher hat er die örtlichen Gegebenheiten vorher genau in Augenschein genommen – sofern der Begleiter mit dem Täter identisch ist.«

»Was ist mit dem Phantombild?«

»Die Zeugin hat sich sehr viel Mühe gegeben«, erwiderte Wielert. »Wir haben einmal eine Rekonstruktion des Gesichts und dann noch eine, auf der auch der Oberkörper zu sehen ist. Wegen der auffälligen Narbe, die sich längs über den Leib gezogen hat.«

»Geben wir das Bild raus?«, erkundigte sich Gassel.

Katharina sah fragend zu Wielert. Sie war sich nicht sicher, ob es klug war, jetzt schon die Presse einzuschalten.

»Morgen auf der Pressekonferenz«, entschied der Hauptkommissar. »Vielleicht haben wir bis dahin ja noch einige weitere Fragen, bei deren Klärung die Einschaltung der Medien hilfreich sein könnte. Vorab lassen wir das Phantombild durch unsere Dateien laufen. Eventuell finden wir Übereinstimmungen.«

»Dann sollten wir uns an die Arbeit machen«, meinte Katharina. »Oder gibt es noch etwas?«

Wielert schüttelte den Kopf und erhob sich.

»Sag mal«, sagte Hofmann, als Katharina und er wieder ihr gemeinsames Büro erreicht hatten. »War das deine Idee, dass ich mit Karl Heinz losziehe? Oder kam das von Bernd?«

»Ist es nicht völlig egal, mit wem hier wer zusammenarbeitet? Solange wir den Fall gelöst bekommen?«

»Klar. Nur bis jetzt war ich der Meinung, dass wir beide ein gutes Team sind. Anscheinend siehst du das anders.«

»Quatsch. Fühl dir doch nicht gleich auf den Schlips getreten, wenn mal etwas außerhalb der Routine läuft.«

»Das tue ich nicht. Ich will nur wissen, was mit dir los ist. Wenn du mich fragst, brauchst du dringend Urlaub. Ich glaube …«

»Ich frage dich aber nicht«, schnitt ihm Katharina schnippisch das Wort ab. »Und jetzt tu mir einen Gefallen und lass mich bitte für ein paar Minuten in Ruhe. Außerdem wartet Karl Heinz bestimmt schon auf dich.«

Hofmanns Unterkiefer klappte herunter. Natürlich gab es zwischen ihm und Katharina immer wieder die eine oder andere Meinungsverschiedenheit, aber das hier hatte für ihn eine andere Qualität als die sonst üblichen Frotzeleien.

»Du tickst nicht mehr richtig«, erklärte er und drehte sich um. »Mach deinen Scheiß doch allein!«

Mit einem Rumms donnerte die Tür hinter ihm ins Schloss.

Katharina bebte vor Wut, sie schnappte sich den erstbesten Gegenstand, der auf dem Schreibtisch stand, und feuerte ihn ihrem Kollegen hinterher. Mit einem lauten Klirren zerbarst der gläserne Bilderrahmen, in dem Hofmann ein Foto von seiner Frau aufbewahrte.

Einige Sekunden stand Katharina reglos neben dem Schreibtisch und starrte auf die kleinen und großen Splitter, die sich über den ganzen Fußboden verteilt hatten. Sie spürte einen Kloß in ihrem Hals, der schnell größer und dicker wurde. Katharinas Augen füllten sich mit Tränen. Verdammt noch mal, warum hatte sie dieser Blödmann auch so dumm von der Seite anquatschen müssen?

Sie ging in die Knie und sammelte die Scherben mit den bloßen Händen auf. Dabei verschleierte sich ihr Blick immer mehr, bis sie schließlich hemmungslos zu schluchzen begann. Ein stechender Schmerz fuhr ihr durch das rechte Knie, eine der Glasscherben hatte sich durch den Stoff ihrer Hose gebohrt.

Mit einem weiteren Schluchzer plumpste Katharina zurück, zog die Beine an und hielt sich wimmernd das verletzte Knie. Zwischen ihren Fingern sickerten die ersten Blutstropfen hervor, der schlimmste Schmerz war bereits vorüber, dafür verlor sie nun die letzten Reste ihrer Selbstbeherrschung.

Was war nur mit ihr los? Warum musste alles um sie herum auseinanderbrechen? Warum war sie so überempfindlich? Und warum musste sie auch den letzten Menschen, denen sie noch etwas bedeutete, so hemmungslos vor die Schienbeine treten?

Wahrscheinlich hatte Hofmann recht, sie benötigte dringend Urlaub. Aber wollte sie überhaupt freihaben? Wollte sie den ganzen Tag Zeit haben, ihren Gedanken nachzuhängen? Nein, bestimmt nicht, das wäre in ihrer jetzigen Verfassung das Allerletzte. Ihre Arbeit lenkte sie ab, gab ihr etwas, in das sie sich verbeißen konnte.

Was sollte sie bloß machen? Was würde erst werden, wenn Veronika wieder da war? Sie würde eine Antwort haben wollen, und das war ihr gutes Recht, schließlich hatte sie eine Frage ausgesprochen, die man nicht jeden Tag stellt.

Wie sollte ihr Katharina nur beibringen, dass sie sich ein Zusammenleben bis ans Ende ihrer Tage nicht vorstellen konnte? Und auch nicht wollte?

In Katharinas verletztem Knie begann es zu pochen, ihre Finger waren rot und verklebt. Sie erhöhte den Druck auf die Wunde, um die Blutung zum Stillstand zu bringen.

Und Ulli? War mit ihm wirklich alles vorbei?

Plötzlich wurde ihr klar, dass sie Ulli immer noch liebte, immer geliebt hatte. Ein neuer Weinkrampf schüttelte sie.

Ulli war immer für sie da gewesen, hatte ihr jeden Wunsch von den Augen abgelesen, hatte ihr zugehört, wenn sie sich etwas von der Seele reden musste. Als Arne auf die Welt gekommen war, war Ulli zum Übervater mutiert, einmal hatte sie im Spaß gesagt, dass er seinem Sohn wahrscheinlich auch die Brust gegeben hätte, wenn es irgendwie möglich gewesen wäre. Und sie?

Selbstkritisch gestand sie sich ein, dass sie sich nie so für Ulli eingesetzt hatte wie umgekehrt. Etliche Male hatte er etwas zu erzählen angefangen, dann aber wieder abgebrochen, weil er merkte, dass Katharina unkonzentriert oder müde war. Diese ganzen Kleinigkeiten, mit denen er ihr zu zeigen versuchte hatte, was er für sie empfand, waren von ihr zwar gerne angenommen, aber nie in gleicher Form zurückgegeben worden.

Katharinas Weinkrampf ließ nach, das Knie schmerzte auf erträglichem Niveau. Geräuschvoll zog sie die Nase hoch und wischte mit einer Hand über die verquollenen Augen. Ihr Gesichtsfeld färbte sich rot, in den Wimpern klebte Blut. Hysterisch lachte sie laut auf; wenn sie noch länger regungslos auf dem Boden hocken blieb, sähe sie binnen kürzester Zeit wohl so aus, als hätte sie allein eine Razzia auf einem Schlachthof durchgeführt.

Die Hand auf das Knie gepresst, rappelte sie sich hoch, darauf bedacht, sich nicht noch einen weiteren Splitter einzufangen. Katharina wusste, dass Hofmann in einer seiner Schreibtischschubladen eine Notapotheke aufbewahrte. Einen Druckverband müsste sie gerade noch hinkriegen.

In der dritten Schublade wurde sie fündig, Katharina klemmte drei Verbandspäckchen zwischen die Zähne, steckte sich ein paar Kompressen, Klebeband und eine Schere in die Hosentasche und humpelte in Richtung der Damentoilette. Wenigstens war heute Sonntag, die Gefahr, dass sie jemand in diesem Zustand sah, war äußerst gering.

Während Katharina die Plastikumhüllung des ersten Verbandspäckchens aufriss, klingelte auf ihrem Schreibtisch das Telefon.

18

Bewertung Mission I

Vorbemerkung

Meine Herren, ich habe mich dazu entschlossen, keine getrennten Stellungnahmen mehr zu verfassen, sondern eine vergleichende Beurteilung vorzunehmen. Dabei kann ich Ihnen versichern, dass die Vergabe der Missionspunkte mit größtmöglicher Sorgfalt erfolgt ist; mein Votum ist demnach endgültig und nicht mehr revidierbar.

Ihnen beiden möchte ich jetzt schon attestieren, dass Sie Ihre jeweiligen Aufgaben höchst fantasievoll und mit viel Liebe zum Detail gelöst haben – Gratulation!

Sollten Sie zu einem Detail weiteren Informationsbedarf haben, teilen Sie mir dies bitte mit.

Beurteilung

Die Auswahl der Zielpersonen: Diesbezüglich fiel mir die Entscheidung, wer die höhere Punktzahl erhält, recht leicht. Der Charakter, der an den personell hoch frequentierten Schauplatz des Clubs verbracht wurde und den ich im Folgenden als Charakter eins bezeichnen werde, war meines Erachtens wesentlich schwieriger zur Teilnahme an der Mission zu motivieren als der andere. Aus diesem Grund schöpfe ich die in diesem Bereich vorgesehene Punktzahl für den entsprechenden Herrn in voller Höhe aus: fünf Punkte für Spieler eins.

Spieler zwei erhält für seinen Charakter lediglich zwei Punkte. Weder musste dieser zu ihm wesensfremden Verhaltensweisen überredet werden noch dazu, sich außerhalb seines gewohnten Aktionsradius zu bewegen. Zudem garantierte ihm der Schauplatz, ein Kraftfahrzeug mit verspiegelten Scheiben, eine gewisse Abgeschiedenheit. All dies wurde nicht dadurch aufgewogen, dass ein gewisses Risiko bestand, dass sich der Charakter an diesem Abend für einen potenziellen Mitbewerber hätte entscheiden können.

Die Auswahl des Schauplatzes: Spieler eins erhält drei, Spieler zwei fünf Punkte. Das wird Sie überraschen, meine Herren, aber nun gilt es, die Charaktere und ihre Beziehung zu den Schauplätzen unbeachtet zu lassen, stattdessen die Risiken der Örtlichkeiten zu bewerten. Und Spieler eins hat zwar ein Umfeld gewählt, das stark frequentiert wird, aber das Missionsfinale fand unter völligem Ausschluss der Öffentlichkeit statt. Spieler zwei jedoch ist während des finalen Akts der Tat ein wesentlich höheres Risiko der Entdeckung eingegangen. Kopulierendes Verhalten wird in einem Swingerclub nun mal erwartet. In einem Leichenwagen inmitten des Zentrums einer Stadt weitaus weniger. Außerdem beschränkten sich meines Erachtens die Überlegungen zur Missionsgestaltung bei Spieler eins fast ausschließlich auf das Wie. Spieler zwei hat dem Wo viel mehr Spielraum gegeben.

Der finale Akt der Mission: Hier sehe ich keinen von Ihnen im Vorteil. Jeder von Ihnen erhält vier Punkte. Jedem von Ihnen ist es gelungen, das Vertrauen seines Charakters zu gewinnen. Die gewählten Methoden waren zwar äußerst unterschiedlich, aber beide konnten nur angewandt werden, weil die Charaktere zum Zeitpunkt ihres Hinscheidens völlig hilflos und ergeben waren. Mehr habe ich zu diesem Punkt nicht zu sagen.

Die Außenwirkung der Mission: Bei diesem Kriterium liegt Spieler zwei eindeutig vorn. Die Medien haben den Vorgang sofort aufgegriffen, zumal durch das anschließende Feuerwerk ein glänzendes Ablenkungsmanöver inszeniert wurde. Spieler eins dagegen ist bis heute mehr oder weniger anonym geblieben, wobei selbstverständlich nicht auszuschließen ist, dass sich das noch ändern wird.

Doch für den Moment, und ich kann nur für den Moment urteilen, ergibt sich eine Punkteverteilung von drei zu fünf zugunsten des zweiten Spielers.

Der Gesamteindruck: Dieses Kriterium soll die Gestaltung der Missionen als Ganzes, ihre Nuancen und ihr Ineinanderwirken, bewerten. Sie beide haben je ein Menü kreiert, eine Symphonie, ein meisterhaftes Kunstwerk. Bei jedem Spieler hat sich eine Handschrift herauskristallisiert, jeder von Ihnen hat seine Stärken, aber auch seine Schwächen. Ich bin überzeugt, dass Sie mich bei der nächsten Mission noch mehr überraschen werden, als es Ihnen nun bereits gelungen ist.

Ich möchte mit Spieler zwei beginnen. Der einmal eingeschlagene Weg wurde nicht mehr aus den Augen verloren, die Mission war schlagkräftig und effektiv, es wurde kein Risiko gescheut. Kollateralschäden wurden in Kauf genommen, es erfolgte eine Konzentration auf das Wesentliche. Für das Gesamtbild vergebe ich daher drei Punkte.

In Spieler eins erkennt man einen wahren Künstler. Mich hat das Filigrane der Mission beeindruckt, die sorgfältige Vorbereitung, die Mühen, die darauf verwandt wurden, einen unerwarteten Charakter für die Begleitung auf die Mission zu gewinnen. Für meinen Geschmack mangelte es ein wenig an Explosivität, aber ich bin zuversichtlich, dass das Potenzial des Spielers noch eine Steigerung zulässt. Für das Gesamtwerk erhalten Sie von mir vier Punkte.

Fazit: Nach der ersten Mission, meine Herren, steht es unentschieden. Neunzehn zu neunzehn.

Der Leser schluckte. Die Bewertung entsprach nicht in allen Punkten seinen Erwartungen. Sein Vorgehen war doch um so vieles durchdachter gewesen, das Risiko, das er eingegangen war, um so vieles höher …

Aber gut, er musste das Urteil des Richters akzeptieren.

19

»Was machen Sie denn schon wieder hier?«

Sekonda de Rosa starrte Katharina überrascht an, trat aber keinen Schritt zur Seite. Die alte Dame sah aus wie aus dem Ei gepellt, die Haare hochdrapiert, die Wangen gerougt, die bunte Sommerbluse aufgebügelt – nicht wie eine trauernde Mutter, sondern wie eine Teilnehmerin des Balls der einsamen Herzen.

»Ich muss noch einmal in das Zimmer Ihrer Tochter. Und entschuldigen Sie die frühe Störung.«

Katharina setzte sich einfach in Bewegung, sodass die Seniorin zurückweichen musste.

»Haben Sie schon etwas herausgefunden?«

»Wir haben erste Spuren, aber noch nichts Konkretes. Ich werde mich beeilen, um Sie nicht allzu lange zu belästigen.«

Die Kommissarin eilte die Treppen nach oben, um einer weiteren Unterhaltung aus dem Weg gehen zu können. Sie wusste, sie wäre heute nicht in der Lage, freundlich und verbindlich zu bleiben.

Nachdem Katharina die Wunde noch einmal versorgt hatte, hatte sie sich gestern mit einer Flasche Wein auf die Couch zurückgezogen, den CD-Wechsler von Veronikas Anlage mit *Vangelis* gefüttert und versucht, ganz der dramatischen Musik zu folgen.

Gegen halb vier war sie dann mit dröhnendem Schädel aufgewacht, immer noch auf dem Sofa liegend. Ins Bett zu gehen hatte sich nicht mehr gelohnt, deshalb hatte sie geduscht, sich Frühstück zubereitet und sich anschließend mit einer Kanne Kaffee auf den Balkon gesetzt, um den Sonnenaufgang zu betrachten.

Gegen sechs hatte sie die Balkontür hinter sich geschlossen und das Foto, das Veronika und sie in enger Umarmung auf der Wohnzimmercouch zeigte, aus dem Bilderrahmen genommen. Hofmann war gestern nicht mehr ins Büro zurückgekehrt, sie wollte wenigstens die gegenständlichen Trümmer ihrer gestrigen Auseinandersetzung aus dem Weg räumen.

Um Viertel vor sieben war sie im Büro gewesen, auf ihrem Schreibtisch lag ein Zettel, auf dem Wielert die Nummer eines Kollegen aus Ostdeutschland notiert hatte. Ein Rocco Daubitz bat um dringenden Rückruf. Nun, um diese Zeit war er mit Sicherheit noch nicht im Präsidium.

Nach einer weiteren Tasse Kaffee hatte sich Katharina wieder ins Auto geschwungen und war zu de Rosas Mutter gefahren. Die Sache mit der Chatleidenschaft der Toten ohne Computer war ein Widerspruch, der ihr auf der Seele brannte.

Nun stand Katharina in der Mitte des ungemütlichen Zimmers und ließ es auf sich wirken. Sie konnte ausschließen, dass de Rosa zum Chatten in ein Internetcafé gegangen war, nach Aussage der Mutter war sie so gut wie jeden Abend zu Hause gewesen. Andererseits behauptete die Kollegin, die Tote habe ihr erzählt, dass sie ganze Nächte vor dem Computer verbracht hatte. Irgendwo musste es einen Zugang geben.

Der Telefonanschluss des Hauses befand sich im Wohnzimmer, de Rosas besaßen noch ein altertümliches Modell, zwar nicht mehr mit Wählscheibe, aber eines der ersten Tastentelefone. Hätte die Tote dort einen Computer angeschlossen, wäre das ihrer Mutter aufgefallen.

Also musste Renate eine andere Möglichkeit gefunden haben, online zu gehen. Nur wo? Und womit?

Katharina beschloss, als Erstes hier oben nach einem zweiten Telefonanschluss zu suchen. Vielleicht hatte die Tote ein Telefonkabel angezapft, dazu benötigte man keine umwerfenden technischen Kenntnisse.

Schon fünf Minuten später hatte die Kommissarin die Buchse gefunden – unter dem Bett. Der Anschluss sah nicht nach provisorischer Flickschusterei aus, sondern wirkte wie professionell verlegt. Katharina wunderte es daher nicht, dass die Buchse nicht im Bericht der KTU aufgeführt war. Es gab nun mal Selbstverständlichkeiten, bei denen sich niemand etwas dachte.

Wo war jedoch der Computer? Katharina untersuchte jeden Winkel des Zimmers und überprüfte sämtliches Mobiliar, bis sie sicher sein konnte, dass sie keinen PC oder Ähnliches in diesem Raum finden würde.

Das Badezimmer bot keine wirkliche Möglichkeit, einen Computer zu verstecken. Blieb also nur noch der Speicher.

Die KTU hatte den Boden selbstverständlich in Augenschein genommen, aber Katharina bezweifelte, dass es sehr gründlich geschehen war.

In und unter den gelagerten Möbeln entdeckte sie aber gleichfalls nichts. Die Kommissarin ließ ihre Augen über den Holzboden, die Wände und die Dachgiebel wandern. Vielleicht befand sich ja irgendwo ein Hohlraum unter den Bodenbrettern, vielleicht war zwischen den Giebeln eine Aussparung, die groß genug war, um darin einen Computer zu verbergen. Katharina schritt aufmerksam den Boden ab, jedes Mal, wenn es unter ihren Füßen knarrte, sah sie genauer hin. Aber es gab keine gelösten Bretter, das Holz verursachte die Geräusche aus völlig natürlichen Gründen.

Desillusioniert wischte sich die Polizistin nach einer guten Dreiviertelstunde den Schweiß von der Stirn. Die Luft in dem schlecht isolierten Raum war stickig, dazu begann ihre Schnittwunde fühlbar zu pochen.

»Verdammt, wo hast du deinen Computer versteckt!«, murmelte Katharina verärgert und besah sich noch einmal jede Ecke des vielleicht dreißig Quadratmeter großen Raumes. Und endlich fiel ihr etwas auf.

Überall konnte Katharina die Fußtapser sehen, die sie hinterlassen hatte – nur an einer Stelle, zwischen den beiden Dachfenstern auf der langen Seite des Raumes, waren die Holzbohlen sauber.

Nachdenklich trat Katharina näher und bohrte ihren Blick in die Dachkonstruktion. Es war ein schräg abfallendes Dach, mit dunklen Balken verkleidet. Etwa auf Augenhöhe erkannte sie in mehreren der Balken zwei durchgehende feine Schnitte.

Vorsichtig drückte sie gegen den untersten Balken, das Holz rutschte ein kleines Stück zurück. Katharina drückte stärker, die Öffnung wurde größer. In dem Hohlraum hinter den Balken lag eine Stofftasche – groß genug, um darin ein Notebook aufzubewahren.

Sie hatte einen Volltreffer gelandet. Zufrieden zerrte Katharina das Behältnis hervor, an dem Gewicht erkannte sie, dass die schwarze, an einen Aktenkoffer erinnernde Tasche nicht leer war.

Eilig lief sie zurück in de Rosas Zimmer. Sie stellte ihren Fund auf das Bett, zog den Reißverschluss auf und grinste. Tatsächlich, vor ihr lagen ein Notebook, ein Netzteil, eine Maus, ein kleines Mauspad und ein DSL-Splitter nebst der notwendigen Verkabelung.

Schnell hatte sie das Gerät auf dem Schreibtisch platziert

und alles angeschlossen. Auf den Internetzugang verzichtete sie, zunächst wollte sie sich die gespeicherten Dateien ansehen. Den Rest konnte sie sich im Präsidium immer noch vornehmen.

Das Notebook bootete, nervös trommelte Katharina mit den Hacken auf den Rollen von de Rosas Schreibtischstuhl. Endlich wurde die Windows-Oberfläche sichtbar.

Katharina zog den Mauszeiger auf das Startfenster. Als sie die Programmleiste aufrief, erlebte sie jedoch eine Überraschung. Auf dem Desktop erschien ein rechteckiges Kästchen, in dem, in aufwendiger Grafik programmiert, das Abbild einer Festplatte erschien. Ein Installationsbalken leuchtete auf, darunter ein numerischer Prozentzähler. Innerhalb kürzester Zeit füllte sich der Balken von links nach rechts mit roter Farbe, der Prozentzähler hatte die Einhundert erreicht. Dann leuchtete ein Schriftzug auf, den Katharina beim Hochfahren eines Computers noch nie gesehen hatte:

Verschlüsselung der Daten beendet.
Vielen Dank für Ihre Mithilfe!

Die Kommissarin starrte entsetzt auf den Bildschirm. Die Maus reagierte nicht mehr, jede Tastenkombination, die sie aufrief, blieb ohne Wirkung. Das einzige Lebenszeichen, das das Gerät noch von sich gab, war das pulsierende Leuchten der feuerroten Schrift. Aber auch das wurde schwächer, bis das Bild letztlich einfror.

Verdammt noch mal, was war da passiert? Hatte de Rosa ein Sicherheitsnetz auf ihrem Computer installiert, um zu verhindern, dass ihre Mutter zufällig mitbekommen konnte, was sie darauf schrieb und speicherte? Nein, unmöglich. Katharina war nicht einmal aufgefordert worden, ein Passwort einzugeben. Das Geschehen gerade musste ganz andere Ursachen haben.

Wütend zog Katharina das Netzteil aus der Steckdose und klappte das Notebook zu. Allein kam sie nicht weiter. Vielleicht konnten ihr ja die Spezialisten im Präsidium weiterhelfen.

20

»Morgen«, knurrte Hofmann ohne den Blick vom Sportteil zu lösen. »Reichlich spät heute, was?«

Katharina setzte sich hinter ihren Schreibtisch und schluckte die schnippische Antwort, die ihr auf der Zunge lag, hinunter. »Ich war schon unterwegs. Noch einmal im Haus der de Rosa.«

»Und warum?«, fragte ihr immer noch weiterlesender Kollege.

»Mir hat das mit dem nicht vorhandenen Computer keine Ruhe gelassen. Und ich habe ihn gefunden. War hinter einer Klapptür auf dem Speicher versteckt.«

»Das ist ja toll.« Nun sah Hofmann doch endlich hoch. »Dann kommen wir ja endlich weiter.«

»Erst mal nicht«, seufzte die Kommissarin. »Als ich das Notebook gestartet habe, haben sich die vorhandenen Daten automatisch verschlüsselt. Ich hab das Gerät unseren Spezialisten übergeben, vielleicht kommen die damit klar.«

»Schade«, knurrte Hofmann und fraß sich erneut durch den Spielbericht der letzten VfL-Niederlage.

Katharina holte tief Luft. Jetzt oder nie. »Berthold?«

»Ja?«

»Entschuldige bitte. Ich bin im Moment einfach mies drauf. Es tut mir leid wegen gestern.«

Endlich faltete Hofmann die Zeitung zusammen. Dann deutete er mit dem Zeigefinger auf das Bild seiner Gattin. Katharina hatte, sofort nachdem sie heute Morgen das Büro betreten hatte, den Bilderrahmen aus persönlichen Beständen als Ersatz postiert.

»Und was ist hier passiert?«

»Ich habe das Bild gestern versehentlich heruntergeworfen, dabei ist der Rahmen kaputtgegangen. Deshalb habe ich einen von zu Hause mitgebracht. Ich kauf dir aber noch einen neuen.«

Hofmann nickte und verschränkte die Arme hinter dem Kopf. Abwartend schaute er Katharina weiter an.

»Was?«, fragte die.

»Kommt da noch mehr? Oder bleibt es bei einer schlichten Entschuldigung?«

»Im Augenblick ja. Berthold, sei mir bitte nicht böse, ich weiß nicht, wo mir der Kopf steht. Ich muss mir erst mal selbst über ein paar Dinge klar werden, bevor ich mit jemand anderem darüber reden kann. Aber wenn es so weit ist, würde ich mich freuen, wenn du dann Zeit für mich hättest.«

Hofmann überlegte und nickte dann. »Okay. Aber eins musst du mir versprechen.«

»Gerne. Was denn?«

»Benimm dich bis dahin nicht wie die allerletzte Zicke. Du hast dich in den letzten Monaten sehr verändert, weißt du das eigentlich? Und warte nicht zu lange damit, mit jemandem zu reden. Nach meiner Meinung stehst du kurz vor einer Explosion.«

Katharina atmete hörbar durch. »Einverstanden.«

»So, und jetzt: Was war das mit diesem Computer?«

Die Kommissarin erzählte nun etwas ausführlicher, was ihr am bisherigen Vormittag widerfahren war. Dann erkundigte sie sich nach den Fortschritten, die Hofmann und Gassel gemacht hatten.

»Nichts«, erklärte Hofmann. »Karl Heinz und ich haben gestern viele Klinken geputzt. Einige Paare, die den Club besucht haben, konnten wir allerdings noch nicht erreichen. Weitergekommen sind wir nicht.«

Katharina nickte und griff zu dem Zettel, auf dem Wielert die Nummer des Kollegen aus dem Osten notiert hatte. Bevor sie sich Gedanken über die nächsten Ermittlungsschritte machte, wollte sie hören, was dieser Daubitz von ihr wollte.

Der Ruf ging sofort durch. »Thalbach, Kripo Bochum. Sie hatten gestern angerufen und baten um Rückruf.«

»Na endlich!« Die Stimme klang zu Katharinas Überraschung sehr erleichtert. »Hatte ja eigentlich schon gestern mit Ihrem Rückruf gerechnet, aber wahrscheinlich steht ihr im Moment ziemlich unter Dampf, was?«

»Ja, das tun wir.«

»Der Mord in dem Swingerclub?«

»Ja«, bestätigte Katharina stirnrunzelnd. »Hat sich der Fall schon bis nach Brandenburg herumgesprochen?«

»Ich bin zufällig darauf gestoßen. Und genau deshalb rufe ich auch an.«

»Na, da bin ich aber neugierig.«

Aus dem Hörer drangen raschelnde Geräusche, so als würde Daubitz einige Unterlagen sortieren. »Nach meinen Informationen geschah der Mord bei euch etwa um dreiundzwanzig Uhr, richtig?«

»Das ist unser Kenntnisstand.«

»Ungefähr zu der gleichen Zeit wurde bei uns in Strausberg ebenfalls ein Sexualmord begangen. Und die Umstände bringen mich zu der Vermutung, dass die Taten in einem Zusammenhang stehen könnten.«

Katharina winkte Hofmann, der gerade das Büro auf der Suche nach einem belegten Brötchen verlassen wollte, heftig zu und drückte dann die Taste für den Raumlautsprecher.

»Wie kommen Sie zu dieser Annahme?«

»Am besten erzähle ich erst mal in Kurzform, was bei uns passiert ist. Eine verheiratete Frau hat sich mit einem noch unbekannten Liebhaber zu einem Schäferstündchen getroffen. Am nächsten Morgen, also am Samstag, rief eine Anwohnerin in der Zentrale an, weil ein Leichenwagen zwei öffentliche Parkplätze in unserer Haupteinkaufszone belegte. Die hinzukommenden Beamten fanden die Tote im Laderaum des Wagens, an Händen und Füßen gefesselt und mit Würgemalen am Hals. Wenige Augenblicke nach Auffinden der Leiche ging ein Brandsatz oder so etwas wie eine chemische Bombe hoch und hat die Tote bis zur Unkenntlichkeit verbrannt. Die beiden Kollegen und eine Zivilistin wurden dabei schwer verletzt.«

»Hört sich schlimm an. Aber was hat das mit unserem Mord zu tun?«

»Mir ist aufgefallen, dass die Umstände in beiden Fällen extravagant sind. Sie haben eine sexuelle Komponente, die jeweiligen Partner sind nicht aufzufinden. Dann der Swingerclub und der Leichenwagen. Wurde euer Opfer ebenfalls erwürgt?«

»Allem Anschein nach wurde die Frau vergiftet, und zwar durch die Einführung eines Kondoms oder eines anderen Gegenstands, auf dem das Gift verbracht war, in die Vagina.«

»So etwas Irres habe ich noch nie gehört«, meinte Daubitz.

»Wir auch nicht.«

»Wie ist der Täter mit dem Opfer in Kontakt getreten? Sie werden ja wohl kaum von einer Beziehungstat ausgehen.«

»Möglich ist alles, wir wissen noch zu wenig. Zurzeit spricht alles dafür, dass das Opfer durch das Internet mit seinem Mörder zusammengekommen ist.«

»Dann lassen Sie mich mal raten: Als Sie den Computer der Toten eingeschaltet haben, wurden alle Daten wie von Geisterhand gelöscht und die Festplatte zerstört. Stimmt's?«

»Nein«, widersprach Katharina. »In unserem Fall haben sich die Daten verschlüsselt. Gelöscht wurde meines Wissens nichts, aber das wird erst noch geprüft. Ich habe das Gerät erst gerade bei unseren Fachleuten abgeliefert.«

»Warum denn so spät?«

»Wir haben das Notebook erst heute Morgen gefunden.«

»Verdammte Scheiße«, stöhnte Daubitz. »Sagen Sie, dass das nicht wahr ist!«

»Doch«, entgegnete Katharina kühl.

»Meine Güte, wenn Sie mich gestern zurückgerufen hätten, hätte das eventuell verhindert werden können! Entschuldigen Sie meinen kleinen Ausbruch, aber das ist wirklich zu ärgerlich. Allerdings bin ich jetzt tatsächlich davon überzeugt, dass unsere Fälle miteinander in Verbindung stehen.«

»Aber wie sollte das möglich sein? Sie sagten, die Verbrechen wurden nahezu zeitgleich verübt?«

»Na ja, das vermute ich nur. Zu welchem Zeitpunkt die Frau genau starb, lässt sich aufgrund des Zustands der Leiche nicht mehr nachvollziehen. Aber das, was über die Planungen der Toten für den Abend bekannt ist, stützt diese Vermutung.«

»Dann hätten wir es mit zwei Tätern zu tun, die ihre Taten miteinander abgesprochen hätten? Das ist Ihre These? Meinen Sie das im Ernst?«

»Frau Thalbach, die Parallelen der Taten lassen sich nicht wegdiskutieren. Und ich fürchte, das waren nicht die letzten Fälle dieser Art.«

»Warum denn das?«

»Ganz einfach. Es waren nicht die ersten.«

21

»Gut gemacht«, sagte Wielert. »Für die erste Pressekonferenz war das wirklich nicht übel.«

Katharina hatte zwar nicht den Eindruck, dass sie besonders überzeugend gewirkt hatte, aber das Lob freute sie trotzdem, ihr Ego konnte es gebrauchen. Sie stieß die Tür zum Besprechungsraum auf. Hofmann und Gassel saßen bereits auf ihren Plätzen.

»Na, wie ist es gelaufen?«, fragte Gassel und griff zu dem Teller mit den Keksen.

»Gut, wie ihr seht, leben wir noch. Morgen erscheint das Phantombild in den Zeitungen.«

Die beiden Nachzügler setzten sich und versorgten sich mit Kaffee. Dann nahm Katharina einige Papiere, die sie mitgebracht hatte, zur Hand und räusperte sich, bevor sie das Wort ergriff. »Berthold hat es ja schon mitbekommen. Wir haben eventuell einen völlig neuen Ermittlungsaspekt. Vor der Pressekonferenz war die Zeit zu knapp, deshalb wisst ihr noch nichts davon.«

»Von was?«, fragte Wielert überrascht.

»Du hattest mir doch die Nummer dieses Kollegen aus Brandenburg notiert, Rocco Daubitz. Er hatte einige interessante Dinge zu berichten.«

Katharina fasste kurz zusammen, was in Strausberg passiert war. Dass der Kollege aus Ostdeutschland auf weitere Fälle gestoßen war, die mit den Morden in Zusammenhang stehen könnten, verschwieg sie vorerst. »Was haltet ihr von Daubitz' Theorie, dass die beiden Morde etwas gemeinsam haben?«

»Gewagt«, sagte Wielert nachdenklich. »Andererseits – dass beide Opfer über das Internet in Kontakt zu ihren Mördern getreten sind, ist auffällig.«

»Ich weiß nicht, ob das von Bedeutung ist«, erklärte Hofmann skeptisch. »Das ist doch fast schon normal, dass Spinner und Perverse versuchen, online Kontakt zu Frauen oder auch zu Kindern aufzunehmen.«

»Stimmt. Allerdings resultieren aus diesen Versuchen Fälle von sexueller Belästigung, versuchter oder vollzogener Vergewaltigung und nur selten Mord. Zudem ist außergewöhnlich, dass die beiden Taten zu vermutlich gleicher Zeit geschehen sind. Und beide zeugen von ungewöhnlicher Kaltblütigkeit.«

»Bernd hat recht«, nickte Gassel. »Eine Frau mithilfe eines vergifteten Kondoms in einem Swingerclub zu töten, hat eine ähnliche Qualität, wie jemanden in einem Leichenwagen zu fesseln, zu erwürgen und dann auch noch abzufackeln.«

»Und dann ist da ja auch noch die Sache mit den Computern«, ergänzte Katharina.

»Ist in Brandenburg etwas Ähnliches passiert?«, fragte Gassel. »Haben sich da auch alle Dateien verschlüsselt?«

»Schlimmer«, antwortete die Kommissarin. »Der Computer des dortigen Opfers hat sich quasi in seine Bestandteile zerlegt. Daubitz vermutet, dass ein heimlich eingespeistes Programm die Ursache dafür ist.«

»Hä?«, machte Hofmann. »Das verstehe ich nicht.«

»Mörder und Opfer standen doch per Internet in Verbindung. Für Menschen mit dem entsprechenden Wissen ist es ein Leichtes, auf fremden Rechnern ein nicht sichtbares Programm zu installieren. Ein Programm, das sich bei unbefugter Inbetriebnahme des Computers selbst aktiviert. Oder, da der Mord ja minutiös geplant war, eines, das mit einem Zeitcode versehen ist. Der Täter weiß, wann der Mord passieren soll, und hinterlegt in dem Programm eine Befehlszeile, die beispielsweise besagt: Wenn jemand Freitag nach dreiundzwanzig Uhr auf die Festplatte zugreifen will, dann beginne deine Arbeit.«

»Reden wir jetzt von dem Mörder in Strausberg? Oder von unserem?«, fragte Wielert.

»Wahrscheinlich von beiden.«

»Und was sollen wir daraus schließen?«, fragte Hofmann zweifelnd. »Dass die Täter miteinander in Kontakt gestanden haben? Dass sie ihr Vorgehen miteinander abgesprochen haben? Wo steckt da der Sinn?«

»Das müssen wir herausfinden«, erklärte Katharina. »An einen Zufall glaube ich jedenfalls nicht mehr. Zumal anscheinend ältere Fälle existieren, bei denen Gleichzeitigkeit gegeben war und die im Kontext zum Internet standen, wie Daubitz recherchiert hat.«

»Bitte?«, fragte Gassel mit großen Augen. »Noch mehr Morde von dem Kaliber?«

»Nein, keine Morde. Aber ich erkläre wohl am besten erst mal, wie der Kollege vorgegangen ist.« Katharina nahm einen Schluck Kaffee und griff anschließend wieder zu ihren Papieren. »Daubitz scheint über sehr gute Computerkenntnisse zu verfügen. Er ist durch sehr komplizierte Datenbankabfragen auf unseren Fall gestoßen und hat die Abfragen immer weiter verfeinert. Ich hab das nicht alles verstanden, er hat was von Wenn-dann-Funktionen erzählt und, dass die Abfragen alle infrage kommenden Informationen gleich auch auf ihre Plausibilität geprüft und bei Nichterfüllung verworfen haben. Mit anderen Worten, Daubitz bekam keine Lösungsvorschläge, sondern gleich eine fertige Lösung.«

»Klingt extrem kompliziert«, seufzte Wielert, der von Computern nur wenig verstand. »Und ist doch eigentlich auch egal. Was sind das nun für andere Fälle?«

»Gut, ich komme zur Sache. Am achtundzwanzigsten Mai dieses Jahres fielen morgens um acht Uhr in sieben Unternehmen die Computernetzwerke aus. Das Problem trat branchenübergreifend auf, eine Baumarktkette war genauso betroffen wie ein Unternehmen der chemischen Industrie, eine Reederei und und und ...«

»Das gibt es doch immer wieder, dass sich Firmen irgendwelche Viren einhandeln«, warf Hofmann ein. »Das besagt gar nichts.«

»Mag sein. Aber das BKA hat sich um die Sache gekümmert und seine besten Spezialisten daran gesetzt. Sie konnten bis heute nicht feststellen, was genau die Netzwerkausfälle verursacht hat. Allerdings sind sie sich sicher, dass für jeden Netzwerkausfall etwas anderes ursächlich war. Denn in manchen begann der Totalausfall als kleiner Fehler, der weitere hervorrief, bis nichts mehr ging, in anderen erfolgte der Ausfall von jetzt auf gleich. Und in allen Fällen liefen die Systeme nach zwei Stunden wieder, als sei nie etwas geschehen.«

»Sehr eigenartig«, bestätigte Wielert. »Gab es noch etwas?«

»Ja. Am zwölften Juli. Um 22.30 Uhr kam es fast zu einem Super-GAU im deutschen Verkehrswesen.«

»Bitte?«, fragten die drei Männer gleichzeitig.

»Tja, was man nicht so alles nicht mitkriegt«, grinste Katharina, wurde aber gleich wieder ernst. »Der Zentralrechner der Bundesbahn, der der Flugüberwachung des Kölner Flughafens sowie der des Flughafens Halle-Leipzig und der der Berliner Verkehrsbetriebe waren für fünf Minuten offline. Zum Glück kam es während dieser Zeit nur zu kleinen Unfällen, bei denen niemand ernsthaft zu Schaden kam. Aber das hätte schnell anders ausgehen können. Und wieder keine Spur von den Tätern, aber die Vermutung, dass die Zentralrechner von verschiedenen Personen mit unterschiedlicher Vorgehensweise manipuliert wurden.«

Wielert rieb sich nachdenklich die Nase. »Hm, aber ist das nicht vielleicht ein bisschen weit hergeholt? Zwischen der Sabotage von großen Unternehmen und zwei grausamen Morden besteht doch ein großer Unterschied.«

»Sieh es mal so: Die Bereitschaft, in Kauf zu nehmen, dass Menschen zu Schaden kommen, war bei der zweiten Aktion schon wesentlich höher als bei der ersten. Statt Knochenbrüchen, Prellungen und Hautabschürfungen hätte es genauso gut zu einem Todesfall kommen können.«

»Du meinst, es handelt sich um eine Entwicklung? Erst nur mal sehen, was man draufhat? Und dann den Einsatz erhöhen?«

»Warum nicht?«

»Ich weiß nicht«, mischte sich Gassel wieder ein. »Wie will man denn so etwas koordiniert bekommen? Und überlegt mal: Wenn das kein Hirngespinst ist, hätten wir es erst mit sieben, danach mit vier und nun nur noch mit zwei Taten zu tun. Wo steckt da die Logik?«

»Ich weiß es nicht«, gab Katharina zu. »Aber ich bin der Ansicht, wir sollten diese Spur weiterverfolgen.«

»Und wie sollen wir das tun?«, fragte Hofmann leicht spöttisch. »Sollen wir uns vors Internet hocken und versuchen, mit ein paar Mausklicks etwas herauszufinden?«

»Wenn du dich davorhockst, wird das bestimmt nichts«, murmelte Gassel.

»Nein, natürlich nicht«, gab Katharina ungerührt zurück. »Wir brauchen jemanden, der so denkt wie diese Leute. Der weiß, wie man in ein System oder einen fremden Computer eindringt, um etwas auszuspionieren oder heimlich Programme zu hinterlegen.«

»Unsere Computerfuzzis sind doch sehr gut«, bemerkte Gassel.

»Ja. Aber es ist etwas anderes, wenn du auf der anderen Seite stehst. Wenn dein ganzes Denken nur darum kreist, wie du Sicherheitslücken aufspüren kannst. Mit anderen Worten, ich habe mir überlegt, dass wir einen Hacker auf die Sache ansetzen sollten.«

Hofmann und Gassel sahen sich stumm an.

»Du willst einen Externen hinzuziehen?«, fragte Wielert erstaunt. »Und zwar nicht irgendjemanden, sondern eine Person, die unter Umständen das Gesetz gebrochen hat?«

»Haben das nicht viele Leute, die uns sonst mit brandheißen Tipps versorgen?«

»Zugegeben. Aber um effektiv arbeiten zu können, müsste diese Person Zugang zu polizeiinternen Informationen erhalten. Und das ist etwas völlig anderes.«

»Bernd, das weiß ich. Ist ja auch nur eine Idee. Andererseits sehe ich nirgendwo eine vielversprechendere Spur. Und ohne Hilfe kommen wir bei diesen Internetsachen nicht weiter. Bachstetter, der bestimmt viel Ahnung von PCs und allem hat, verzweifelt schon an dem Verschlüsselungsprogramm auf de Rosas Notebook.«

Wielert seufzte. »Okay, such dir einen Fachmann. Aber nur unter einer Bedingung.«

»Ich höre«, antwortete Katharina.

»Du klärst das vorab mit de Vries. Wenn wir schon einen kriminellen Hacker in diesen Fall einspannen, dann will ich das Okay der Staatsanwaltschaft haben.«

»Ich werde mit ihr sprechen«, erklärte Katharina und merkte, dass sie einen trockenen Mund bekam.

»Gut«, entschied Wielert, »du kümmerst dich um diese Computergeschichte. Und wir anderen kümmern uns um den Rest.«

Danach war nichts mehr zu sagen. Katharina raffte ihre Unterlagen zusammen und eilte aus dem Besprechungszimmer, Hofmann und Gassel trabten wesentlich gemütlicheren Schrittes hinterher.

Wielert blieb allein zurück. Er lächelte zufrieden: Katharina würde eine hervorragende Leiterin des KK 11 abgeben.

22

Ratlos schaute Katharina auf das Display ihres mobilen Navigationsgerätes. Sie war allen Anweisungen gefolgt, hatte dann, wenn diese einschmeichelnde Frauenstimme den Befehl dazu gegeben hatte, brav den Blinker gesetzt und war entsprechend abgebogen. Und nun stand sie vor einem vermoderten, löchrigen Bretterzaun, hinter dem die Welt sich in Wohlgefallen aufzulösen schien.

Sie schob die Sonnenbrille auf die Stirn und überprüfte die Eingaben, die sie vor Beginn ihres Trips nach Düsseldorf eingetippt hatte. Einige Sekunden später stieß sie einen leisen Fluch aus. Nicht das Gerät hatte einen Fehler gemacht – sie selbst war mit der Eingabe durcheinandergekommen und hatte sich mit dem Straßennamen vertan.

Der gesuchte Höherweg lag in einem Gewerbegebiet in Düsseldorf-Flingern, stattdessen hatte sie das Navi nach der Höhenstraße suchen lassen. Und die befand sich nun mal in Oberbilk.

Der Verkehr in der Landeshauptstadt konnte Katharina nicht aus der Ruhe bringen. Während sie der neuen Route folgte, ging sie gedanklich bereits das Gespräch mit dem Mann durch, weswegen sie an diesem Dienstagmorgen diese kleine Dienstreise angetreten hatte. Johannes Reuvers schien, nach den Unterlagen, die sie über die spektakulärsten Fälle von Hackerangriffen gesichtet hatte, genau ihr Mann zu sein.

Die Niederlassung der *STAR-Soft* versteckte sich in einem gepflegten Flachdachbau mit verspiegelter Fassade – keine kleine Klitsche, der schon auf den ersten Blick der Kampf um die nackte Existenz anzusehen war. Offenbar hatten die Banken noch keine Bedenken, diesem Laden Kredit zu gewähren.

Katharina stellte ihren Sportwagen auf einem der Besucherparkplätze ab und sah sich um. Die Eingangshalle lag hinter einer gläsernen Drehtür, zwei Männer standen in Anzughosen, Hemd und Krawatte vor der Tür und rauchten. Als die Kommissarin näher kam, hörte sie, dass die beiden erregt über das Entwicklungspotenzial ihrer Aktienbestände diskutierten.

»Kann ich Ihnen behilflich sein?«, fragte eine attraktive, sorgfältig geschminkte junge Frau, die den Informationsschalter bewachte.

»Ich möchte gerne zu Herrn Reuvers«, antwortete Katharina und kramte nach ihrem Ausweis.

»Das tut mir leid«, flötete die junge Frau mit perfekt antrainierter Höflichkeit. »Herr Reuvers befindet sich zurzeit in einem Meeting. Sie müssten einen Termin vereinbaren.«

Katharina lächelte nachsichtig und hielt endlich ihre Legitimation in der Hand. »Hier ist mein Termin. Könnte ich nun mit Herrn Reuvers sprechen? Es ist wichtig und wird auch nicht lange dauern.«

Der Anblick des eingeschweißten Adlers beeindruckte die Frau anscheinend nicht, allerdings griff sie nach dem Telefon und tippte eine dreistellige Nummer ein.

Nach einem kurzen Wortwechsel, den Katharina nicht verstand, strahlte sie wieder. »Würden Sie mich bitte begleiten? Herr Reuvers erwartet sie.«

»Danke, sehr freundlich.«

»Sie müssen entschuldigen«, fuhr die Empfangsdame fort, während sie einen Schritt vor Katharina die Treppe hochstieg. »Ich konnte ja nicht wissen, dass es um eine offizielle Angelegenheit geht. Wir werden im Augenblick mal wieder mit Bewerbungen überschüttet, ganz Pfiffige versuchen es auf die ganz dreiste Tour.«

»Spricht doch für ein gesundes Unternehmen, oder nicht?«

»Natürlich. Aber wenn die normale Arbeit darunter leidet …«

»In welcher Funktion arbeitet Herr Reuvers in diesem Haus?«

»Er ist unser Chefentwickler, wussten Sie das nicht?«

»Bisher noch nicht.«

»Folgen Sie bitte dem Gang«, bat die Frau, als sie im ersten Stock angekommen waren, »am Ende befindet sich ein Wegweiser zur Direktion. Herr Reuvers hat dort sein Büro, die zweite Tür auf der rechten Seite.«

»Haben Sie vielen Dank«, gab Katharina zurück.

Kurz darauf stand Katharina vor Reuvers' Büro. Auf einem gut einen halben Quadratmeter großen, polierten Messingschildchen war in mikroskopischer Schrift sein Name und die Bezeichnung seiner Position in der Firma zu lesen: *Leiter der Softwareentwicklung.*

»Herein«, ertönte eine fröhliche Stimme, als sie klopfte, und fuhr, nachdem die Kommissarin eingetreten war, fort: »Ich war es nicht. Und notfalls habe ich ein Alibi.«

Gegen ihren Willen musste Katharina lächeln. Reuvers war vielleicht Anfang dreißig, ein Mittelscheitel teilte seine braunen Haare, darunter klemmte eine viel zu kleine Brille, die nervös auf seiner Nase herumrutschte. Eine Unmenge von Sommersprossen dominierten seine Gesichtszüge. Dem Mann war deutlich anzusehen, dass er sich in dem Anzug, den er trug, nicht wohlfühlte.

Das Büro versank in kreativem Chaos, überall lagen Papiere und Ausdrucke verstreut, drei große Monitore gaben nur einen schmalen Blickwinkel zwischen dem einzigen freien Besucherstuhl und der Sitzfläche des Bürobesitzers frei. An den Wänden hingen Drucke verschiedener Comichelden, über der Tür prangte ein Basketballkorb.

»Darf ich Ihnen erst mal erzählen, warum ich überhaupt hier bin?«, fragte Katharina.

»Na klar. Aber trotzdem bleibe ich dabei: Ich bin unschuldig. Möchten Sie etwas trinken? Kaffee? Wasser? Cola? Tequila-Sunrise?«

»Nein, ja, nein, nein«, schmunzelte Katharina und setzte sich ungefragt vor den Schreibtisch.

Reuvers bückte sich neben einen seiner Rollcontainer und beförderte zwei Plastikflaschen ans Licht. »Gläser hab ich nicht, und wenn, müssten die bestimmt mal gespült werden. Also, falls es Ihnen nichts ausmacht … Prost.«

Katharina grinste erneut und drehte den Plastikverschluss ab. Das Wasser war eiskalt, tat aber sehr gut. »Herr Reuvers, ich bin hier, weil …«

»Lassen Sie mich raten«, platzte der Softwareentwickler dazwischen. »Sie möchten ein Programm zur Vorhersage der Rückfallquote der über vierzigjährigen Kriminellen, die innerhalb der letzten zwei Jahre auf Bewährung entlassen wurden, basierend auf Wahrscheinlichkeitsrechnung kombiniert mit statistischen Daten. Stimmt's?«

»Nein.«

»Nicht? Aber unser neuer Innenminister von NRW. Können Sie sich so einen Unfug vorstellen? Der hat doch nicht mehr alle Steine auf der Schleuder.«

Katharina lachte und trank noch einen Schluck Wasser. »Herr Reuvers, ich bin hier, weil ich Ihre Hilfe brauche.«

»Dann legen Sie mal los.«

»Es geht um die Ermittlung in einem Mordfall. Besser gesagt, vielleicht sogar in zwei Fällen.«

Reuvers legte fragend den Kopf schief. »Mord? Wie kommen Sie darauf, dass ich Ihnen bei einem Mordfall helfen könnte?«

»Weil Sie, nach den Unterlagen, die ich in den letzten vierundzwanzig Stunden studiert habe, einer der besten Hacker Deutschlands sind. Oder zumindest waren.«

Das Lachen verschwand aus dem Sommersprossengesicht, stattdessen trat eine geballte Ladung Neugier in Reuvers' Augen. »Kommen Sie jetzt mit irgendwelchen alten Kamellen?«

»Ich komme auf Sie wegen dieser Sache mit dem Kernkraftwerk in Norddeutschland. Deswegen waren Sie doch seinerzeit angeklagt, oder nicht?«

»Das Verfahren wurde gegen Zahlung einer Geldbuße eingestellt.«

»Ich weiß. Es geht mir auch nicht um das Verfahren an sich. Aber wenn jemand es schafft, die Sicherheitssysteme eines Kraftwerksbetreibers zu überwinden und die Kontrolle über die Brennstäbe zu gewinnen, sagt mir das, dass es sich um eine absolute Koryphäe handeln muss. Zumindest, was den Umgang mit Computern betrifft.«

»Theoretisch haben Sie recht«, gab Reuvers nachdenklich zu.

»Hören Sie, ich will keine alten Geschichten wiederbeleben. In diesem Mordfall, den ich bearbeite, scheint jemand involviert zu sein, der über sehr gute Programmierkenntnisse verfügt. Und der darüber hinaus keine Schwierigkeiten hat, in die Computer anderer Leute oder auch in Netzwerke von Firmen oder Konzernen einzudringen.«

»Erzählen Sie mir, worum es genau geht.«

Während der nächsten Minuten berichtete Katharina, was Reuvers wissen musste, um sich ein einigermaßen umfassendes Bild machen zu können. Mehrere Male lupfte der Softwareritter überrascht die Augenbrauen, unterbrach die Polizistin aber kein einziges Mal.

Nachdem Katharina geendet hatte, lehnte sich Reuvers in seinem Stuhl zurück und dachte nach. Als die Kommissarin schon fast befürchtete, ihr Gegenüber sei in eine Art Trance verfallen, schüttelte er plötzlich den Kopf.

»Ich kann Ihnen nicht helfen.«

»Und warum nicht?«

»Ich habe keine Zeit dafür, hier stehen unzählige Projekte an. Und außerdem … Sie überschätzen meine Fähigkeiten.«

Katharina rümpfte verärgert die Nase. »Sie haben sich doch noch nicht einmal angesehen, womit wir es zu tun haben.«

Reuvers sah ihr eindringlich in die Augen. »Frau Thalbach«, erklärte er schließlich. »Ich bin nicht Ihr Mann. Ich kann Ihnen nicht weiterhelfen.«

»Können nicht? Oder wollen Sie nicht?«

»Ich kann nicht. Wissen Sie, diese Sache von damals ... das ist ein bisschen anders gelaufen, als es in den Ermittlungsakten steht.«

Katharina spitzte die Ohren. Irgendetwas sagte ihr, dass der Mann die Wahrheit sagte.

»Wissen Sie, diesen Zugriff auf die Brennstäbe des Kraftwerks hat es wirklich gegeben«, fuhr Reuvers fort. »Er geschah auch von meinem Computer aus. Aber ich war nicht der Mann an der Tastatur.«

»Bitte?«, fragte die Kommissarin verständnislos.

Reuvers seufzte. »Jemand anderes hat die Sicherheitssysteme geknackt. Ich wäre da nie im Leben reingekommen. Wissen Sie, ich bin ein ganz brauchbarer Programmierer, ich komme in einen Wald-und-Wiesen-Computer, ab und zu knack ich auch die eine oder andere Firewall. Aber die Nummer ist mir zu groß. War sie immer schon.«

»Also haben Sie die Ermittlungsbeamten damals belogen?«

»Nein«, widersprach Reuvers und steigerte damit Katharinas Überraschung. »Aber ich habe die Schuld auf mich genommen. Der Staatsanwalt war einverstanden, der Kraftwerksbetreiber war einverstanden und der Richter auch. Wir haben uns auf eine Geldstrafe von ein paar tausend Euro geeinigt und damit war die Sache erledigt.«

»Ich verstehe überhaupt nichts mehr«, antwortete Katharina.

»Wissen Sie, der elfte September zwei eins hat ja nun vieles verändert. Was meinen Sie, was das für ein Theater gegeben hätte, wenn ein deutscher Kraftwerksbetreiber hätte zugeben müssen, dass es einem Hacker mit einem Billigrechner möglich war, ein etwa hundert Kilometer großes Loch in die Landschaft zu brennen. Der Energiemulti hat den Richter fast angefleht, den Fall unter einer großen Decke zu halten, damals gab es zudem diese Diskussion um den Atomausstieg. Die wollten die Sache verschütten und wieder Ruhe im Karton haben.«

Katharina bemerkte eine leichte Gänsehaut auf ihren Unterarmen. »Und warum hat man Sie dafür an den Pranger gestellt?«

»Es war mein Fehler, dass wir aufgeflogen sind. Hinnerk hatte alle Spuren verwischt, aber nachher bin ich noch mal online gegangen. Ich hatte selbst kaum glauben können, was wir da geschafft hatten. Und dabei hat man mich dann getraced, also den Standort des Computers ausfindig gemacht.«

»Warum erzählen Sie mir das jetzt? Wo es doch angeblich so geheim ist?«

Reuvers schmunzelte. »Weil ich alles abstreiten werde, falls Sie das jemandem erzählen. Und beweisen können Sie nichts, gar nichts. Nicht mehr.«

»Das war keine Antwort auf meine Frage.«

»Frau Thalbach, im Prinzip würde ich Ihnen liebend gern helfen, aber das ist die Wahrheit: Meine Kenntnisse reichen dazu bei Weitem nicht aus. Nach dem, was Sie mir erzählt haben, scheinen Sie es da mit einem absoluten Freak zu tun zu haben. Ich möchte Sie einfach davor bewahren, dass Sie mit meiner Stümperei wertvolle Zeit verschwenden.«

»Also meinen Sie, dass Sie diesem anderen Hacker nicht auf die Schliche kommen können?«

»Das ist kein Hacker, sondern ein Cracker.«

»Wo liegt denn da der Unterschied?«

Reuvers lachte bellend auf. »Das ist genau das Gleiche wie mit guten und mit bösen Hexen. Weiße und schwarze Magie, vereinfacht gesagt. Die Hacker sind die Guten, die Cracker die Bösewichte. Denen geht es ums Zerstören, um einen größtmöglichen Schaden, den sie anrichten wollen. Diese Typen haben mit Hackern nichts gemeinsam, bis eben auf die Kenntnisse.«

»Aber warum haben Sie dann die Schuld auf sich genommen, wenn Sie nur daneben gesessen haben?«

»Einerseits, weil ich den Fehler begangen habe, dass es überhaupt herausgekommen ist. Und andererseits ... Meinen Sie wirklich, ich wäre sonst heute Leiter der Softwareentwicklung in so einem Haus?«

»Wären Sie das nicht?«

»Kaum. Es war irgendwann klar, dass, wenn es überhaupt eine Strafe gab, diese lächerlich gering ausfallen würde. Dafür kursierten Gerüchte in der Hackerszene, jemand habe ein geiles Script auf die Füße gestellt, womit man ein Kraftwerk hochgehen lassen könne. Eine kleine gezielte Indiskretion und ich war plötzlich der Star. Und es war nur eine Frage der Zeit, bis ich einen dermaßen gut bezahlten Job an Land ziehen konnte wie den hier.«

Irgendetwas mache ich verkehrt, dachte Katharina. »Und Ihr Kumpan von damals«, fuhr sie laut fort. »Ist der noch aktiv?«

»Hinnerk? Nein. Seit diese ganze Geschichte vorbei ist, hat er keine Taste mehr angerührt.«

»Wie können Sie da so sicher sein? Haben Sie noch Kontakt zueinander?«

»Einmal im Jahr telefonieren wir, wenn ich Geburtstag habe, ruft er an und wir tauschen Belanglosigkeiten aus.«

Katharina runzelte die Stirn. »Wissen Sie denn wenigstens, was er zurzeit macht und wo er steckt?«

»Seinen Aufenthaltsort kenne ich, habe ihn aber nie dort besucht. Hinnerk war eigentlich immer ein Einzelgänger, er will nichts anderes als seine Ruhe.«

»Wo finde ich ihn?«

»Warum? Was wollen Sie von ihm?«

»Das können Sie sich doch denken! Wenn er, wie Sie sagen, der Beste ist, werde ich ihn fragen, ob er uns helfen kann.«

Reuvers brüllte los und schlug mit der Hand heftig auf seinen Schreibtisch. »Das ist gut«, gluckste er, als der schlimmste Lachanfall vorbei war. »Okay, versuchen Sie Ihr Glück, aber versprechen Sie mir, dass Sie mir erzählen, was er für ein Gesicht gemacht hat. Oder noch besser, nehmen Sie eine Kamera mit. Das will ich sehen.«

Katharina war plötzlich ein wenig genervt. »Wo finde ich ihn?«

»Auf der Hallig Hooge.«

»Wo?«

»Sie haben richtig gehört. Auf der Hallig Hooge. Eine genaue Anschrift habe ich nicht, aber das Eiland ist so klein, da müssten Sie ihn eigentlich ohne Schwierigkeiten aufspüren können.«

»Und was macht er da?«

»Keine Ahnung. Vielleicht schippt er Möwenscheiße. Fragen Sie ihn selbst. Und bestellen Sie ihm einen schönen Gruß von mir.«

»Das werde ich tun«, erklärte Katharina schnippisch und stand auf.

23

Einige Stunden später wischte sich Katharina die Gischt aus dem Gesicht und atmete tief durch. Das Wasser der Nordsee spiegelte sich im Licht der Nachmittagssonne derart gleißend, dass die Kommissarin trotz der dunklen Sonnenbrille die Augen schützend zusammenkniff.

Die Fähre hatte die Anlegestelle der Hallig Hooge fast erreicht, nur noch wenige hundert Meter lagen zwischen dem schon etwas betagten Schiff und dem Eiland. Es wurde Zeit, sich zum Ausstieg zu begeben.

Wielert war von der Idee, dass sie sich auf den Weg nach Norddeutschland machte, nicht sofort begeistert gewesen, hatte aber letztlich keinen Widerspruch eingelegt. Es war ihre Ermittlung, und wenn Katharina ihrem Instinkt folgen wollte, sollte sie das tun.

Der lange Ausflug tat ihr gut, mit jedem Kilometer hatte sich die Kommissarin besser gefühlt. Die Nadel des Tachometers pendelte beständig zwischen hundertsechzig und hundertachtzig Stundenkilometern. Nach gut viereinhalb Stunden hatte sie nach einem geradezu abenteuerlich anmutenden Trip über Metropolen wie Haurup-Hoffnung, Lütjenholm, Mönkebüll und Langenhorn den Parkplatz erreicht, der zu dem Fährableger nach Hooge gehörte. Um kurz vor halb sieben ging die letzte Verbindung zurück zum Festland. Bis dahin müsste die Zeit eigentlich ausreichen, um mit Hinnerk Harms zu sprechen und ihn zu überreden, ihr zu helfen.

Als die Fähre anlegte, gab es einen deutlich spürbaren Ruck, einer der Seeleute vertäute die Trossen, dann wurde die Rampe heruntergelassen. Katharina lief im Pulk der anderen Fahrgäste von Bord und orientierte sich.

Die örtlich zuständige Polizei hatte ihr telefonisch bestätigt, dass auf der Hallig tatsächlich ein Hinnerk Harms lebte, und ihr den Namen der Warft genannt, auf dem er als einer von hundertzehn ständigen Bewohnern wohnte. Außerdem hatte Katharina der Kollege, mit dem sie telefoniert hatte, geraten, sich am Anleger ein Fahrrad zu leihen, denn die Hallig war autofrei.

Nun war Katharina sogar froh, sich nach der Autofahrt ein bisschen bewegen zu können, und genoss die frische Luft und den Anblick der schönen Landschaft. Vor einem alten, mit Reet gedeckten Bauernhaus stoppte sie schließlich. Auf einem bunten Keramikschild war neben dem Namen *Petersen* auch *Harms* zu lesen.

Sie betätigte den Klingelknopf, fast gleichzeitig war aus dem Inneren des Hauses ein dumpfer, vornehmer Gong zu hören. Katharina wartete, nichts rührte sich. Sie klingelte erneut. Nichts.

Enttäuscht rümpfte sie die Nase. Vielleicht waren die Bewohner irgendwo auf der Hallig unterwegs, vielleicht mussten sie ja noch arbeiten. Es war kurz nach sechzehn Uhr, Zeit hatte sie noch genug. Katharina beschloss, sich ein wenig umzusehen.

Ein gepflasterter Weg führte seitlich links an dem Haus vorbei, langsam umkurvte die Kommissarin die Häuserecke, worauf sie einen Blick in den Garten werfen konnte. Sie erkannte einen Teil einer gefliesten Terrasse, dahinter einen Sandkasten und wahllos durcheinandergewürfeltes Kinderspielzeug. Wenigstens waren die Bewohner des Hauses nicht langfristig ausgeflogen, sonst hätte es in dem Garten nicht so chaotisch ausgesehen.

Katharina ging weiter, bis sie endgültig im Garten stand. Auf der rechten Seite, der ihren Blicken bisher verborgen gewesen war, stand ein alter Schuppen, davor ein Mann in einer grauen Drillichhose, einem blau-weiß gestreiften Friesenhemd und ein paar derben Arbeitsschuhen. Mit gleichmäßigen, eintönigen Bewegungen fuhr er mit einem Pinsel über die Bretter des Verschlags und verteilte weiße Farbe.

Der Kerl war ein Riese, fast zwei Meter groß, mindestens einhundert Kilo schwer, ohne auch nur ansatzweise fett zu wirken. Seine feuerroten Haare standen kreuz und quer zu allen Seiten ab, das kleine Stückchen Profil, das die Kommissarin erkennen konnte, wurde durch einen ebenso roten Vollbart versteckt. Seine Hände waren groß wie Bratpfannen, die Finger rau und gezeichnet von Arbeit.

»Guten Tag«, sagte Katharina bewusst fröhlich.

Der Mann führte zwei weitere Pinselstriche aus, bevor er seinen Kopf zur Seite wandte. Er maß die Polizistin mit einem langen Blick und konzentrierte sich dann wieder auf seine Arbeit.

»Moin«, grummelte er undeutlich.

»Können Sie mir sagen, wo ich Herrn Harms finde? Hinnerk Harms?«

Die Pinselstriche verloren keinen Deut an Gleichmäßigkeit.

»Wer moog dat … Wer will das wissen?«

»Mein Name ist Thalbach. Kripo Bochum.«

Die letzten beiden Worte verhallten ohne Wirkung, denn der Mann ließ den Pinsel weiter seine Bahnen ziehen. Erst als die Farbe zwischen den Borsten merklich verbraucht war, legte der Maler sein Arbeitsgerät mit bedächtigen Bewegungen auf ein bekleckstes Tuch, wischte sich die Hände an seiner Arbeitshose ab und drehte sich um. »Und worum geht's?«

»Das möchte ich Herrn Harms lieber persönlich sagen. Wissen Sie, wo er sich zurzeit aufhält?«

»Jau.«

»Und wo?«

»Hier.«

»Ich verstehe nicht ganz.«

»Ich bin Hinnerk. Was dachten Sie denn?«

Katharina fühlte sich plötzlich unbehaglich. Sie wusste nicht, was sie erwartet hatte, aber diesen Burschen hatte sie vielleicht für einen Hausmeister gehalten, der im Garten ein wenig nach dem Rechten sehen sollte. Vor einer Tastatur konnte sie sich den derben Naturburschen beim besten Willen nicht vorstellen.

»Ich soll Ihnen einen Gruß bestellen«, fuhr sie unsicher fort. »Von Johannes Reuvers.«

Im Gesicht des Mannes zuckte kein Muskel. »Johannes? Hat der wieder was angestellt?«

Harms stand immer noch gut vier Meter von Katharina entfernt im Schatten des Schuppens. Während ihrer Unterhaltung hatte er die Fäuste in den Taschen seiner Arbeitshose versenkt. Er war nicht wirklich unfreundlich zu seiner Besucherin. Er wirkte nur furchtbar desinteressiert.

»Nein«, antwortete die Kommissarin. »Aber er gab mir den Tipp, dass ich mich mit Ihnen in Verbindung setzen soll.«

»Wieso?«

»Ich brauche Ihre Hilfe.«

»Wieso?«

Katharina atmete hörbar durch. »Müssen wir das hier im Garten besprechen?«

»Wieso nicht?«

»Hören Sie«, platzte Katharina der Kragen, »ich bin extra von Bochum aus hierher gefahren. Und …«

»Ich hab Sie nicht gebeten«, unterbrach sie Harms bestimmt und zog die Fäuste aus den Taschen. Aber er wollte nicht etwa auf die Beamtin losgehen, sondern er griff nach dem Pinsel, tauchte ihn in den Farbtopf und widmete sich wieder der Wand seines Schuppens.

Katharina war perplex. Dermaßen viel Ignoranz war ihr selten untergekommen. »Ist das wirklich zu viel verlangt, dass Sie mir zehn Minuten Ihrer Zeit schenken?«, fragte Katharina, mühsam beherrscht.

»Ich hab schon zwei Mal gefragt, was Sie von mir wollen. Aber Sie sagen es ja nicht.«

Wenigstens konnte der Kerl ganze, zusammenhängende Sätze bilden. Ein Fortschritt.

»Ich ermittle in einem Mordfall. Und in diesem Zusammenhang wollte ich Sie bitten, mir zu helfen.«

»Dann fragen Sie«, gab Harms gleichgültig zurück und tauchte den Pinsel erneut in die Farbe.

»Es handelt sich um eine komplizierte Angelegenheit. Deshalb wäre ich dankbar, wenn Sie mir konzentriert zuhören würden.«

»Mach ich doch.«

Katharinas Finger krampften sich um den Gurt ihrer Handtasche, die an ihrer Schulter baumelte. Dieser Typ brachte sie zur Raserei.

Sie überlegte, ihrem Frust Luft zu machen, da hörte sie vom Haus her ein Geräusch. Die Terrassentür wurde aufgezogen und ein vielleicht dreijähriger Steppke stürmte in die Sonne.

»Papa!«, brüllte er durchdringend.

Von einem Moment zum anderen ging mit Harms eine Veränderung vor. Seine ausdruckslosen, abgestumpften Augen leuchteten auf, die harten Mundwinkel verzogen sich zu einem Lächeln, der Pinsel landete achtlos im Farbtopf. Der große Mann setzte sich in Bewegung, schnappte sich den Bengel, der fast über seine kurzen Beinchen stolperte, und wirbelte ihn durch die Luft.

Die beiden brabbelten, als würden sie dafür bezahlt. Katharina verstand kein Wort, sie konnte nur vermuten, dass es sich bei der Sprache um etwas Plattdeutsches handelte.

In der geöffneten Terrassentür erschien eine Frau, vielleicht Anfang dreißig, sie trat ebenfalls in den Garten. Neben Harms wirkte sie mit ihren höchstens ein Meter sechzig wie eine Zwergin.

»Hallo«, grüßte sie fröhlich. »Hanne Petersen. Sind Sie die Praktikantin? Wir hatten Sie eigentlich erst morgen erwartet.«

»Nein«, antwortete Katharina. »Mein Name ist Thalbach, ich bin von der Kripo Bochum.«

Hanne Petersens Bewegung erstarrte, sie hatte der Besucherin gerade die Hand reichen wollen. Stattdessen warf sie einen alarmierten Blick auf Harms, der seinen Sohn inzwischen wieder auf dem Boden abgesetzt hatte.

»Kripo?«

Harms zuckte mit den Achseln. »Keine Ahnung. Sie sagt nicht, was sie will.«

»Ich versuch es ja die ganze Zeit. Aber ich komme mir vor, als würde ich gegen eine Wand reden.«

Petersen wechselte Blicke zwischen ihrem Mann und der Kommissarin und lachte auf. Kopfschüttelnd nahm sie ihren Sohn bei der Hand und gab ihm einen Klaps auf den Hosenboden. »Tjark, geh schon mal ins Badezimmer und wasch dir die Hände. Und ihr beide«, gönnte sie den Erwachsenen ein Kopfnicken, »setzt euch auf die Terrasse. Ich bin sofort zurück.«

Harms grummelte wieder etwas Unverständliches, stopfte die Hände in die Taschen und stiefelte los. Katharina folgte ihm langsam.

Der Holzstuhl knarrte gefährlich, als sich Harms auf das Polster wuchtete. Katharina setzte sich ihm gegenüber, zog ihre Zigaretten hervor und zündete sich gierig eine an.

Zwischen ihnen herrschte eisernes Schweigen, bis Hanne Petersen zurückkehrte, in der einen Hand zwei Flaschen Sprudel, mit der anderen drückte sie drei Gläser gegen ihren Bauch. Harms nahm ihr die Gläser ab und stellte sie auf den Tisch, allerdings so heftig, dass dieser erzitterte.

»Warum besucht uns jemand von der Kripo Bochum?«, fragte Petersen und schenkte Katharina etwas zu trinken ein.

»Ich habe Ihrem Mann schon versucht zu erklären ...«

»Wir sind nicht verheiratet«, unterbrach Harms.

»Hinnerk!«, fauchte Petersen.

»... dass ich in einer Mordermittlung seine Hilfe benötige«, setzte Katharina den abgebrochenen Satz fort.

»Wie kommen Sie darauf, dass Hinnerk Ihnen helfen kann?«

»Weil er, nach meinen Informationen, ein Genie im Umgang mit Computern ist. Und deshalb bin ich hier.«

»Ich mach nichts mehr«, grollte Harms in seinen Bart. »Will keine Computer mehr sehen.«

Hanne Petersen legte ihm die Hand auf dem Arm. »Erzählen Sie doch erst einmal genau, um was es geht«, bat sie.

Katharina überlegte nicht lange. Zwar war die Frau eine Unbeteiligte, aber sie wusste anscheinend, wie mit Harms umzugehen war.

Während der nächsten Minuten erzählte Katharina, weswegen sie den weiten Weg auf die Hallig auf sich genommen hatte. Zunächst dachte sie, dass sie Harms langweilte, denn er legte den Kopf in den Nacken und starrte durch halb geöffnete Lider ins Leere. Doch an der gespannten Haltung seiner Muskeln war zu erkennen, dass er sich in höchstem Maße konzentrierte.

»... und letzten Endes wollte ich Sie bitten, dass Sie versuchen, die verschlüsselten Daten für uns lesbar zu machen«, beendete Katharina ihren Vortrag.

Harms verharrte noch eine Weile in seiner Haltung, dann schüttelte er den Kopf. »Tut mir leid. Ich kann nicht helfen.«

»Sie können oder wollen nicht?«, fragte Katharina einmal mehr.

Der ehemalige Hacker griff nach seinem Glas und leerte es auf einen Zug. »Beides«, erklärte er dann. »Ich kann nicht. Ich habe hier ja gar nichts. Keinen Computer. Kein Programm.«

»Und das Wollen?«, hakte Katharina enttäuscht nach.

»Ich geh nicht mehr an Computer. Hab es geschworen. Und daran halte ich mich.«

»Herr Harms, überlegen Sie doch …«

»Ich sagte Nein«, meinte Harms bestimmt und erhob sich von seinem Stuhl. »Ich geh jetzt duschen. Dann mach ich was zu essen. Wollen Sie auch was?«

Katharina schüttelte den Kopf. Sie wollte nur noch weg von diesem Mann.

Harms nickte ihr noch einmal und zog von dannen.

»Tja, so ist er halt«, kommentierte Hanne Petersen und goss Katharina noch etwas zu trinken ein. »Ich hatte gehofft, er würde es sich vielleicht überlegen, wenn er Sie ausführlich zu Wort kommen lässt, aber das war wohl ein Irrtum. Manchmal werde sogar ich nicht aus ihm schlau.«

»Warum will er auf Teufel komm raus nicht mehr an einen Computer?«, erkundigte sich die Kommissarin verbittert. »Wegen der Sache damals mit dem Kraftwerk?«

»Sie wissen davon?«, fragte Hanne.

»Natürlich. Er ist doch ungeschoren davongekommen und Reuvers hat sogar Profit daraus geschlagen.«

»Ganz so einfach war das nicht.«

»Wie meinen Sie das?«

»Nun, hat Reuvers nichts von dem Toten erzählt?«

Katharina riss die Augen auf. »Nein. Was für einen Toten?«

»Als Hinnerk in das System des Kraftwerks eingedrungen ist, wollte er nur mögliche Sicherheitslücken aufzeigen. Doch der Mann, der für das Netzwerk und die Sicherheit verantwortlich war, wurde danach gefeuert. Und vier Wochen später hat er sich umgebracht. Der Mann hinterließ eine Frau und zwei Kinder. Deswegen hat Hinnerk geschworen, nie mehr eine Tastatur anzurühren.«

»Ist das der Grund, warum Sie sich auf der Insel hier verkriechen?«, fragte Katharina.

»Für Hinnerk ja, für mich nicht«, antwortete Hanne. »Ich arbeite in der Schutzstation Wattenmeer, schon seit dem Ende des Studiums. Hinnerk und ich sind Haus an Haus aufgewachsen, er war meine erste große Liebe. Wir haben uns getrennt und dann haben wir uns wiedergefunden.«

»Vor oder nach dieser Sache mit dem Kraftwerk?«

»Sogar lange davor. Hinnerk besaß eine Firma in Hamburg, Beratung in Software- und Sicherheitsfragen, Hinnerk war ständig in ganz Deutschland unterwegs. An den Wochenenden kam er zu mir auf die Hallig. Und etwa zu dem Zeitpunkt, als er sich das Kernkraftwerk vornahm, wurde ich schwanger.«

»Hat er sich danach sehr verändert? Entschuldigen Sie die Frage, aber ich kann mir Ihren Freund absolut nicht mit einem PC vorstellen.«

Hanne Petersen lachte. »Das glaube ich gern. Und ja, er hat sich verändert. Hinnerk war nie der Gesprächigste, aber nun hat er völlig dichtgemacht, nur Tjark und mir verschließt er sich nicht. Ich hielt es ja auch für einen schlechten Witz, als er schwor, er würde nie wieder eine Tastatur anrühren, aber es war ihm ernst. Seitdem er ganz hier auf der Hallig lebt, hat er sie nur drei Mal verlassen. Einmal, als ich ins Krankenhaus musste, einmal, als seine Mutter beerdigt wurde, und das dritte Mal … ich weiß es gar nicht mehr.«

Die Kommissarin seufzte. Diesen Einsiedler dazu bewegen zu wollen, sich de Rosas Notebook anzusehen, war völlig aussichtslos.

»Und Sie meinen wirklich, dass ein Computerfreak diesen Mord begannen hat?«, riss Hanne Petersen Katharina aus ihren Gedanken.

»Ja, der Täter muss außergewöhnliche Kenntnisse besitzen. Unsere Spezialisten im Präsidium haben vergeblich versucht, den Code, der die Daten auf dem Notebook des Opfers verschlüsselt, zu knacken. Und unsere Leute sind auch nicht gerade Volltrottel.«

»Befürchten Sie weitere Taten?«

»Ja. Und Ihr Freund könnte uns helfen, das zu verhindern.«

»Wissen Sie, der Hinnerk von früher hätte sich mit Feuereifer auf so eine Aufgabe gestürzt. Ich weiß, dass ihm seine Computer fehlen wie einem Alkoholiker der Sprit. Er arbeitet bei uns in der Schutzstation als Hausmeister, wobei das eine schmeichelhafte Bezeichnung für einen Laufburschen oder Mädchen für alles ist. Ich denke, es fällt ihm weiß Gott nicht leicht, seinen Schwur einzuhalten, aber wenn er sich für eine Sache entschieden hat, dann zieht er sie durch. Gnadenlos.«

»Mein Pech«, erklärte Katharina resigniert und trank den Sprudel aus. Sie hatte zwar noch Zeit, bis die Fähre ging, aber die wollte sie gern allein verbringen. »Vielen Dank, dass Sie sich mit mir abgeplagt haben«, sagte sie und stand auf.

»Haben Sie eine Karte? Mit einer Telefonnummer?«

»Ja, wieso?«

»Hinnerk hockt sich zwar nicht mehr selbst an die Tasten … Aber vielleicht kann er Ihnen den einen oder anderen

Tipp geben. Ich rede mit ihm, dass er zumindest mal über den Fall nachdenkt. Er hat ja sonst kaum etwas zu tun.«

»Das wäre sehr nett von Ihnen«, antwortete Katharina und zog eine Visitenkarte aus ihrer Brieftasche.

»Sie wollen heute noch zurück nach Bochum?«

»Nicht wollen, müssen.«

»Dann kommen Sie gut nach Hause«, meinte Petersen und steckte das Kärtchen in die Brusttasche ihres Jeanshemdes.

24

»Himmel, du sahst schon mal besser aus«, stellte Hofmann fest. »Hast du heute Nacht kein Bett gesehen?«

»Nur kurz«, entgegnete die Kommissarin. »Ich war erst um drei wieder in Essen, auf der A 7 war ein schwerer Unfall, fast drei Stunden hab ich auf der Stelle gestanden. Und auf der 40 war vorhin auch schon wieder Stau. Hätte ich das gewusst, wäre ich ins Präsidium gefahren und hätte unter meinem Schreibtisch übernachtet.«

»Hat sich dein Ausflug wenigstens gelohnt?«

»Nein. Aber das erzähle ich, wenn die anderen auch da sind. Dann muss ich nicht alles doppelt und dreifach berichten. Gibt es hier etwas Neues?«

»Ja«, erklärte Hofmann mit unverhohlenem Triumph in der Stimme. »Erfährst du auch nachher.«

Katharina nickte und konzentrierte sich auf die gestrige Ausgabe der WAZ. Der Bericht über die Pressekonferenz war der Aufmacher im Lokalteil, das Bild, auf dem Katharina neben Wielert saß und gerade dabei war, Fragen der Journalisten zu beantworten, ging über zwei Spalten. Am Ende des

Artikels fand sie das Phantombild, welches mithilfe der Bedienung aus dem Swingerclub erstellt worden war.

»Gab es schon Anrufe?«, fragte Katharina über den Rand der Zeitung.

»Die üblichen Verdächtigen, aber nichts, was ernst zu nehmen ist.«

»Warten wir heute mal ab. Den Lokalteil lesen die meisten doch erst, wenn sie von der Arbeit nach Hause kommen. Und wenn sie es im Büro tun und den Mann in dem Swingerclub gesehen haben, werden sie garantiert nicht von der Arbeit aus anrufen.«

Wielert und Gassel kamen in den Besprechungsraum. Katharina faltete die Zeitung zusammen und setzte sich aufrecht hin. Ihr gefiel es gar nicht, von ihrer Schlappe auf der Hallig berichten zu müssen.

»Katharina, am besten fängst du an«, sagte Wielert prompt.

Sie seufzte. »Dieser Ausflug war ein völliger Schlag ins Wasser. Der Hacker, den ich besucht habe, lebt wie ein Eremit auf dieser Hallig und zieht es vor, mit dem Leben und speziell mit Computern nichts mehr zu tun zu haben.«

»Hättest du das nicht telefonisch klären können?«, wollte Gassel wissen.

»Nein. Der Typ hat keinen Telefonanschluss, das Einzige, was ich vorab herausgefunden habe, war die Adresse. Außerdem hatte ich mir gedacht, wenn ich ihm de Rosas Notebook unter die Nase halte, wirkt das wie eine Möhre vor der Nase eines Esels.«

»Hat es aber nicht?«

»Ich habe den Computer nicht ausgepackt, so weit sind wir gar nicht gekommen.«

»Dann müssen wir uns jemand anderen suchen, der uns weiterhelfen kann«, schlug Wielert vor.

»Und was hat sich hier ereignet?«

Hofmann pumpte sich voll Luft und wurde auf einen Schlag zwei Zentimeter größer. »Dieser Kontakt zu dem Häftling, den de Rosa hatte. Anscheinend ist diese Spur heiß.«

Katharina bediente sich am Kaffee und bemühte sich, ihre Enttäuschung zu verbergen. Auf diese Karte hätte sie als Allerletztes gesetzt.

»Berthold und ich sind Besucherjournale von dem Knast in Köln durchgegangen«, übernahm Gassel das Wort. »Und tatsächlich sind wir auf Renate de Rosas Namen gestoßen. Über einen Zeitraum von mehreren Monaten pflegte sie den Kontakt zu einem Ingolf Brandner. Er saß ein wegen mehrfacher Vergewaltigung. Hat sechs Jahre gekriegt.«

»Sechs Jahre?«, hakte Katharina nach. »Das ist aber ganz schön heftig. Normalerweise kommen Vergewaltiger doch mit einem Jahr auf Bewährung davon.«

»Er war nicht das erste Mal in Haft, allerdings zuvor wegen anderer Delikte.«

»Bis jetzt habe ich noch nichts gehört, was diesen Brandner mit de Rosa in Verbindung bringt. Abgesehen von den lange zurückliegenden Besuchen.«

»Nicht so ungeduldig«, meinte Hofmann. »Gegen Brandner laufen schon wieder mehrere Ermittlungsverfahren bei verschiedenen Staatsanwaltschaften. Eines davon wegen Betrugsdelikten, die er über das Internet durchgeführt haben soll.«

»Na und?«

»Ein zweites, weil er vermutlich versucht hat, über Chaträume, in denen sich vorwiegend Kinder und Jugendliche aufhalten, Kontakte zu knüpfen. Klingelt da immer noch nichts?«

Katharina runzelte die Stirn. Irgendetwas passte da nicht zusammen, sie konnte es aber nicht benennen.

»Seine letzter bekannter Aufenthaltsort befindet sich in Walluf, einem Nest in der Nähe von Wiesbaden«, ergänzte Wielert. »Aber seit mehr als einem Jahr hat ihn dort niemand mehr gesehen. Brandner scheint abgetaucht zu sein.«

»Kann ich mal die Akte haben?«, fragte Katharina.

Gassel reichte ihr einen Schnellhefter. »Hier, sie enthält hauptsachlich Informationen von der Kripo Köln, die ihn damals wegen der Vergewaltigungen dingfest gemacht hat. Und einige Unterlagen aus der JVA.«

Katharina überflog die Seiten. Brandner schien ein Durchschnittskrimineller zu sein, der eher impulsiv und vorschnell als sorgfältig geplant vorging. Er passte nicht zu dem Bild, das sich langsam in Katharinas Kopf von de Rosas Mörder zu formen begann.

Sie beendete die Lektüre und schüttelte den Kopf. »Erklärt mir doch bitte, warum de Rosa, nachdem sie vor einigen Jahren, wie ihre Kollegin erzählt hat, fürchterlich von diesem Brandner enttäuscht worden ist, plötzlich wieder Kontakt zu ihm hätte aufnehmen sollen?«

»Wer kennt schon die Frauen? Vielleicht hat Brandner den ersten Schritt getan und ihr etwas vorgeschwindelt. Dafür wird es eine Erklärung geben.«

»Ich glaube das nicht«, beharrte Katharina. »Nach meiner Meinung war Renate de Rosa ein ängstlicher, vorsichtiger und sehr einsamer Mensch. Wenn sie jemand verletzte, hat sie das tief getroffen. Und dann soll sie mit einem vorbestraften Sexualstraftäter, der schon einmal ihr Vertrauen missbraucht hat, mir nichts, dir nichts gemeinsam einen Swingerclub besucht haben?«

»Immerhin hat er wegen Vergewaltigung gesessen«, verteidigte Hofmann seine Theorie, »und er knüpft über das Internet Kontakte. Wir sollten das nicht außer Acht lassen.«

»Natürlich nicht«, gab Katharina zurück. »Aber ich denke, dieser Mord ist eine Spur zu raffiniert für diesen Brandner. Er saß wegen Scheck- und Wechselbetrügerei, wegen des Weiterverkaufs von Waren aus dem Versandhandel, die er selbst nicht bezahlt hat. Die Fälle von Vergewaltigungen, die ihm nachgewiesen werden konnten, ereigneten sich spontan. Die Frauen waren gleichzeitig mit ihm an einem falschen, weil einsamen Ort. Nichts war geplant, er hat jeweils die sich bietende Gelegenheit ausgenutzt. Und er hat Gewalt nur so lange angewandt, bis die Frauen gefügig waren, in keinem Fall hatte es den Anschein, als habe er sein Opfer ermorden wollen. Kein Sadismus. Nein, der Mann, der de Rosa getötet hat, ist von ganz anderem Kaliber.«

»Deine spinnerte Hackertheorie ist genauso abwegig«, bäumte sich Hofmann ein letztes Mal auf. »Selbst wenn sich ein paar Leute den zweifelhaften Spaß erlaubt haben sollten, Firmencomputer mit Viren zu infizieren, ist das noch ein weiter Weg bis zum kaltblütigen Mord. Wenn ich mal meine Meinung kundtun darf – der Typ, der de Rosa auf dem Gewissen hat, der hat Spaß am Töten gefunden. Vermutlich gilt das Gleiche für den Brandenburger Täter.«

Katharina griff zu ihrer Kaffeetasse und registrierte erst, als sie das Porzellan an den Lippen spürte, dass das Gefäß längst leer war.

»Du hast recht, Berthold«, sagte sie mehr zu sich selbst.

»Bitte?«

»In Bezug auf den Spaß, den der oder die Täter beim Morden verspürt haben. Die Taten waren perfekt geplant, kaltblütig und minutiös.«

»Aber wir sind doch alle Sexualdelikte der letzten Jahre durchgegangen«, meinte Gassel. »Es gibt kein Merkmal, das mit unserem Fall übereinstimmt.«

»Und wenn der Mord an de Rosa kein Sexualmord war?«, antwortete Katharina.

»Ich verstehe nicht ganz, worauf du hinauswillst«, sagte Wielert nachdenklich.

»Unser erster Gedanke war, dass de Rosas Mörder ein Perverser ist, der den absoluten Kick erlebt, wenn er beim Sex jemanden tötet. Aber was ist, wenn es ihm gar nicht um Sex geht? Wenn der Täter völlig anders tickt? Würden wir auch von einem perversen Lustmörder ausgehen, wenn wir eine Leiche gefunden hätten, die durch Gift in einem Nahrungsmittel umgebracht worden wäre? Oder mittels eines Getränks? Und wenn die Leiche dann nicht in einem Swingerclub, sondern ... was weiß ich, in einem Wald, vollständig bekleidet, oder im Wohnzimmer auf der Couch gefunden worden wäre?«

Die drei Männer sahen ihre Kollegin mit großen Augen an.

»Das hieße ja ...«, begann Gassel, brach aber wieder ab.

»Ganz genau«, fuhr Katharina fort. »Der Swingerclub war nichts anderes als ein Ablenkungsmanöver. Oder eine Örtlichkeit, die aus dramaturgischen Gründen in den Mordplan passte.«

»Wenn das stimmt«, meinte Wielert, »müssen wir Brandner abhaken. Nur, wie sollen wir herausfinden, ob du recht hast?«

»Wir müssen an die Dateien auf de Rosas Notebook! Ich glaube, wir können getrost davon ausgehen, dass derjenige, der sie getötet hat, auch für die Verschlüsselung der Daten verantwortlich ist. Eben weil er befürchten muss, sie könnten Rückschlüsse auf sein Vorgehen zulassen oder vielleicht sogar seine Identität verraten. Außerdem sollten wir uns alle ungeklärten Mordfälle vornehmen, bei denen der Täter planvoll und sorgfältig vorgegangen ist. Vielleicht finden wir Übereinstimmungen, wenn wir uns nicht nur auf Sexualmorde konzentrieren.«

»Und Brandner vergessen wir?«, fragte Hofmann resignierend.

Katharina und Wielert tauschten einen schnellen Blick.

»Nein, da kümmerst du dich weiter drum«, antwortete die Kommissarin schließlich. »Es ist ja auch möglich, dass ich fürchterlich auf dem Holzweg bin.«

25

<u>Vorbereitungsphase Mission II</u>

Letzte Details

Schauplatz: Utrecht, *Hotel Grand Plaza* – anonym, aber luxuriös, passend zum Lebensstandard der Zielperson, aber auch die nötige Diskretion versprechend

Einkleidung und Einweisung des Objekts: Hat Geschichte verinnerlicht, er sei mein Neffe, dem es Spaß mache, sich als Mädchen zu verkleiden und anderen Männern zu gefallen. Mir, ›seinem Onkel‹, zuliebe, aber auch zur Befriedigung eigener Bedürfnisse sei er gerne bereit, sich dem Chef des ›Onkels‹ hinzugeben.

Nachbemerkung: Die Auswahl des Objekts beweist meine Menschenkenntnis und meine Überzeugungskraft. Objekt ist von meiner Seriosität unzweifelhaft überzeugt, entwickelt scheinbar sogar Spaß an der Geschichte.

26

Hinnerk Harms zog die Strickjacke vor dem Bauch zusammen und rieb sich fröstelnd die Arme. Der Nordwind fegte mit Stärke fünf bis sechs über die See, auf dem tiefschwarzen Wasser tanzten im fahlen Mondlicht weiße Schaumkronen. Die Zeit des schönen Wetters war vorbei, ein Tiefdruckgebiet über Norwegen schickte die ersten Ausläufer auf die Hallig. Spätestens morgen Mittag würde es zu regnen beginnen. Gut, wenigstens würden dann diese lästigen Tagesausflügler auf dem Festland bleiben.

Eine Windböe zerrte an Harms' Kleidern, aber der große Mann blieb unbewegt. Er liebte es, hier am nördlichsten Punkt der Insel zu stehen, in die Nacht hinauszuschauen und seinen Gedanken nachzuhängen.

Normalerweise kreisten diese um seine Freundin, seinen Sohn, in der letzten Zeit seltener um den Mann, der sich seinetwegen umgebracht hatte. Doch seitdem diese blöde Kuh von der Polizei da gewesen war, plagten ihn prompt wieder diese bösen Träume. Er war schweißgebadet und mit zitternden Fingern aus dem Schlaf hochgeschreckt.

In der Ferne erkannte Harms die Positionslichter eines Frachters, der, von Norden kommend, auf dem Weg zum Hamburger Hafen war. Das Schiff kämpfte offensichtlich mit dem starken Wellengang, die kleinen, hellen Punkte der Positionslichter schoben sich in die Höhe, um gleich darauf talwärts zu sausen. Harms wurde schon vom Zusehen übel.

Mit langsamen, behäbigen Bewegungen breitete er nun die Plastikfolie, die er mitgebracht hatte, auf dem Sand aus und ließ sich nieder. Er rutschte ein paarmal hin und her, bis sich im Sand eine bequeme Kuhle gebildet hatte, zog die Beine an und postierte seine Ellbogen auf die Knie. Dann versank er in meditative Starre.

Holte ihn seine Vergangenheit ein? Konnte man ihn nicht endlich in Ruhe lassen? War es nicht Strafe genug, hier auf dieser Insel im selbst gewählten Exil zu leben?

Nein, eigentlich war es keine Strafe. Das war das Leben, das er sich immer ersehnt hatte, zusammen mit Hanne und Tjark, fernab von jeder Hektik. Wenn die Touristen Ende Oktober die Insel verlassen hatten, war es auf der Hallig ruhiger als auf einem Friedhof in den Karpaten.

Hanne hatte, nachdem er zu ihr gezogen war, große Angst gehabt, dass er in Depressionen versinken würde, stundenlang hatte er scheinbar apathisch in dem Ohrensessel vor dem Kamin gesessen und ins Feuer gestarrt. Ja, die Teufel hatten ihn geplagt, seine Schuldgefühle hatten ihn schier erdrückt. Aber er hatte den Kampf zunächst mit sich ausgefochten, bevor er endlich mit Hanne reden konnte.

Die Stunden vor dem Kamin waren seltener geworden, im selben Ausmaß, wie seine Nächte hier an der Nordspitze der Hallig zugenommen hatten. Aber zuletzt hatten auch diese Ausflüge nicht mehr oft stattgefunden. War er früher alle drei bis vier Tage hierhergegangen, kam er nun vielleicht noch ein- oder zweimal im Monat.

Wie hatte sich die Polizistin das eigentlich vorgestellt? Dass er seine Hände auf das Notebook legte und hinter die Geheimnisse des Geräts kam? Es mochte sein, dass er fähig war, die Verschlüsselung zu knacken, aber dazu brauchte er seine Programme, seine Scripts. Und die besaß er nun mal nicht mehr.

Die Theorie der Kommissarin war sowieso nicht überzeugend. Die Hacker, die Harms kannte, waren harmlose Gesellen, der Gedanke an körperliche Gewalt lag ihnen fern. Und auch die Cracker, die ihm im Laufe seines Lebens begegnet waren, hatten doch lediglich den Ehrgeiz gehabt, fremde Systeme oder Computer zu zerstören oder zu infiltrieren, nicht Menschen zu töten.

Harms seufzte. Gereizt hätte es ihn schon, sich den Code anzusehen, aber er hatte geschworen, nie mehr eine Tastatur anzurühren. Und wenn er diesen Schwur einmal brach, aus welchem Grund auch immer, würde es kein Halten mehr geben.

Die Sucht hatte ihn nicht verlassen. Kein Tag, keine Stunde verging, in der er nicht gedanklich an neuen Scripts bastelte.

Der Seewind war noch etwas kräftiger geworden, erste Sandkörner wehten Harms ins Gesicht. Die Schritte, die sich hinter seinem Rücken näherten, hörte er nicht. Erst als zwei Beine neben ihm auftauchten, registrierte er, dass er nicht mehr allein war.

»Kannst du wieder nicht schlafen?«, fragte Hanne.

»Geht so«, knurrte Harms.

Hanne lächelte. »Ich liebe deine ausschweifenden Antworten. Rück mal ein Stück zur Seite.«

Bereitwillig machte Harms Platz. Gleich darauf saß seine Freundin neben ihm.

»Tee?«, fragte sie. »Ich habe eine Kanne mitgebracht.«

»Ja.«

Hanne zog zwei Metalltassen aus einem Beutel, drückte sie ihm beide in die Hand und füllte sie mit einer bernsteinfarbenen, dampfenden Flüssigkeit. Sie stellte die Kanne zur Seite, griff in die Tasche ihrer Jacke und ließ jeweils drei Stückchen Kandis in die Tassen plumpsen.

Harms gab ihr einen der Becher und legte seine Hände um seinen eigenen. Vorsichtig pustete er auf das Getränk.

»Tjark schläft?«, fragte er.

»Tief und fest.«

Harms nickte.

Eine Weile saßen sie still Seite an Seite, schlürften ihren Tee und sahen auf das Meer.

»Geht es dir gut?«, fragte Hanne schließlich.

»Warum nicht?«

»Du warst lange nicht mehr hier draußen. Kabbelt dir etwas über die Seele?«

»Nein.«

»Bist du dir ganz sicher? Oder beschäftigt dich vielleicht der Besuch dieser Polizistin?«

»Weiß nicht«, erklärte Harms nach einer Pause. »Kann sein.«

Hanne zwängte ihren Arm zwischen Hinnerks Arm und Oberkörper und drückte sich noch enger an ihn. »Was hältst du von ihr?«

»Von wem?«

»Na, von dieser Polizistin.«

»Weiß nicht«, wiederholte Harms.

»Ich glaube, ihr zwei habt einiges gemein.«

»Die und ich?«

»Ja. Zumindest mit dem Hinnerk, der du früher warst. Bevor du allem entsagt hast.«

Harms schaute irritiert zur Seite. »Was soll das heißen?«, bellte er.

»Schatz, diese Frau hat eine Idee – und sie unternimmt alles, was in ihrer Macht steht, um diese Idee umzusetzen. Und genauso warst du früher.«

Harms nahm einen großen Schluck Tee und verschluckte

sich dabei. »Blödsinn«, erklärte er entschieden, als der Hustenanfall vorüber war.

»Meinst du wirklich, du hältst es aus, den Rest deines Lebens auf dieser Insel zu sitzen und den Hausmeister zu spielen? Du wirst langsam, aber sicher versauern.«

»Ich versauer nicht«, knurrte er. »Du weißt, was los ist.«

»Ja, das weiß ich. Und ich fand es auch richtig, nach diesem ganzen Scheiß eine Pause zu machen, um wieder einen klaren Kopf zu bekommen. Aber irgendwann muss du wieder anfangen zu leben.«

»Mein Leben gefällt mir.«

Hanne lachte auf. »Du bist ein miserabler Schauspieler. Ich weiß, du tust für Tjark und mich alles. Aber auf Dauer wird das nicht gut gehen. Über kurz oder lang wirst du unzufrieden werden, dir wird es nicht mehr ausreichen, nur für uns beide da zu sein.«

Harms leerte seinen Becher, stellte ihn vor sich auf die Folie und fuhr mit einer Hand durch seinen widerspenstigen Haarschopf. »Es geht nicht. Ich kann nicht wieder mit Computern anfangen. Das frisst mich auf.«

»Das stimmt doch gar nicht. Dich fressen deine Schuldgefühle auf, es geht doch gar nicht um die Computer. Du redest dir immer noch ein, dass du einen Menschen umgebracht hast. Das ist Unfug. Der Mann war eine verkrachte Existenz, der mit sich und dem Leben nicht klargekommen ist. Dafür kannst du nichts.«

Harms blieb still.

»Als die Polizistin dir erklärt hat, was sie von dir will, warst du einen Moment lang so wie früher. Und ich kann mir sogar vorstellen, dass du schon erste Ideen entwickelt hast, wie man den Typen aufspüren kann.«

»Ich habe …«

»Keine Widerrede. Hör mir zu! Sieh es doch mal von einer ganz anderen Seite. Wenn du wirklich der Meinung bist, du müsstest eine Schuld bezahlen, ist das vielleicht die Chance, es zu tun. Indem du mithilfst, einen Mörder zu fangen. Und vielleicht dafür sorgst, dass nicht noch mehr Menschen zu Schaden kommen.«

Harms schwieg wieder. An seiner zerfurchten Stirn erkannte Hanne, dass sie genau den richtigen Nerv getroffen hatte. Sie griff erneut zur Thermoskanne und schenkte Tee nach. Abwesend griff Harms nach seiner Tasse.

»Und außerdem«, redete Hanne weiter, »müssen wir uns sowieso überlegen, wie wir unser weiteres Leben gestalten. Mein Vertrag bei der Schutzstation läuft nächstes Jahr aus. Und ich weiß nicht, ob ich ihn verlängern werde.«

Harms fiel fast die Tasse aus der Hand. »Warum nicht?«

»Wegen Tjark. Es dauert nicht mehr lange, dann geht er zur Schule, vorher sollte er wenigstens noch ein Jahr in einen Kindergarten. Das Kind muss mit anderen Kindern zusammenkommen.«

»Aber ich dachte …«

»Du denkst viel zu viel«, unterbrach Hanne erneut. »Vor allem denkst du nur in einem fest umrissenen Teufelskreis.«

Hanne löste ihren Arm von seinem und wärmte sich die Finger an der Tasse. Sie wusste, der Punkt war erreicht, an dem sie ihn nicht weiter drängen durfte.

Harms' Kiefer mahlten, die Knochen knackten, was trotz des nicht abflauenden Windes gut zu hören war.

»Du hast recht, ich habe über die Geschichte nachgedacht«, antwortete er nach einer ewig scheinenden Pause. »Aber ich kann der Frau nicht helfen. Selbst wenn ich wollte.«

»Meinst du, ich bin blöd? Dass du von hier aus nichts unternehmen kannst, ist mir auch klar.«

»Also – warum reden wir dann überhaupt drüber?«

»Hier nicht. Aber woanders schon.«

Harms musterte Hanne verständnislos.

»Vorhin lief mir Friedjof über der Weg«, erklärte sie. »Er fährt um halb sechs zum Festland rüber. Er erwartet dich am Anleger.«

»Was?«

»Er nimmt dich mit und setzt dich am Bus ab.«

»Wozu?«

»Damit du nach Bochum fahren kannst. Dort kannst du ja wohl helfen, oder?«

Harms fuhr hoch, als wäre der Sand in Brand geraten. »Ich? Nach Bochum? Morgen?«

»Ja. Du. Nach Bochum«, äffte ihn Hanne amüsiert nach. »Morgen früh.«

27

Seine Gedanken rasten in der gleichen Geschwindigkeit durch seinen Kopf wie das Auto über die Straße.

Bilder zuckten vor seinem inneren Auge: das Hotelzimmer, der Junge, ungeahnte Verzückungen. Dann Simon, die Waffe, das Glied in seinem Mund. Das Entsetzen, der Schuss und schließlich das Messer …

Er musste würgen. Schlingernd kam der Wagen am Straßenrand zum Stehen und er stürzte hinaus. Wieder ein Würgen, doch er bekam den Mund nicht auf.

Was konnte er nur tun?

Verzweifelt versuchte er, sich zu beruhigen, gleichmäßig zu atmen und – nachzudenken. Es war sein Job, Problemlösungen aufzuzeigen. Das konnte er doch, sonst hätte er es in der Politik nie so weit gebracht!

Der Junge in dem Hotelzimmer ... Und er, der er ...

Plötzlich wusste er, was er zu tun hatte. Es gab nur einen Ausweg.

Entschlossen setzte er sich wieder hinter das Steuer seines Wagens und gab Gas.

28

»Wer wollte den Apfelkuchen?«

Kriminalhauptkommissar Wielert balancierte das Tablett mit dem Kuchen auf der rechten Handfläche und betrachtete amüsiert das Bild, das ihm seine beiden Mitarbeiter boten.

Katharina hämmerte wie eine Verrückte auf ihrer Tastatur herum. Als sie ihren Chef endlich wahrnahm, speicherte sie den Text und öffnete eine andere Datei. Musste ja nicht jeder wissen, dass sie dabei war, eine private E-Mail zu verfassen.

Hofmann saß vor einem Berg Unterlagen und reinigte gedankenverloren mit einem metallenen Kratzer den Kopf einer seiner Pfeifen. Dabei ging er so gründlich vor, dass er inzwischen statt verkohlter Tabakreste schon das Holz des Rauchgeräts einkerbte.

»Mit Sahne?«, fragte Katharina.

»Natürlich, ich weiß doch, was ich euch schuldig bin.«

»Dann gib das mal Berthold, ich hab im Moment ein paar Kilo zu viel. Was hast du denn noch?«

»Eine Mohnschnecke, einen Berliner mit Schokoladencremefüllung und ein Stückchen Butterkuchen.«

»Ich nehme den Butterkuchen. Kaffee ist aber alle.«

»Macht nichts, ich habe sowieso schon Sodbrennen.«

Hofmann legte endlich die Pfeife zur Seite, schob einen Teil der Unterlagen an den Tischrand und zauberte einen sauberen Teller aus einer Schublade hervor.

Wielert grinste und hob das Kuchenstück vom Tablett auf das Porzellan. »Wo ist denn Karl Heinz?«, fragte er dann.

»Beim Arzt«, gab Hofmann zurück und tauchte eine Gabel in die Kalorienbombe.

»Was Ernstes? Wir haben heute Mittwoch – welcher Arzt nimmt ihn denn da am Nachmittag dran?«

»Es hat eben Vorteile, Privatpatient zu sein. Karl Heinz sagte, er habe einen Termin zur Vorsorge. Aber frag mich nicht, um welchen Körperteil es da geht. In seinem Alter muss man doch fast den ganzen Körper regelmäßig vom TÜV begutachten lassen.«

Katharina biss in den Butterkuchen und reichte Wielert ein Taschentuch. Zwischen seinen Fingern quoll dunkle Creme, der Teig des Berliners hatte dem Druck der Zähne nicht standgehalten.

»Habt ihr inzwischen Neues?«, fragte Wielert, wobei er versuchte, die Schokocreme unter den Fingernägeln zu entfernen.

»Nee«, seufzte Hofmann. »Dieser Ingolf Brandner, dieser Exhäftling, zu dem de Rosa Kontakt hatte, ist einfach nicht aufzutreiben. Ich habe heute mit sämtlichen Kommissariaten, die ein Ermittlungsverfahren gegen ihn laufen haben, gesprochen. Alle suchen ihn, aber keiner hat eine Spur. Wahrscheinlich hat der sich ins Ausland abgesetzt, weil ihm in Deutschland der Boden zu heiß geworden ist.«

Katharina befühlte mit der Zungenspitze ihr Gebiss, einer ihrer Backenzähne hatte sich gerade gemeldet, als sie ein Stück des Kuchens darauf zermalmt hatte.

»Und bei dir?«

»Genauso Fehlanzeige. Ich bin auf keinen weiteren Hacker gestoßen, der geeignet sein könnte, uns zu helfen.«

»Und wie willst du nun weiter vorgehen?«

»Morgen setze ich mich mit dem LKA in Verbindung, vielleicht haben die ja einen Wizzard in ihren Reihen.«

»Einen was?«, fragten Wielert und Hofmann gleichzeitig.

»Das ist ein Ausdruck für einen besonders begnadeten Hacker, so etwas wie ein Meister in dieser Gilde. Wenn das LKA über keinen verfügt, muss ich halt beim BKA anfragen.«

»Vorhin war ich bei de Vries«, wechselte Wielert das Thema.

Hofmann sah mitleidig zu seinem Chef. »Und? Tobt sie schon?«

»Nein. Sie ist der Meinung, dass wir alles Menschenmögliche tun. Als ich ihr Büro verlassen wollte, gab sie mir sogar noch einen kleinen Trost mit auf den Weg.«

»De Vries? Sprechen wir von ein und derselben Person?«

»Und was hat sie gesagt?«, fragte Katharina.

Bevor Wielert antworten konnte, klingelte das Telefon. Hofmann griff über den Schreibtisch und drückte sich den Hörer ans Ohr.

»Dass jede Abteilung mal einen Fall auf dem Tisch hat, an dem sie sich die Zähne ausbeißt«, fuhr Wielert mit leiserer Stimme fort. »Obwohl, so pessimistisch bin ich gar nicht. Sobald wir endlich diesen Computer de Rosas geknackt haben, werden wir einen entscheidenden Schritt weiterkommen. Ist doch nur eine Frage der Zeit.«

»Aber die arbeitet gegen uns«, seufzte Katharina.

»Wenigstens haben die Medien das Interesse an uns verloren.«

»Warum das denn?«, fragte Hofmann, der den Hörer wieder auf die Gabel gelegt hatte.

»Habt ihr keine Nachrichten gehört?«

Thalbach und Hofmann sahen sich an und schüttelten synchron die Köpfe.

»Heute in aller Frühe hat es einen Politiker zerlegt«, erklärte Wielert und vernichtete den Rest seines Berliners. »Einen von unserer Landesregierung. Irgendwie ist es ihm gelungen, mit hundertachtzig gegen einen Brückenpfeiler zu scheppern.«

»Wie heißt der denn?«, fragte Katharina.

»Verheie oder so ähnlich, ich kannte den Namen nicht. Muss aber nicht ein ganz so kleines Tier gewesen sein.«

»Solange das kein Fall für uns wird, ist mir das herzlich egal«, seufzte die Kommissarin. Ihr Zahn meckerte nicht mehr nur, sondern sandte beständig Schmerzsignale aus. »Ich glaub, ich mach jetzt Feierabend und gucke, welcher Zahnarzt Notdienst hat.«

»Ich glaube, das wird nichts«, erwiderte Hofmann.

»Und warum?«

Ihr Kollege deutete mit dem Kopf zur Tür.

Ein hünenhafter Riese hatte sich im Türrahmen aufgebaut. Seine feuerroten Haare standen kreuz und quer vom Kopf ab, seine Hände waren von einer Größe, dass sie mühelos Laternenpfähle umfassen konnten. In den Fingern hielt er die Henkel einer verschlissenen Reisetasche.

»Moin«, knurrte der Riese.

»Herr Harms«, rief Katharina überrascht. »Was machen Sie denn hier?«

»Hab's mir anders überlegt.«

Wielert hatte die Szene stumm und staunend verfolgt. Nun sah er Katharina zweifelnd an.

Die Kommissarin erhob sich aus ihrem Sessel und ging auf den Besucher zu. »Ich freue mich, dass Sie da sind. Darf ich Ihnen meine Kollegen vorstellen?«

Harms regte sich nicht. »Wo ist der Computer?«

Hofmann räusperte sich vernehmlich. Wielert schüttelte den Kopf. Dieser Bauer sollte der sagenumwobene Oberhacker sein?

»Äh, ich habe das Gerät hier.«

Harms grunzte, ließ seine Reisetasche auf den Boden plumpsen und nahm das Notebook entgegen. In Windeseile hatte er das Gerät angeschlossen und den Bootvorgang gestartet.

Die drei Polizisten wechselten stumme Blicke. Selbst Katharina zweifelte plötzlich an der Richtigkeit ihrer Idee, ausgerechnet diesen Mann um Hilfe bei den Ermittlungen zu bitten.

»Kenn ich nicht«, murmelte Harms mehr zu sich selbst. »Noch nie gesehen. Brauch ich Zeit für.«

Wielert hatte seine Erstarrung endlich überwunden. »Benötigen Sie Hilfsmittel?«

»Was haben Sie hier für Computer?«, kam die Gegenfrage.

»Das, was hier steht. Wieso?«

Harms drängte sich an Katharina vorbei, setzte sich vor ihren PC, klickte zweimal mit der Maus und klimperte dann rasend schnell einige Befehle in die Tastatur.

»Schrott«, meinte er schließlich. »Damit kann ich nichts anfangen. Ich brauche einen schnellen Rechner. Sehr schnell.«

»Vielleicht verfügen die Kollegen in der Computerabteilung über etwas Passendes«, meinte Katharina kleinlaut.

»Was ist das für ein Zugang?«

»Bitte?«

»Der Netzzugang«, erwiderte Harms ungeduldig, so als spräche er mit einem Kleinkind. »ISDN, DSL?«

Katharina gab ihm die gewünschte Auskunft.

Harms verzog das Gesicht. »Viel zu langsam. Ich benötige

den schnellsten Zugang. Mindestens DSL sechstausend. Oder Cable.«

Wielert wischte erneut mit dem Taschentuch über seine klebrigen Finger und zwinkerte Katharina spöttisch zu. »Kümmere du dich um alles. Ich gehe jetzt nach Hause. Kommst du mit, Berthold?«

»Sofort.«

Ehe sich Katharina versah, war sie mit Harms allein.

Harms verstaute seine Pranken in den Hosentaschen und sah die Kommissarin abwartend an, so als könne sie die gewünschten Gerätschaften hinter ihrem Rücken hervorzaubern.

»Hören Sie«, meinte Katharina. »Ich werde mich darum kümmern, dass Sie alles Notwendige erhalten, aber so schnell geht das nicht. Im Präsidium herrscht schon Feierabend, ich fürchte …«

»Außerdem brauch ich einen Stand-Alone. Ohne Verbindung zu den anderen Computern. Sonst ist das zu riskant.«

Katharina zählte leise bis zehn. Ihr Zahn schmerzte, die E-Mail an Veronika war noch nicht fertig formuliert, die Autobahn war garantiert wieder verstopft, sie hatte noch nichts eingekauft und unausgeschlafen war sie ohnehin. Harms stand kurz davor, dass Fass zum Überlaufen zu bringen.

»Können Sie mit dem Notebook allein gar nichts anfangen?«, fragte sie verzweifelt.

»Nein.«

»Warum nicht?«

»Weil ich den Code analysieren muss. Dazu brauche ich mindestens einen anderen Computer. Der schneller und leistungsfähiger ist als der kleine.«

Wenigstens spricht er jetzt in ganzen Sätzen, dachte Katharina. »Das klingt logisch. Aber ich fürchte, heute kann ich Ihnen nichts Passendes mehr besorgen. Außerdem müssen Sie doch müde von der Fahrt sein.«

»Bin ich nicht.«

»Haben Sie schon ein Hotel?«

Harms sah die Kommissarin verständnislos an. »Hotel? Nein. Ich bin vom Bahnhof gleich hierhin.«

»Dann sollten wir Ihnen zunächst eine Unterkunft besorgen. Kommen Sie.«

»Ich will mir den Computer ansehen. Dazu bin ich hier. Haben Sie doch gesagt. Dass es eilig ist.«

»Ja«, seufzte Katharina. »Aber ...«

»Haben Sie einen?«

»Was?«

»Computer. Zu Hause.«

Fassungslos verschränkte Katharina die Arme vor der Brust. Das fehlte gerade noch, dass dieser Torfstecher sich bei ihr breitmachte.

»Ja, aber das kommt nicht infrage.«

»Was für einen?«

»Der gehört meiner ... einer Freundin, mit der ich zusammenwohne.«

»Ist der schnell?«

»Nun, ich denke schon. Ist erst zwei Monate alt.«

Harms starrte sie ausdruckslos an.

Zum Teufel, was sollte es eigentlich! Sollte Harms sich Veronikas Computer ruhig ansehen, sicher war er über den Apparat genauso entsetzt wie über die Geräte im Präsidium.

»Also gut«, seufzte die Kommissarin. »Aber sagen Sie nicht, ich hätte Sie nicht gewarnt. Falls Sie enttäuscht sind.«

Harms klappte das Notebook zusammen, nahm die Henkel seiner Reisetasche auf und setzte sich in Bewegung. Katharina musste die ersten Meter rennen, um ihn einzuholen.

29

Vorsichtig schielte Katharina zum Beifahrersitz. Sie konnte es immer noch nicht fassen, dass der Hüne aus dem Norden neben ihr saß und sie dabei war, ihn mit zu sich nach Hause zu nehmen.

Harms hatte sich wie ein Kastenteufelchen zusammengefaltet, die Hände ruhten zwischen den gespreizten Knien, sein Blick ging starr nach vorn. Seit er sich mit viel Mühe in Katharinas Sportwagen gequetscht hatte, waren kaum zwei Worte über seine Lippen gekommen. Der Stop-and-go-Verkehr auf dem Ruhrschnellweg schien ihn zu faszinieren.

»In gut zehn Minuten erreichen wir die Ausfahrt«, durchbrach Katharina die Stille. Sie waren gerade aus dem Tunnel, der die Essener Innenstadt unterführte, gerollt, erfahrungsgemäß war spätestens anderthalb Kilometer weiter die Strecke wieder zügig befahrbar. Harms zeigte mit keiner Reaktion, ob er ihre Worte aufgenommen hatte.

»Wie kam es eigentlich zu Ihrem Sinneswandel?«, fuhr Katharina fort und ließ die Seitenscheibe auf ihrer Seite des Fahrzeugs herunterfahren. Während sie mit den Knien lenkte, steckte sie sich eine Zigarette zwischen die Lippen und schirmte mit der linken Hand das Feuerzeug ab.

»Meine Freundin«, knurrte Harms. »Hat mich überredet. War nicht meine Idee.«

»Ich freue mich jedenfalls. Hoffentlich können Sie uns helfen.«

»Brauch noch ein paar Sachen. Halten Sie an einem Computerladen an.«

Die Kommissarin seufzte genervt. »Hätten Sie das nicht eher sagen können? In Bochum gibt es einige Geschäfte in der Nähe des Präsidiums, gleich wird es ein wenig schwierig. Was brauchen Sie denn noch?«

»Tastaturen«, grummelte Harms. »Eine Festplatte. Kabel. So etwas halt.«

Katharina nickte und trat das Gaspedal erleichtert durch. Tatsächlich lichtete sich der Verkehr.

Schließlich schnurrte das Cabriolet die Abfahrt Winkhausen hoch, schlitterte in der scharfen Rechtskurve, die auf die Aktienstraße führte, und beschleunigte auf gut achtzig Stundenkilometer. Katharina warf einen prüfenden Blick auf den rechten Straßenrand, aber es war kein Blitzer zu sehen. Die Strafmandatsgeier in Essen waren noch einen Zacken lästiger als die in Bochum.

»Muss es ein Computerladen sein? Oder genügt eventuell auch einer dieser großen Discountmärkte?«

»Egal.«

Fünfzehn Minuten später stürmte Harms, stets drei, vier Schritte vor der Kommissarin, in die Filiale eines großen Elektronikdiscounters im CentrO. Überraschend schnell und zielstrebig ging er von Regal zu Regal. Nachdem er zehn Tastaturen, eine interne und eine externe Festplatte sowie einen ganzen Packen Kabel irgendwie unter seinen Armen verstaut hatte, nickte er Katharina zu. Sie konnten zur Kasse gehen.

Als die Kassiererin schließlich einen stolzen Betrag nannte, verzog Harms keine Miene. Statt nach seiner Geldbörse zu greifen, begann er, seine Einkäufe in ein paar Plastiktüten zu verstauen. Katharina biss sich auf die Lippen, zückte ihre Brieftasche und bestand auf einer dezidierten Rechnung.

Um gut vierhundert Euro erleichtert, rannte die Kommissarin hinter Harms her zurück zum Auto. Wenn der Typ jetzt einen falschen Ton sagte, würde sie explodieren.

Aber Harms sagte nichts. Während des kurzen Weges zur Wohnung der Kommissarin studierte er den Text auf den Verpackungskartons der Festplatten. Als Katharina den Wagen mit quietschenden Reifen in eine Parklücke lenkte, schaute er ungerührt auf.

Wenigstens ließ Harms sie nichts von seinen Einkäufen schleppen, die Reisetasche hatte er sich zusätzlich über die Schulter gehängt. Oben in der Wohnung angekommen warf er sein Gepäck achtlos in eine Ecke und begab sich gleich in das kleine Arbeitszimmer, das man von der Diele aus einsehen konnte.

»Fühlen Sie sich wie zu Hause«, murmelte Katharina verärgert und schob die Reisetasche mit dem Fuß unter die Garderobe. Dann folgte sie Harms ins Arbeitszimmer.

»Windows?«, fragte er, wobei er mit dem Zeigefinger auf den Monitor zeigte.

»Ja.«

»Bah«, machte er verächtlich, startete den Computer aber trotzdem. Nachdem sich das Eröffnungsbild aufgebaut hatte, überflogen seine Augen die Anzeigen. Zufrieden nickte er und packte die externe Festplatte aus. Gleich darauf war er unter dem Schreibtisch verschwunden, um den USB-Stecker anzuschließen.

»Möchten Sie auch einen Kaffee?«, fragte Katharina und erinnerte sich daran, dass sie eigentlich zum Zahnarzt wollte. Egal, die Nacht würde sie noch durchstehen, in ihrem Nachtschränkchen lagerten genug Schmerztabletten.

»Tee«, wünschte Harms und krabbelte wieder unter der Schreibtischplatte hervor.

»Ich habe nur Pfefferminze. Tee wird hier selten getrunken.«

»In meiner Reisetasche. Hab mir was mitgebracht. Kandis ist auch drin.«

Widerwillig musste Katharina grinsen. Während sich Harms weiter mit der Technik auseinandersetzte, ging sie in die Diele und nahm sich die Reisetasche vor.

Unter zwei Paar Jeans, einem Stapel T-Shirts und einigen Garnituren Unterwäsche entdeckte sie zwei Dosen Tee, in Gefrierbeuteln verpackt lag der Kandis daneben. Katharina nahm eine Dose heraus, da fiel ihr Blick auf das einzige persönliche Mitbringsel in der Tasche. Harms hatte ein Bild von seinem Sohn eingesteckt.

Vorsichtig zog die Kommissarin den Bilderrahmen hervor und lief ins Arbeitszimmer.

»Hier. Ich dachte, das hätten Sie vielleicht gerne bei sich.«

Harms sah kaum auf, aber als er das Foto erkannte, leuchteten seine Augen. Behutsam griff er nach dem Bild, postierte es neben dem Flachbildschirm und zeigte etwas, das Katharina bei diesem Menschen nie für möglich gehalten hätte. Ein Lächeln.

»Danke«, sagte er.

Katharina bereitete Tee und Kaffee und schluckte eine Schmerztablette. Als sie mit einem Tablett in den Händen in das Arbeitszimmer zurückkehrte, erkannte sie, dass Harms schon einige Daten auf die externe Festplatte kopiert und einen Internetbrowser angeworfen hatte.

»Woher haben Sie denn das Passwort?«, fragte sie überrascht.

Harms schenkte ihr einen beleidigten Blick, sagte aber nichts.

Die Verbindung stand, mit fliegenden Fingern tippte der Hacker eine URL in das Browserfenster und klickte sich durch die anschließend erscheinenden Seiten.

»Was machen Sie da jetzt?«

»Ich brauche ein vernünftiges Betriebssystem«, erklärte Harms, ohne den Blick vom Monitor zu nehmen. »Mit diesem Microsoftmüll kann ich nichts anfangen.«

»Wollen Sie den ganzen Computer umkonfigurieren?«

»Nein. Ich habe doch eine zweite Festplatte gekauft. Sobald ich alles habe, was ich brauche, baue ich die alte Platte aus, die neue ein und dann kann es richtig losgehen.«

Anscheinend hatte Harms gefunden, was er suchte, mit einem Laut der Zufriedenheit startete er ein Download und hämmerte, kaum dass die Datenübertragung begonnen hatte, eine weitere Adresse in den Browser.

Katharina machte große Augen, als sie die Seite erkannte. Harms war auf einem Server des Bundesnachrichtendienstes gelandet.

»Was wollen Sie denn beim BND?«, fragte sie überrascht.

Die Hand auf der Maus kam augenblicklich zum Stillstand. Nachdenklich sah Harms die Polizistin an. »Eigentlich dürfen Sie das hier gar nicht sehen«, erklärte er schleppend.

»Und warum nicht?«

»Weil diese Programme ... ziemlich brisant sind.«

»Wollen Sie etwa ein Programm beim BND stehlen?«

»Nein«, gab er zurück. »Ich habe nur damals, während meiner aktiven Zeit, einige Programme geschrieben, für deren Existenz sich bestimmt etliche Leute interessieren würden.«

»Ich weiß immer noch nicht, worauf Sie hinauswollen. Was machen Sie dann beim BND, wenn Sie Ihre eigenen Programme verwenden wollen?«

»Weil ich die überall geparkt habe«, erklärte Harms. »Unter anderem auch beim BND. Da sucht die bestimmt niemand. Und außer mir hat niemand Zugriff darauf.«

Katharina nippte an ihrem Kaffee und ließ das heiße Gebräu vorsichtshalber nur durch eine Seite des Mundes laufen. »Sie haben also Ihre Software in ganz Deutschland verteilt, weil sie dann niemand finden kann? Verstehe ich Sie richtig?«

»So ungefähr.«

»Ist das illegal? Nach meiner Meinung eher nicht.«

»Das wäre mir egal. Aber es handelt sich halt um echte Hacker-Software. Zum Knacken von Codes und dergleichen.«

Bei Katharina fiel endlich der Groschen. »Und Sie befürchten, ich könnte Ihnen später Schwierigkeiten bereiten?«

»Etwas in dieser Richtung.«

»Da machen Sie sich mal keine Sorgen«, beruhigte Katharina. »Mir geht es nur darum, diesen Mörder zu fassen. Oder überhaupt erst mal eine Verbindung zwischen dem Notebook und dem Verbrechen nachweisen zu können.«

»Also gut«, meinte Harms und grub sich in die Tiefen des BND-Servers. Nach einiger Zeit hatte er das Verzeichnis, in dem sein Programm versteckt war, gefunden. Er gab erneut ein paar Befehle ein, dann verlangte der Monitor ein Passwort.

Der Hacker schloss die Augen, legte den Kopf zurück und konzentrierte sich einen Moment.

Katharina zog sich einen zweiten Stuhl heran und schaute dem Meister interessiert auf die Finger. Vielleicht konnte sie ja noch etwas lernen.

Harms hatte seine Meditation beendet, legte die Finger auf die Tastatur und tippte: *krje)(/&asdkgr5r54oiuGFE&5$)NHr3!?h.*

»Was war denn das?«, stieß Katharina überrascht hervor.

»Na, das Passwort, was denn sonst?«

»Aber das war doch nur wildes Herumgetippe, völlig ohne Sinn.«

»Seit wann müssen Passwörter einen Sinn ergeben?«

»Müssen sie natürlich nicht. Aber …«

Katharina brach ab und schaute den Mann neben sich mit plötzlicher Hochachtung an. »Seit wann haben Sie nicht mehr vor einem Computer gesessen?«

»Den genauen Tag weiß ich natürlich nicht, das ist schon ganz schön lange her.«

»Und Sie können sich nach der ganzen Zeit noch an ein solches Passwort erinnern?«

»Ja. An dieses und etwa fünfundzwanzig andere, die, wie Sie es ausgedrückt haben, ähnlich unsinnig sind. Aber glauben Sie mir, solche Passwörter haben durchaus einen Sinn.«

»Warum?«, fragte Katharina. Harms faszinierte sie mit einem Mal. Seit der Mann einen laufenden Computer vor sich hatte, war er wie umgewandelt. Aus dem verstockten, einsilbigen Naturburschen war ein hochinteressanter, fast schon mitteilsamer Freak geworden.

»Die Wahrscheinlichkeit, dass jemand zufällig auf das versteckte Programm stößt, ist ziemlich gering. Und es ist nahezu ausgeschlossen, dass er das richtige Passwort findet.«

»Sicher? Es gibt doch Programme, die darauf spezialisiert sind, Codewörter zu knacken.«

»Das stimmt. Aber überlegen Sie mal, wie viele Möglichkeiten ein fünfunddreißigstelliges Passwort bietet. Pro Stelle haben Sie bei einer Standardtastatur einhundertsechs mögliche Buchstaben, Zahlen oder Zeichen, wenn man die Umschaltung durch die Shift-Taste mitberücksichtigt. Rechnen Sie doch mal eben im Kopf einhundertsechs hoch fünfunddreißig aus.«

»Äh …«, machte Katharina.

»Lassen Sie es. Schon bei der siebten Potenz sind Sie bei etwa einhundertsechsundzwanzig Millionen möglicher Kombinationen. Um ein derartiges Passwort in fünfunddreißigster Potenz in annehmbarer Zeit zu knacken, müssten Sie schon einen Cray darauf ansetzen. Eher noch mehrere davon koppeln.«

»Was ist ein Cray?«

Harms löste endlich seinen Blick vom Monitor und gönnte Katharina seine ganze Aufmerksamkeit. Anscheinend gefiel es ihm, sein Wissen an die Frau bringen zu können. »Ein Supercomputer. Die Firma Cray war lange Zeit auf diesem Gebiet führend. Inzwischen gibt es weitere leistungsfähige Systeme. Das schnellste zurzeit ist, soweit ich weiß, Blue-Gene/L. Schafft locker zweihundertachtzig TeraFLOPS.«

»Tera-, was?«

»Floating Point Operations Per Second. Ist eine Maßeinheit für die Geschwindigkeit von Computersystemen oder Prozessoren. Bezeichnet eigentlich nichts anderes als die Anzahl der Gleitkommazahl-Operationen, die von ihnen pro Sekunde ausgeführt werden können. Damit Sie sich ein Bild machen können: Ein normaler PC mit einem Pentium-4-Prozessor bei einer Taktfrequenz von drei Gigahertz kann etwa sechs GFLOPS erreichen.«

Katharina hob in einer Geste der Verzweiflung die Hände. »Stopp! Das ist mir zu hoch. Ich habe ja nur nach dem Passwort gefragt.«

Harms lächelte. Dabei sah er mit einem Schlag fünf Jahre jünger aus. »Ich wollte Ihnen ja nur erklären, warum ich solche Passwörter benutze.«

»Und Sie können sich jetzt, nach den ganzen Jahren, ohne Schwierigkeiten an alle erinnern?«

Der Hacker schaute wieder auf den Bildschirm. Die von ihm angestoßenen Downloads waren beendet. Die nächsten konnten folgen.

»Nicht ohne Schwierigkeiten. Ich bin die immer regelmäßig durchgegangen.«

»Obwohl Sie nie mehr einen Computer anfassen wollten?«, erkundigte sich Katharina zweifelnd.

»Ist ein wunderbares Gedächtnistraining.«

»Was machen Sie jetzt eigentlich genau?«

Harms hatte sich vom BND verabschiedet und befand sich auf dem Server einer Universität. »Zunächst lade ich mir alle Programme herunter, die ich für die Analyse des Notebooks brauche. Die parke ich auf der externen Festplatte, für den Fall, dass ich alles ein zweites Mal benötige. Dann wechsle ich die interne Platte in Ihrem Rechner, die notwendigen Treiber habe ich mir schon kopiert. Anschließend werde ich versuchen, den Verschlüsselungscode zu knacken.«

»Glauben Sie, Sie schaffen das?«

Harms gluckste. »Die Frage lautet nicht, ob ich es schaffe, sondern wie lange es dauert. Und dazu möchte ich keine Prognose abgeben. Wenn der Typ, der für die Verschlüsselung verantwortlich ist, einigermaßen fähig ist, können sogar Tage vergehen.«

»Dann suchen wir Ihnen am besten erst mal ein Hotel«, schlug Katharina vor. »Damit Sie sich anschließend in Ruhe auf die Arbeit konzentrieren können.«

Der Hacker sah sie befremdet an und griff nach seinem Teeglas. Mit einem Zug hatte er die Hälfte des Inhalts vernichtet. »Ich brauche kein Hotel. Wenn ich mich an etwas festbeiße, bleibe ich ohne Weiteres zwei, drei Tage vor dem Bildschirm hocken. Schlafen ist Verschwendung.«

»Sie wollen die ganze Zeit hier vor dem Computer sitzen?«

»Haben Sie eine bessere Idee?«

Hatte Katharina nicht. »Na, meinetwegen. Ich mache mir jetzt eine Kleinigkeit zu essen. Möchten Sie auch etwas?«

Harms gab bereits die nächsten Befehle ein. »Labskaus wäre nicht schlecht.«

Die Kommissarin schaute Harms verdattert an. »Labskaus? Wo, um Himmels willen, soll ich denn jetzt Labskaus herkriegen?«

Erst, als Harms ihr zuzwinkerte, verstand sie, dass er einen Scherz gemacht hatte.

30

Rocco Daubitz wischte sich einen imaginären Fussel von der Jeans und stopfte danach sein Hemd zurück in die Hose. Unter seinen Achseln hatten sich große Schweißflecke gebildet, er spürte die salzige, beißende Feuchtigkeit auf der Haut. Es wurde dringend Zeit für eine Dusche.

Doch daran war zurzeit nicht zu denken. Angesichts des Bildes, das sich seinen Augen bot, konnte er davon ausgehen, dass es mindestens Mitternacht werden würde, bevor er nach Hause fahren konnte.

Steffen Kusserow war fast auf den Tag genau achtundvierzig Jahre alt geworden, bevor ein bis zum Schaft in seinem Hals steckendes Schwert sein Leben beendet hatte. Bedingt durch einen schrägen Einführwinkel ragte die Spitze der Hieb- und Stichwaffe einige Zentimeter über dem Steiß aus dem Rücken. Neben der Leiche hatte sich eine Blutlache gebildet.

Vor fast dreißig Jahren war der Name Kusserow in der DDR fast so bekannt gewesen wie Honecker oder Ulbricht. Der ehemalige Weltklasseschwimmer hatte sechs Goldmedaillen bei Olympischen Spielen und unzählige Europa- und

Weltmeistertitel gesammelt. Vor allem bei den boykottierten Spielen in Moskau hatte Kusserow abgeräumt, seine Spezialdisziplinen waren die Freistilstrecken gewesen.

Nach der Wende war es still um den Sportler geworden. Daubitz vermochte sich gerade noch zu erinnern, Mitte der Neunzigerjahre in einer Zeitung gelesen zu haben, dass Kusserow in eine Nervenheilanstalt eingewiesen worden war, da er an Depressionen litt.

»Du liebe Güte«, staunte Hasselbrink, der Gerichtsmediziner. »Erklär mir bitte jemand, wie ein Mann auf die Idee kommen kann, sich auf so eine Art und Weise aus dem Leben zu katapultieren.«

Daubitz zuckte mit den Schultern. »Noch haben wir doch keine Ahnung, was sich hier genau abgespielt hat.«

»Das war ein lupenreiner Selbstmord, ich schwöre es dir.«

Der Kommissar warf einen fragenden Blick zu den beiden uniformierten Kollegen.

»Es stimmt wohl«, erklärte der Streifenführer. »Wir kamen hier an, da war alles verriegelt und verrammelt. Fenster von innen verschlossen, in den beiden Außentüren steckten von innen die Schlüssel.«

Daubitz kratzte sich nachdenklich am Hinterkopf. Nach seiner Erfahrung nahmen depressiv veranlagte Suizidkandidaten Tabletten, sprangen von Hochhäusern oder warfen sich vor einen Zug. Ein Schwert zu schlucken war eine Novität.

»Habt ihr euch schon mal das Gelände angeschaut?«

Kusserow wohnte auf einem alten, verfallenen Bauernhof in der Nähe von Hennickendorf, einem vielleicht etwas über dreitausend Einwohner zählenden Ort nicht weit entfernt von Strausberg. Eigentlich war die Bezeichnung ›Bauernhof‹ arg übertrieben, in dem Hauptgebäude gab es auf zwei Etagen nur vier kleine, muffige Zimmer. In einem angrenzenden, morschen Holzschuppen hatten Kusserows Eltern früher wohl Hühner oder ähnliches Kleingetier gehalten.

»Was soll das denn bringen?«, fragte der Streifenführer genervt. »Der Heini hat Harakiri gemacht, wir sollten 'nen Bericht schreiben und Feierabend machen.«

Daubitz pumpte seinen Oberkörper voll Luft.

Der Kollege in der Uniformbluse biss sich auf die Lippen. Selbst diesem Dummbeutel wurde klar, dass er sich ein wenig zu weit aus dem Fenster gelehnt hatte.

»Wer hat ihn gefunden?«

»Ein Freund von ihm«, antwortete der andere Streifenbeamte, nachdem er seinem Kollegen einen fassungslosen Blick zugeworfen hatte. »Er hatte Kusserow eigentlich heute Morgen abholen und zum Arzt bringen wollen, aber ihm ist ein Geschäftstermin dazwischengekommen. Als der Mann heute Abend auf dem Heimweg hier vorbeigefahren ist, hat er durch das geschlossene Fenster die Leiche auf dem Wohnzimmerfußboden gesehen.«

»Und sämtliche Eingänge und Fenster des Hauses waren verriegelt?«

»Ja. Es gibt auch keine eingeschlagene Scheibe, nach Lage der Dinge muss Kusserow alles verrammelt haben, bevor er sich das Schwert in den Schlund gestoßen hat.«

»Der Typ hatte eine Schraube locker«, versuchte der andere Uniformierte, verlorenen Boden gutzumachen. »Wie sein Kumpel sagte, war Kusserow ein paar Jahre in der Klapsmühle.«

Daubitz zog geräuschvoll die Nase hoch und trat an den wackeligen, mit ungespültem Geschirr, schmutzigen Gläsern, Zeitschriften und Pappschachteln überfüllten Wohnzimmertisch. Neben dem Müll lagen auch einige Packungen

Stangyl, eines nach Auskunft des Beipackzettels trizyklischen Antidepressivums.

»Kannst du damit etwas anfangen?«, fragte er Hasselbrink, der seine Utensilien schon wieder in die Tasche packte.

»Klar. Aber erwarte von mir keine Aussagen, die vor Gericht Bestand haben würden. In Pharmakologie hab ich im Studium mehr auf den Ausschnitt meiner Sitznachbarin geachtet denn auf die Worte des Dozenten. Außerdem benötigen meine Kunden nur selten noch Medikamente, die ihre Beschwerden lindern sollen.«

»Blödmann. Erzähl mir einfach etwas über dieses Zeug.«

»Da gibt es nicht viel zu erzählen. Das sind sozusagen Stimmungsaufheller. Irgendwann geht das Zeug auf die Libido, aber wenn jemand eine richtig fette Depression hat, hilft es.«

»Macht das Zeug abhängig?«

»Antidepressiva? Quatsch. Und man kann sich damit auch nicht in einen Rausch versetzen, in dem man ganz wild darauf wäre, lustvoll Schwerter zu schlucken.«

»War ja nur eine Frage«, seufzte Daubitz.

»Die Obduktion führe ich morgen durch«, erklärte Hasselbrink und klemmte sich sein Täschchen unter den Arm. »Aber das Wichtigste kann ich dir jetzt schon mitteilen. Tod durch Suizid, Fremdverschulden ausgeschlossen. Außer dem Schwert im Hals weist der Körper keine Anzeichen für äußere Gewalteinwirkung auf. Ich lasse natürlich eine routinemäßige toxikologische Untersuchung durchführen, aber ich kann mir einfach nicht vorstellen, dass jemand den Mann hier unter Drogen gesetzt hat, damit er Selbstmord begeht. Sobald ich das Ergebnis habe, melde ich mich bei dir.«

»Mach das«, antwortete Daubitz und stopfte die Hände in die Hosentaschen. Sein Hemd hing schon wieder auf halb acht, ohne dass er sich großartig bewegt hätte.

Nach dem Abgang des Arztes machten sich die zwischenzeitlich eingetroffenen Mitarbeiter des Bestattungsunternehmens ans Werk. Sie stellten die Zinkwanne neben den Toten, nahmen den Deckel ab und breiteten eine Plastikplane auf dem Boden aus. Dann stutzte einer der Männer.

»Soll das Messer drinbleiben?«

»Das ist kein Messer, sondern ein Schwert.«

»Mir egal. Also, ich zieh das nicht raus.«

»Wäre ja auch noch schöner«, gab Daubitz emotionslos zurück. »Hasselbrink wird sich drum kümmern.«

»Können wir verschwinden, wenn die Leiche weg ist?«, fragte der Streifenführer, wieder etwas mutiger geworden.

»Nein, Kollege, das könnt ihr nicht. Wir drei sehen uns noch ein wenig um, bis die Kriminaltechnik eintrifft. Vielleicht entdecken wir schon etwas, was für oder gegen die Selbstmordthese spricht. Erst mal alle Räume hier im Haus und dann der Schuppen. Meinetwegen teilt euch die Zimmer oben, ich bleibe hier unten. Und jetzt ab mit euch.«

Nachdem die Kollegen die steile Treppe nach oben hinaufgepoltert waren, musterte Daubitz in aller Ruhe das Wohnzimmer. Kusserow hatte in ärmlichen Verhältnissen gelebt, das Mobiliar war alt und beschädigt, der Fernseher eines der ersten Farbgeräte, die nach der Wende den Weg über die Grenze gefunden hatten.

Auf der Kommode hatte der Verstorbene einen Berg Papier gestapelt. Ohne zu wissen, wonach er eigentlich suchte, begann Daubitz darin zu blättern. Schnell wurde ihm klar, dass er die Krankengeschichte des ehemaligen Olympiasiegers vor sich liegen hatte.

Alte Berichte aus psychiatrischen Kliniken, Gutachten, die im Rahmen eines Rentenverfahrens über Kusserow erstellt worden waren, Kopien von Rezepten, handschriftlich verfasste Aufzeichnungen des Toten über seinen Gemütszustand. Keines der Traktate war jünger als anderthalb Jahre.

In der Kommode ein heilloses Chaos, unter einem Berg von vergilbten Tageszeitungen fand Daubitz einen Schuhkarton, in dem Kusserow seine olympischen Medaillen verwahrte hatte. Beim Anblick der Auszeichnungen spürte Daubitz einen leichten Stich. Der Tote war wirklich sehr tief gefallen.

Die angrenzende Küche war fast ein Fall für das Gesundheitsamt, überall lagen verschimmelte Essensreste, Abfälle, angebrochene Lebensmittelpackungen und noch mehr alte Zeitungen. Doch Daubitz fand nicht den geringsten Hinweis darauf, warum sich Kusserow plötzlich entschlossen hatte, so spektakulär aus dem Leben zu scheiden.

Mit schweren Schritten kamen die beiden Uniformierten die Treppe herunter.

»Nix gefunden«, behauptete der Streifenführer. »Da oben wimmelt es von vollgewichsten Papiertüchern, Hardcorepornos, platt getretenen Schokoriegeln und Klamotten, die schon seit Jahren keine Waschmaschine mehr gesehen haben.«

Daubitz stutzte. Hatte Hasselbrink nicht vorhin gesagt, dass Antidepressiva die Libido beeinträchtigen würden?

»Ach ja«, meinte der rangniedere Polizist, als sich der Kommissar schon zur Tür gewandt hatte, um zu überprüfen, ob die Kriminaltechnik in Sicht war. »Da oben steht ein kaputter Computer. Wundert mich, dass der Tote dafür Kohle hatte. Scheint ein teures Teil gewesen zu sein. Und wenn man sich den Sperrmüll ansieht, in dem der Mann sonst gelebt hat ...«

Daubitz verharrte mitten in der Bewegung. »Ein kaputter Computer?«, fragte er. »Inwiefern kaputt?«

»Das weiß ich doch nicht. Aber als ich auf die Powertaste

gedrückt habe, hat der so komische Geräusche von sich gegeben. Als wenn da ein kleines Männchen mit 'ner Kreissäge drinsitzen würde.«

»Das darf doch nicht wahr sein!«, hauchte Daubitz. Die Härchen auf seinem Arm stellten sich senkrecht. »Wartet draußen«, befahl der Kripobeamte dann. »Habt ihr irgendetwas ohne Handschuhe angefasst, bevor ich hier eingetroffen bin?«

»Nein. Und selbst wenn. Die Sache ist doch völlig klar.«

»Eben nicht«, seufzte Daubitz. »Ich gehe jede Wette ein, dass Kusserow ermordet worden ist.«

31

Katharina war gerade dabei, einen Apfel zu schälen, um ihn danach in acht gleich große Stücke zu teilen, als Ulli, nur mit einem Lendenschurz bekleidet, zu ihr auf die Terrasse stürmte. Ihr ehemaliger Verlobter überschüttete sie mit einem Wortschwall, von dem sie kein einziges Wort verstand. Sie konnte noch nicht einmal die Sprache identifizieren, in der Ulli redete.

Schemenhaft erkannte Katharina im Wohnzimmer die Silhouette von Veronika, die trotz der sommerlichen Temperaturen in eine dicke Winterjacke gemummelt war. In der Hand hielt sie noch den Trolli, mit dem sie Ende letzter Woche zum Flughafen gefahren war. Sie trug außerdem zwei Signalfähnchen auf dem Kopf, die Katharina, von unsichtbarer Hand gesteuert, ständig Instruktionen geben wollten.

Da der Kommissarin dieses Schauspiel zu blöd war, rannte sie durchs Wohnzimmer und die Diele ins Treppenhaus, aber noch bevor sie die ersten Stufen in Angriff nehmen konnte, stieß sie mit Hofmann zusammen. Der trug in einem durchsichtigen Sack Hunderte zerbrochene Bilderrahmen auf dem Rücken, während sich Arne wie ein zu kurz geratener Schimpanse zwischen den Stützstangen des Geländers hin und her schwang.

In diesem Moment drang ein schrilles Piepen in Katharinas Unterbewusstsein. Reflexartig tastete ihre Hand zum Nachttisch, bis sie den Wecker gefunden hatte. Doch so oft sie auch auf die Abschalttaste hämmerte, das Piepen wollte nicht enden.

Endlich war Katharina so weit erwacht, dass sie das Geräusch zuordnen konnte. Ihr Telefon läutete durch die nächtliche Stille. Der Wecker zeigte an, dass es gerade mal zwanzig vor fünf war. Um diese Zeit konnte ein Anruf nur eine mittelschwere Katastrophe bedeuten.

»Ja«, murmelte Katharina verschlafen, nachdem sie den Hörer ans Ohr gequetscht hatte.

»Daubitz, Morgen, Frau Kollegin. Hab ich Sie geweckt?«

Daubitz? Irgendetwas sagte ihr dieser Name.

»Kann man sagen«, erklärte die Kommissarin gähnend und griff nach ihren Zigaretten. Plötzlich fiel der Groschen. »Gibt es etwas Neues?«

»Sorry, wenn es nicht wichtig wäre, hätte ich Sie nicht gestört. Ich glaube, bei uns hat es einen zweiten Fall gegeben.«

Katharina zog an ihrer Zigarette und hustete sich gleich darauf die Seele aus dem Leib. Verdammt, sie sollte endlich mit diesem Unsinn aufhören, bevor das Zeug sie ins Grab brachte.

»Reden Sie weiter.«

»Gestern Abend wurde die Leiche eines ehemaligen Spitzensportlers gefunden. In seinem Hals steckte ein Schwert, eingeführt bis zum Schaft. Die Spitze der Waffe ragte sogar ein Stück aus dem rückwärtigen Lendenwirbelbereich heraus.«

»Puh«, machte Katharina und rieb sich mit dem freien Handballen über die Augen. Allmählich kam ihr Körper auf Touren.

»Können Sie sich vorstellen, mit welcher Kraft die Waffe eingeführt worden sein muss, um den ganzen Körper zu durchdringen?«, fragte Daubitz, eigentlich rein rhetorisch.

»So ungefähr.«

»Umso überraschender ist, dass alles für einen Selbstmord spricht.«

»Was? So etwas hab ich ja noch nie gehört.«

»Ich auch nicht. Aber sämtliche Türen des Hauses, in dem die Leiche gefunden wurde, waren verschlossen, die Fenster desgleichen. Keine Scheibe, kein Rahmen ist beschädigt. Entweder war es also ein Suizid oder der Täter hat sich nach der Tat in Luft aufgelöst. Die zweite Erklärung können wir ja wohl ausschließen.«

Katharina schlug das Oberbett weg, ihr war entsetzlich warm. Obwohl das Fenster im Schlafzimmer weit offen stand, bewegte sich kein Lüftchen. »Klingt außergewöhnlich. Aber wie kommen Sie auf die Idee, dass dieser Fall mit dem Mord im Zusammenhang stehen könnte?«

»Wegen des Computers, den ein Kollege gefunden und dummerweise ohne Rücksprache mit mir angeschaltet hat. Das Gerät hat sich auf die gleiche Art und Weise zerlegt, wie es im Fall Pachulke geschehen ist.«

Die Kommissarin streifte die Aschespitze von ihrer Zigarette. »Spielt diese Tatsache bei einem Selbstmord eine Rolle?«

»Ich denke schon. Vermutlich wurde das Opfer dazu gedrängt, sich selbst zu töten. Und das geschah, wie ich annehme, via Internet.«

»Eine gewagte These, finden Sie nicht?«

»Auf den ersten Blick schon. Bei dem Toten handelt es sich allerdings um einen psychisch kranken Menschen mit einer außergewöhnlichen Vorgeschichte. Kusserow war mehrfacher Olympiasieger, Welt- und Europameister im Schwimmen. Seit gut fünfzehn Jahren litt er an schweren Depressionen.«

Katharina runzelte die Stirn. Sie durchzuckte der Gedanke, dass sich Daubitz in eine fixe Idee verbissen haben könnte. »Abgesehen von dem defekten Computer gibt es keinen Zusammenhang zu dem Mord?«

»Doch. Zumindest sehe ich das so. Zunächst mal waren Mord und Selbstmord ungewöhnlich spektakulär. Wer tötet sich schon mit einem Schwert? Und dann auch noch so …«

»Sie sagten doch, dass Kusserow psychisch krank gewesen sei.«

»Kusserow war zunächst nur depressiv und deswegen zwei Mal für längere Zeit in stationärer Behandlung. Irgendwann wurde dann auch eine Psychose diagnostiziert, Hauptmerkmal war ein ausgeprägter Verfolgungswahn. Doch Kusserow galt immer als ein Musterpatient, der einigermaßen gut zurechtkam. Wegen der Medikamente. Aber seit etwa drei Wochen hat er nichts mehr eingenommen, hat sich strikt geweigert. Und die Arzttermine ließ er ohne Rücksprache verstreichen.«

»Und das lässt Sie glauben, dass ihn jemand über das Netz beeinflusst hat?«, fragte Katharina skeptisch.

»Genau. Und da gibt es noch etwas, was mich stutzig macht. Kusserow ist von einem Freund gefunden worden, dem einzigen regelmäßigen Kontakt, den er hatte. Und dieser Freund konnte sich beim besten Willen nicht erinnern, jemals ein Schwert bei Kusserow gesehen zu haben. Woher hatte der Mann also die Waffe?«

»Keine Ahnung«, gab Katharina zu und quetschte den Zigarettenstummel in den kleinen Aschenbecher. Sie fuhr mit ihrer Zunge über die Zähne. Prompt meldete sich der Schmerz zurück. Es versprach, ein wunderbarer Tag zu werden.

»Außerdem«, fuhr Daubitz fort, »verbrachte Kusserow, wenn er nicht gerade in tiefsten Depressionen versank, fast seine gesamte Zeit vor dem Computer. Hat sich viel mit Esoterik, Parapsychologie und ähnlichem Schwachsinn beschäftigt. Es ist doch gut möglich, dass er dabei an jemanden geraten ist, der genau einen Menschen wie ihn gesucht hat.«

»Aber wo soll die Verbindung sein?«, fragte Katharina. »Zwischen Pachulke und diesem ... Kusserow gibt es doch absolut keine Gemeinsamkeiten. Die eine wird ermordet, der andere begeht Selbstmord. Die Lebensräume der Opfer zeigen doch wohl keine Übereinstimmungen.«

»Frau Thalbach, mir ist klar, dass sich diese Theorie sehr abstrus anhört, aber meine Intuition sagt mir, dass ich recht habe. Ich bin davon überzeugt, dass die beiden Toten zusammenhängen. Und nicht nur die beiden, eure Leiche aus dem Swingerclub hat auch etwas damit zu tun.«

Katharina klatschte sich auf den Oberschenkel, eine vorwitzige Mücke hatte sich auf ihrer Haut niedergelassen und sich gerade auf den Einstich vorbereitet.

»Gab es bei Ihnen denn nicht vielleicht auch einen außergewöhnlichen Suizid?«, beendete Daubitz seine Ausführungen.

»Wie meinen Sie das?«

»Wie ich es sagte. Denn wenn das wieder zeitgleich geschehen wäre, hätten wir doch fast den Beweis, dass etwas Ungeheuerliches vor sich geht.«

Katharina lächelte nachsichtig. Dieser Daubitz ließ einfach nicht locker, seine Hartnäckigkeit imponierte ihr. »Tut mir leid, damit kann ich nicht dienen.«

»Auch keinen neuen Mord?«

»Nein, auch das nicht.«

»Mist«, seufzte Daubitz enttäuscht. »Dann noch mal sorry wegen der Störung. Als mir die Idee kam, Sie anzurufen, habe ich gar nicht über die Zeit nachgedacht.«

»Schon okay, ich muss eh gleich raus. Schlafen Sie gut. Und lassen Sie von sich hören, wenn es etwas Neues gibt.«

Katharina legte das Telefon zurück und drückte sich in die Kissen. Dieser Typ war wirklich Bulle durch und durch, aber vielleicht ein bisschen zu verbissen.

Es war inzwischen kurz vor fünf, um halb sechs verließ sie normalerweise das Bett. Sollte sie sofort aufstehen? Oder noch ein wenig dösen und dabei Gefahr laufen, wieder einzuschlafen und sich nachher wie gerädert zu fühlen?

Katharina wollte sich gerade auf die andere Seite drehen, da fiel ihr etwas ein.

Hatte Daubitz vielleicht doch recht? Sie hatte gestern in der Tat von einem Selbstmord gehört. Und wie in Strausberg betraf es einen Prominenten – na ja, wenigstens jemanden aus dem öffentlichen Leben. Allein der Umstand, dass der Vorfall sich nicht innerhalb des Zuständigkeitsbereichs der Bochumer Kripo zugetragen hatte, sagte nichts über einen möglichen Zusammenhang zu dem Mordfall aus.

Ganz von dem Gedanken infiziert, verließ Katharina das Bett und lief zur Wohnungstür – das hieß, sie wollte zur Wohnungstür laufen, vor der der Nachbar aus dem Erdgeschoss vermutlich schon die Zeitung deponiert hatte. Stattdessen knallte sie mit dem Kopf vor das Holz der Schlafzimmertür. Als sie gestern ins Bett gegangen war, hatte sie hinter sich abgeschlossen. Dass Harms höchstwahrscheinlich immer noch in dem kleinen Verschlag von Arbeitszimmer saß und vor sich hin hackte, hatte sie bis gerade verdrängt.

Katharina streifte sich ein langes T-Shirt über und schloss auf. Kaum hatte sie das Schlafzimmer verlassen, vernahm sie, wie eine Tastatur in rasender Geschwindigkeit bearbeitet wurde. Harms zerbrach sich also tatsächlich noch seinen Kopf an der Lösung des Problems. Katharina klaubte die Zeitung aus dem Hausflur. Danach stellte sie in der Küche die Kaffeemaschine an und näherte sich den Tippgeräuschen.

Harms' Finger flitzten in atemberaubender Geschwindigkeit über die Tasten, es entstanden Töne, als würde in der Ferne ein Maschinengewehr rattern.

Neben dem kleinen Schreibtisch lagen, achtlos hingeworfen, zwei Tastaturen. Katharina wollte sich bemerkbar machen und danach fragen, da hörte sie, wie auf Bestellung, zwischen den Tippgeräuschen ein deutliches Knacken. Harms fluchte, griff sich einen Karton mit einer neuen Tastatur, krabbelte unter den Tisch und stöpselte das Eingabegerät um.

»Sie haben aber einen heftigen Verschleiß«, staunte Katharina.

»Die Teile taugen einfach nichts«, brummte der Riese.

»Schon was herausgefunden?«

Harms sah nur für eine Zehntelsekunde vom Monitor auf. »Nein. Der Kerl, der das hier verschlüsselt hat, ist gut. Sehr gut sogar. Ich glaube, der hat einen Acht-MB-Schlüssel über alles gelegt. Den muss ich erst mal knacken, bevor ich mir die eigentliche Verschlüsselung ansehen kann. Wird wohl noch etwas dauern.«

»Wie lange etwa?«

»Schwer zu sagen. Zwischen einer Stunde und vier Wochen ist alles möglich.«

Katharina verdrehte die Augen. Sie vermochte nicht einzuschätzen, wann Harms es ernst meinte und wann er einen Scherz machen wollte.

»Können Sie zurzeit ins Internet?«, fragte die Kommissarin.

»Ich bin im Internet«, stellte Harms klar.

»Es wäre toll, wenn ich hierüber etwas mehr erfahren könnte. Vor allem interessiert mich, was nicht in der Zeitung steht. Kriegen Sie das hin?«

Während sie redete, legte sie Harms die Titelseite der WAZ auf den Schreibtisch und tippte mit dem Finger auf einen kleinen Artikel links unten auf der Seite.

»Was wollen Sie wissen? Auch die Schuhgröße von dem Kerl?«

»Nicht unbedingt. Aber alles, was mit seinem Tod in Zusammenhang steht. Ich hol mir in der Zwischenzeit einen Kaffee. Möchten Sie noch einen Tee?«

»Gern.«

Katharina füllte in der Küche ihre Lieblingstasse mit Kaffee, gab drei Stückchen Würfelzucker und einen gehörigen Schuss Milch dazu und rührte so lange, bis sich der Zucker aufgelöst hatte.

»Ich hab was«, rief Harms aus dem Arbeitszimmer.

Mit der Tasse in der Hand lief Katharina zu ihm zurück. Harms deutete mit dem Kopf auf den Monitor. Was sie dort sah, kam ihr vom Layout ungemein bekannt vor.

»Woher haben Sie das?«, fragte Katharina überrascht.

»Fragen Sie lieber nicht, auf welchem Server wir gerade sind«, grinste Harms. »Dann müssten Sie mich nämlich festnehmen.«

Katharina setzte sich auf den zweiten Stuhl und begann zu lesen. Harms hatte es irgendwie geschafft, den offiziellen Polizeibericht aufzurufen.

Der Text beschrieb zunächst die Begebenheit des Unfallortes, den genauen Zeitpunkt, an dem die Kollegen eingetroffen waren, den Zustand des Fahrzeugs, anwesende Zeugen und widmete sich dann dem Leichnam.

»Scheiße«, entfuhr es Katharina, als sie an die entscheidende Stelle des Berichts kam.

Harms sah sie an, er hatte parallel mitgelesen. »Vermuten Sie, der Kerl, hinter dem Sie her sind, ist auch dafür verantwortlich?«

»Es spricht einiges dafür. Können Sie mir den Text ausdrucken?«

»Klar.«

Katharina stellte ihre Tasse ab und spurtete zurück ins Schlafzimmer. Aus der Liste der eingegangenen Anrufe pickte sie Daubitz' Handynummer und aktivierte die Verbindung.

Vielleicht konnte der Kollege aus dem Osten besser schlafen, wenn er erfuhr, dass er recht hatte.

32

Bewertung Mission II

Die Beurteilung für Mission II fällt eindeutig aus. Nach Berücksichtigung aller Faktoren, meine Herren, gibt es dieses Mal einen eindeutigen Sieger.

Gespannt beugte sich Simon ein Stück weiter vor. Obgleich er schon nach der Lektüre des Berichts seines Kontrahenten davon überzeugt gewesen war, dass er siegen würde. Gut, die Nummer mit dem Schwert zeugte von einer gewissen Originalität, doch dafür war der Rest nahezu einfallslos.

Mit dem Suizid des Landespolitikers wurde ein wahres Meisterstück abgeliefert. Sowohl die Auswahl des Charakters, die Vorbereitung und erst recht der Abschluss der Mission waren unübertrefflich. Nach meinen bisherigen Beobachtungen sind die Medien noch nicht über das volle Ausmaß der Tat informiert, die offiziellen Stellen verschweigen die Details noch. Was bedauerlich ist. Deshalb spiele ich mit dem Gedanken, durch eine gezielte Indiskretion gegenüber einer Nachrichtenagentur den medialen Tanz erst richtig beginnen zu lassen.

Er hatte es gewusst. Simon lächelte spöttisch. Er stellte sich das enttäuschte Gesicht seines Kontrahenten vor.

Und er stellte sich vor, wie es wohl ausgesehen haben konnte, als der Richter das Urteil verfasst hatte. Bestimmt hatte er sich in einem wuchtigen, mit altem, bereits brüchigem Leder überzogenen Sessel zurückgelehnt. Zwei wache, dunkelbraune Augen hinter einer randlosen Nickelbrille hatten nachdenklich auf die Platte des klobigen Schreibtischs vor sich gesehen. Das faltige Gesicht, ein schlohweißer Haarschopf, ein Vollbart in gleicher Farbe und nicht zuletzt ein marineblauer Anzug erinnerten an einen Kapitän zur See.

Nun, mochte der Richter aussehen, wie er wollte, seine Entscheidungen zeugten jedenfalls von Urteilsvermögen und Durchsetzungskraft.

Weil das Urteil so eindeutig ist, will ich mich gar nicht lange mit Erläuterungen zu der Punktevergabe abgeben. Der Gewinner dieser Runde erhält für alle Kriterien die volle Punktzahl – im Gegensatz zu jeweils drei Punkten, die ich dem geschätzten Spieler zwei für alle Kriterien bis auf eines zubillige.

Die Ausnahme betrifft den finalen Akt. Dafür erhält auch Spieler zwei fünf Punkte, denn es spricht für ein Höchstmaß an Suggestivkraft, einen Charakter dazu zu bewegen, sich ein Schwert in den Schlund zu stoßen.

Fazit: Fünfundzwanzig Punkte für den Sieger dieser Runde stehen siebzehn Punkten für den zweiten Platz gegenüber. Auch dieses Mal gilt: Die Entscheidung ist endgültig und nicht anfechtbar.

Bitte teilen Sie mir mit, wann ich mit der Durchführung der letzten Mission rechnen kann.

Acht Punkte Vorsprung. Sensationell! Gigantisch! Das konnte der andere nie im Leben aufholen.

Andererseits – sein Gegner würde nun seine Pläne für die dritte Mission sicherlich genauestens überdenken. Er würde alles daransetzen, den Vorsprung aufzuholen, und etwas sehr Außergewöhnliches aufbieten. Schließlich ging es ja um einiges – wenn nicht sogar um alles.

Welchen Zug sollte er selbst als Nächstes spielen? Es wäre blauäugig gewesen, bei den Missionen immer nur auf ein Pferd zu setzen, immer konnte ein Charakter kurz vor Beginn des finalen Aktes ausfallen. Für die kommende Runde hatte Simon sogar vier Optionen. Und zwei waren jetzt schon so weit, dass sie tun würden, was er geplant hatte, davon war Simon überzeugt. Für wen sollte er sich entscheiden?

Moment – musste er sich überhaupt entscheiden?

Einen Moment stockte sein Atem. Was für eine faszinierende Idee!

Es würde zwar einen erheblichen Mehraufwand an Zeit bedeuten, nach wie vor mit allen vier Charakteren zu kommunizieren, aber was für ein Lohn blühte ihm da?

Die Wahrscheinlichkeit, dass die Mission scheitern würde, wäre gleich null, denn dass alle vier Charaktere gleichzeitig ausfielen, war unmöglich. Und wenn alle vier funktionieren würden ... Sein Kontrahent hätte keine Chance.

Simons Stimmung steigerte sich ins Unermessliche. Dass seine Entscheidung schlimmstenfalls vier Menschen das Leben kosten würde, bedeutete für ihn nicht mehr als eine Randnotiz. Andere Menschen waren nichts wert, jeder Computer bedeutete ihm mehr. Er war noch nie mit Menschen klargekommen, die Einzige, die ihm je etwas bedeutet hatte, war seine Mutter gewesen, aber die war schon lange tot.

Entschlossen griff Simon wieder nach der Tastatur und wählte sich bei seinem Onlinebroker ein. Sein Gefühl hatte ihn nicht getrogen, die Papiere, die er Ende letzter Woche gekauft hatte, hatten sämtlich an Wert gewonnen.

Wobei sich Simon bei seinen Finanzspekulationen gar nicht auf sein Gefühl verlassen musste. Die Informationen, die ihn seine Entscheidungen über Kauf und Verkauf fällen ließen, stammten direkt aus den Zentralen der Konzerne. Nein, freiwillig gaben sie ihm die natürlich nicht, alles, was er wissen musste, besorgte er sich selbst.

Ausgangspunkt seiner Geschäfte war das Erbe seines Vaters gewesen. Mit Erlangung seines achtzehnten Lebensjahres durfte Simon endlich über das bereits damals nicht unbeträchtliche Vermögen verfügen. Inzwischen hatte er es mehr als verzehnfacht, wobei ihm Reichtümer an sich nichts bedeuteten. Ihm ging es nur darum, sich seine finanzielle Unabhängigkeit zu bewahren – und zu gewinnen.

Simons Mutter war gestorben, als er sieben war. Er hatte nie erfahren, ob seine Mutter absichtlich, aus Versehen oder tatsächlich wegen einer Krankheit gestorben war, aber er konnte sich noch gut an den Abend erinnern, als sein Vater sie gefunden hatte. Der Alte war, wie immer nach Alkohol und Nikotin stinkend, aus dem Casino nach Hause gekommen und hatte nach seiner Frau gebrüllt, ohne eine Antwort zu erhalten. Dabei musste sie zu Hause sein, sie verließ nie ohne seine Erlaubnis das Haus. Wütend war Generaloberst ten Brink durch jedes Zimmer gepoltert, bis er die Badezimmertür verschlossen fand und sie aufbrach. Anschließend war es einige Sekunden still gewesen, bevor eine neue Welle von Flüchen und Verwünschungen über den Flur dröhnte.

Simon hatte ängstlich durch das Schlüsselloch geschaut, er kannte das Gebrüll und die ängstlichen Schreie seiner Mutter, kannte auch die klatschenden Geräusche, die manchmal aus dem Schlafzimmer seiner Eltern drangen. Doch das hier war anders gewesen.

Später war sein Vater zu ihm ins Zimmer gekommen, hatte sich Simon auf die Knie gesetzt und in seinem knappen, schnörkellosen militärischen Jargon erläutert, dass seine Mutter einen Herzanfall erlitten habe und gestorben sei. Wenn er wolle, dürfe Simon weinen, schließlich stürbe die eigene Mutter nur einmal. Er hatte nicht geweint.

Ein Kindermadchen wurde eingestellt, das sich um Simon kümmern sollte. Rita war eine gutmütige, korpulente und stets fröhliche Farbige, immer wieder zeigte sie Simon in einem Atlas, wo sie herkam: aus Sekondi, einer Hafenstadt im Süden Ghanas. Sie war ihrem Mann nach Deutschland gefolgt, weil der hier studieren wollte. Nach dem Studium hatte er sie sitzen lassen und sie musste nun allein für ihre Kinder, die in ihrem Heimatland lebten, Geld verdienen.

Simon hörte Rita gerne zu, wenn sie von Ghana erzählte, gewöhnte sich daran, dass jemand da war, der ihn umsorgte. Sein Vater stählte ihn gleichzeitig, besonders hart wurde es, als Simon auf das Gymnasium wechselte. Körperliche Fitness war für den Generaloberst alles, bereits vor der Schule hetzte er seinen Sohn zu einem Zehn-Kilometer-Lauf, nachmittags musste er in dem Kellerraum, der eigens dafür ausgestattet worden war, Krafttraining betreiben.

Simon wusste nicht genau, wann die Affäre von Rita und seinem Vater angefangen hatte, die Frau kümmerte sich immer weniger um ihn und seine Belange, war dafür wesentlich häufiger in der Gesellschaft seines Vaters anzutreffen. Plötzlich waren wieder Schläge aus dem Schlafzimmer zu hören, wimmerndes Gejammer und Flehen.

Der Junge war bis auf das Äußerste erbost, als er verstand, was da vor sich ging. Wie konnte sein Vater die Unverfrorenheit besitzen, mit dieser Negerin, mit dieser Nutte genau das Gleiche zu machen wie mit seiner Mutter? Mit dem einzigen Menschen, den er je geliebt hatte?

Simon, inzwischen zwölf Jahre alt, sprach den Alten darauf an, während einer Trainingseinheit im Keller. Seines Vaters Augen blitzten vor Zorn, als ihm der Junge vorwarf, er würde das Andenken seiner Mutter in den Schmutz ziehen, und er verprügelte ihn so sehr, dass Simon für zwei Wochen ins Krankenhaus musste. Mehrere Knochen waren gebrochen, er hatte innere Blutungen und eine Hodenquetschung erlitten. Natürlich kam er in ein Militärkrankenhaus, der leitende Arzt war ein guter Freund seines Vaters und flickte ihn wieder zusammen.

Simon ertrug die Schmerzen, ohne zu jammern. Immerhin hatte sein Vater zumindest ansatzweise ein schlechtes Gewissen, denn er brachte ihm einen Computer ins Krankenhaus mit. Das war der Beginn: Der Junge gab nicht eher Ruhe, bis er restlos verstanden hatte, wie so ein Gerät funktionierte.

Als er wieder nach Hause kam, war Rita verschwunden, nichts im Haus deutete darauf hin, dass sie jemals bei seinem Vater und ihm gewohnt hatte. Und da sein Vater sie nicht mehr erwähnte, tat Simon es auch nicht.

Der Junge vertiefte sich immer mehr in seine neu entdeckte Welt, lernte eine Programmiersprache nach der anderen und versuchte sich an den ersten selbst geschriebenen Scripts.

Als er vierzehn war, starb auch sein Vater. Simon hatte zwei Stunden eher Schulschluss als vorgesehen und war nach Hause geeilt, um sich seinen Programmen widmen zu können. Vorher wollte er jedoch noch im Keller eine Trainingseinheit absolvieren, damit sein Vater nicht wieder, wie schon nach einigen geschluderten Einheiten, auf die Idee kam, ihm sein Lieblingsspielzeug für eine Woche zu entziehen.

Als Simon sich umgezogen hatte und die Kellertür schwungvoll aufstieß, verspürte er einen unerwarteten Widerstand. Gleich darauf polterte etwas beziehungsweise jemand die Betonstufen hinab.

Die Türklinke hatte seinen Vater an der Stirn erwischt, er musste sich am Ende der Treppe gebückt haben. Entweder war ihm etwas zu Boden gefallen oder etwas hatte ihn irritiert, vielleicht ein Schmutzfleck oder dergleichen. Durch den Stoß hatte er das Gleichgewicht verloren, am Fuß der Treppe blieb er mit schmerzverzerrtem Gesicht liegen. Unter dem Kopf wurden erste Blutstropfen sichtbar und er versuchte, etwas zu sagen, aber aus seiner Kehle drang nur ein Krächzen.

Simon hatte erschrocken am oberen Ende der Treppe gestanden und lange auf seinen Vater hinabgestarrt. Für dieses Versehen würde er so hart bestraft werden wie noch nie zuvor.

Er fasste einen Entschluss. Es durfte einfach nicht geschehen, dass sein Vater ihm für immer verbot, sich mit dem Computer zu beschäftigen. Das wäre sein Tod.

Nachdem er kontrolliert hatte, dass sein Vater kein Telefon in Reichweite hatte, ging er in die Küche und nahm sich aus dem Gefrierfach sein Lieblingseis. Mit dem Becher und einem kleinen Löffel in der Hand stieg er anschließend wieder die Kellertreppe hinab. In den Augen des Schwerverletzten war blankes Entsetzen zu erkennen, als sich sein Sohn auf halber Höhe auf die Stufen setzte, den Deckel von dem Eisbecher zog und genüsslich den Löffel in die Süßspeise tauchte.

Irgendwann fiel Simon auf, dass jeder Atemzug seines Vaters von einem Pfeifen begleitet wurde. Anscheinend waren eine oder mehrere Rippen gebrochen und hatten sich in die Lunge gebohrt. Die sich langsam ins Bläuliche verfärbende Gesichtsfarbe sprach stark für diese These.

Es dauerte fast eine ganze Stunde, bis der Tod eintrat. Der Eisbecher war längst geleert, am Ende hatte Simon einfach nur noch dagesessen, seinen Vater beobachtet und studiert, wie es aussah, wenn ein Mensch dabei war, sein Leben auszuhauchen. Endlich das letzte Heben des Brustkorbs, ein letztes Senken – dann war nichts mehr.

Ein Blinken auf dem Monitor riss Simon aus seinen Erinnerungen. Er hatte ganz vergessen, seinem Onlinebroker die letzte Transaktion abschließend zu bestätigen.

Ein Mausklick, dann trennte Simon alle Verbindungen. Solange er mit jemandem rein virtuell Kontakt hatte, war er Herr der Lage – kompliziert wurde es für ihn, sobald er mit Menschen kommunizierte, ohne dass er dazu einen Computer benutzte.

Nicht, dass er Schwierigkeiten gehabt hätte, andere Menschen in seinen Bann zu ziehen, ganz im Gegenteil. Er war charmant, witzig, aufmerksam, unaufdringlich – eigentlich so, wie man sich einen perfekten Gesprächspartner vorstellte. In Simon sah es allerdings völlig anders aus.

Wie sehr hatte ihn die Mission in dem Swingerclub angestrengt. Die Person de Rosa hatte sich an seinen Arm geklammert, so als müsse sie einen wertvollen Schatz bewachen. Bei ihr hatte er alles richtig gemacht, begierig hatte sie seine Geschichte geschluckt und offensichtlich, so wie er es geplant hatte, Mutterinstinkte für ihn entwickelt. Natürlich war seine vorgegebene Impotenz ein Märchen gewesen, er konnte sehr wohl eine Erektion haben, wenn er wollte, er war in der Lage, das im Kopf zu steuern. Wirklich erregt war er selten, Sex bedeutete ihm nichts. Bei den wenigen Gelegenheiten, bei denen er mit einer Frau oder einem Mann zusammen gewesen war, hatte er interessiert auf seinen Körper gehorcht, hatte seine Reaktionen studiert und die rein mechanischen Vorgänge durchgeführt. Regelmäßig war er dabei auch zu einem Höhepunkt gekommen, der aber alles andere als berauschend für ihn gewesen war. Ein kurzes, sekundenlanges Blitzen und Zucken im Gehirn, die Entladung aus den Hüften, peng, das war es, aus und vorbei.

Simon hatte nie verstanden, warum andere Menschen diesem simplen, verschwitzten Akt derartige Bedeutung beimessen konnten. Aus seiner Sicht war es eine Verrichtung, mit der man die eigene Art erhalten konnte, mehr nicht.

Aber die anderen, die sich in diesem Club aufgehalten hatten, hatten das offenbar anders gesehen. Zumindest hatten die kurzen, unterdrückten Schreie, das lustvolle Gestöhne darauf hingedeutet. Die Menschen hatten paarweise auf den Matratzen gelegen oder sich gleich in Gruppen zusammengefunden, sodass man nicht mehr gewusst hatte, wer eigentlich zu wem gehörte.

Osama bin Laden hatte wahrscheinlich recht, war es Simon bei dem Anblick eines Knäuels aus vielleicht acht Leibern durch den Kopf gegangen. Diese Zivilisation ist vielleicht wirklich zu dekadent, um eine Daseinsberechtigung zu haben. Nichts unterschied sie von den Tieren, wie sie da keuchend und schnaufend zugange waren und versuchten, ihr Erbgut an die Frau oder an den Mann zu bringen. Und wenn Simon auch sonst keine Sympathien für die Machenschaften dieses, wie er ihn nannte, Kopfwindelträgers hatte, so ging er mit der Beurteilung dieser Art von Moral doch konform.

Müde reckte Simon die Glieder, die letzten Tage waren auch für ihn anstrengend gewesen. Bevor er sich jedoch schlafen legte, würde er sich noch ein Eis gönnen.

33

»Bernd, hast du einen Moment Zeit?«

Kriminalhauptkommissar Bernd Wielert legte eine Hand auf die Sprechmuschel seines Telefons und winkte Katharina in sein Büro. »Bin sofort fertig. Setz dich schon mal.«

Katharina ließ sich auf einem der beiden Besucherstühle nieder und wartete. Nervös knautschten ihre Finger die Falten ihrer Jeanshose.

Endlich beendete Wielert sein Gespräch.

»Was ist denn mit deinem Gesicht?«, fragte er, nachdem er den Hörer aufgelegt hatte.

»Ich war beim Zahnarzt. Nervenentzündung, läuft auf eine schöne Wurzelbehandlung hinaus.«

»Na, Mahlzeit. Da möchte ich nicht mit dir tauschen.«

»Bernd, wir haben ein Problem. Unser Fall läuft aus dem Ruder.«

Wielert runzelte die Stirn und sah fragend auf die Thermoskanne mit Kaffee. Katharina nickte.

»Inwiefern?«, wollte er wissen, während er seiner Mitarbeiterin eine Tasse zuschob.

»Unser Mann hat vermutlich wieder zugeschlagen. Und diesmal ist der Fall besonders delikat.«

»Ist da etwas an mir vorbeigegangen? Was meinst du?«

»August Verheyen. Der Politiker, der gestern bei einem Autounfall ums Leben gekommen ist.«

»Nach allem, was ich gehört habe, war das entweder ein Unfall oder bestenfalls ein Selbstmord«, gab der Leiter des KK 11 langsam zurück.

»So sieht es aus. Allerdings verfüge ich über einige Informationen, die das in einem anderen Licht erscheinen lassen.«

Bei diesen Worten entnahm Katharina ihrer Tasche die Bögen, die ihr Harms heute in aller Frühe ausgedruckt hatte. Während Wielert die Papiere an sich nahm und zu lesen begann, nippte die Kommissarin an dem Kaffee – mit aller Vorsicht, denn die Betäubung, die ihr vor Beginn der Bohrarbeiten verabreicht worden war, wirkte noch.

Wielert überflog die Zeilen, griff gleichfalls zu seiner Tasse, vergaß aber, sie zu den Lippen zu führen. Als er an der entscheidenden Aussage des Berichts angelangt war, hob er den Kopf. »Das ist ja unglaublich. Wo hast du das her?«

»Frag mich lieber nicht.«

»Harms?«

Katharina zuckte die Achseln. »Das ist doch irrelevant. Mich interessieren nur die Tatsachen.«

»Und wie kommst du darauf, dass de Rosas Mörder etwas mit dieser Sache zu tun haben könnte?«

»Heute Morgen rief mich Daubitz an. Er hatte gestern einen mehr als seltsamen Selbstmord zu bearbeiten, bei dem sich ein ehemaliger Olympiasieger der DDR der Länge nach ein Schwert durch den ganzen Körper gestoßen hat. Der Mann hatte seit Langem psychische Probleme. Bemerkenswert war jedoch, dass sich der Computer des Selbstmörders genauso wie der in dem Fall mit dem Leichenwagen selbst zerstört hat. Deshalb ist Daubitz ins Nachdenken gekommen.«

»Ich verstehe die Zusammenhänge nicht so ganz«, meinte Wielert skeptisch.

»Daubitz geht von Folgendem aus: Der Sexualmord in Brandenburg geschah in etwa zur gleichen Zeit wie unser Mord im Swingerclub, die Begleitumstände der Tat waren ähnlich spektakulär wie bei uns. Gestern Morgen begeht eine relativ bekannte Persönlichkeit auf außergewöhnliche Weise Selbstmord, wobei der Kollege nicht völlig ausschließen will, dass es sich um einen Mord handeln könnte. Allerdings sprechen alle Umstände dagegen.«

»Warum?«

»Der Selbstmord geschah im Haus des Opfers, alle Türen und Fenster waren von innen verriegelt und unbeschädigt. Es gibt keine Spuren oder andere Anhaltspunkte, dass sich zum Zeitpunkt des Selbstmords in dem Haus eine weitere Person aufgehalten hat.«

»Weiter«, nickte Wielert.

»Als Daubitz mich anrief, wollte er wissen, ob es bei uns auch einen außergewöhnlichen Suizid gegeben habe. Im ersten Moment habe ich nicht geschaltet, aber dann fiel mir Verheyen ein. Und du musst zugeben, dass ein hochrangiger Politiker, der mit einem abgeschnittenen und festklebenden, fremden Penis im Mund mit seinem Auto vor einen Brückenpfeiler knallt, eine reichlich obskure Geschichte ist.«

Wielert lehnte sich zurück. Ganz war er noch nicht überzeugt, aber das, was Katharina anführte, war nicht so einfach von der Hand zu weisen. »Angenommen, Daubitz hat den richtigen Riecher und diese Todesfälle hängen in der Tat alle zusammen. Wo finden wir einen Beweis dafür, dass wir keinem Phantom hinterherjagen?«

»Es gibt nur eine Möglichkeit. Aber das ist gleichzeitig ein Problem.«

»Ich höre.«

»Harms muss Zugang zu den Computern Verheyens bekommen. Und die Kollegen, die den Selbstmord untersuchen, sollten sofort gewarnt werden, dass sie die Finger von allen Geräten lassen, mit denen Verheyen ins Internet gegangen sein könnte. Sonst ist die Gefahr sehr groß, dass sich die Geräte ebenfalls verschlüsseln. Oder selbst zerstören.«

»Sonst noch was?«, fragte Wielert. Ihm war nicht wohl bei der Sache.

»Ja. Wir benötigen alle Informationen, die sich in dem Fall ergeben. Zum Beispiel sollten wir sofort informiert werden, wenn bekannt ist, wem der Penis gehört, den Verheyen im Mund hatte.«

Wielert sagte nichts und trank endlich einen Schluck Kaffee. Dann kratzte er sich an der Schläfe und seufzte.

»Mit solchen Forderungen würden wir uns verdammt weit aus dem Fenster lehnen. Der Fall Verheyen war bestimmt die längste Zeit bei der Kripo, da hab ich keine Zweifel. Inzwischen hat sich das LKA oder sogar das BKA eingemischt. Und ich verspüre keine große Neigung, den Kameraden aus Wiesbaden schon wieder in die Suppe zu spucken. Nach der letzten Geschichte stehen wir bei denen auf der Hassliste doch ganz oben.«

»Darüber bin ich mir im Klaren. Vielleicht gibt es ja noch eine andere Möglichkeit.«

»Und zwar?«, fragte Wielert.

»De Vries. Eventuell kann sie ja über die zuständige Staatsanwaltschaft an die notwendigen Informationen gelangen.«

»Puh«, machte Wielert. »Das wird heikel.«

»Redest du mit ihr?«

»Ja. Und zwar gleich sofort. Wenn ich dich richtig verstanden habe, ist die Sache dringlich.«

»Richtig. Sobald der Computer von Verheyen konfisziert wurde, kann es um Sekunden gehen.«

Wielert nickte und griff nach dem Telefon.

In diesem Moment trällerte Katharinas Handy los. Sie griff in ihre Tasche und sah auf das Display. Ihre eigene Privatnummer. Das konnte nur Harms sein.

»Ja?«, meinte sie knapp.

»Harms hier. Könnten Sie noch etwas Kandis besorgen? Mein Vorrat geht zur Neige.«

Die Kommissarin seufzte enttäuscht auf. »Meinetwegen. Brauchen Sie sonst noch was?«

»Nein. Ach, übrigens. Ich hab es geschafft.«

»Was?«

»Den Code geknackt. Wollen Sie sich die Dateien hier ansehen? Oder soll ich mit einem Taxi nach Bochum kommen?«

34

»Wie ist Ihnen das denn jetzt so schnell gelungen?«, fragte Katharina. Sie hatte die fünfundvierzig Stufen zur Dachgeschosswohnung im Spurt zurückgelegt und schnappte nach Luft.

Harms' Gesicht zeigte ein selbstgefälliges Grinsen. »Bedanken Sie sich bei der NASA.«

»Bei wem?«

»Sie haben richtig gehört. Die können zwar mitunter Kilometer nicht von Meilen unterscheiden, aber deren Ausstattung mit schnellen Großrechnern ist vorzüglich. Ich habe mir ein wenig Rechenzeit bei denen geborgt. Und es hat sich gelohnt.«

Katharina warf ihre Tasche auf den Boden und hockte sich wieder auf den zweiten Stuhl. Harms hatte die Dateien von de Rosas Notebook offenbar auf die externe Festplatte kopiert, der tragbare Computer war ausgeschaltet und stand wie ein ausgemustertes Spielzeug auf der Fensterbank.

»Haben Sie sich die Dateien schon angesehen?«

»Nein«, antwortete Harms. »Ich wollte Ihnen den Spaß nicht nehmen. Außerdem weiß ich ja nicht, wonach Sie genau suchen.«

»Was ist das?«, fragte die Kommissarin und deutete auf den Monitor.

»So etwas Ähnliches wie der Explorer bei Windows. Die System- und Programmdateien habe ich unter Quarantäne gestellt. Ich vermute, unser Freund hat da einen Virus eingespeist, der für die Verschlüsselung des Notebooks verantwortlich ist. Es ist möglich, dass der Virus erneut tätig wird, wenn man auf eine bestimmte Datei zugreift, deshalb will ich da erst mal nicht ran. Aber die Benutzerdateien sind frei zugänglich.«

»Da kann nichts mehr passieren?«

Harms schüttelte den Kopf. »Nein. Ich habe die Sachen gescannt, das Zeug ist sauber.«

»Gut. Dann fangen wir mal an.«

»Was suchen Sie denn überhaupt?«

»Mich interessiert natürlich alles, was auf den mutmaßlichen Mörder hinweist. Wir müssen davon ausgehen, dass de Rosa über das Internet mit dem Mann in Kontakt getreten ist. Lassen sich da noch irgendwelche Spuren finden?«

Harms nickte bedächtig. »Im Prinzip ja. Allerdings müsste ich dann auf die Systemdateien zugreifen und mir die temporären Dateien und die Protokolle ansehen.«

»Dann lassen Sie uns erst mal nach persönlichen Aufzeichnungen suchen«, bat Katharina. »Der Mörder muss sehr viel über de Rosa gewusst haben. Entweder kannte er sie lange vor dem Mord persönlich, wovon ich nicht ausgehe, oder aber er hat sie regelrecht ausgefragt. Aber vielleicht hat er ja auch viel über sie erfahren, indem er ihre persönlichen Dateien ausgekundschaftet hat.«

»Social Engineering?«, bemerkte Harms.

»Was?«

»Ist das A und O eines jeden guten Hackers. Man tritt mit der Person in Kontakt und erschleicht sich das Vertrauen. Das Ganze ist mit einem Spiel zu vergleichen. Man braucht ein wenig Einfühlungsvermögen und natürlich hilft es, wenn man Vorabinformationen hat. So entlockt man den meisten Leuten ihre Geheimnisse.«

»Und Sie vermuten, so etwas ist hier passiert?«

»Sie können davon ausgehen. Ich habe es oft genug selbst praktiziert. Es funktioniert nicht bei jedem, aber Sie wären erstaunt, was Ihnen manche Menschen freiwillig alles offenbaren, wenn sie das Gefühl haben, sie hätten es mit einem Gleichgesinnten zu tun. Haben Sie schon mal gechattet?«

»Nicht wirklich«, antwortete Katharina.

»Gönnen Sie sich mal das Vergnügen. Ich garantiere Ihnen, innerhalb kürzester Zeit treffen Sie da auf Leute, die Ihnen sofort Ihre Lebens- und Leidensgeschichte erzählen. Und wenn Sie es darauf anlegen, fressen Ihnen diese bedauernswerten Menschen irgendwann aus der Hand.«

»So ein Verhalten ist mir vollkommen unverständlich.«

Harms zwinkerte verschmitzt. »Jeder hat eine Schwachstelle.«

»Können wir uns nun endlich um die Dateien kümmern?«

»Klar. Möchten Sie selbst?«

»Nein, Sie überblicken das bestimmt schneller.«

Harms nickte nur und steuerte mit der Maus den ersten Ordner an, in dem, sofern die Bezeichnung nicht bewusst irreführend gewählt war, Textdokumente abgelegt worden waren. Nach einem Klick änderte sich die Anzeige, mehrere weitere Ordner erschienen.

»Hab ich mir fast gedacht«, grinste Harms. »Schauen Sie sich das mal an. Ein Ordner mit Korrespondenz, einer mit Unterrichtsvorbereitung, dann hier, Lyrik. Und Tagebuch hat sie auch geführt.«

»Öffnen Sie das bitte.«

Harms klickte erneut.

Katharina staunte. Eine Vielzahl an Dateien wurde sichtbar, sauber geordnet nach amerikanischem Datumsformat, erst die Jahreszahl, dann der Monat, dann der Tag. De Rosa hatte, nach der ersten, oberflächlichen Schätzung, seit anderthalb Jahren auf ihrem Computer ein Tagebuch geführt.

Der Hacker öffnete willkürlich eine Datei und gut anderthalb Seiten Text erschienen.

»O mein Gott«, meinte Katharina, nachdem sie gut die Hälfte gelesen hatte. »Wenn die anderen Eintragungen genauso umfangreich sind wie die hier, erfährt man alles über die Frau. Das heißt, wenn man das Tagebuch in die Finger kriegt.«

Harms seufzte und öffnete eine weitere Datei. De Rosa schilderte in naiver, klagender Sprache eine Auseinandersetzung, die sie mit ihrer Mutter geführt und – selbstverständlich – verloren hatte.

»Gehen Sie doch bitte mal zu den letzten Eintragungen«, bat Katharina. »Vielleicht finden wir ja etwas, was auf den Besuch in dem Swingerclub hinweist.«

Harms scrollte an das untere Ende des Ordners. Dann öffnete er den letzten Eintrag.

Katharinas Augen flogen über die Buchstaben. Der Text war nicht so lang und die Kommissarin erkannte schon nach den ersten Wörtern, dass sie einen Volltreffer gelandet hatten.

De Rosa vertraute ihrem Computer an, dass sie schrecklich aufgeregt sei. Nur noch wenige Stunden, dann würde sie ihrem Traummann begegnen. Und nicht nur das, endlich würde sie über ihren eigenen Schatten springen, alle überholten ethischen Prinzipien über Bord werfen und anfangen zu leben. Sie würde die mephistophelische Seite in sich wach rufen, die nicht länger bereit war, unter der Übermacht ihrer Mutter zu leiden. Und das alles verdanke sie …

»Simon«, sagten Harms und Katharina gleichzeitig. Der Hacker hatte selbstverständlich mitgelesen.

»Ihre Vermutungen scheinen zuzutreffen«, bemerkte Harms. »Es sieht wirklich danach aus, als ob die Tote ihren Mörder über das Internet kennengelernt hat.«

»Jetzt haben wir wenigstens einen Namen«, freute sich Katharina. »Vielleicht erfahren wir in den anderen Dateien ja noch mehr.«

Während der nächsten Minuten klickte Harms eine Datei nach der anderen an, in einigen tauchte der Name Simon auf, andere beschäftigten sich mit alltäglichen Erlebnissen aus de Rosas Leben. Aber trotzdem bekam man nach und nach eine ziemlich genaue Vorstellung davon, wie de Rosa mit diesem Simon in Verbindung getreten war.

»Ein Chatroom also«, seufzte die Kommissarin, nachdem Harms und sie die Aufzeichnungen der letzten dreißig Tage in Renate de Rosas Leben gelesen hatten. »Nur welcher?«

Harms zuckte die Achseln. »Dummerweise wird das nicht erwähnt. Aber das kriegen wir auch noch raus!«

»Und wie?«

»Ich muss an die temporären Dateien. Wenn ich nachvollziehen kann, welche URLs von dem Notebook aus aufgerufen wurden, haben wir auch den Chat.«

»Wollen Sie das wirklich riskieren?«

»Bleibt uns etwas anderes übrig? Aber inzwischen glaube ich nicht mehr, dass wirklich eine Gefahr besteht, dass der Virus noch einmal aktiv wird.«

»Warum nicht?«

»Weil der Kerl, der die Kiste verschlüsselt hat, unglaublich arrogant ist. Okay, er ist gut, sehr gut sogar, aber auch so von sich überzeugt, dass er nicht für möglich hält, dass jemand seinen Code knackt. Dabei muss er eigentlich wissen, dass alles nur eine Frage von zur Verfügung stehender Rechenzeit ist, den unknackbaren Code gibt es einfach nicht. Aber wahrscheinlich ist er davon ausgegangen, dass Sie oder einer Ihrer Kollegen sich da mit einem handelsüblichen PC dransetzen, Kindergartensoftware benutzen und nach einer Woche verzweifelt aufgeben. An die Möglichkeit, dass man auf einen Supercomputer zur Entschlüsselung zugreift, hat er nicht gedacht. Einfach, weil die Polizei nicht über das entsprechende Equipment verfügt.«

»Was hätten Sie denn an seiner Stelle getan? Damit man Sie nicht aufspürt?«

»Ich hätte ebenfalls einen Virus eingeschleust. Aber einen, der sämtliche Daten und nach Möglichkeit auch die Festplatte unwiederbringlich ruiniert. Selbst das Löschen der Dateien würde nichts bringen, physikalisch ist alles nach wie vor vorhanden, selbst wenn Sie die Dateien nicht mehr auf der Platte finden können. Lässt sich alles wiederherstellen.«

Katharina nickte. Das Pendant des Mörders aus dem Osten war da offensichtlich vorsichtiger gewesen.

»Ich werde mir mal die Protokollc anschauen. Setzen Sie in der Zwischenzeit wohl einen Tee auf?«

»Gerne«, grinste Katharina und ging in die Küche.

Es stimmt also tatsächlich, dachte sie, während sie frisches Wasser in den Kocher laufen ließ. Nun hatten sie den Beweis, dass sich der Mörder sein Opfer über das Internet gesucht hatte. Trotzdem standen sie immer noch am Anfang. Sie hatten eine Spur, der sie langsam nachkrabbeln konnten, und sie hatten einen Vornamen. Okay, das Phantombild nicht zu vergessen, das mithilfe der Mitarbeiterin des Swingerclubs erstellt worden war.

Der Wasserkocher summte einmal kurz auf, als die Flüssigkeit den Siedepunkt erreicht hatte. Katharina schüttete das Wasser in eine Glaskanne, hängte das Sieb mit dem Tee ein und stellte das Behältnis auf den Küchentisch, um den Tee ziehen zu lassen.

Wenig später füllte sie zwei große Tassen der dampfenden Flüssigkeit ab und ging zurück ins Arbeitszimmer. Harms hockte konzentriert vor dem Monitor und notierte sich etwas auf einem Schmierzettel.

»Yahoo, gmx, web.de, freenet, hotmail«, erklärte er gut gelaunt. »Da hatte sie Freemail-Adressen.«

»Meine Güte, Sie finden wohl wirklich alles raus, was?«

»Das hätten Sie auch geschafft«, gab Harms bescheiden zurück.

Katharina stellte die beiden Tassen ab. »Das glaube ich kaum.«

»Doch. Ich habe eine Datei gefunden, in der de Rosa alle E-Mail-Adressen nebst Passwörtern gespeichert hat. Die Frau war sehr aktiv, insgesamt hatte sie dreizehn Möglichkeiten, Mails zu empfangen und zu verschicken. Jetzt müssen wir nur noch eine Adresse nach der anderen durchgehen.«

Gleichzeitig startete Harms einen Internetbrowser und wählte den ersten Anbieter an. Doch die beiden Adressen bei Yahoo erwiesen sich als Fehlschlag. Abgesehen von einigen Spam-Mails war dort nichts gespeichert.

Katharina trank einen Schluck Tee und verfolgte Harms' Aktionen.

»Da ist es«, erklärte er schließlich.

Harms hatte eine Adresse bei Freenet aufgerufen, auch hier waren einige Spams eingegangen, aber hauptsächlich Mails von Chatroom-Administratoren.

Die Kommissarin zählte nach. »Himmel, das sind doch mehr als zwanzig Chatrooms, in denen sich de Rosa angemeldet hatte.«

»Ich war ja lange nicht mehr online, von einigen URLs habe ich noch nie etwas gehört. Warten Sie, ich schau mal eben bei den Cookies nach. Vielleicht hilft das ja weiter, den richtigen Chatroom zu finden.«

»Was ist das denn schon wieder?«

»Ein Cookie ist ein kurzer Eintrag in einer meist kleinen Datenbank auf einem Computer und dient dem Austausch von Informationen zwischen Computerprogrammen oder der zeitlich beschränkten Archivierung von Informationen. Es besteht aus mindestens zwei Bestandteilen, seinem Namen und dem Inhalt oder Wert des Cookies, zusätzlich können Angaben über den zweckmäßigen Gebrauch vorhanden sein. Browser stellen eine Cookie-Datenbank zur Verfügung, die Cookie-Cache genannt wird; dort kann der Webserver einer besuchten Webseite Informationen in Form von http-Cookies hinterlegen und bei einem Wiederbesuch der Seite auslesen.«

»Also im Prinzip etwas zur Überwachung?«

»So etwas Ähnliches. Wenn de Rosa ihre Platte nicht regelmäßig aufgeräumt hat, müsste da eigentlich nachzuvollziehen sein, auf welchen Seiten sie sich in der letzten Zeit herumgetrieben hat.«

»Na dann, auf gutes Gelingen.«

Harms wechselte in das unter Quarantäne stehende Verzeichnis, in das er die Windows-Dateien des Notebooks kopiert hatte, und klickte sich durch die Ordner. »Aha«, meinte er endlich. »Da haben wir es ja. In den letzten Wochen war die Frau fast ausschließlich in diesem Chat.«

In Windeseile klickte er wieder ins Internet und die URL des Chatrooms auf. Dann rief er die E-Mail bei Freenet ab, mit der der Chatbetreiber die Anmeldung bestätigt und darüber hinaus den Benutzernamen und das gewählte Passwort übersandt hatte. Harms' Finger flogen über die Tasten, dann startete das Java-Chat-Applet.

»Morgensonne«, murmelte Katharina. »Irgendwie passt dieses Pseudonym zu der Frau. Aber warum meldet sich jemand in so vielen Chaträumen gleichzeitig an?«

»Vielleicht, weil er einsam ist«, gab Harms ernst zurück und trommelte nervös mit den Fingern auf dem Schreibtisch.

Endlich baute sich das Fenster für den Chat auf. Auf der linken Seite erschien eine kurze Beschreibung, wie man weiter vorgehen musste, um in einen der etwa achtzig Räume zu gelangen, rechts befand sich eine kurze Übersicht, welche Räume der User zuletzt besucht hatte.

»Gehen wir mal in den letzten Raum, den sie aufgesucht hat«, murmelte Harms.

»Und dann?«

»Nur die Ruhe. Ein Schritt nach dem anderen.«

Der Hacker rief ein weiteres Browserfenster auf und klickte auf die Seite des nächsten E-Mail-Anbieters, den de Rosa in Anspruch genommen hatte. Er probierte weitere

Mailadressen aus, bis sein Gesicht wieder ein zufriedenes Grinsen zeigte. »Et voilà.«

Katharinas staunte. »Das sind *seine* E-Mails?«

»Es scheint so. Ich glaube kaum, dass die Tote mit mehreren Männern namens Simon in Kontakt gestanden hat.«

Die Kommissarin spürte eine leichte Gänsehaut auf ihren Unterarmen. Eine ellenlange Reihe von E-Mails, alle von ein und demselben Absender. *Simon5312.*

»Verstehe ich die Überschrift der letzten E-Mail richtig? Foto? Heißt das, an dieser Mail hängt ein Bild von diesem Simon?«

»Davon können Sie ausgehen«, erklärte Harms nachdenklich. »Aber wir lassen vorerst besser die Finger davon.«

»Warum?«

»Weil er wahrscheinlich mit dieser Mail beziehungsweise dem Bild darin den Virus geschickt hat, der die Datenverschlüsselung verursacht hat. Und wenn das so ist, wiederholt sich entweder die Seuche wie auf dem Notebook oder die Mail pulverisiert sich.«

»Gibt es gar keine Möglichkeit, da dran zu kommen?«

»Ich werde es versuchen. Aber dafür brauche ich Zeit. Ich werde erst einmal probieren, über den E-Mail-Absender etwas herauszufinden.«

Katharina widmete sich wieder ihrem Tee, während Harms' Finger erneut über die Tasten flogen. In atemberaubend kurzer Zeit war er auf der Systemebene des E-Mail-Anbieters gelandet und fraß sich durch ein für einen Normalsterblichen wirres Kauderwelsch von unverständlichen Zeichen.

»Das hatte ich befürchtet«, erklärte er nach ein paar Minuten. »Simon hat den großen Besen angesetzt.«

»Das bedeutet?«

»Tut mir leid, die E-Mail-Adresse existiert nicht mehr. Und das ist nicht alles. Allem Anschein nach hat sie niemals existiert.«

»Aber wir haben doch seine Mails in de Rosas Postfach«, widersprach Katharina verständnislos.

»Stimmt. Jedoch hat unser Freund sämtliche Spuren verwischt, die im Zusammenhang mit seiner E-Mail-Adresse stehen. Wenn er nur die Addi gelöscht hätte, wären noch Aufzeichnungen im Logbuch des Anbieters zu finden, aber er hat systematisch alles vernichtet. Ich sagte doch, der Kerl ist gut. Lassen Sie es uns jetzt mit dem Chat probieren. Vielleicht haben wir da mehr Glück.«

Ohne Katharinas Antwort abzuwarten, klickte Harms in dem Fenster auf die Hilfefunktion des Chatroom-Anbieters. Kurz darauf hatte er gefunden, was er suchte.

»Ich will mir mal ansehen, mit welchen Usern de Rosa hauptsächlich in Kontakt getreten ist. Es dürfte sich dabei vornehmlich um einen Namen handeln, aber wenn sie noch mit anderen Nicks gechattet hat, besteht die Möglichkeit, dass sie denen etwas von ihrem Traummann erzählt hat.«

Die Kommissarin starrte gebannt auf den Monitor. Bis jetzt hatte sie geglaubt, sie hätte mehr als nur ein wenig Ahnung von Computern, aber neben Harms kam sie sich vor wie eine unbefleckte Anfängerin.

»Mist«, fluchte Harms. »Er hat auch hier alles bereinigt.« Wütend schob er die Tastatur zurück und griff nach seiner Teetasse. »Nach dem Chatprotokoll hat de Rosa stumpfsinnig ihre Zeit abgesessen, ohne sich mit jemandem zu unterhalten.«

»Und Simons Profil?«

»Weg. Als hätte es nie existiert.«

»Und was machen wir jetzt?«

»Jetzt?«, wiederholte Harms. »Jetzt werden wir ein wenig Detektiv spielen.«

35

>Benötigst du noch mehr Beweise?

Simon knetete seine Nackenmuskulatur, während er auf den Monitor starrte und auf Antwort wartete. Letzte Nacht musste er irgendwie falsch gelegen haben, ihn peinigten bohrende Kopfschmerzen. Und die Schmerztabletten ließen noch keine Wirkung erkennen.

Da, endlich die Antwort:

>Nein. Aber ich kann es einfach nicht glauben.

>Es ist aber so. Dein hochgeschätzter Onkel hat dich beim Finanzamt verpfiffen.

>Aber warum hätte er das tun sollen?

Mein Gott, waren manche Menschen begriffsstutzig. Er hatte es diesem Penner doch schon erklärt.

>Wegen der schwarzen Konten.

>Aber von denen weiß er doch gar nichts.

>Und von wem sind die Konten dann geleert worden?

>Das hab ich selbst veranlasst. Alle drei Wochen schichte ich das Geld um. Aus Sicherheitsgründen.

>Deine letzten Überweisungen sind aber nicht angekommen, oder?

>Nein. Mitunter dauert das schon mal ein paar Tage.

>Soll ich dir beweisen, dass sich dein Onkel das Geld unter den Nagel gerissen hat?

>Das kannst du?

Trotz der immer stärker werdenden Kopfschmerzen musste Simon lächeln. Langsam, aber sicher wurde es interessant.

>Natürlich. Ich klink mich in seine Onlinebank. Dann kannst du mit eigenen Augen sehen, dass er dich abgezogen hat.

Es war so lächerlich einfach. Bei Festlegung der Regeln war ihm die dritte Mission am schwierigsten vorgekommen, aber so wie sich das nun entwickelte, würde die Erfüllung ein Kinderspiel werden. Der Mann, mit dem Simon chattete, erfüllte die Voraussetzungen ideal. Er war wegen vorsätzlicher, schwerer Körperverletzung vorbestraft, einfältig genug, um sich leicht manipulieren zu lassen, und sah in Simon inzwischen so etwas wie einen Freund. Eigentlich hätte Simon ihn schon jetzt von der Leine lassen können, aber das wäre zu früh gewesen.

>Mensch, wenn das stimmt, bring ich den Kerl um!

>Also möchtest du, dass ich mich ein wenig für dich umsehe?

>Mach das.

>Okay, aber wir …

Das Notebook gab einen eindringlichen Ton von sich. Simons Finger verharrten auf den Tasten.

Augenblicklich waren seine Kopfschmerzen vergessen. Das konnte einfach nicht sein!

Ohne einen Gedanken an seinen Chatpartner zu verschwenden, klickte Simon auf ein kleines Symbol auf der

Befehlsleiste und eine Protokolldatei wurde auf dem Monitor sichtbar.

Das, was er da las, wollte nicht in seinen Kopf.

Jemand hatte in dem Chatroom, in dem er den Charakter für die erste Mission entdeckt hatte, nach seinem Profil gesucht. Und nicht nur das. Genau das Gleiche war auch bei dem E-Mail-Anbieter passiert, über den Simon Renate de Rosa seine Nachrichten hatte zukommen lassen.

Er begriff, was da stand. Aber gleichzeitig auch wieder nicht. Es war völlig unmöglich, dass jemand den Code geknackt hatte, mit dem er das Notebook verschlüsselt hatte. Dazu waren die Bullen einfach nicht in der Lage.

Und doch musste genau das geschehen sein.

Simon wurde gleichzeitig heiß und kalt, die Kopfschmerzen, die für einige Sekunden aus seinem Bewusstsein verschwunden waren, kehrten mit unglaublicher Intensität zurück.

Jetzt nur nicht die Nerven verlieren. Er musste klar denken können, das war jetzt das Wichtigste.

Er stand auf und ging ins Badezimmer. Auf der marmornen Ablagefläche unter dem Spiegel stand die Flasche mit den Tropfen, die er ausschließlich einnahm, wenn seine Migräne ihn in den Wahnsinn zu treiben drohte. Simon griff nach dem silbernen Zahnputzbecher, nahm seine Zahnbürste und die Zahncreme heraus und ließ etwa zwei Finger breit Wasser in den Becher laufen. Dann zählte er ungeduldig sechzig Tropfen des Medikaments ab. Diese Dosis würde dafür sorgen, dass er innerhalb von fünf Minuten schmerzfrei war.

Der bittere Geschmack ließ ihn das Gesicht verziehen. Unbeweglich blieb er vor dem Spiegel stehen, bis er merkte, dass die Schmerzen nachließen.

Langsam ging er zurück ins Arbeitszimmer und setzte sich wieder auf seinen Stuhl. Verdammt noch mal, was war da passiert?

Nachdenken, Simon, nachdenken ... Es gab offensichtlich jemanden, der in der Lage war, so schnell den Code zu knacken ... Um wen konnte es sich dabei handeln?

Oder hatte ihm sein Kontrahent nachspioniert? Nein, für den gab es keinen Grund. Dem Kerl musste zudem klar sein, dass Simon alle entsprechenden Server überwachte und von den Nachforschungen Kenntnis bekam.

Ein anderer Hacker? Auch das ergab keinen Sinn.

Wie er es drehte und wendete, es musste jemand sein, der Zugriff auf de Rosas Notebook hatte, ansonsten wäre der Zufall, dass sich jemand in diesem Chat und bei diesem E-Mail-Dienst ausgerechnet nach ihm erkundigen würde, einfach zu groß. Also doch die Polizei.

Aber, wie gesagt, das war unmöglich. Simon kannte ihre Netzwerke, hatte darin herumgeschnüffelt. Die Beamten verfügten weder über die richtigen Programme noch über die erforderliche Rechenkapazität, um den Code knacken zu können. Es war unglaublich, mit welchem vorsintflutlichen Rüstzeug sie gegen Computerkriminalität und Hacker vorgingen. Okay, natürlich arbeiteten sie nicht gänzlich erfolglos, aber er, Simon, spielte doch in einer ganz anderen Liga. Sein Code war nicht zu knacken! Nicht von der Polizei!

Oder sollte er etwa einen Fehler gemacht haben?

Es wäre ein Leichtes gewesen, dafür zu sorgen, dass sich de Rosas Notebook in seine Bestandteile auflöste, sobald jemand versuchte, Zugriff auf die Dateien zu nehmen. Doch Simon hatte die elegante Methode bevorzugt, die gleichzeitig den Polizisten verdeutlichen sollte, dass sie gegen einen übermächtigen Gegner kämpften.

Und jetzt hatten sie offensichtlich seinen Code geknackt. Und das innerhalb kürzester Zeit.

Anscheinend hatte er tatsächlich einen Fehler gemacht.

Simon zog die Tastatur wieder zu sich heran. Als Erstes speicherte er das Protokoll ab, das sein Überwachungsprogramm ausgeworfen hatte. Er würde sich später genauer damit beschäftigen. Zunächst musste er wissen, mit wem er es zu tun hatte.

>Was ist? Bist du noch da?

Das Chatfenster blinkte.

Dieser verdammte Idiot! Den hatte er völlig vergessen.

>Entschuldige, ich melde mich wieder. Hab was Dringendes.

Simon verabschiedete sich aus dem Chat und startete eine selbst programmierte Suchmaschine. Nachdenklich streichelten seine Finger das Hartplastik einzelner Tasten.

Dass de Rosa ermordet worden war, hatte die Polizei mit Sicherheit schnell herausgefunden, die waren schließlich nicht gänzlich verblödet. Der Swingerclub hatte in Bochum sein Quartier. Also war die Bochumer Kripo zuständig und würde den Fall untersuchen.

Sollte er einen direkten Angriff wagen? Sollte er versuchen, sich die Dateien anzueignen, in denen der Stand der Ermittlungen wiedergegeben wurde? Oder war das zu riskant?

Simon konnte sich nicht erinnern, sich je unsicher gefühlt zu haben. Und er hatte es selten mit einem Gegner zu tun gehabt, den er nicht einschätzen konnte.

Wenn die Polizei in der Lage war, in derart kurzer Zeit seinen Code zu knacken, würden sie auch jede erdenkliche

Vorsichtsmaßnahme ergriffen haben, damit niemand von außen in ihre eigenen Systeme eindringen konnte. Es war also besser, sich seinem Gegner über Umwege zu nähern.

Simons Finger hörten auf, die Tasten zu streicheln. In wenigen Sekunden hatte er die notwendigen Begriffe in die Suchmaschine eingegeben. Gleich darauf erschienen die ersten Ergebnisse.

Aha, die Presse hatte über den Fall berichtet. Vielleicht sollte er sich doch mal angewöhnen, die Berichterstattung der Medien regelmäßig zu verfolgen. Simon klickte den Link an und gelangte auf die Homepage einer überregionalen Zeitung. Dann rief er den Artikel auf, in dem der Ablauf der Pressekonferenz geschildert worden war, seine Augen überflogen den Text. Und blieben an dem Foto hängen, das die Zeilen überspannte. *... die für die Ermittlungen zuständige Kommissarin, Katharina Thalbach, bei der Darstellung der Umstände,* lautete die Bildunterschrift. Katharina Thalbach also.

Simon lächelte. Sein Gegner war eine Frau. Und eine attraktive noch dazu, das musste er zugeben.

Der Drucker sprang an, die Onlineversion des Artikels wurde ausgespuckt. Simon klickte zurück zu seiner Suchmaschine und dachte erneut einen Augenblick nach.

Dann hämmerte er die nächsten Begriffe in die Tasten.

Minuten später grinste er diabolisch ...

36

»Guten Tag, Frau Thalbach. Guten Tag, meine Herren.« Claudia de Vries drückte sich in Wielerts Büro und sah sich auffordernd nach einer freien Sitzgelegenheit um.

Der Leiter des KK 11 saß erwartungsgemäß hinter seinem Schreibtisch, auf den beiden Besucherstühlen lümmelten sich Katharina und Gassel, während sich Hofmann auf einen Aktenschrank gehockt hatte. Nun sprang er auf und holte aus dem Nachbarbüro einen weiteren Stuhl.

»Guten Tag, Frau de Vries. Wir hatten gar nicht mit Ihnen gerechnet«, bemerkte Wielert überrascht und erhob sich, um der Juristin die Hand zu reichen.

»Ich war zufällig in der Nähe. Und ich habe einige Neuigkeiten, die ich Ihnen sofort mitteilen wollte.«

Katharina rückte ein kleines Stück zur Seite, als de Vries sich auf dem Stuhl neben ihr postierte.

»Neuigkeiten?«, fragte Gassel interessiert.

»In Bezug auf den Fall Verheyen. Manchmal ist es höchst interessant, was sich hinter der Fassade eines mutmaßlichen Suizids verbirgt. Und Sie? Sind Sie weitergekommen?«

»Ja«, antwortete Katharina einsilbig. In Gegenwart der Staatsanwältin fühlte sie sich extrem unwohl. Ob es daran lag, dass sie ein schlechtes Gewissen verspürte, weil sie der etwas pummeligen deutschen Version von Mireille Mathieu die Freundin ausgespannt hatte, oder daran, dass sie nicht wusste, ob de Vries wusste, was genau passiert war, vermochte Katharina nicht zu beurteilen.

»Interessant. Dann lassen Sie hören.«

»Der … Spezialist, den wir für die Entschlüsselung des Notebooks von Frau de Rosa hinzugezogen haben, war in der Lage, die Daten zu dechiffrieren. Allem Anschein nach hat Renate de Rosa ihren Mörder tatsächlich über das Internet kennengelernt.«

Mit wenigen Sätzen erzählte Katharina ein zweites Mal, was sich seit den frühen Morgenstunden ereignet hatte.

»Sämtliche Spuren, die uns über das Internet zu diesem

geheimnisvollen Simon führen könnten, sind also vernichtet?«, brachte de Vries Katharinas Bericht auf den Punkt.

»Leider. Sowohl über die Chatrooms als auch über die E-Mail-Adressen war nichts mehr zu holen. Und als Harms die Mail mit dem Foto, welches der mutmaßliche Täter an de Rosa geschickt hatte, angegangen ist, geschah genau das, was Harms vorausgesagt hatte. Der Inhalt war plötzlich verschwunden und ließ sich nicht mehr rekonstruieren.«

»Wir haben es also mit einem hochintelligenten, wenn auch zur Überheblichkeit neigenden Menschen zu tun«, mischte sich Wielert ein. »Wenn ich Frau Thalbachs Ausführungen richtig verstanden habe, wäre es wesentlich einfacher und auch sicherer gewesen, die Dateien auf dem Laptop zu vernichten, anstatt sie nur zu verschlüsseln. Dieser Simon hat uns nicht zugetraut, dass wir die Daten so schnell wieder lesbar machen können. Vielleicht wird ihm genau diese Überheblichkeit zum Verhängnis.«

»Ich hoffe es«, erklärte de Vries. »Denn der Mann scheint nicht nur hochintelligent und überheblich, sondern auch völlig skrupellos zu sein.«

Hofmann reichte eine Metalldose mit Keksen herum und verzog sich wieder auf seinen Aktenschrank. »Was haben Sie denn nun für Neuigkeiten für uns?«

De Vries räusperte sich. »Ich hatte heute Vormittag, nachdem Herr Wielert mich angerufen hatte, eine lange Unterredung mit einer Kollegin der Staatsanwaltschaft Düsseldorf. Die untersucht den Tod Verheyens. Mittlerweile ist man in Düsseldorf davon überzeugt, dass Verheyen in eine Falle gelockt worden ist, die seinen Selbstmord provozieren sollte. Der Informationsstand zur Zeit meines Gesprächs war folgender: Einen offiziellen Obduktionsbefund gibt es noch nicht, aber es hat den Anschein, dass der Penis, den

Verheyen im Mund hatte, mit einem Superkleber manipuliert worden ist.«

»War das wirklich ein echter Penis?«, erkundigte sich Gassel ungläubig. »Oder vielleicht so ein … Kunstprodukt?«

»Nein, der war echt. Und während ich mit meiner Kollegin telefonierte, erhielt sie Nachricht, dass man vermutlich den ursprünglichen Besitzer dieses Körperteils aufgefunden hat.«

»Lebend?«, fragte Hofmann, obwohl er ahnte, wie die Antwort lauten würde.

»Nein. Wobei das abgetrennte Geschlechtsteil weder die einzige Verletzung noch die Todesursache war. Der junge Mann wurde erschossen. Allem Anschein nach, bevor ihm das Glied abgetrennt wurde.«

»Wer ist der Mann und wo ist es passiert?«, fragte Wielert.

»In einem Hotel in Utrecht. Man hat bei der Leiche wohl einen Ausweis gefunden, aber ich kenne die Identität des Toten noch nicht. Ich weiß nur, dass es sich um einen Deutschen handelt. Und dass der Mann noch sehr jung war, keine achtzehn Jahre alt. Heute Abend erwarte ich weitere Informationen, bis dahin müssen wir uns gedulden.«

»Utrecht?«, wunderte sich Gassel. »Warum ausgerechnet Utrecht?«

»Keine Ahnung. Die Umstände an dem Tatort deuten darauf hin, dass es in dem Hotelzimmer … nun ja, zu einem Stelldichein der extravaganten Art gekommen ist. Der junge Mann war mit Dessous bekleidet und geschminkt. Die Spurensicherung ist dabei, nach Material zu suchen, das beweist, dass sich Verheyen in dem Zimmer aufgehalten hat.«

»Haben Sie Ihrer Kollegin das Phantombild zugefaxt? Damit sie es nach Utrecht weiterleiten kann?«, fragte Katharina.

De Vries runzelte die Stirn. »Nein«, gab sie dann zu. »Eine ausgezeichnete Idee. Ich werde mich sofort darum kümmern, wenn ich wieder in meinem Büro bin.«

»Glaubst du, Simon war vor Ort?«, fragte Wielert nachdenklich. »In diesem Hotel in Utrecht?«

»Alles spricht dafür«, nickte Katharina. »Frau de Vries sagte eben, dass der Junge erschossen worden ist. Verheyen dürfte ihn kaum erst erschossen und sich dann selbst den Mund mit dem Penis verklebt haben, also muss sich noch jemand in dem Hotelzimmer aufgehalten haben.«

»Meine Güte, der Typ ist wirklich total abgefahren«, seufzte Hofmann.

»Gibt es eine Chance, dass wir uns in die Ermittlungen im Fall Verheyen einklinken können?«, fragte Katharina.

»In welcher Hinsicht?«

»Eigentlich in jeder. Zunächst müssten wir so viel wie möglich über diesen Verheyen wissen, seinen privaten Hintergrund. Wenn ich mich richtig an die Artikel in den Zeitungen erinnere, war er verheiratet. Nun hat er sich nach Utrecht locken lassen, um mit einem vermutlichen Stricher ins Bett zu gehen. Mich interessiert, ob seine offensichtlichen homosexuellen Neigungen bekannt waren oder ob er damit hinter dem Berg gehalten hat.«

De Vries nickte und machte sich im Geist eine Notiz. »Weiter«, forderte sie dann.

»Am wichtigsten ist natürlich, Zugang zu seinem Computer zu bekommen. Sowohl zu dem privaten als auch zu dem in seinem Büro.«

»Das können Sie vergessen«, erwiderte de Vries entschieden. »Wenn überhaupt, kann ich versuchen zu erreichen, dass Sie und Ihr Spezialist mal für eine Stunde an den privaten Rechner Verheyens dürfen. Wobei mir der Gedanke missfällt, dass die Beteiligung dieser ... Zivilperson außerhalb unseres Kreises bekannt werden könnte. Das könnte Folgen haben.«

»Inwiefern?«, fragte Wielert. »Jede Polizeidienststelle nimmt hin und wieder die Dienste eines externen Beraters an.«

»Aber selten die einer Person mit einer so fragwürdigen Biografie.«

»Frau de Vries, wir müssen einfach wissen, was auf dem Rechner ist. Wir können davon ausgehen, dass Simon genau wie zuvor bei de Rosa über das Internet Kontakt zu Verheyen aufgenommen hat. Sobald jemand unbedarft Verheyens Computer einschaltet, wird sich die Festplatte wieder verschlüsseln, da bin ich mir ziemlich sicher.«

»Sie sagten doch vorhin, dass Ihr Spezialist keine Spur gefunden hat, obwohl er die Daten entschlüsseln konnte, oder?«

»Ja. Aber vielleicht hat Simon dieses Mal etwas übersehen. Oder Verheyen hat Aufzeichnungen hinterlassen, die auf den Täter verweisen.«

De Vries seufzte. »Ich will sehen, was sich machen lässt. Und wie gesagt, den dienstlichen Rechner werden Sie auf keinen Fall zu sehen bekommen. Dazu bräuchten Sie schon eine Sondergenehmigung der Bundeskanzlerin.«

Katharina blieb stumm. Harms dürfte wohl keine Schwierigkeiten haben, das Netzwerk von Verheyens Partei zu knacken. Besser, sie behielt ihren Gedankengang für sich.

»Haben wir soweit alles?«, fragte de Vries.

»Von uns gibt es ansonsten nichts.«

»Dann werde ich mich verabschieden. Sobald ich etwas weiß, melde ich mich wieder.«

»Denken Sie an das Phantombild«, erinnerte Katharina.

»Das werde ich«, grinste de Vries. »Und grüßen Sie Veronika von mir.«

Katharina lief rot an, während die Staatsanwältin den Männern noch einmal zunickte.

»Was war denn das?«, fragte Wielert, als die Kripoleute wieder unter sich waren.

»Nichts«, gab die Kommissarin schnell zurück.

»Wo ist eigentlich dieser Harms im Moment?«, fragte Gassel.

»Hockt bei mir zu Hause vor dem Rechner und hackt sich weiter die Finger blutig«, sagte Katharina, dankbar für den Themenwechsel.

»Lassen wir es für heute«, entschied Wielert. »Ohne neue Informationen aus Düsseldorf oder von Harms kommen wir im Moment nicht weiter. Gönnt euch ein paar Stunden Ruhe. Morgen früh dann in alter Frische.«

37

We alone are fighting for metal that is true
We own the right to live the fight we're here for all of you
Now swear the blood upon your steel will never dry
Stand and fight together beneath the metal sky …

In trommelfellzerfetzender Lautstärke jagte der harte, aggressive Sound von *Manowar* durch die Ohrhörer. Trotz der sehr dürftigen Tonqualität wirkte die geballte Ladung Heavy Metal auf die Nerven Denny Sonnenbergs beruhigend.

Die filterlose Zigarette schmeckte schal. Einen kurzen Moment überlegt der Fünfundzwanzigjährige, ob er die halb gerauchte Kippe nicht einfach wegschnippen sollte, aber dann würde er wieder zurückmüssen, zurück zu Gottfried.

Der Fettsack hatte gütig genickt, als Denny die Schachtel mit den Zigaretten fragend hochgehalten hatte. »Geh ruhig«, hatte er gesagt, »zehn Minuten schaff ich das schon allein.«

Sonnenberg nahm einen weiteren tiefen Lungenzug und spuckte danach aus. In seinem Rücken war das Grollen und Tuckern von Motoren zu hören, wenn die Autos wieder ein paar Meter zurücklegten, quietschende Bremsen, bevor sie erneut stoppten.

Er hasste diese Geräuschkulisse.

Der Grenzübergang zu Tschechien führte zu einer chronischen Überlastung der B 170. Deshalb setzte das zuständige Verkehrsministerium alles daran, so schnell wie möglich eine Autobahnverbindung ins Nachbarland zu realisieren. Doch um die Zeit bis zur Fertigstellung zu überbrücken, war eines der ministerialen Gehirne auf die Idee gekommen, die Ausreise der Lkw von Deutschland nach Tschechien zu einem anderen Grenzübergang umzuleiten. Hier, an Sonnenbergs Arbeitsplatz, war zurzeit allein die Einreise der schweren Brummer gestattet.

Sonnenberg war das egal. Den ›Arsch von Deutschland‹ nannte er seinen Einsatzort gegenüber seinen Freunden und Eltern in Rostock. Dabei hatte die Beschreibung seines Jobs furchtbar aufregend geklungen, damals, als er auf der Homepage der Bundespolizei gelandet war. Bei seiner Bewerbung hatte er geglaubt, sich einen spannenden Beruf ausgesucht zu haben. Und tatsächlich hatte er den Auswahlprozess überstanden und war angestellt worden.

Das war vor viereinhalb Jahren gewesen. Und was hatte es ihm bis jetzt eingebracht?

Er wohnte immer noch in der besseren Abstellkammer bei seinen Eltern, weil er sich mit seinem üppigen Gehalt keine eigene Wohnung leisten konnte. Und dann dieser Einsatzort! Okay, beim Vorstellungsgespräch hatte man ihn gefragt, ob er flexibel und mobil sei. Doch er hatte geglaubt, die Frage bezog sich darauf, ob er in der Lage und bereit sei, Fahrzeuge aller Art zu bedienen …

Many stand against us but they will never win
We said we would return and here we are again
To bring them all destruction suffering and pain
We are the hammer of the gods we are thunder wind and rain …

Sonnenberg nahm einen letzten Zug von der Zigarette, warf sie auf den Boden und trat die Glut mit dem Stiefelabsatz aus. Dann kramte er den MP3-Spieler aus der Jackentasche, drehte *Manowar* den Hals ab und verstaute die kleinen Ohrhörer wieder unter seinem Kragen. Die Pause war zu Ende.

Gottfried war eifrig dabei, die Ausweise zurückkehrender Bundesbürger, die sich in Tschechien einen schönen Tag gemacht hatten, zu kontrollieren. Der alte Fettsack musste höchstens noch zwei Jahre durchhalten, dann war er ein Fall für die Rente. Zwei Jahre zu viel, nach Sonnenbergs Ansicht. Denn Gottfried erzählte in betätigungsarmen Zeiten für sein Leben gern Anekdötchen. Denny stöhnte, als er an die vielen Stunden dachte, während der sein Kollege ihn zugeschwallt hatte.

Die Schlange der wartenden Fahrzeuge verlor sich in der Dunkelheit. Sonnenberg drückte sich an Gottfried vorbei ins Häuschen, nahm seine Mütze vom Tisch und trat, nun korrekt gekleidet, wieder an die frische Luft. Gottfried nickte ihm zu.

Ein Kontrollvorgang war beendet, zwei Stammkunden winkten sie durch, der nächste Wagen musste wieder halten. Ein Cabriolet mit zwei modebewussten Männern stoppte, die Ausweise wurden überprüft, dann ging es weiter. Anfahren, abstoppen, einige Sekunden warten, dann die gleiche Prozedur noch mal. Langsam rückte die Schlange weiter vor.

Ein Van war als Nächster dran, der Mann hinter dem Steuer ließ sein Gefährt ausrollen und stoppte mit den Vorderrädern etwa einen halben Meter hinter Gottfried. Die Scheibe auf der Fahrerseite wurde herabgelassen.

Gottfried warf einen prüfenden Blick in das Innere des Autos.

Der junge Mann hinter dem Steuer kam ihm flüchtig bekannt vor, aber bei den Tausenden von Gesichtern, die hier täglich an dem Beamten vorbeirollten, konnte er sich auch täuschen. Der Kerl versprühte jedenfalls das Image eines erfolgreichen Geschäftsmanns, die Haare lagen ordentlich frisiert und gegelt am Kopf, der Anzug war zwar von der Stange, aber von guter Qualität. Leise klassische Musik waberte durch das Fahrzeug.

»Guten Abend«, meinte Gottfried. »Ihren Ausweis bitte.«

Der junge Mann reichte seine Papiere nach draußen.

»Haben Sie etwas zu verzollen?«, fragte Gottfried, während er den Ausweis zur maschinellen Kontrolle an Sonnenberg weiterreichte. »Alkohol, Zigaretten?«

»Nein, ich habe nur eine Stange dabei, die liegt auf dem Rücksitz.«

Brummend senkte der Grenzer wieder den Blick. Der Wagen war im Inneren aufgeräumt, in der Tat lag auf der Rückbank eine Stange Zigaretten, daneben ein eleganter schwarzer Aktenkoffer. Gottfried nickte kurz, nahm Sonnenberg den Ausweis wieder ab, ließ noch mal seinen Blick darübergleiten und gab das eingeschweißte Stückchen Pappe seinem Besitzer zurück.

»Angenehme Weiterfahrt, Herr Staroske.«

»Danke«, murmelte der Fahrer und legte den ersten Gang ein. In dem Moment rutschte sein Fuß von der Kupplung. Der Van machte einen kleinen Sprung nach vorn, dann glommen die roten Warnlichter auf und der Motor erstarb. Staroske fluchte und fummelte mit der rechten Hand am Zündschloss herum.

Zu spät – es knallte. Das nachfolgende Fahrzeug war gegen die Stoßstange des Vans geprallt.

»Scheiße«, entfuhr es Staroske und er stieß wütend die Fahrertür auf.

Gottfried stand bereits neben dem aufgefahrenen Wagen und lehnte sich mit den Händen gegen die Dachkante. Hinter der Windschutzscheibe hockte eine junge Frau, die ihre Hände erschrocken vor das Gesicht geschlagen hatte.

»Fräuleinchen, das war ja 'ne Glanzleistung«, bemerkte Gottfried und nickte Staroske mitleidig zu, als ob er dadurch den Unfall ungeschehen machen könnte.

»Es tut mir leid«, schluchzte die Fahrerin. »Ich weiß auch nicht … wie das passiert ist.«

»Ist ja nix Schlimmes, alles nur Blech. Am besten, Sie fahren beide da vorn vor die Baracke und dann nehmen wir den Unfall auf.«

Staroske kniff die Lippen zusammen. »Hören Sie, ich hab es eilig«, erklärte er dem Grenzer. »Können wir das nicht unbürokratisch regeln?«

Gottfried und Sonnenberg wechselten einen kurzen Blick und sahen dann auf die ramponierte Stoßstange des Vans. Das Hartplastik war zersplittert, der Lack erheblich verkratzt.

»Immer langsam«, erklärte Gottfried mit aller ihm zur Verfügung stehenden Würde seines Amtes. Gleichzeitig zog er seine Hose am Gürtel hoch. »In spätestens zehn Minuten können Sie weiterfahren. Aber lassen Sie uns jetzt erst mal den Weg frei machen, sonst stauen sich die Wagen bald bis Prag zurück.«

Staroskes Miene verdüsterte sich weiter, er kletterte jedoch zurück in den Van und lenkte sein Fahrzeug auf den schmalen Streifen vor den Grenzbaracken. Zwei weitere Grenzer waren neugierig geworden und schauten zu ihnen herüber.

Der klapprige Golf folgte dem Van. Die Fahrerin schaffte es noch, den Motor abzustellen und die Tür zu öffnen, dann schüttelte sie der nächste Weinkrampf.

»Och Gott«, meinte Sonnenberg amüsiert. »Wegen so ein bisschen Blech so ein Aufstand?«

»Könnten wir die Sache zum Ende bringen?«, forderte der Fahrer des Vans ungeduldig. »Ich muss noch bis nach Berlin.«

»Sekunde, junger Mann. Erst mal sehen, was das Fräuleinchen zu sagen hat.«

Gottfried rückte seine Mütze zurecht und trat zu der jungen Frau, die immer noch vor sich hin schluchzte. Als sie den Beamten direkt vor sich stehen sah, verdoppelte sich die Flut ihrer Tränen.

»Gottfried, alles klar?«, rief Sonnenberg.

Der Ältere winkte ab und ging in die Hocke. »Es ist doch nichts passiert«, tröstete er. »Zeigen Sie mir bitte Ihre Papiere, dann haben wir es gleich.«

Die junge Frau konnte sich einfach nicht beruhigen und sank immer mehr in sich zusammen.

»Da stimmt etwas nicht«, meinte Gottfried in Richtung seines Kollegen. »Wegen so einem kleinen Bumser muss man doch nicht so fertig sein.«

In Sonnenberg erwachte ein Anflug von Diensteifer. »Liegt irgendwas im Auto?«

»Ich sehe nichts.«

»Dann lass sie doch mal den Kofferraum aufmachen.«

Als die Fahrerin das Wort Kofferraum hörte, kreischte sie auf. Staroske dagegen schien sich inzwischen beruhigt zu haben. Er saß zwar noch hinter dem Steuer seines Fahrzeugs, hatte aber die Arme vor der Brust verschränkt und machte den Eindruck, die weitere Prozedur klaglos über sich ergehen lassen zu wollen.

»Ist Mischa noch im Dienst?«, fragte Gottfried.

»Ich glaub schon.«

»Hol ihn.«

Sonnenberg nickte und verschwand in der Baracke. Nach einer knappen Minute stieß er die Tür wieder auf, nun in Begleitung eines untersetzten Glatzkopfes und eines Schäferhundes.

»Ruhig, Stalin. Du kannst dir gleich die Nase blutig schnüffeln«, befahl der Hundeführer seinem bepelzten Kollegen. »Was ist denn los?«, rief er in Richtung Gottfried.

»Lass deinen Köter mal den Wagen untersuchen. Ich denke, hier werden wir etwas finden.«

Stalin hockte neben seinem Herrchen und wartete auf den nächsten Befehl. Als ihm der Glatzkopf zunickte, sprang der Hund auf die Beine und zerrte an der Leine. Er umkreiste den Bug des Vans, wobei seine Krallen deutlich hörbar über den Asphalt schabten.

Gleich darauf übertönte dieses Geräusch ein aufgeregtes Bellen und das Tier stürzte sich wie ein Derwisch auf den Radkasten von Staroskes Wagen.

Denny Sonnenberg hatte gerade den ersten Zug seiner Zigarette genommen, als der bis dato im Leerlauf tuckernde Motor des Vans aufheulte und das Gefährt nach vorn schoss. Sonnenberg versuchte noch, zur Seite auszuweichen, doch er war zu langsam.

38

»Und?«, fragte Wielert.

Katharina hängte ihre Jacke an den Garderobenhaken. Im Gegensatz zu den letzten Tagen war der Himmel heute Morgen verhangen gewesen, ein leichter Nieselregen befeuchtete Straßen und Menschen. Die Temperatur war gleich um gut zehn Grad gefallen.

Die Kommissarin seufzte und nahm sich auf dem Weg zu ihrem Schreibtisch einen Kaffee mit. Hofmanns Stuhl war unbesetzt, anscheinend war ihr Kollege außer Haus unterwegs. »Diese Frau Dr. Kaußen von der Düsseldorfer Staatsanwaltschaft war wirklich sehr hilfreich«, erklärte sie nach dem ersten Schluck. »Anscheinend hat ihr de Vries genau das Richtige erzählt.«

»Also durftet ihr an den Computer von diesem Verheyen?«

»Nicht nur das. Die Staatsanwältin hat sogar erlaubt, dass Harms die Festplatte kopiert, um die Daten in aller Ruhe untersuchen zu können.«

»Geht so was denn so einfach?«

»Ist überhaupt kein Problem. Ich habe Harms wieder bei mir zu Hause abgesetzt, damit er sich ungestört an die Arbeit machen kann.«

»Hervorragend. Waren die Daten denn auch verschlüsselt?«

»Nein, noch nicht. Kaußen hatte wohl dafür gesorgt, dass der PC unbehelligt geblieben ist. Die zuständigen Kollegen dürfen sich ihn erst jetzt vornehmen.«

Wielert ließ sich endlich auf Hofmanns Platz nieder. »Hat es die nicht interessiert, was Harms mit dem Gerät macht?«

»Nein«, erklärte Katharina langsam. »Wenn ich das richtig verstanden habe, weiß außer der Staatsanwältin niemand, dass wir uns eine Kopie gezogen haben. Frag mich nicht, was de Vries mit ihrer Kollegin verhackstückt hat. Wir mussten Frau Dr. Kaußen nur versprechen, dass wir unsere Erkenntnisse sofort an sie weiterleiten.«

»Das ist verständlich«, nickte Wielert.

»Die Düsseldorfer Kollegen betrachten das Ganze immer noch als Selbstmord«, fuhr Katharina fort. »Ich habe den Eindruck, dass die Druck bekommen haben.«

»Warum?«

»Der Selbstmord des stellvertretenden Fraktionsvorsitzenden der größeren der beiden Regierungsparteien im Düsseldorfer Landtag ist schon für sich spektakulär. Vielleicht sollen die näheren Umstände nicht bekannt werden. Wenn öffentlich würde, wie sich Verheyen hat manipulieren lassen, könnte das Wählerstimmen kosten.«

»Du meinst, die Kollegen ermitteln mit vorgefertigter Zielrichtung?«

»Zumindest halte ich das nicht für ausgeschlossen. Und ich glaube, Frau Dr. Kaußen befürchtet das auch.«

»Hat sie denn was Genaueres über den Stand der Ermittlungen erzählt?«

»Ja. Alles sieht danach aus, dass wir es mit demselben Kerl zu tun haben wie bei de Rosa. Jemand aus der Hotelbar meint, den Mann auf dem Phantombild wiederzuerkennen.«

»Sicher ist sich dieser Jemand nicht?«

»Andere Frisur, andere Haarfarbe. Aber eine große Narbe auf dem Oberkörper.«

»Donnerwetter.« Wielert pfiff durch die Zähne. Dann stutzte er: »Woher weiß der Typ aus der Hotelbar von der Narbe?«

»Der Gast trug ein ziemlich weit heruntergeknöpftes Hemd,

sodass der Kellner, als er Verheyen und dem anderen Mann Getränke brachte, die Narbe sehen konnte.«

»Das zeigt uns, dass wir auf der richtigen Spur sind.«

»Und da wäre noch etwas.«

Wielert sah Katharina aufmunternd an.

»Gestern am späten Abend ist das gesamte Netzwerk von Verheyens Partei abgestürzt.«

»Kommt so etwas nicht immer wieder mal vor?«

Katharina nickte. »Ja. Aber dieser Absturz hatte verheerende Auswirkungen. Jeden Abend wird eine automatische Sicherungskopie erstellt, um die Datenveränderungen des Tages zu erfassen. Diese Sicherungen werden auf einem Extraserver aufbewahrt. Der Absturz erfolgte genau in dem Moment, als der automatisierte Prozess losgehen sollte.«

»Und?«

»Nicht nur die Tagesdaten sind futsch, sondern auch alle älteren Sicherungskopien.«

»Puh«, machte Wielert. »Speichert man das nicht auf Bändern? Damit so etwas nicht passieren kann?«

»Es gibt da offensichtlich unterschiedliche Verfahrensweisen. Jedenfalls ist im Netzwerk der Partei nichts mehr für uns zu holen.«

»Lass mich raten. Bisher hat niemand eine plausible Erklärung, wie das hat passieren können.«

»Genau.«

Wielert überlegte. »Aber warum erst jetzt? Und nicht sofort, nachdem Verheyen ins Gras gebissen hat?«

»Ja, das macht mich auch stutzig. Und außerdem: Warum verursacht Simon nun einen völligen Absturz? Warum ändert er seine Vorgehensweise?«

»Kann er dahintergekommen sein, dass ihr den Computer von de Rosa geknackt habt?«

»Eigentlich nicht. Harms war mit de Rosas Rechner sehr vorsichtig und er war damit nicht ein Mal online, nachdem er die Daten entschlüsselt hat.«

»Ich verstehe zwar nicht, was du mir damit sagen willst, aber das wird wohl einen Grund haben.«

Katharina nickte ungeduldig. »Harms hat mir das so erklärt: Eventuell hat dieser Simon ein Programm auf den Rechner geschmuggelt, das ihm sofort ein Signal geben würde, wenn das Notebook wieder mit dem Internet verbunden wäre. Deshalb hat Harms von Anfang an mit mehreren Computern gearbeitet. Um so etwas auszuschließen.«

»Gibt es keine andere Erklärung, wie Simon von der Entschlüsselung der Daten auf de Rosas Rechner erfahren haben könnte?«

»Doch«, seufzte Katharina. »Harms befürchtet, dass Simon den Server überwacht hat, über den der Chatroom betrieben wird, in dem de Rosa und Simon sich kennengelernt haben.«

»So etwas geht?«

»Natürlich. Sobald sich dort jemand einloggt und zum Beispiel nach dem Pseudonym sucht, das Simon benutzte, erhält dieser eine Warnmeldung. Mit seiner E-Mail-Adresse könnte er genauso verfahren sein.«

»Das klingt ja fast nach Science-Fiction?«, stöhnte der Leiter des KK 11. »Demnach könnte Simon ja jederzeit nachvollziehen, wonach du und Harms sucht. Und wäre über jeden unserer Schritte informiert.«

»So ist es. Aber dieses Risiko mussten wir eingehen.«

»Passt bitte auf, okay? Hat diese Kaußen sonst noch etwas von Belang erzählt?«

Katharina griff in ihre Tasche und beförderte ihren Notizblock ans Tageslicht. Nach kurzem Blättern hatte sie gefunden, was sie gesucht hatte. »Dieser junge Mann, der in Utrecht in dem Hotel gefunden wurde, Tim Eikelau. Siebzehn Jahre alt, vor einigen Wochen von zu Hause ausgerissen. Wohnte bis dahin bei seinen Eltern in Dinslaken. Hatte Ärger wegen der Schule und wohl auch Probleme mit seiner Homosexualität. Das jedenfalls gab die Mutter an, als sie den Jungen als vermisst meldete. Kaußen hat sich die Akte zufaxen lassen, der Junge war außerordentlich hübsch, wirkte auf dem Foto fast feminin.«

»Ein Stricher?«

»Gut möglich. Wenn Simon ihn auf diesen Verheyen angesetzt hat, muss er ihn ja irgendwo aufgegabelt haben. Ein ausgerissener Jugendlicher hat nicht unbedingt Zugang zum Internet, also wird er ihn auf der Straße aufgelesen haben.«

»Was hat das Hotelpersonal zu sagen gewusst?«

»Das Zimmer ist ein paar Tage vor der Tat telefonisch reserviert worden, natürlich auf einen Fantasienamen. Der Junge hat alles an der Rezeption geregelt und bar gezahlt, vom Personal hat ihn niemand in Begleitung einer anderen Person gesehen. Die Kollegen aus Utrecht laufen zurzeit mit einem Bild von Tim durch die Stadt und halten es jedem unter die Nase. Vielleicht ist er ja jemandem aufgefallen. Sie konzentrieren sich dabei natürlich auf die Homoszene, aber wenn du mich fragst, ist das Zeitverschwendung.«

»Wenigstens sind sie gründlich«, kommentierte Wielert. »Was ist mit der Waffe?«

»Noch nichts, die Ballistiker sind noch dabei, Kaliber und Typ zu bestimmen. Das Messer, mit dem Tim der Penis abgetrennt wurde, lag neben dem Bett. Die Fingerabdrücke darauf gehören zweifelsfrei Verheyen. Erschossen hat er den Jungen allerdings nicht, an den Händen waren keine Schmauchspuren.«

Wielert lehnte sich zurück und klemmte sich nachdenklich den Zeigefinger unter die Nase. »Weißt du, was das für den Ablauf des Geschehens in diesem Hotelzimmer bedeutet?«

Katharina nickte. »Ich stelle mir vor, Simon war die ganze Zeit, während sich Verheyen mit Tim vergnügte, anwesend oder er kam später dazu. Dann zieht er eine Waffe, bedroht Verheyen und zwingt Tim, seinen Penis mit diesem Superkleber einzustreichen. Und nachdem Verheyen an dem Jungen festklebt, erschießt Simon Tim. Danach drückt er dem Politiker das Messer in die Hand. Was soll das alles?«

»Ich habe keine Ahnung, aber ich teile deine Vorstellung«, seufzte Wielert. »Krank. Einfach nur krank. Was machst du jetzt?«

»Ich wollte gleich nach Hause. Mal sehen, ob Harms schon etwas herausgefunden hat.«

»Mach das.« Wielert stemmte sich hoch und blinzelte Katharina zu. »Kommst du später noch mal ins Präsidium?«

»Ich glaube nicht. Ich muss heute Nachmittag auch noch mal zum Zahnarzt. Sollen wir uns morgen früh hier wieder treffen?«

»Neun Uhr. Ich sage Berthold und Karl Heinz Bescheid. Viel Erfolg.«

Nachdem ihr Boss gegangen war, räumte Katharina die Tasse in das Waschbecken und schaltete die Kaffeemaschine aus. Wenig später eilte sie durch den Flur.

»Hallo. Hast du einen Moment Zeit?«

Katharina hob überrascht den Kopf. Sie hatte gerade ihre Autoschlüssel hervorgekramt und nicht darauf geachtet, wer die Treppe hochkam.

»Ulli«, wunderte sie sich. »Was machst du denn hier?«

Ulli Zander schleppte sich die letzten Stufen nach oben und schnaufte durch.

»Ich ... ich wollte dich fragen, ob du einen Kaffee oder so was mit mir trinkst.«

Katharina wollte schon verneinen, als sie ein verzweifeltes Flackern in Ullis Augen wahrnahm.

»Ist etwas passiert?«, fragte sie leise.

Ulli nickte. »Das kannst du wohl sagen.«

39

»Mama, ich kann jetzt wirklich nicht vorbeikommen«, stöhnte Daubitz und versuchte, das Handy auf der Schulter zu fixieren. Der Verkehr auf der Philipp-Müller-Straße war ungewohnt stark. Er brauchte beide Hände, um das Lenkrad sicher zu halten.

»Nein. Natürlich habe ich dir versprochen, Getränke zu holen, aber mir ist ein Einsatz dazwischengekommen. Ich versuche es morgen früh. Einverstanden?«

Der Vierzigtonner vor ihm ließ seine Bremsleuchten aufblitzen, Daubitz stieg in die Eisen. Als das Quietschen seiner Bremsen verstummte, trennten ihn gerade noch dreißig Zentimeter vom Heck des Brummis. Erleichtert stieß Daubitz einen Hektoliter Luft aus.

»Ich muss jetzt Schluss machen, ich sitze im Auto ... – Ja, ich auch. Wenn ich es schaffe, komme ich nachher noch auf einen Sprung vorbei. Kuss.«

Endlich drückte Daubitz auf die rote Taste, mit der das Gespräch beendet wurde. »Mütter!«, fluchte er und legte den ersten Gang ein.

Vor einer halben Stunde hatte ihn der Anruf erreicht. Reiner Buschke war für alle Delikte zuständig, die in irgendeiner Art und Weise mit Drogen zu tun hatten. Ab und zu liefen er und Daubitz sich in der Wache über den Weg, bei ganz wenigen Gelegenheiten hatten sie in der Kantine auch schon mal einen Kaffee zusammen getrunken. Sie waren sich sympathisch, aber nicht so, dass sie sich abends mal auf ein Bier trafen.

Der Laster war endlich aus Daubitz' Blickfeld verschwunden, Er setzte den Blinker nach rechts und bog auf die Prötzeler Chaussee ab. Nun war es nicht mehr weit bis zum Flugplatz.

Verächtlich rümpfte er die Nase. Neben dem Flugfeld war vor einiger Zeit ein Gewerbegebiet erschlossen worden, in dem auch tatsächlich einige wenige Unternehmer ihre Baracken hingestellt hatten. Aber die Vorstellung einiger Lokalpolitiker, kilometerlanges Asphaltband und das passende Gewerbe drum herum könnten der Stadt zum wirtschaftlichen Aufschwung verhelfen, grenzte fast an Größenwahn. Die größte Attraktion waren und blieben die Rundflüge, die ein privater Geschäftsmann in einer alten Antonow anbot.

Die ersten Gebäude des Gewerbegebietes kamen in Sicht, Daubitz drosselte die Geschwindigkeit und sah sich um. Buschke hatte ihm keine genaue Adresse angegeben. Nicht aus Unhöflichkeit, sondern einfach, weil hier ein geparkter Polizeiwagen auffallen musste.

Daubitz entdeckte den Streifenwagen und die beiden Zivilfahrzeuge eine gute Minute später. Er parkte seinen Wagen hinter denen der Kollegen und stieg aus. Dabei rutschte im sein Hemd mal wieder vollends aus der Hose.

Entnervt zog er es einfach nur glatt. Der ewige Kampf mit seiner Kleidung zermürbte ihn, vielleicht sollte er doch mal darüber nachdenken, statt Hemden T-Shirts oder Pullover zu tragen.

Buschke stand vor dem Eingang einer Wellblechbaracke, hielt eine knallbunte Getränketüte in der Hand und nuckelte an einem Strohhalm. Als er Daubitz kommen sah, hob er grüßend den Arm.

»Hallo, Reiner«, rief Daubitz und startete den Slalom zwischen den Polizeifahrzeugen hindurch.

»Na, da bist du ja endlich. Hast dir ja ganz schön Zeit gelassen.«

»Es ist immerhin Rushhour,« gab Daubitz zurück.

»In Strausberg?«, fragte Buschke mit hochgezogenen Augenbrauen.

»Klar. In Berlin machen um acht die Geschäfte zu, wer noch einkaufen will, muss sich beeilen.«

Buschke sog die restliche Flüssigkeit aus der Tüte und stopfte den geleerten Behälter in seine Hosentasche.

»Rückst du endlich mit der Sprache raus, was ich hier soll?«, schnaufte Daubitz und flüchtete in den Schatten des Wellblechdachs. Keine gute Idee, die Hitze hatte sich darunter dermaßen gestaut, dass ihm die Luft wegblieb.

»Halt die Backen still, du wirst mir noch dankbar sein.«

Daubitz atmete ein paarmal gleichmäßig ein und aus. Buschke liebte es, die Dinge spannend zu machen. »Wem gehört dieser Prachtbau hier?«, fragte Daubitz seufzend.

»Interessant ist eher, wer die Baracke gemietet hat«, entgegnete Buschke und köpfte die nächste Getränketüte. »Egbert Staroske. Sagt dir der Name was?«

»Keine Spur.«

»Hätte mich auch gewundert. Weder eingetragene Vorstrafen noch hat er mal vor Gericht gestanden. Ein paar Knollen wegen zu schnellem Fahren oder Falschparken. Also ein unbescholtener, gesetzestreuer Bürger.«

»Eigentlich«, schränkte Daubitz ein.

»Du sagst es. Seit gestern Abend ist er auffällig. Alles begann mit einem kleinen Auffahrunfall an der tschechischen Grenze. Eine Neunzehnjährige ist auf Staroskes Minivan aufgefahren. War ein wenig nervös, die Kleine, weil sie fünfzehn Stangen Zigaretten im Kofferraum hatte. Sollte ein Geburtstagsgeschenk für ihren Freund werden.«

»Fünfzehn Stangen Zigaretten?«

»Guck mich nicht so fragend an, die Leute kommen auf die beklopptesten Ideen. Jedenfalls war sie so fickerig, als sie die Grenzer gesehen hat, dass sie Staroske auf die Karre gerauscht ist.«

»Rechtfertigt auf jeden Fall, dass du mich vom Feierabend abhältst«, grunzte Daubitz, der langsam die Geduld verlor.

»Gemach, mein Freund«, lächelte Buschke. »Die Kollegen von der Bundespolizei haben sich gedacht, es könnte nicht schaden, mal einen Drogenköter auf den Golf der Lady anzusetzen. Und Stalin ist fast ausgeflippt.«

»Stalin?«, fragte Daubitz. Langsam zweifelte er am Verstand seines Gesprächspartners.

»Ist der beste Vierbeiner, den die BPoL je hatte. Die Nase findet alles, ob du das in zwanzig Kilo Kaffee versteckst oder dir in den Arsch schiebst. Jedenfalls wurde Stalin nicht etwa in dem Wagen der Zigarettentussi fündig, sondern in Staroskes Minivan. Koks und Heroin, und zwar jede Menge.«

»Na, jetzt wird es doch interessant«, antwortete Daubitz. »Trotzdem hab ich immer noch keinen Schimmer, was ich hier soll.«

»Der Typ ist regelrecht ausgeflippt«, fuhr Buschke fort. »Staroske hat versucht zu fliehen, aber ein Kollege stand ihm im Weg, der liegt jetzt mit einem Trümmerbruch der Hüfte im Krankenhaus.«

»Und?«

»Wir haben heute Mittag eine Hausdurchsuchung bei Staroske durchgeführt, er wohnt in Niederfinow. Haust da in einem schicken Dachappartement. Und was soll ich dir sagen? Nix, gar nix in der Hütte. Erst als wir seine Kontoauszüge durchgegangen sind, haben wir erfahren, dass er die Baracke hier gemietet hat.«

Daubitz wischte sich mit der Handfläche über die Stirn. »Reiner, bitte, komm endlich zur Sache. Ich hab mehr als genug Arbeit am Hals.«

»Jetzt nicht mehr.«

»Hä?«

»Komm, das musst du dir ansehen. Ich hab es im ersten Moment auch nicht glauben wollen.«

Bevor Buschke die arg ramponierte Metalltür aufstieß, die in die Baracke führte, leerte er seine Getränketüte und deponierte sie bei ihrer Vorgängerin.

Als Daubitz seinem Kollegen folgte, stockte ihm erneut der Atem. Die Luft im Inneren des flachen Baus hatte sich auf mindestens fünfzig Grad erhitzt. Die beiden Fenster, die von dem vorderen Büroraum, den sie passierten, ins Freie zeigten, waren mit schmierigen Lamellen verhängt. Ein paar alte Aktenschränke, zwei Schreibtische und einige Stühle standen irgendwie in dem Zimmer verteilt.

»Stammt wohl noch von dem Vormieter«, erklärte Buschke und stieß die nächste Tür auf. »Gleich sind wir da.«

»Was soll das hier für eine Firma sein?«, fragte Daubitz und fächerte sich mit der flachen Hand Luft zu.

»Angeblich Im- und Export für Südfrüchte. Keine Panik wegen der Hitze, wird in ein paar Sekunden besser. Wir müssen nur nach ganz hinten durch.«

Sie durchquerten einen fast dunklen Raum, ein schwaches Birnchen sorgte für etwas Licht.

Buschke erreichte eine Tür an der Kopfseite der Baracke und drückte auch sie auf. Sofort flutete weiches Halogenlicht den düsteren Flur, außerdem war ein dumpfes Summen zu hören. Daubitz spürte einen kühlen Luftzug. Dankbar legte er einen Zwischenspurt ein, bis er die volle Wirkung der Klimaanlage genießen konnte.

»So, da wären wir«, erklärte Buschke. »Hier hat Staroske offensichtlich seinen eigentlichen Arbeitsplatz. Dieser Raum diente ihm wohl als Zwischenlager für die Drogen.«

Daubitz runzelte die Stirn. »Ist der dafür nicht ein wenig zu groß?«

»Ja. Aber sieh mal da um die Ecke.«

Daubitz gehorchte und blieb überrascht stehen, nachdem er den Knick des L-förmigen Raums erreicht hatte. In der Nische stand ein großer Schreibtisch mit mehreren Computern, ein gemütlicher Bürostuhl und einige elektronische Geräte, deren Zweck sich ihm nicht sofort erschloss. Keiner der Computer lief, aber einige der anderen Bauteile blinkten munter vor sich hin.

»Na, hab ich zu viel versprochen?«, fragte Buschke und reichte Daubitz ein Paar Einweghandschuhe. »Zieh die an.«

Der Kommissar gehorchte und Buschke deutete mit dem Kopf auf den Rollcontainer unter dem Schreibtisch. »Mach mal die oberste Schublade auf. Dürfte dir gefallen.«

Neugierig geworden, zog sich Daubitz den Drehstuhl unter den Hintern und öffnete die oberste Schublade. Einige Sekunden später stöhnte er überrascht auf.

»Ist es das, wofür ich es halte?«, fragte er ungläubig.

»Ich denke schon«, antwortete Buschke. »Und damit wir uns richtig verstehen – dafür bist du mir etwas schuldig, kapiert?«

Daubitz grinste zufrieden. »Was immer du willst …«

40

»So, bitte sehr, einen Kaffee und ein Mineralwasser und für Sie eine Cola.« Schwungvoll landeten die Getränke auf dem dunklen Massivholztisch. Katharina nickte der Kellnerin zu und griff zu ihren Zigaretten. Ein Kaffee ohne Nikotin kam für sie einfach nicht infrage.

Ulli hatte vorgeschlagen, das *Tierpark's* aufzusuchen. Katharina hatte schon viel Positives von dem Café und Restaurant im Stadtpark gehört. Sie stellte fest, zu Recht. Das Ambiente war ansprechend, die Preise zivil und der Service fix und freundlich.

Ulli nippte an seiner Cola und starrte auf einen der Fernseher, der in einer Ecke postiert die aktuellen Börsenwerte übertrug. Fast schien es, als hätte er völlig vergessen, dass Katharina mit ihm am selben Tisch saß.

»Jetzt sag doch schon, was passiert ist«, drängelte die Kommissarin sanft. Auf der kurzen Fahrt vom Präsidium hierher hatte Ulli stumm wie ein Fisch neben ihr gesessen. »Ist etwas mit Arne?«

»Hm? Nein, mit dem Jungen ist nichts.«

Von ihrer Zigarette stieg kräuseliger Rauch zur Decke. Katharina musterte Ulli abwartend.

»Ich bin gestern Abend von der Beerdigung meines Vaters zurückgekommen«, erklärte der Sozialarbeiter schließlich. »War eine absolut widerwärtige Show.«

»Beerdigungen sind meistens völlig verlogene Veranstaltungen«, gab Katharina leise zurück. »Bist du deswegen so fertig?«

»Nein.«

»Sondern?«

Ulli atmete hörbar durch. »Vorhin erhielt ich einen Anruf. Und du errätst nie, wer am anderen Ende der Leitung war.«

Die Kommissarin verzichtete auf eine Antwort.

»Mein Halbbruder«, kam endlich die Fortsetzung.

»Dein was?«, hakte Katharina nach.

»Du hast richtig gehört. Mein Vater hat einen unehelichen Sohn in die Welt gesetzt. Und in den ganzen Jahren ist das nie ans Licht gekommen.«

Die Kommissarin kippte einen kleinen Schuss Milch in ihren Kaffee. Die schwarze Flüssigkeit nahm eine sachte Bräuntönung an. »In all den Jahren? Was soll das heißen? Wie alt ist der denn?«

»Einunddreißig. Kannst du dir das vorstellen?«

»Nein, überhaupt nicht. Dein Vater war doch immer ein Ausbund an Moral und Anstand. Jedenfalls hat er diesen Eindruck vermittelt.«

Ulli nickte. »Das ist es ja gerade, was mich so fassungslos macht. Die Tatsache, dass er fremdgevögelt und dabei sogar etwas in die Welt gesetzt hat, ist so ziemlich das Menschlichste, was ich je von ihm gehört habe. Meine Güte, ich kannte ihn nur in einem dreiteiligen Anzug mit Krawatte. Sogar im Urlaub ist er so rumgelaufen. Immer hat er mit dem Finger auf andere gezeigt und ihr angebliches Fehlverhalten angeprangert. Und jetzt erfahre ich, dass dieser Drecksack seine Spießigkeit nur zur Schau gestellt hat. Dass er ein Meister der Doppelmoral war.«

»Bist du darüber so wütend? Oder so enttäuscht?«

»Ich weiß es nicht. Wahrscheinlich beides. Schlimm finde ich, er hat nicht nur mich, sondern vor allem meine Mutter verarscht. Und das geht mir wirklich gegen den Strich.«

Katharina nickte. »Was sagt denn deine Mutter dazu? Ist sie auch geschockt?«

»Sie weiß noch gar nichts. Ich habe keine Ahnung, wie ich ihr das beibiegen soll.«

»Verstehe ich vollkommen.«

Ulli trank die Hälfte seiner Cola und schielte auf Katharinas Zigaretten. »Darf ich eine haben?«

»Natürlich. Aber überleg dir gut, ob du wirklich wieder anfangen willst.«

»Gerade du musst mir solche Ratschläge geben«, knurrte Ulli, besann sich dann aber doch anders.

»Warum hat dein ... Bruder denn überhaupt angerufen? Woher wusste er vom Tod deines ... eures Vaters?«

»Das ist fast schon pervers«, meinte Ulli. »Während der ganzen Jahre haben sie ständig in Kontakt gestanden. Mein Erzeuger hatte ja regelmäßig in Frankfurt zu tun, in der Zentrale. Das war gar kein Problem.«

»Wohnt der da?«

»Ja. Seine Mutter arbeitete auch in der Bank, als Sekretärin im Vorstand. Bei irgendeiner Konferenz hat mein Vater sie wohl kennengelernt. Jedenfalls hat mein Dad brav Unterhalt bezahlt und sich immer wieder blicken lassen.«

»Moment – heißt das, er hat die Frau ständig gesehen? Quasi als Dauergeliebte?«

Ulli nickte betreten.

»Ups«, machte Katharina. »Das hätte ich deinem Vater niemals zugetraut. Wie heißt denn dein Bruder?«

»Emanuel. Genau wie mein Vater mit zweitem Vornamen. Ist fast schon gemein, oder?«

»Und warum hat er jetzt genau angerufen?«

»Weil er seinen Bruder kennenlernen möchte. Er hatte meinem Vater wohl zu dessen Lebzeiten versprechen müssen, keinen Kontakt mit mir aufzunehmen. Das passt zu dem Alten. Wie hätte der denn sonst vor mir dagestanden? Er, der Moralapostel, der sich hinter dem Rücken meiner Mutter durch die Gegend vögelt!«

Katharina nickte stumm. Was sollte sie zu so etwas sagen?

»Jedenfalls hat mein Vater einen Tag, bevor er gestorben ist, diesen Emanuel angerufen. Wie findest du das? Bei dem meldet er sich und ich erfahre, dass es ihm schlecht geht, erst, nachdem er schon tot ist!«

Katharina bemerkte, dass sie immer noch in ihrem Kaffee herumrührte. Bevor das Getränk völlig ausgekühlt war, setzte sie die Tasse an die Lippen.

»Wie dem auch sei«, fuhr Ulli fort, »mein Vater hat Emanuel mitgeteilt, dass er bald sterben würde und dass er nichts dagegen habe, wenn Emanuel dann Kontakt zu mir aufnehmen würde. Er hat ihm sogar meine Telefonnummer gegeben.«

»Klingt irgendwie merkwürdig«, meinte Katharina stirnrunzelnd.

»Nee, überhaupt nicht. Ist so ziemlich die letzte Gemeinheit, die sich das Arschloch hat überlegen können.«

»Wieso?«

»Weil mein Stiefbruder anscheinend genau der Sohn ist, den sich mein Alter immer gewünscht hat. Geldgeil, arbeitsgeil, klamottengeil, einfach geil auf alles, was mit Status und Karriere zu tun hat.«

»Arbeitet dieser Emanuel ebenfalls bei der Bank?«

»Nein. Ist selbstständig. Macht in Immobilien, wie er großkotzig erzählt hat.«

»Und du glaubst, dein Vater wollte dir noch aus dem Grab zeigen, was aus dir seiner Meinung nach hätte werden sollen?«

»Passt zu dem ganzen Scheiß, den er sonst in seinem Leben verzapft hat.«

Katharina lächelte und griff beruhigend nach Ullis Hand. »Aber es macht doch keinen Sinn, sich darüber aufzuregen«, sagte sie leise. »Ändern kannst du nun nichts mehr. Wollt ihr noch mal telefonieren?«

»Ich vermute, mein Bruder« – so, wie Ulli das Substantiv aussprach, war es eine gefauchte Hasserklärung – »wird sich noch mal bei mir melden. Angeblich muss er demnächst hier in der Nähe eine Immobilie begutachten. Er hat vorgeschlagen, dass wir uns bei der Gelegenheit mal persönlich beschnuppern.«

»Aber du willst nicht.«

»Ich weiß es nicht. Ich bin schon irgendwie neugierig, ob der Kerl genauso ein Arsch ist wie mein Vater.«

»Dann triff dich mit ihm. Sonst grübelst du unentwegt darüber nach, wer da mit einem Großteil gleicher Gene wie du durch die Gegend spaziert.«

Ulli musste ungewollt grinsen. »Ich denke darüber nach.«

Katharina leerte ihre Tasse. Unauffällig schielte sie auf die Uhr. Ob Harms schon etwas erreicht hatte?

»Alles klar bei dir?«, fragte Ulli, der einen deutlich gelasseneren Eindruck machte als zu Beginn des Gesprächs.

»Viel Stress. Momentan weiß ich nicht, wo mir der Kopf steht.«

»Arne hat nach dir gefragt. Wann du ihn mal wieder abholst.«

»Ich weiß es noch nicht. Vielleicht habe ich am Sonntag ein paar Stunden Zeit. Können wir deswegen noch telefonieren?«

»Meinetwegen.«

»Und wie sieht es sonst bei dir aus? Abgesehen von deinem Bruder?«

»Ganz okay.«

»Hast du eigentlich eine neue Freundin?«

Ulli kniff die Augen zusammen. »Meinst du nicht, dass das meine Sache ist? Ich prokel ja auch nicht in deinem Beziehungschaos.«

Katharina holte tief Luft, schluckte aber eine scharfe Erwiderung hinunter. Eine Grundsatzdiskussion war das Letzte, was sie jetzt brauchte.

»Stimmt«, meinte sie deshalb nur knapp. »Sag Arne, ich melde mich. Irgendwie mache ich ein Treffen am Wochenende möglich. Ich muss jetzt los.«

Ulli nickte und zückte seinen Geldbeutel. »Danke, dass du mir zugehört hast. Darf ich dafür den Kaffee übernehmen?«

Katharina schlüpfte bereits in ihre Jacke. »Sicher. Aber das war ja wohl selbstverständlich.«

Während Ulli der Kellnerin winkte, drückte ihm Katharina einen flüchtigen Kuss auf die Wange. Dann stürmte sie zum Ausgang.

»Katharina?«, rief ihr Ulli nach.

Die Kommissarin hielt inne und drehte sich noch einmal um.

»War schön, dich mal wiederzusehen«, sagte Ulli.

Katharina stand einen Moment reglos da. Dann lächelte sie, winkte ihrem Exverlobten zu und begab sich in den ungemütlichen Nieselregen.

41

Der Blick auf den Monitor des Notebooks ergab keine neuen Erkenntnisse. Der Sender hatte sich in der letzten Stunde keinen Millimeter bewegt.

Simon nahm einen Schluck Mineralwasser und lehnte sich in die Polster des Fahrersitzes zurück. Der Audi gefiel ihm. Sportlich, ohne protzig zu wirken, und die Ausstattung ließ keine Wünsche offen.

Natürlich benutzte er nicht seine eigene Limousine, immerhin war diese vorschriftsmäßig angemeldet und er wollte auf gar keinen Fall den Fehler machen, seine Gegnerin erneut zu unterschätzen. Ein Mietwagen war anonym und ließ sich nur schwer bis zu ihm zurückverfolgen. Erst recht, weil er den Wagen unter Zuhilfenahme falscher Papiere gemietet hatte.

Simon war sehr mit sich zufrieden. In den letzten anderthalb Tagen hatte er eine Meisterleistung vollbracht. Nur wenige Details fehlten ihm noch. Katharina Thalbach hatte ein Gesicht bekommen. Nicht äußerlich, nein, das Bild in der Zeitung hatte sich sowieso unvergesslich in Simons Gedächtnis gebrannt. Er hatte mit mehr Schwierigkeiten gerechnet, als er begann, Informationen über die Frau zusammenzutragen.

Der schnellste und einfachste Weg wäre gewesen, in den Datenserver der Bochumer Polizei einzubrechen, aber er musste davon ausgehen, dass die Kripo über einen außergewöhnlich fähigen Mitarbeiter verfügte, der im Auftrag der Kommissarin die Daten auf dem Notebook entschlüsselt hatte. Und so jemand würde es unter Umständen bemerken, wenn Simon in den Polizeirechner eindrang. Daher hatte er das Pferd von hinten aufgezäumt.

Nachdem er über die Datenbanken öffentlicher Stellen Geburtsdatum und die Adressen aktueller und früherer Wohnsitze der Kommissarin ermittelt hatte, formulierte er für sein selbst entwickeltes Suchprogramm Fragen und startete den Suchlauf.

Nach etwa einer halben Stunde hatte er sich ein ziemlich genaues Bild über Thalbachs Privatleben machen können.

Anscheinend hatte sie eine Vorliebe für Sportwagen, auch wenn das Modell, für das sie sich entschieden hatte, eher dem unteren Preissegment zuzuordnen war. An den Daten der Zulassungsstelle erkannte er zudem, dass es sich um ein gebraucht gekauftes Fahrzeug handelte.

Dafür gehörte ihr laut Grundbuchamt die Hälfte eines großen Hauses in bester Bochumer Wohngegend. Der Auszug aus diesem Haus vor etwas mehr als einem Jahr deutete darauf hin, dass Thalbach und der zweite Eigentümer ein Paar gewesen waren, die Beziehung nun aber nicht mehr bestand. Untermauert wurde diese These durch die Existenz eines Sohnes, für den die Kommissarin jeden Monat Unterhalt überwies.

Anstatt sich vornehmlich um Kindererziehung zu kümmern, zog sie es anscheinend vor, weiter in vollem Umfang zu arbeiten, was für einen gewissen Ehrgeiz sprach.

Einen Festnetzanschluss hatte sie nach dem Umzug offenbar nicht angemeldet, es gab jedoch einen Mobilfunkvertrag.

Simon hatte alle Informationen über die Kommissarin auf einer Flipchart gesammelt und eine Weile grübelnd davorgestanden. Einem ersten Impuls folgend, hatte er sie töten wollen, aber das wäre eine plumpe Art gewesen, sich zu rächen, nicht mehr. Nein, er bevorzugte einen eleganteren Weg zu demonstrieren, dass er unschlagbar war.

In der letzten Nacht war er nach Essen gefahren und hatte eine gute Stunde die Straße beobachtet, in der die Kommissarin eine neue Bleibe gefunden hatte. Als er sich sicher war, dass niemand hinter einem der Fenster stand und auf die Straße starrte, klemmte er einen kleinen, unauffälligen GPS-Sender unter die Front des Mazda.

Anschließend war er nach Hause gefahren und hatte sich zwei Stunden Schlaf gegönnt. Als er daraus erwachte, parkte der Sportwagen bereits in der Nähe des Bochumer Polizeipräsidiums. Gut, Thalbach war also zur Arbeit gefahren und er hatte Phase 2 seines Planes begonnen.

Nun wartete er erneut in der Nähe ihrer Wohnung. Er wollte die Frau sehen, sie selbst hören, vielleicht sogar ein paar Worte mit ihr wechseln, um einen persönlichen Eindruck von ihr zu gewinnen. Sein Instinkt für Menschen war untrüglich, obwohl er nicht mit ihnen klarkam.

Es war ein herrlicher Sommerabend, die Schlechtwetterfront hatte sich vor gut einer Stunde verzogen. Simon spekulierte darauf, dass auch eine hart arbeitende Polizistin an ihrem Feierabend nicht ausschließlich in ihrer Wohnung saß, sondern mal etwas unternahm. Und falls sie heute Abend nicht vor die Tür ging, dann bestimmt morgen.

Aber so lange musste er nicht warten. Auf dem Monitor bewegte sich etwas, Thalbachs Mazda hatte seine Parkposition verlassen.

Simon startete den Motor. Auf dem Display konnte er verfolgen, dass sich Thalbach inzwischen in den Verkehr auf der Hauptstraße eingefädelt hatte und in Richtung der Essener Innenstadt fuhr. Doch bevor sie richtig Geschwindigkeit aufnehmen konnte, bog sie bereits wieder in eine Seitenstraße ab und stellte ihr Fahrzeug an den Straßenrand.

Nachdenklich erhöhte Simon die Geschwindigkeit seines Mietwagens. Was sollte das? Hatte sie etwas bemerkt und unternahm jetzt einen Versuch, ihn abzuschütteln?

Als er die Seitenstraße, in die Thalbach abgebogen war, erreicht hatte, konstatierte er einen weiteren Wesenszug seiner Kontrahentin: Sie war bequem und zog es vor, selbst kürzeste Strecken mit ihrem Auto zurückzulegen.

Während er einparkte, beobachtete Simon, dass die Kommissarin in den Eingang einer Zahnarztpraxis schlüpfte. Sekundenbruchteile war er unschlüssig, ob er diese Gelegenheit nutzen sollte, um sich in Thalbachs Nähe zu wagen. Nun, eine bessere Gelegenheit würde sich wohl kaum ergeben. Mit der Aussicht vor Augen, in Kürze eine – vielleicht schmerzhafte – Zahnbehandlung über sich ergehen lassen zu müssen, war ihre Aufmerksamkeit sicher allein auf sich selbst gerichtet.

Leichtfüßig ging Simon auf die Praxis zu und zog dabei eine Krankenversichertenkarte aus seiner Geldbörse. Selbstverständlich hatte er immer einige dieser Karten dabei, die nach einmaligem Gebrauch sofort vernichtet wurden. Laut der Aufschrift auf dem Stück Plastik hieß er ab sofort Rüdiger Weinbuch und war Versicherter einer großen Ersatzkasse.

Der falsche Name bürgte gleichzeitig dafür, dass er nicht darunter leiden musste, dass sein Vorname falsch ausgesprochen wurde. Simon legte sehr viel Wert auf die englische Aussprache seines Namens – die einzige Marotte, die er bewusst pflegte. Sie rührte von einer gewissen Begeisterung für den Film *Stirb langsam 3* her; Simon hatte zumindest die Figur des Bösewichts fasziniert, der die New Yorker Polizei mit allerlei Finten von seinem eigentlichen Plan abgelenkt hatte. Das Ende des Hollywoodstreifens hatte Simon allerdings gar nicht gefallen – ein Happy End würde sein eigenes Drehbuch nicht zulassen.

Die Tür zu der Praxis ließ sich nicht einfach aufdrücken. Ein Schild neben dem Klingelknopf zeigte die Sprechstunden der hier praktizierenden Ärztin. *Termine bis zwanzig Uhr nach Vereinbarung.*

Von dem kleinen Foyer ging es nach links in den Empfangsraum der Praxis. Hinter einer hüfthohen Theke erwartete ihn das strahlende Lächeln einer Praxishelferin. Simon erwiderte das Lächeln und lehnte sich sachte gegen den Tresen.

»Ich habe leider keinen Termin. Könnte ich trotzdem heute noch drankommen?«

»Aber selbstverständlich. Was für Beschwerden haben Sie denn?«

Simon schob seine Versichertenkarte über die Ablagefläche und erfand einen heftig pochenden Backenzahn. Dabei spähte er in das angrenzende Wartezimmer. Aus der offen stehenden Tür hörte er das leise Rascheln, das entsteht, wenn jemand die Seite einer Illustrierten umblätterte.

»Nehmen Sie noch einen Augenblick im Wartezimmer Platz«, bat die Zahnarzthelferin. »Frau Doktor hat gleich Zeit für Sie.«

Simon nickte, überließ die Karte der Obhut der jungen Frau und betrat das Wartezimmer. Tatsächlich, da saß sie. Katharina Thalbach.

Einen Augenblick blieb er unschlüssig in der Tür stehen, so als müsse er überlegen, auf welchen der freien Stühle er sich setzen sollte. Außer der Kommissarin und ihm befand sich niemand in dem Raum.

»Guten Abend«, sagte er beiläufig und ließ sich auf dem Stuhl direkt gegenüber der Frau nieder.

Die Kommissarin hob kurz den Kopf, erwiderte seinen Gruß und konzentrierte sich erneut auf die Ausgabe eines Nachrichtenmagazins.

Simon lehnte sich in seinem Stuhl zurück und gab vor, zu dösen. Dabei beobachtete er Thalbach aus halb geschlossenen Augen. Er machte sich keine Gedanken, dass sie ihn erkennen könnte. Sicher würde sie eine vage, wenn nicht sogar genaue Vorstellung davon haben, wie der Mörder von

Renate de Rosa aussah. Immerhin hatte er sich in diesem Swingerclub mehreren Menschen gezeigt. Aber da war er mit glatt rasiertem Schädel aufgetreten und ein solch markantes Merkmal sorgte dafür, dass die Leute nicht allzu genau auf die Gesichtszüge achteten. Darüber hinaus hatte er im Club und in dem Utrechter Hotel die Narbe auf der Brust gehabt. Das Ergebnis anderthalbstündiger maskenbildnerischer Tätigkeit prangte jetzt selbstverständlich nicht auf seinem Körper. Der Brustkorb, der durch die geöffneten Knöpfe seines Hemds zu erkennen war, war makellos.

Thalbach hatte offenbar das Interesse an dem Magazin verloren, mit einer hastigen Bewegung klappte sie es zu und deponierte es auf dem kleinen Stapel neben ihrem Platz. Dann fuhr sie sich mit den Fingern über die Augen und zupfte eine imaginäre Fluse von ihrer Jeans. Sie sah müde aus.

»Was muss denn bei Ihnen gemacht werden?«, fragte Simon freundlich.

Die Kommissarin sah irritiert auf. »Hm?«

»Muss etwa gebohrt werden?«

Erst jetzt hatte Simon ihre volle Aufmerksamkeit.

»Ich hoffe, nicht mehr«, antwortete sie unverbindlich. »Und bei Ihnen?«

»Keine Ahnung«, erklärte Simon. »Seit vorhin habe ich so ein nerviges Pochen hinten links. Es wäre wohl besser gewesen, wenn ich heute Morgen meinen Kuschelbären mitgenommen hätte ...«

Die Kommissarin runzelte die Stirn.

»An dem halte ich mich am liebsten fest«, setzte Simon seine Erklärung fort. »Vor allem, wenn jemand mit einem Bohrer auf mich losgeht.«

Thalbach lächelte pflichtschuldig und widmete sich erneut dem Stapel Zeitungen neben sich. Doch bevor sie sich für eine weitere der veralteten Ausgaben entscheiden musste, rief sie die Praxismitarbeiterin in eines der Behandlungszimmer.

Simon nickte zum Abschied und starrte ihr nachdenklich hinterher. Diese Frau ließ nichts von sich nach außen dringen, er hatte beinahe das Gefühl, einem Eisblock gegenübergesessen zu haben.

42

Seufzend warf Katharina ihre Tasche in die Ecke neben dem Schuhschrank. Schlimm genug, dass sie einen Teil ihrer Freizeit unter Schmerzen in einer Zahnarztpraxis verbringen musste. Doch das Klingeln ihres Handys hatte dafür gesorgt, dass sie sich auch von der Vorstellung hatte verabschieden müssen, den Rest ihrer Freizeit mit reiner Entspannung, zum Beispiel einem ausgiebigen Wannenbad, zu verbringen.

Aus dem kleinen Arbeitszimmer hörte sie ein fröhliches Pfeifen. Wie konnte der Kerl nur immer so fit sein? Nach Katharinas Einschätzung hatte Harms während der letzten Tage maximal drei Stunden geschlafen. Andererseits war es gut, dass er wach war, denn das, was Daubitz ihr vorhin, noch in der Arztpraxis, übers Handy mitgeteilt hatte, hatte Katharina den Entschluss fassen lassen, morgen in aller Frühe mit Harms zusammen nach Strausberg zu fahren.

»Schön, dass Sie zurück sind«, begrüßte Harms Katharina gut gelaunt. »Es gibt Neuigkeiten.«

Augenblicklich vergaß Katharina ihren Frust und nahm ihren Stammplatz neben Harms ein. »Erzählen Sie.«

»Ich habe Verheyens Festplatte geknackt. An sich kein großes Problem, das Verschlüsselungsprogramm entspricht dem, welches auf de Rosas Rechner am Werk gewesen ist. Allerdings ist dieser Simon, sofern er dahintersteckt, etwas vorsichtiger vorgegangen.«

»Das heißt?«, wollte Katharina wissen.

»Verheyen war, wie ich den temporären Dateien entnehmen konnte, regelmäßig in einem Chat für Homosexuelle. Als ich mich dort ein wenig umsehen wollte, erlebte ich eine böse Überraschung. Dort war nichts mehr.«

»Wie, da war nichts mehr?«

»Der Server des Chatbetreibers ist komplett zusammengebrochen. Die Homepage ist zwar noch erreichbar, aber der Admin vermeldet im nächsten Schritt mit größtem Bedauern, dass der Chat wegen technischer Probleme leider nicht betriebsbereit sei. Ich habe, nachdem ich das gelesen hatte, ein wenig herumgeschnüffelt. Jemand muss denen einen ganz bösen Virus untergejubelt haben, die können im Prinzip ganz von vorne anfangen. Erinnert Sie das an etwas?«

»Genau so ein Fall wie in der Parteizentrale. Wann ist der Chat denn zusammengebrochen?«

»Irgendwann in der letzten Nacht. Wir können also nicht mehr nachvollziehen, was Verheyen in dem Chat getrieben hat. Auch die E-Mail-Adressen sind gekillt. Bis auf eine.«

Katharina entdeckte auf dem Schreibtisch eine bereits halb verzehrte Tafel Schokolade. Harms hatte wohl ihre geheimen Vorräte entdeckt und sich bedient. Die Kommissarin brach sich ein Stück ab.

»Hat Simon diese eine Adresse übersehen?«

»Kann ich mir nicht vorstellen. Ich habe mich bei der Adresse eingeloggt und nur eine einzige eingegangene Mail entdeckt. Und jetzt wird es erst recht spannend.«

»Warum?«

»Die Mail stammt angeblich von Simon. Er fordert Verheyen auf, alle Hinweise, die auf einen Kontakt zu ihm hindeuten könnten, zu löschen. Und das schmeckt mir überhaupt nicht.«

»Wieso nicht?«, fragte Katharina. »Simon muss doch daran interessiert gewesen sein, dass man die Spur nicht zu ihm zurückverfolgen kann.«

»Genau deshalb ist es doch Blödsinn. Warum hätte er dann überhaupt das Notebook verschlüsseln sollen? Warum der Angriff auf die Server der Partei und des Homochats? Und vor allem, warum hatte ich überhaupt keine Schwierigkeiten, über diese Adresse den Empfänger zu tracen?«

Die Kommissarin machte große Augen. »Sie wissen, wo sich der Inhaber dieses Accounts aufhält?«

»Ja. Und das macht mich besonders stutzig. Ich hatte kaum damit begonnen, mehr über diese Adresse herauszufinden, als das Konto aktiviert wurde. Und innerhalb von zwei Minuten habe ich festgestellt, dass derjenige, der sich dort angemeldet hat, quasi in allernächster Nähe sitzt. In Münster.«

Katharina drückte das Stück Schokolade mit der Zunge gegen ihren Gaumen. »Und was schließen Sie daraus?«

»Dass das nicht Simon ist. Das ist eine Falle.«

»Verstehe ich nicht«, gab Katharina zu.

Harms seufzte. »Oder besser ein Ablenkungsmanöver. Simon steckt mit Sicherheit dahinter, aber er betreibt nie im Leben selbst dieses E-Mail-Konto.«

»Konnten Sie lesen, was über den Account ein- und ausgegangen ist?«

»Ja. Hackerkram. Scripts. Sheets für Spiele. Tipps zum Programmieren von Viren oder Trojanern. Aber auf einem

Niveau, dass Sie das nach einer halben Stunde Nachhilfe genauso gut hinbekommen würden.«

»Ich weiß nicht«, meinte Katharina. »Nachgehen müssen wir der Sache auf jeden Fall.«

»Meiner Meinung nach können Sie sich das sparen. Simon will uns verarschen, mehr nicht.«

»Ich werde drüber nachdenken.«

»Morgen werde ich noch einmal versuchen, auf den Server von Verheyens Partei zu gelangen, vielleicht konnten die Techniker ja doch noch etwas retten.«

»Morgen wollte ich Sie eigentlich zu einem kleinen Ausflug einladen«, sagte Katharina.

»Ein Ausflug?«

»Keine Kaffeefahrt, keine Angst. Vielmehr nach Ostdeutschland.«

Harms sah sie zweifelnd an.

»Vorhin hat sich der Kollege aus Brandenburg wieder bei mir gemeldet. Sie haben jemanden festgenommen, der etwas mit den Morden zu tun haben könnte. Im Arbeitszimmer des Mannes stehen mehrere Computer. Und Daubitz hat Angst, dass er, anstatt etwas herauszufinden, Beweise vernichten könnte. Ich habe ihm angeboten, dass Sie sich die Rechner mal anschauen.«

»Meinetwegen gerne. Wo müssen wir denn hin?«

»In ein Kaff noch hinter Berlin.«

»Bis nach Berlin? In Ihrem fahrbaren Faltkoffer? Ohne mich. Das macht meine Arthrose nicht mit.«

»Wir können ja mit einem Dienstwagen fahren. Dann müssen wir allerdings noch eine halbe Stunde früher los.«

»Meinetwegen. Das ist das kleinere Übel.«

43

»Donnerwetter, ich hätte nicht gedacht, dass Sie es tatsächlich schaffen, so früh hier zu sein.« Rocco Daubitz wischte sich die rechte Hand an seiner Jeans ab und hielt sie Katharina hin. »Herzlich willkommen in Strausberg.«

»Danke«, antwortete Katharina. »Das war kein Problem. Morgens um drei sind ja sogar in Deutschland die Autobahnen leer.«

Daubitz warf einen fragenden Blick auf Harms.

»Der externe Berater, von dem ich Ihnen erzählt habe«, erklärte Katharina.

Harms nickte Daubitz zu und knurrte seinen Namen. Noch stand kein Computer vor ihm, seine Gesprächsbereitschaft war wieder auf den Level zurückgefallen, auf dem ihn Katharina kennengelernt hatte.

Die Kommissarin war hundemüde. Nach dem Gespräch mit Harms gestern Abend hatte sie noch lange mit Wielert telefoniert, um ihn auf den neuesten Stand zu bringen, und um Viertel nach eins hatte der Wecker geschellt.

»Ich habe mich nicht getraut, an den Computer zu gehen«, erklärte Daubitz, wobei er Katharina und Harms die Tür zur Lagerhalle aufhielt. »Wir haben etliche Indizien, die Staroske mit dem Mord an Pachulke und auch mit dem Selbstmord von Kusserow in Verbindung bringen, aber eben keinen Beweis. Und bevor sich die Kisten wieder in Luft auflösen …«

»Was für Indizien sind das eigentlich?«, erkundigte sich Katharina. Am Telefon hatten sie nur die notwendigsten Informationen ausgetauscht.

»Zeitungsberichte. Ausgedruckte Internetseiten. Staroske hat alles gesammelt, was mit den beiden Todesfällen zu tun hat. Bei einigen Artikeln hat er Notizen an den Rand geschrieben.«

»Und hat er sich dazu schon geäußert?«

»Er schweigt wie ein Grab. Wir kriegen ihn eh wegen Drogenschmuggels dran, dabei wurde er auf frischer Tat ertappt. Aber ich fresse einen Besen, wenn der nicht auch für die Toten verantwortlich ist. Nur, mir fehlen die Beweise.«

Katharina atmete flach durch den Mund und folgte Daubitz durch das Zwielicht im Flur. Die Luft war immer noch abgestanden und stickig. Hinter sich hörte sie Harms' schleppende Schritte. Der Friese hielt ein Notebook und eine große Leinentasche unter dem Arm geklemmt und machte ein Gesicht, als wollte er jeden, der sich auf mehr als zwei Meter näherte, mit Haut und Haaren auffressen.

»So, da wären wir«, erklärte Daubitz. »Möchten Sie einen Kaffee? Ich habe zwei Thermoskannen mitgebracht.«

»Gern«, meinte Katharina und sah sich um. Im Gegensatz zu dem Gerümpel in den vorderen Örtlichkeiten wirkte die Ausstattung dieses Raums wie von einem anderen Stern.

»Sie auch einen Kaffee?«, fragte Daubitz Harms.

»Nein. Tee.«

»Hab ich nicht.«

Harms murmelte etwas Unverständliches. Dann stellte er vorsichtig sein Notebook ab und betrachtete nachdenklich das unter und auf dem Schreibtisch befindliche Equipment.

Katharina nahm dankbar einen Becher von Daubitz entgegen und trank vorsichtig. Das Gebräu war so stark, dass es ihr den Magen zusammenzog.

»Was ist dieser Staroske für ein Typ?«, wollte sie wissen.

»Vom Äußeren her eher unscheinbar, unauffällig. Sonst

kann ich nicht viel sagen. Seit seiner Festnahme hat er vielleicht zehn Worte gesprochen. Als wir ihm wegen der Morde zusetzten, hat er mit keiner Wimper gezuckt.«

»Also ein ganz Abgebrühter?«

Daubitz lächelte. »Er möchte den Eindruck erwecken, aber ich glaube, sobald wir eine Bresche in sein Ego geschlagen haben, wird er zusammenklappen wie eine gefällte Birke.«

»Wie war das genau, als die anderen Computer unbrauchbar wurden?«, mischte sich Harms ein. Er stand noch immer unbeweglich vor dem Schreibtisch und hielt seinen Blick auf die Maschinen gerichtet.

»Kurz nach dem Anschalten vernichteten sich die Festplatten. War nichts mehr zu retten. Ich vermute, der dafür Verantwortliche hat ein Programm entwickelt und eingeschleust, das einen Headcrash verursachte.«

»Nicht schlecht.«

»Glauben Sie, das erwartet uns hier auch?«

»Nein«, meinte Harms nachdenklich. »Bei den anderen Rechnern wollte der Mann nur Spuren verwischen. Absoluter Overkill. Doch seine eigenen Daten will er schützen und nur im extremsten Fall vernichten. Aber irgendeine Sauerei wird er sich einfallen lassen haben.«

»Wie wollen Sie vorgehen?«, fragte Katharina.

Harms antwortete nicht. Seine gewaltigen Kiefer ruckten von rechts nach links und wieder zurück. Er wirkte höchst konzentriert.

»Geben Sie mir mal einen Schraubendreher«, bat er plötzlich.

Daubitz sah sich suchend um, bis er in einer Schublade entsprechendes Werkzeug fand. Harms nahm ihm das etwa zwanzig Zentimeter lange Gerät so vorsichtig ab, als handelte es sich um ein Skalpell.

»Wollen Sie das Ding etwa aufschrauben?«

»Licht«, befahl Harms und ließ sich auf die Knie fallen. »Ich muss sehen können, was ich tue.«

Die beiden Polizisten wechselten einen Blick. Kurz darauf landete eine der Schreibtischlampen auf dem Boden. Harms schraubte die Seitenverkleidungen des Computers ab, ergriff die Lampe und leuchtete das Innenleben des Computers sorgfältig aus.

Minutenlang war, abgesehen von dem Rauschen der Klimaanlage, nichts zu hören.

»Was machen Sie da eigentlich?«, fragte Daubitz, als ihm das Ganze zu lange dauerte.

»Still.«

Katharina schlürfte langsam ihren Kaffee und bemühte sich, ihre bleischweren Augenlider zu ignorieren. Am liebsten hätte sie sich in den gemütlich aussehenden Bürostuhl gesetzt, die Beine hochgelegt und ein wenig Schlaf nachgeholt.

»Diese Drecksau«, röhrte Harms plötzlich. »Hab ich es doch gewusst.«

»Was?«, fragten die beiden Kripoleute gleichzeitig.

»Säure.«

»Bitte?«

»Der hat eine Säurekapsel eingebaut. Sobald ein Unbefugter seinen Rechner anschaltet, wird die Säure freigesetzt und zerstört die Festplatte.«

Daubitz' Augen weiteten sich. Von so etwas hatte er noch nie gehört.

»Gibt es hier eine Pinzette? Oder eine sehr feine Zange?«, fragte Harms.

»Moment.«

Aufgeregt durchwühlte der Polizist die Schublade, in der er schon den Schraubendreher gefunden hatte. Tatsächlich beförderte er eine lange, gebogene Pinzette ans Licht. »Geht das?«

»Perfekt«, erklärte Harms. »Und jetzt drücken Sie die Daumen.« Er zog eine Packung Papiertaschentücher aus der Hosentasche, riss zwei Fetzen des Zellstoffes ab und umwickelte die Enden seines Arbeitsgerätes. Dann führte er die Pinzette vorsichtig in die Eingeweide des Rechners ein.

Katharina hielt vor Spannung die Luft an, obwohl sie nicht ganz kapierte, was Harms da genau machte.

»Gleich hab ich sie«, murmelte der leise. »Einen Moment noch ... jetzt.«

Ganz langsam kroch er rückwärts unter dem Schreibtisch hervor und reckte triumphierend den rechten Arm nach oben, als er den Gefahrenbereich verlassen hatte.

»Eine Säurekapsel?«, fragte Daubitz. »Wie soll das funktionieren?«

Harms richtete sich zu seiner vollen Größe auf. »Ich vermute, dass während des Bootvorgangs ein Code eingegeben werden muss, um die Sicherheitsvorkehrung zu deaktivieren. Erfolgt das nicht, wird die Kapsel durch einen minimalen elektrischen Impuls zum Platzen gebracht – und die Festplatte ist ein für alle Mal vernichtet.«

»Irre«, meinte Katharina. »Ein Glück, dass Sie die Kapsel gesehen haben.«

»Habe ich ja gar nicht. Die war sehr geschickt zwischen zwei Bauteilen versteckt. Was nicht passte, war ein Kabel, das vom Netzteil ins Nichts führte. Das habe ich mir etwas genauer angeschaut.«

»Können wir den Rechner jetzt gefahrlos anschalten?«

»Ich hoffe es.«

»Und wenn die Daten darauf auch verschlüsselt sind?«, fragte Katharina.

»Davon gehe ich nicht aus«, erklärte Harms. »Die Nummer mit der Kapsel ist eigentlich sicherer als jedes Passwort und jede Codierung.«

»Aber dann wären doch all seine Daten verschwunden gewesen. Er hätte selbst nicht mehr darauf zugreifen können.«

»Jede Wette, dass der Mann willkürlich Back-ups verteilt hat, sodass er jederzeit alles rekonstruieren kann«, meinte Harms. »So hätte ich es jedenfalls gemacht. Mehrmals am Tag einen automatisierten Datentransfer auf einen externen Server.«

»Wow, von Ihnen kann man eine ganze Menge lernen«, stellte Daubitz anerkennend fest.

»Sollen wir?«, fragte Harms und deutete auf den Rechner.

Da kein Widerspruch erhoben wurde, drückte er die Powertaste. Der Monitor flackerte kurz, als er zum Leben erwachte. Dann folgte eine völlig normale Startroutine, das BIOS meldete sich, wie man es erwarten durfte.

»Haben Sie das gesehen?«, fragte Harms amüsiert.

»Was?«

»Die Anzeige. Der Primary Master fehlt.«

Daubitz schüttelte den Kopf.

»Kann mir mal jemand erklären, um was es geht?«, bat Katharina.

»Jeder Computer braucht beim Startvorgang Vorgaben, die im BIOS festgelegt werden. Ob, zum Beispiel, um das Betriebssystem zu starten, erst auf ein DVD-Laufwerk zugegriffen werden soll, auf eine Festplatte oder eine Diskette. Dieser Kerl hat das System so konfiguriert, dass seine Festplatte nur der Secundary Master ist. Das BIOS hat wohl die Säurekapsel als bevorrechtigt erkannt. Ich muss mir das gleich noch mal ansehen, irgendetwas muss der noch gebastelt haben, was mir bisher entgangen ist.«

»Also kann da doch noch etwas passieren?«

»Nein. Da ist nur an den IDE Controllern manipuliert worden. Ungewöhnlich. Nur – wenn das Gerät gebootet hätte, solange die Kapsel noch aktiv gewesen wäre, hätte die Kiste garantiert ein Passwort verlangt.«

Der Monitor veränderte seine Hintergrundfarbe in ein dunkles Grau, mehrere Icons erschienen, von denen aus man sich durch die installierte Software und die Dateien manövrieren konnte.

»Eine Eigenkreation?«, fragte Daubitz und trat näher an den Rechner heran.

»Vermutlich«, nickte Harms. »Ein Betriebssystem mit diesem Outfit hab ich noch nie gesehen. Wollen Sie?«

»Was?«

»Anfangen zu wühlen.«

Daubitz legte den Kopf schief und rümpfte die Nase. »Eigentlich sehr gern. Aber ich denke, wenn Sie am Steuer sitzen, fahren wir sicherer.«

Harms zog sich den Stuhl unter den Hintern und rieb sich unternehmungslustig die Hände. »Dann mal los«, lächelte er.

44

Kriminalhauptkommissar Bernd Wielert legte die Hand über das Mikro seines Handys und blickte entschuldigend zu seiner Gesprächspartnerin hinüber. »Einen Moment bitte. Das hört sich wichtig an.«

Claudia de Vries nickte. Dabei schätzte sie es gar nicht, wenn eine Besprechung auf diese Art und Weise unterbrochen wurde.

Wielert sprach offensichtlich mit Thalbach, soweit konnte die Staatsanwältin Rückschlüsse aus den Gesprächsfetzen ziehen. Eigentlich müsste sie dieser Mistkuh dankbar sein, weil sie ihr die Lebenspartnerin ausgespannt hatte. Die Geschichte mit Veronika war sowieso vorbei gewesen, die Kommissarin hatte das Ende nur beschleunigt. Aber natürlich hatte es de Vries unendlich verletzt, als ihr klar wurde, dass Veronika nicht nur die Gesellschaft, sondern auch den Körper einer anderen Frau dem ihren vorzog.

Zunächst hatte sie beabsichtigt, die blonde Kommissarin für ihre Unverschämtheit, ihr die Freundin auszuspannen, büßen zu lassen, aber was sollte das bringen?

Stattdessen hatte sie sich ganz auf ihre Arbeit konzentriert und inzwischen glaubte sie, die Schmach überwunden zu haben.

Wielert nahm endlich das Handy vom Ohr und steckte es mit einem zufriedenen Lächeln in die Schutzhülle an seinem Gürtel.

»Das war Thalbach. Sie haben den Computer von dem Drogendealer geknackt. Und es war ein Volltreffer.«

De Vries schenkte Wielert und sich Kaffee nach.

»Anscheinend befinden sich auf dem Computer Dateien«, fuhr Wielert fort, »mit denen dem Mann der Mord an Dagmar Pachulke und seine Beteiligung an dem Selbstmord dieses ehemaligen Olympiasiegers stichhaltig nachgewiesen werden kann.«

»Sehr erfreulich«, meinte de Vries wenig beeindruckt. »Aber hilft das auch uns weiter?«

»Das Beste kommt doch erst noch«, nickte Wielert. »Harms hat auch Dateien gefunden, die den Mord an Renate de Rosa betreffen. Und auch Verheyens Selbstmord.«

De Vries süßte ihren Kaffee und legte den Löffel anschließend vorsichtig auf das kleine Porzellantellerchen. »Bitte genauer.«

»Für beide Vorkommnisse befanden sich zusammenfassende Berichte auf dem Rechner. Es scheint fast so, als hätten sich die Mörder über ihr Vorgehen ausgetauscht.«

»Was für Berichte? Und warum sollten sie das tun?«

»Alle Fragen kann ich Ihnen natürlich noch nicht beantworten. Anscheinend haben sowohl dieser Kerl aus Ostdeutschland als auch Simon minutiös festgehalten, wie sie ihre Opfer ausfindig und ... gefügig gemacht haben. Der Kollege aus Brandenburg hat in den Berichten, welche seine Leichen betreffen, Details entdeckt, die nur der Täter wissen konnte. Es ist also unmöglich, dass Staroske nichts mit den Taten zu tun hat. Im Augenblick wartet Thalbach darauf, dass der Verdächtige zur Vernehmung gebracht wird. Vielleicht redet der Mann ja, wenn er sieht, dass Harms Zugang zu seinem Computer erlangt hat.«

»Das klingt in der Tat erfreulich.«

»Noch etwas. Harms hat in der letzten Nacht über Verheyens Rechner den Nutzer einer E-Mail-Adresse identifizieren können. Der Inhalt der an diesen Mann gerichteten E-Mail hat etwas mit dem ungewöhnlichen Schäferstündchen in Utrecht zu tun.«

»Harms kennt die reale Adresse? Den Wohnort?«

»Ja. Aber er hält es für eine Falle. Nach seiner Ansicht passt so eine Unvorsichtigkeit nicht zu Simon.«

De Vries zog nachdenklich die Stirn kraus. »Der Fall gehört offiziell immer noch den Düsseldorfern«, meinte sie. »Veranlassen Sie, dass die Adresse weitergeleitet wird. Sollen die sich darum kümmern. Wenn die Kollegen diesen Simon tatsächlich dingfest machen sollten, profitieren wir davon, wenn es eine Falle ist, verschwenden wir nicht unsere Zeit damit.«

»Ich werde mich darum kümmern«, versprach Wielert. Wäre de Vries nicht auf die Idee gekommen, hätte er ihr genau die gleiche Vorgehensweise vorgeschlagen.

45

»Zander.«

»Grüß dich. Hier ist dein Bruder, Emanuel.«

Ullis Finger krampften sich um das Telefon. Er wusste nicht, was ihn mehr ärgerte – die Tatsache, dass sein aus dem Nichts aufgetauchter Bruder sich nicht von ihm fernhielt, oder die selbst durch das Telefon merkbare Fröhlichkeit am anderen Ende der Leitung.

»Ach, du bist es.«

»Sag mal, musst du eigentlich gar nicht arbeiten? Anscheinend kann ich anrufen, wann ich will, irgendwie bist du immer zu Hause.«

»Ich habe immer noch Urlaub«, erklärte Ulli unwillig und trat an den Durchgang zur Terrasse. »Nach der Beerdigung brauchte ich eine Auszeit. Erst ab Montag muss ich wieder zum Dienst.«

»So gut hätte ich es auch gern«, lachte Emanuel. »Geregelte Arbeitszeiten, pünktlich Feierabend, und wenn man will, kann man freinehmen. Sollen wir tauschen?«

Der Sozialarbeiter hätte am liebsten aufgelegt und den Telefonstecker aus der Dose gezogen. Aber dann musste er damit rechnen, dass sich sein Bruder bei seiner Mutter meldete. Und die wusste nach wie vor nichts von der Existenz eines weiteren Abkömmlings seines Vaters.

»Was willst du?«, fragte er ungeduldig.

»Bin gerade auf dem Weg, mir einen Happen zu essen zu holen«, erklärte Emanuel. Im Hintergrund waren deutlich Straßengeräusche zu hören, anscheinend wurde das Gespräch von einem Handy aus geführt. »Um eins hab ich ein wichtiges Meeting, keine Ahnung, wie lange das dauert.«

»Soll ich dich deswegen in den Arm nehmen?«, fragte Ulli, mühsam beherrscht.

»Quatsch. Ich hatte dir doch erzählt, dass ich in der nächsten Zeit in deiner Nähe zu tun habe. Muss noch ein paar Kleinigkeiten bei einem Objekt begutachten, der Investor hat Angst vor einer unerwarteten Nachfinanzierung. Sollen wir uns bei der Gelegenheit nicht mal treffen?«

»Wo ist denn in der Nähe? Und wann?«

»Boah, was für eine geile Schnalle. Ulli, hier ist gerade 'ne Braut an mir vorbeigelaufen, das glaubst du nicht. Titten wie 'ne Bronzebüste, absolut heavy Figur und ein turbogeiler Arsch. Scheiße, dass ich gleich ein Meeting hab.«

»Kannst du mal meine Frage beantworten?«, schnappte Ulli. Noch eine so blöde Bemerkung und er würde das Gespräch wirklich beenden.

»Schlechte Laune? Also gut, dann wird eben nicht gefachsimpelt. Wahrscheinlich noch an diesem Wochenende, ich weiß noch nicht genau, wann ich die Schlüssel für das Objekt kriege. Lass uns einen schönen Tag in Iserlohn machen.«

»Iserlohn? Wieso denn gerade da?«

»Dummerchen, weil da das Hotel steht, das ich mir ansehen muss. Dauert höchstens eine Stunde, danach lad ich dich zu einem formidablen Frühstück ein. Oder zum Mittagessen.«

»Ich weiß nicht, ob ich Zeit habe«, log Ulli. Er hatte nichts vor. Almut, die Joggerin aus dem Park, zu der sich tatsächlich so etwas wie eine Freundschaft entwickelte, war übers Wochenende zu Besuch bei ihren Eltern. Und dass Katharina sich melden würde, glaubte er nicht mehr.

»Komm schon, hab dich nicht so«, drängelte Emanuel. »Gönn uns beiden einen Herrentag.«

»Ich weiß es wirklich noch nicht. Eventuell holt meine Ex unseren Jungen ab, keine Ahnung, ob und wann ich wegkann.«

»Dann bring deinen Sohnemann doch einfach mit. Wir können es uns doch auch zu dritt nett machen.«

Ulli atmete tief durch. Emanuel war genauso stur und unnachgiebig wie sein Vater, allerdings auf eine etwas charmantere Art. Er ahnte, dass der Typ ihm so lange auf die Nerven gehen würde, bis er sich zu einem Treffen bereit erklärte. Also brachte er das am besten gleich hinter sich.

»Okay, dann sehen wir uns. Wann genau?«

»Hey, toll, ich freu mich drauf, dich endlich kennenzulernen. Ich denke, morgen. Die Uhrzeit kann ich dir noch nicht genau sagen. Ich müsste dich deswegen noch einmal anrufen. Oder 'ne SMS schicken? Oder eine E-Mail?«

»Schick mir eine Mail«, entschied Ulli und buchstabierte seine Adresse durch das Telefon. So musste er wenigstens vor dem Treffen nicht mehr mit dem Typen reden. Hoffte er zumindest.

»Supi, hab ich«, meinte Emanuel fröhlich. »Ich schätze mal, spätestens morgen früh findest du eine Nachricht von mir.«

»Gut. Bis dann.«

Seufzend beendete Ulli die Verbindung. Nachdenklich legte er das Telefon auf den Holztisch zwischen den beiden Liegen.

46

»Setzen Sie sich«, sagte Daubitz in einem scharfen Tonfall.

Egbert Staroske sah sich in seinem eigenen Büro um. Die Computer, die beiden Server und die anderen elektronischen Geräte standen an ihren angestammten Plätzen.

Langsam schlenderte Staroske zu dem Schreibtischstuhl, den jemand in die Mitte des Raumes geschoben hatte. Als er sich endlich gesetzt hatte, trat Daubitz nahe an ihn heran.

»Möchten Sie zu der Vernehmung einen Anwalt hinzuziehen?«, fragte Kommissar Buschke, der sich neben der Tür aufgebaut hatte.

»Fragen Sie ruhig. Ich habe sowieso nichts zu sagen.«

»Wetten doch?«, grinste Daubitz. »Vielleicht fangen wir mit Dagmar Pachulke an.«

»Mit wem?«

»Der Frau, die Sie über eine Kontaktanzeige im Internet kennengelernt und mit der Sie sich Freitag vor einer Woche getroffen haben. Mit der Sie in einem gestohlenen Leichenwagen Geschlechtsverkehr hatten, bei dem Sie Frau Pachulke töteten, indem Sie sie erwürgten. Und die Sie anschließend mittels eines selbst gebastelten Brandsatzes zu Asche werden ließen.«

Staroske zuckte mit keiner Wimper, obwohl die Bullen über erstaunlich viel Detailwissen verfügten.

»Oder sollen wir uns lieber über Steffen Kusserow unterhalten?«, fuhr Daubitz fort.

»Ist mir egal. Ich weiß nicht, was Sie von mir wollen,« gab Staroske gelassen zurück.

»Warum haben Sie alle Zeitungsartikel, die über diese beiden Todesfälle erschienen sind, gesammelt?«, mischte sich Katharina ein. »Und die dann auch noch mit handschriftlichen Kommentaren versehen?«

»Ja, und?«

Wortlos drehte sich Daubitz um, ergriff ein Bündel Papiere, die sich auf einer Ablage befanden, und warf sie Staroske in den Schoß.

Der Mann auf dem Schreibtischstuhl griff nach den Blättern und las einige Zeilen. Als er verstand, was er da in den Fingern hielt, krampfte sich sein Magen zusammen. Äußerlich verrieten nur die um eine Kleinigkeit röter gewordenen Ohrläppchen seine aufsteigende Panik. Das konnte doch gar nicht sein! Wie waren die verdammten Bullen an seine Dateien gelangt?

»Was ist das?«, fragte er mit so fester Stimme, wie es ihm möglich war.

»Ich hatte gehofft, dass Sie uns das erklären«, antwortete Daubitz. »Immerhin haben wir diese Dokumente auf der Festplatte Ihres Computers gefunden.«

»Das glaube ich dir nicht, du blöder Wichser!«, schrie Staroske auf. »Ihr wollt mich aufs Kreuz legen!«

Daubitz beugte sich vor und stützte sich auf die Armlehnen des Stuhls. Der Verdächtige wich zurück, das Gesicht des Kommissars befand sich nur noch etwa fünf Zentimeter von seiner Nasenspitze entfernt.

»Was?«, kreischte Staroske nervös. Speichel spritzte zwischen seinen Zähnen hervor.

Ohne etwas zu sagen, stieß sich Daubitz an dem Stuhl ab, der daraufhin einige Zentimeter zurückrollte.

»Unter welchen Namen hackst du?«, fragte Harms, der sich bisher im Hintergrund gehalten hatte.

»Was willst du denn von mir?«

»Beantworte einfach meine Frage.«

»Geht dich einen Dreck an.«

Harms nahm die Arme, die er verschränkt vor der Brust gehalten hatte, herunter und trat langsam auf Staroske zu. »Woher kennst du den Trick mit der Säurekapsel?«

Staroskes Augen weiteten sich. Sie hatten wirklich seine zuverlässigste Sicherungsmaßnahme ausgeknipst.

»Du bist dir wohl mächtig schlau vorgekommen«, sagte Harms immer noch sehr ruhig. »Junge, den Trick hab ich schon vor zehn Jahren benutzt. Und irgendwann habe ich auch mit ein paar anderen Hackern im Forum darüber gesprochen. Warst du damals dabei?«

Mit jedem Schritt, den sich Harms Staroske näherte, wurde seine Erscheinung bedrohlicher. Die versammelten Kripoleute verfolgten den Auftritt überrascht.

Staroskes Lippen zitterten. »Wer bist du?«, fragte er völlig verwirrt.

»Ich?«, fragte Harms mit bissiger Ironie. »Ich bin nur ein blöder Bauer, der auf einer Insel in der Nordsee lebt. Aber früher war ich der *Wishmaster.* Überleg dir genau, was du auf die Fragen der Polizisten antwortest. *Ich* habe mir deinen Rechner vorgenommen. Du bist doch nichts anderes als ein größenwahnsinnig gewordenes Script-Kiddie. Ich habe keine fünf Minuten gebraucht, um deine Kiste zu knacken.«

»Der Wishmaster?«, fragte Staroske fassungslos. »Aber du bist doch schon seit Jahren weg aus der Szene.«

»Jetzt bin ich wieder da.«

»Ich glaube dir kein Wort«, fauchte Staroske. »Ich lasse mich von euch nicht reinlegen.«

Seufzend trat Harms an den Rechner, den er, nachdem er die Festplatte kopiert hatte, wieder heruntergefahren hatte, und drückte die Powertaste. Sofort flammte der Monitor auf, das Gerät begann zu booten.

Staroske starrte gebannt auf den Bildschirm. Die typischen knarrenden Geräusche, die jeder Rechner beim Hochfahren produzierte, waren zu hören. Und das, was er schon die ganze Zeit befürchtet hatte, wurde zur schrecklichen Gewissheit – das Kästchen mit der Sicherheitsabfrage, nach dessen Erscheinen er exakt fünf Sekunden Zeit hatte, das verlangte Passwort einzutippen, erschien nicht.

Der Rechner beendete den Startvorgang. Staroske blickte auf die ihm sehr gut bekannte Benutzeroberfläche.

»Wir wissen, wie Sie es gemacht haben«, erklärte Katharina leise. »Wir wissen, was Sie gemacht haben. Wir können minutiös Ihr Vorgehen bei den jeweiligen Taten protokollieren. Nur wissen wir noch nicht, warum das alles. Und: Wer ist Simon?«

Der Mann auf dem Schreibtischstuhl war wie ein Häufchen Elend in sich zusammengesunken. Sein Gesicht war bleich, Staroske wirkte, als sei gerade eine ganze Welt für ihn zusammengestürzt. Und in gewisser Weise traf das ja auch zu.

»Wer ist Simon?«, wiederholte Thalbach nachdrücklicher. »Wo finden wir ihn?«

»Ich weiß es nicht«, erklärte Staroske trotzig.

»Erzählen Sie nicht so einen Unsinn«, schnauzte Katharina.

»Ich weiß es wirklich nicht«, wiederholte Staroske um etwa zwei Dezibel lauter.

»Hältst du uns für komplette Idioten?«, blaffte nun auch Daubitz. »Ihr beide beweihräuchert euch mit ausgeschmückten Worten, wie toll ihr doch seid, wie raffiniert ihr es angestellt habt, Menschen zu töten. Und du willst nicht wissen, wer dein Partner ist?«

»Genau darum geht es doch«, stammelte Staroske hilflos. »Ich weiß nicht, wer er ist. Und er weiß es genauso wenig von mir.«

Thalbach, Daubitz und Harms tauschten einen stummen Blick. Keiner von ihnen wurde aus dem Gestammel schlau.

»Das ist alles nur ein Spiel«, fuhr Staroske kopfschüttelnd fort. »Verstehen Sie das denn nicht?«

»Was für ein Spiel?«, fragte Katharina entgeistert.

»Wer von uns beiden der Bessere ist. Simon und ich sind als Letzte übrig geblieben. Wir sind im Halbfinale.«

»Übrig geblieben?«, echote Katharina. »Von wem übrig geblieben?«

»Von allen, die mitgespielt haben.«

Daubitz presste nachdenklich die Faust unter sein Kinn. »Lass mich raten«, sagte er langsam. »Am Anfang wart ihr zu siebt, stimmt es?«

»Nein, acht. Aber einer ist erst gar nicht angetreten, hat im letzten Moment den Schwanz eingezogen.«

Der Brandenburger Polizist schloss die Augen. Auf seinen Armen machte sich eine Gänsehaut breit. »Erzähl, alles und von Anfang an.«

»Wir sind von dem Richter angesprochen worden,« kam Staroske der Aufforderung nach. »Er hat das Spiel ins Rollen gebracht. Es hat …«

»Der Richter?«, unterbrach Katharina. »Wer ist das?«

»Ich weiß nicht. Auch zu ihm hatten wir nur online Kontakt. Er ist der Ansprechpartner für alles. Und auch der Schiedsrichter.«

Thalbach warf einen fragenden Blick zu Harms. Der Hüne hob kurz die Schultern und deutete auf seine Uhr. Die Geste sollte wohl andeuten, dass er bisher zu wenig Zeit gehabt hatte, Staroskes PC alle Geheimnisse zu entlocken.

»Wo hat der Richter euch rekrutiert?«

»In Foren, Communitys. Sie wissen doch, wo sich die Freaks zusammenfinden und über ihre Hacks fachsimpeln. Der Richter hat sich immer im Hintergrund gehalten und nach und nach gezielt Leute angesprochen. Bis wir dann irgendwann zu acht waren.«

»Darauf kommen wir später noch mal zurück«, insistierte Katharina. »Wie läuft das Spiel?«

»In den ersten beiden Runden ging es jeweils nur um einen abgefahrenen Hack. Jeder hat sich ein Ziel gesucht und zu einem festgelegten Zeitpunkt ging es los. Der Richter hat anschließend entschieden, wer die nächste Runde erreichte. Simon und ich waren beide gleich gut.«

»Das waren die Angriffe auf die Energieversorger und die anderen Großunternehmen«, nickte Daubitz. »Und dann?«

Staroske rutschte nervös auf dem Stuhl herum. »Nach dem ... Viertelfinale wurden im Halbfinale drei Aufgaben gestellt«, erklärte er schließlich.

»Drei?«

»Ja.«

»Mann, jetzt rede endlich!«, brüllte Daubitz.

»Also gut, ist ja jetzt auch egal. Die erste Mission in dieser Runde bestand darin, eine bis dahin unbekannte Frau zu töten. Dabei mussten die Umstände der Tat absolut außergewöhnlich sein. Und es musste mit Sex zu tun haben.«

»Deshalb hast du dein Opfer in den Leichenwagen geschafft«, ergänzte Daubitz schleppend. »Und Simon hat sich das mit dem vergifteten Kondom einfallen lassen.«

»Ja, waren doch beides saugute Ideen. Da ist vorher noch keiner drauf gekommen. Die Geschichte ging unentschieden aus. Bei der zweiten Aufgabe hab ich dann verschissen.«

»Kusserow. Der Selbstmord mit dem Schwert.«

»Ja. Scheiße, können Sie sich vorstellen, wie schwierig es war, den Idioten dazu zu bringen, sich das Teil in den Schlund zu rammen? Zweieinhalb Stunden hab ich im Chat gebraucht, bis ich ihn an dem Abend endlich so weit hatte. Ganz zu schweigen von der Vorarbeit in den Tagen zuvor.«

Katharina ballte ihre Fäuste, sie konnte ihre Abscheu kaum zurückhalten. »Sie haben ihn glauben lassen, dass die Stasi fortbesteht und hinter ihm her sei, nicht wahr?«, zitierte sie aus dem Bericht, den Staroske auf seinem PC hinterlassen hatte.

Über Staroskes Gesicht huschte ein Anflug von Stolz. »Das war gar nicht so schwer. Der Typ muss zu seiner aktiven Zeit bewusst und massiv gedopt haben. Und er hatte eine wahnsinnige Panik davor, dass das noch rauskommt. Also hab ich ihm eingeredet, die Stasi wollte das genauso wenig und ihn deshalb zum Schweigen bringen.«

Daubitz seufzte. Kusserow hatte an ausgeprägtem Verfolgungswahn gelitten. Staroske hatte nur die richtige Kerbe finden müssen, dann war ihm Kusserow hilflos ausgeliefert gewesen.

»Simon hat die Runde jedoch gewonnen?«, setzte Katharina die Vernehmung fort.

»Er hat acht Punkte mehr als ich bekommen, das ist fast unmöglich aufzuholen.«

»Du meinst, in der dritten Mission?«, fragte Daubitz.

»Genau.«

»Und worin besteht die?«

»Das ist doch wohl logisch, oder?«

Katharina nickte verstehend. »Eigentlich ja. Beim ersten Mal ging es um einen selbst getätigten Mord. Beim zweiten Mal um einen Selbstmord. Nun geht es wieder um Mord. Nur müsst ihr jemand anderen dazu bringen, ihn zu begehen.«

»Exakt«, bestätigte Staroske. »Die reizvollste Aufgabe, bisher der Höhepunkt.«

»Anscheinend macht dir das wirklich Spaß, was?«, knurrte Daubitz.

Staroske hob den Kopf und war ehrlich verwirrt, dass der Kommissar ihn geradezu hasserfüllt anstarrte. »Ja, sicher«, erklärte er schwach.

»Du hast gesagt, ihr seit erst im Halbfinale«, mischte sich Buschke ein, der mit wachsendem Erstaunen zugehört hatte. »Was läuft denn in der letzten Runde?«

»Da bleibt doch nicht mehr viel übrig«, meinte Staroske. »Im Moment spielen wir darum, wer der Jäger ist und wer der Gejagte.«

»Bitte?«

»Die gehen aufeinander los«, brachte es Daubitz auf den Punkt. »So ist es doch, oder?«

»Ja. Der Sieger hat zwei Wochen Zeit, den anderen aufzuspüren. Wenn er es nicht schafft, wechseln die Rollen.«

»Versteh ich nicht«, meinte Katharina. »Der Verlierer braucht sich doch für zwei Wochen nur irgendwo verkriechen, dann hat der andere keine Chance.«

»Es gibt auch dafür dezidierte Regeln. Wenn es keiner von uns schafft, den anderen aufzuspüren, wird das Geld aufgeteilt.«

»Geld?«, hakte Daubitz schockiert nach. »Ihr spielt um Geld?«

»Um zweihundertfünfzigtausend Euro, ja. Am Anfang ging es nur um fünfzigtausend, aber nachdem Simon und ich gesagt haben, wir würden auch nach den geänderten Regeln spielen, wurde es aufgestockt.«

»Was heißt ›geänderte Regeln‹?«, wollte Katharina wissen.

»Es wurde langweilig«, gab Staroske leise zurück.

»Wer tötet denn aus Langeweile Menschen?«, fauchte Katharina.

»Sie verstehen das nicht«, wehrte sich Staroske. »Die Toten waren ja erst nicht vorgesehen. Aber nur Netzwerke zu sabotieren ... So ein Netzwerk kann man jeden Tag plattmachen, irgendwann wird das öde. Nun war doch endlich mal Fantasie gefragt. Und Kreativität.«

»Wer bezahlt denn eigentlich die Siegprämie?«, hakte Daubitz nach.

»Na, der Richter, wer sonst? Das Geld liegt bereits auf einer Bank, wir haben uns davon überzeugt.«

»Und wie?«, fragte Katharina.

Statt eine Antwort zu bekommen, erntete die Kommissarin drei mitleidige Blicke.

»Krank«, entschied Daubitz. »Ihr gehört doch alle in die Klapse.«

»Noch mal zu dem Richter«, sagte Katharina. »Können Sie zu dem Kontakt aufnehmen?«

»Indirekt.«

»Und wie?«

»Ich schicke eine kurze Nachricht an eine E-Mail-Adresse. Daraufhin meldet sich dann der Richter bei mir.«

»Hast du den Richter schon mal getraced?«, fragte Harms. »Oder Simon?«

»Nein. War mir zu heiß.«

»Außerdem wärst du sofort disqualifiziert worden, wenn man dich dabei erwischt hätte, oder irre ich mich? Das ganze schöne Geld wäre mit einem Schlag unerreichbar gewesen.«

»So in etwa.«

»Ist der Richter jederzeit erreichbar?«

»Es hat immer höchstens fünf Minuten gedauert, bis er auf eine meiner Mails reagiert hat.«

Harms fuhr mit Daumen und Zeigefinger über seine Nase und grinste. »Dann hab ich ja etwas zu tun.«

»Ich muss mal aufs Klo«, äußerte Staroske schüchtern.

»Dann komm mit«, meinte Buschke und nickte dem Uniformierten zu. »Mal sehen, wo wir für dich eine Toilette finden.«

»Und, was halten Sie von der Geschichte?«, fragte Daubitz, nachdem seine hiesigen Kollegen und der Tatverdächtige den Arbeitsraum verlassen hatten.

»Wir sind ein gehöriges Stück weiter«, antwortete Katharina nachdenklich. »Andererseits stellen sich gleich etliche neue Fragen.«

»Der Richter, nicht wahr?«

»Nicht nur das. Ich hatte eigentlich nicht damit gerechnet, dass es da jemanden gibt, der noch über Simon und Staroske sitzt. Wenn wir den Kopf der Schlange nicht erwischen, haben wir gar nichts davon, wenn wir die Mörder unschädlich machen. Dieser kranke Mensch wird doch so schnell wie möglich neue Spieler zu rekrutieren versuchen.«

»Glauben Sie, dass die Bezeichnung ›Richter‹ eine tiefere Bedeutung hat?«, fragte Daubitz. »Wenn es tatsächlich jemand ist, der mit der Justiz zu tun hat …«

»Keine Ahnung«, seufzte Katharina entmutigt.

»Meiner Meinung nach, sollten Sie sich als Erstes um Simon kümmern«, mischte sich Harms ein.

»Sie haben recht«, gab Daubitz zurück. »Der stellt eine konkrete Gefahr dar. Nicht auszudenken, wenn er seine dritte Mission zum Abschluss bringen kann.«

»Deshalb sollten wir uns ein wenig beeilen«, meinte Harms.

»Was haben Sie vor?«, fragte Katharina, der das vergnügte Funkeln in den Augen des Hünen nicht entgangen war.

»Ich werde versuchen, den Standort von dem Rechner dieses Richters ausfindig zu machen«, erklärte Harms. »Allerdings muss ich Vorbereitungen treffen. Der wird garantiert die allerfeinsten Warnsysteme installiert haben. Ich werde mir etwas einfallen lassen, wie ich die Datenwege zurückverfolgen kann, ohne dass er etwas merkt.«

»Und wie lange brauchen Sie dazu?«

Harms atmete deutlich hörbar aus. »Zwei, drei Stunden mit Sicherheit. Minimum.«

»Sagen Sie mal, sind Sie wirklich der Wishmaster?«, fragte Daubitz beinahe ehrfürchtig.

Harms hob die Augenbrauen. Dann stiefelte er entschlossen zu Staroskes Rechner.

»Sagt Ihnen der Name etwas?«, wandte sich Katharina an Daubitz.

»O ja. Der Kerl war unter den Hackern eine Legende, verschwand dann aber vor ein paar Jahren plötzlich von der Bildfläche. Wenn er ein Fußballer gewesen wäre, dann wäre er eine Symbiose aus Pelé und Franz Beckenbauer.«

Katharina lächelte schwach. »Dann muss er wohl ziemlich gut sein.«

47

Simon konnte seine Augen nicht vom Bildschirm lösen.

Irgendetwas stimmte nicht. Es war zwar nicht das erste Mal, dass der Richter sich außerhalb der vereinbarten Termine gemeldet hatte. Aber heute war der Grund irritierend gewesen. Sein Gegner bat um einen kleinen zeitlichen Aufschub, das von ihm ausgesuchte Objekt für die dritte Mission habe einen kleinen Unfall erlitten, die Zeitplanung sei durcheinandergeraten.

Diese Bitte war nach Simons Ansicht mehr als merkwürdig. Bis zum Abschluss der dritten Mission hatten sie noch unendlich viel Zeit. Wenn das Objekt in der Tat nur einen kleinen Unfall erlitten hatte, war doch gar nicht abzusehen, ob es zum entscheidenden Zeitpunkt einsatzfähig war oder nicht. Sicher, die Vorarbeiten könnten beeinflusst werden. Logischer wäre es jedoch, mit der Bitte um Verschiebung zu warten, bis mit Sicherheit davon auszugehen war, dass die Mission nicht zum verabredeten Zeitpunkt durchgeführt werden konnte. Was also sollte die unsinnige Nachricht?

Simon checkte die Aufzeichnung der eingegangenen Signale. Natürlich war sein Rechner dagegen abgesichert, von außen angepeilt zu werden. Hätte irgendjemand versucht, während eines Onlinekontaktes seinen Aufenthaltsort aufzuspüren, wäre Simon sofort gewarnt worden.

Und ebenso selbstverständlich hatte Simon seinen Weg ins Internet verschleiert, die Signale, die sein Computer in das weltumspannende Netz abgab, wanderten über Server in Malaysia, den Vereinigten Staaten, Belgien und Island. An jedem der Knotenpunkte hatte Simon elektronische Wachposten stationiert, die darauf achteten, dass ihm niemand zu nahe kommen konnte. Routinemäßig kontrollierte Simon jetzt die Daten, die er dabei speicherte. Aber nein, bis heute war er unbehelligt geblieben.

Das Protokoll, das er sich nun anschaute, lieferte ebenfalls keinen Anhaltspunkt dafür, dass jemand versucht hatte, die Leitung zu tracen. Es beruhigte Simon nicht.

Im Normalfall sandte ein User, der einen anderen Teilnehmer im Netz zu lokalisieren gedachte, eine permanente Signalkette, die er, nach Zustandekommen der gewünschten

Verbindung, bis zu ihrem Ziel verfolgte. Im Jargon wurde dieses Verfahren in Anlehnung an die Ortungsgeräte von U-Booten *pingen* genannt. Es war sicher die zuverlässigste, aber auch die plumpeste Art, um die Anonymität auszuhebeln.

Simon schloss für einen Moment die Augen. Auf so einfältige Art würde sein Kontrahent bestimmt nicht versuchen, gegen ihre Absprachen zu verstoßen.

Ein Gedanke durchzuckte Simon. Und wenn die Nachricht, die der Richter weitergeleitet hatte, gar nicht von seinem Gegenspieler stammte? Sondern von der Polizei?

Eine sehr ungemütliche Vorstellung. Diese Kommissarin war nicht zu unterschätzen. Das hatte er ja schon einmal erfahren dürfen. Und sie kannte offensichtlich Leute, die über das notwendige Know-how verfügten …

Aber andererseits hieße das, dass sein Gegenspieler aufgeflogen sein musste.

Simon verschwamm für Sekunden alles vor den Augen. Das konnte nicht sein! Sein Kontrahent war zwar nicht brillant, aber auch nicht schlecht. Und er hatte während seiner Missionen demonstriert, wie umsichtig er Sicherheitsvorkehrungen zu treffen in der Lage war.

Irgendetwas Außergewöhnliches musste passiert sein.

Moment, machte er nicht schon wieder einen Denkfehler? Die Kommissarin wusste doch gar nichts von den anderen Missionen.

Oder doch? Hatte sie die Parallelen der Taten entdeckt?

Mit einem schnellen Blick kontrollierte Simon die Anzeige des GPS-Senders, der verriet, wo Thalbachs Wagen stand. Keine Veränderung, das Gefährt befand sich immer noch in derselben Position wie heute Morgen.

Um ganz sicherzugehen, loggte sich Simon bei Thalbachs Handybetreiber ein. Selbst wenn ihr Wagen bewegungslos in

Bochum stand, hieß das eigentlich nicht, dass sich seine Besitzerin noch dort aufhielt.

Mithilfe der unzähligen Sendemasten konnte man in den Ballungszentren den Aufenthaltsort eines Handys mit einer Fehlerquote von maximal hundert Metern bestimmen. Simon gab die Kennung des gesuchten Mobiltelefons ein und wartete ungeduldig, bis ihm das Ergebnis übermittelt wurde.

Sekunden später entfuhr ihm ein Laut des Entsetzens. Thalbachs Handy befand sich mitnichten in Bochum. Sondern gut sechshundert Kilometer weiter östlich.

Damit war klar: Sie hatten seinen Kontrahenten erwischt. Eine andere Erklärung konnte es nicht geben. Vielleicht hatte der Typ sich durch eine Kleinigkeit, durch einen Flüchtigkeitsfehler verraten, vielleicht hatte ihn auch einfach nur ein Zeuge in einem unpassenden Moment gesehen. Völlig egal, die Bullen wussten, wer er war. Und sie hatten wahrscheinlich Zugang zu seinem Rechner. Und damit auch zu allen Daten, die darauf gespeichert waren.

Simon atmete tief durch und nahm einen Schluck Wasser. Er fühlte sich plötzlich einsam und verloren. Mit seinem Gegner hatte er nur virtuell kommuniziert, aber sie waren seelenverwandt. Der Verlust traf ihn wie andere Menschen der Tod eines nahen Angehörigen.

Und sein eigener Aufenthaltsort war jetzt bestimmt kein Geheimnis mehr, selbst wenn seine Überwachungsprogramme kein unbefugtes Eindringen in seinen Rechner gemeldet hatten.

Am sichersten wäre es gewesen, sofort alles stehen und liegen zu lassen, das Notwendigste in eine kleine Reisetasche zu packen und sich abzusetzen. Aber Simon dachte nicht eine einzige Sekunde daran, dies in die Tat umzusetzen. Er war gegenüber der Polizei immer noch im Vorteil.

In seinem Haus konnte er jedoch nicht länger bleiben. Es war nur eine Frage der Zeit, bis die Polizei vor der Tür stehen würde. Simon fuhr seinen Rechner herunter, stöpselte das USB-Kabel der transportablen Festplatte aus dem Steckplatz und verließ, ohne sich noch einmal umzusehen, seinen Arbeitsraum. Dass er die übrigen Geräte zurücklassen musste, spielte keine Rolle. In seinem Ausweichquartier befand sich eine identische Ausrüstung.

Als er den Schlüssel seiner Limousine in die Hand nahm und die Kellertreppe zur Garage hinunterlief, pfiff Simon schon wieder vergnügt vor sich hin. Bevor er auf den Knopf für die Fernbedienung des Garagentores drückte, aktivierte er die Alarmanlage.

Diese Katharina Thalbach war wirklich eine würdige Gegnerin. Es würde ihm einen Heidenspaß machen, sie ein für alle Mal zu besiegen. Dafür, dass sie ihm das Spiel verdorben hatte, würde sie büßen.

48

Kriminalhauptkommissar Wielert gähnte herzhaft. »Dauert's noch lange?«, hörte der Leiter des Bochumer KK 11 die Frage in seinem Rücken.

Wielert drehte sich um. Dem Kollegen mit der hochgezogenen Wollmaske auf dem Kopf schien die Hitze nichts auszumachen, trotz der für die sommerlichen Temperaturen unangebrachten dicken Kleidung perlte kein Schweiß auf seiner Stirn.

»Sie müssten eigentlich gleich da sein. Gibt es von Ihren Leuten etwas Neues?«

»Nein. Anscheinend ist der Vogel immer noch im Nest, die Vorhänge sind zwar alle zugezogen, aber hin und wieder erkennt man einen Schatten, der sich dahinter bewegt.«

Wielert nickte und griff erneut zu seinem Handy. Aber in diesem Augenblick erkannte er Katharina hinter dem Steuer eines unauffälligen Vectra, der sich schnell näherte.

»Na endlich«, seufzte er erleichtert und hob winkend die Hand.

Katharina dirigierte den Wagen an den Straßenrand und stellte den Motor ab.

»Sorry«, erklärte die Kommissarin, als sie, mit Harms im Schlepptau, zu Wielert und dem Leiter des SEK trat. »Schneller ging es nicht. Sind alle bereit?«

»Schon seit einer Stunde«, gab Wielert zurück. »Wir haben nur noch auf dich gewartet.«

Katharina sah sich um. In dem Transporter hockten sechs vermummte Gestalten, die auf das Zeichen ihres Einsatzleiters warteten, Simons Versteck stürmen zu dürfen. Ein weiteres Mitglied des SEK ließ den Eingang des Hauses nicht aus den Augen, ein anderer Mann hatte sich auf der Rückseite des Hauses ein sicheres Beobachtungsplätzchen gesucht. Beide waren von hier aus natürlich nicht zu sehen, denn der Transporter stand einen guten Kilometer von Simons Adresse entfernt.

Simon wohnte in einer nahezu verkehrslosen Seitenstraße in Mülheim-Heißen. Der Erwerb eines der Häuser dürfte zu seligen D-Mark-Zeiten inklusive Grundstück eine Ausgabe im siebenstelligen Bereich erfordert haben. Ein-, maximal zweigeschossige Bungalows und Villen duckten sich hinter schützenden Vorgärten, manche waren von der Straße her gar nicht zu sehen.

»Was wissen wir?«, fragte Katharina.

»In dem Haus ist nur eine Person gemeldet«, antwortete der SEK-Leiter, nachdem er sich Katharina mit Martin Klich vorgestellt hatte. »Simon ten Brink. Der Mann ist Mieter, nicht Eigentümer, geboren am 14. Mai 1977. Das war auch schon so ziemlich alles, was wir an persönlichen Daten herausfinden konnten. Keine Vorstrafen, noch nicht mal Punkte in Flensburg.«

Katharina nickte. »Haben wir Pläne des Hauses?«

»Ja«, gab diesmal Wielert zurück. »Hoffen wir, dass dieser Simon keine großartigen Umbauten vorgenommen hat. Jeweils vier große Zimmer im Erdgeschoss und in der ersten Etage. Das Haus ist voll unterkellert, ebenfalls vier Räume, daneben eine Doppelgarage. Wirkt alles ziemlich übersichtlich. Theoretisch.«

»Machen wir es sofort auf die harte Tour? Oder sollen wir es zunächst ohne Gewalt probieren?«, fragte Klich.

»Wir werden selbstverständlich wie üblich vorgehen«, sagte Wielert. »Sollte ten Brink Zicken machen oder zu fliehen versuchen, kommt ihr ins Spiel.«

»Ist der Haftbefehl schon da?«

»Sicher, Berthold hat ihn.«

»Was habt ihr denn über diesen Kerl aus Düsseldorf in Erfahrung gebracht? Diesen Richter?«

Harms' Aktivitäten in Strausberg hatte die Kripo nicht nur auf die Adresse von Simon hier in Mülheim gebracht, sondern auch offenbart, dass sich der Unterschlupf des ominösen Richters in der Landeshauptstadt befand.

Wielert lachte freudlos. »Gar nichts«, erklärte er dann. »Die Adresse gehört zu einem Acht-Familien-Haus, in dem ausnahmslos türkische Mitbürger wohnen. An dem Haus kleben zwar jede Menge Satellitenantennen, aber sonst ist keine außergewöhnliche Technik bekannt.«

»Sind die Kollegen vor Ort?«

»Natürlich. Sobald wir das Okay geben, werden sie das Haus und die Wohnungen unter die Lupe nehmen.«

Katharina entflammte eine Zigarette, inhalierte und lehnte sich gegen den Transporter. Ihr Rücken tat weh, die knapp zwölfhundert Kilometer, die sie heute hinter sich gebracht hatte, machten sich bemerkbar. »Wie lange willst du noch warten?«

»Gar nicht.« Gleichzeitig gab Wielert Hofmann und Gassel ein Zeichen. Die beiden hatten es sich auf den Polstern eines der Dienstfahrzeuge gemütlich gemacht.

»Ja?«, fragte Hofmann, als die Truppe komplett versammelt war. »Geht's endlich los?«

»Erst mal gehen nur Katharina und ich«, entschied Wielert. »Du bleibst mit Karl Heinz und Herrn Harms im Hintergrund. Wenn ten Brink nicht öffnet oder auf dumme Gedanken kommt, übernimmt das SEK.«

»Dann mal los«, forderte Katharina.

Wielert klopfte an die Seitenscheibe des Transporters, wechselte letzte Worte mit Klich, dann schoben die schwer bewaffneten Polizisten ab.

»Wir warten noch fünf Minuten, dann hat sich das SEK postiert«, erklärte Wielert.

Katharina antwortete nicht. Ihre Müdigkeit war restlos verflogen und hatte einer nervösen Spannung Platz gemacht.

Die Frist, die Wielert mit dem SEK abgesprochen hatte, verstrich, Hofmann verzog sich mit Harms zu Gassel in den Einsatzwagen, Katharina und ihr Boss bestiegen den Vectra und legten die tausend Meter bis zu Simons Haus zurück. Katharina parkte den Wagen auf der Garagenauffahrt.

»Ich habe ein komisches Gefühl im Magen«, sagte Wielert.

»Ich auch. Wirkt alles ein bisschen zu friedlich.«

Beide kletterten aus dem Auto und warfen verstohlene Blicke in die Runde.

In sämtlichen Fenstern, die das Haus zur Straße aufwies, waren nur zugezogene Gardinen zu sehen, hinter zweien brannten Lampen, kurz war ein Schatten erkennbar, der durch ein Zimmer im ersten Stock huschte. Die Beamten des SEK waren nicht zu entdecken, obwohl Thalbach und Wielert wussten, dass die Männer da waren.

Während die Kriminaler auf die Haustür zuschritten, krampften sich Wielerts Finger um den Umschlag, der den Haftbefehl gegen Simon ten Brink enthielt. Je näher er der Eingangstür kam, umso fester wurde sein Griff.

Katharina drückte auf die Klingel, auf dem Namensschild darüber stand nichts. Aus dem Inneren des Hauses war ein sonorer Gong zu hören. Sonst blieb es still, keine Schritte, die sich näherten, keine anderen Geräusche.

Katharina klingelte erneut, gleichzeitig hämmerte sie mit den Fingerknöcheln gegen das Holz.

Dieses Mal erfolgte eine Reaktion. Schlagartig gingen die Lichter hinter den zugezogenen Fenstern aus, gleichzeitig war ein schepperndes Geräusch und danach eilige, sich entfernende Schritte zu vernehmen.

»Tja, dann wohl auf die harte Tour«, seufzte Wielert, trat ein Stück zur Seite und hob deutlich sichtbar die Hand. Sekundenbruchteile später stürmten die SEK-Beamten aus ihren Verstecken, formierten sich, während sie auf das Haus zuliefen, und stimmten sich mit lange eingeübten Blicken wortlos ab.

Thalbach und Wielert zogen sich zum Vectra zurück. Solange die Sicherung des Hauses noch nicht erfolgt war, wollten sie kein zu deutliches Ziel bieten.

Mit einer kleinen Ramme wurde das Schloss der Eingangstür aufgesprengt, kurz darauf waren von der Rückseite des Hauses her ebenfalls klirrende Geräusche zu hören. Zwei SEK-Leute blieben mit gezogenen Waffen im Vorgarten zurück, die anderen stürmten in das Haus. Stimmen ertönten, einer der Beamten forderte ten Brink auf, sich zu ergeben und mit erhobenen Händen aus seinem Versteck zu kommen.

Sekunden und Minuten verstrichen.

»Verdammt noch mal, was machen die da drin?«, fluchte Wielert, während er den Kopf über das Dach des Vectra schob. »So groß ist die Hütte doch auch nicht, dass sie den Kerl noch nicht gefunden haben können.«

»Vorausgesetzt, er ist wirklich da drin«, antwortete Katharina.

»Natürlich ist er da drin. Wir haben doch gesehen, dass er sich bewegt hat.«

»Nein, wir haben einen Schatten gesehen, der uns den Eindruck vermitteln sollte, dass sich jemand im Haus bewegt. In Wahrheit ist dieser Simon bestimmt schon längst über alle Berge.«

»Meinst du, er hat mitbekommen, dass Harms seinen Standort aufgespürt hat?«

»Ich weiß es nicht. Vielleicht hat er auch nur etwas zu erledigen und ist zufällig nicht im Haus und das mit den Schattenspielen ist nur einer seiner technischen Tricks. Auf jeden Fall verschwenden wir hier unsere Zeit, davon bin ich überzeugt.«

»So ein Mist«, sagte Wielert und schlug mit der Faust auf das Autodach.

Katharina verließ ihre Deckung und steuerte die Haustür an. Sie war noch keine drei Schritte weit gekommen, als plötzlich die SEK-Beamten aus dem Haus stürmten.

»Weg!«, schrie Klich und ruderte hektisch mit den Armen. »Hauen Sie …«

Das letzte Wort ging in einer ohrenbetäubenden Explosion unter.

49

»Möchte noch jemand einen Kaffee?« Karl Heinz Gassel hob fragend die gläserne Kanne mit dem Muntermacher in die Höhe.

Hofmann schob ihm seine verschmierte Tasse über den Tisch, Wielert schüttelte den Kopf. Katharina winkte ab und presste sich die Finger wieder in die Ohren. Seit der Explosion waren einige Stunden vergangen, aber es klingelte noch immer in ihren Gehörgängen.

»Habt ihr auch Tee hier?«, fragte Harms.

»Pfefferminz«, antwortete Gassel. »Allerdings nur Beutel.«

»Nee, danke. Dann nehme ich lieber auch einen Kaffee.«

Wielert fuhr sich mit den Handflächen über die müden Augen und drückte das Kreuz durch. Es ging stramm auf zwei Uhr am Sonntagmorgen zu.

Wie durch ein Wunder war bei der Explosion niemand ernsthaft zu Schaden gekommen, zwei Beamte des SEK hatten leichte Prellungen erlitten, aber wenigstens waren alle rechtzeitig aus dem Haus gerannt. So weit sie die Falle bisher rekonstruieren konnten, hatte Simon die Gaszuleitung zum Haus manipuliert. Als das SEK die Tür aufgebrochen hatte, hatten empfindliche Sensoren dieses Ereignis aufgezeichnet. Daraufhin hatte sich ein Ventil geöffnet, um mit Hochdruck Gas im Keller zu verströmen. Nach einigen weiteren Minuten hatte ein an eine Zeitschaltuhr gekoppelter Zündmechanismus für den nötigen Funken gesorgt.

Einer der SEK-Beamten hatte zum Glück die Verkabelung der Falle entdeckt und die richtigen Schlüsse daraus gezogen. Seine Warnung hätte nicht eine Sekunde später erfolgen dürfen.

»Fangen wir an«, bat Wielert müde. »Umso eher kommen wir nach Hause.«

Hofmann schlürfte geräuschvoll seinen Kaffee, Gassel klimperte mit seinem Löffel in der Tasse, Harms wärmte sich die Finger an seinem Becher. Die Motivation eines jeden lag im Augenblick unterhalb jeglicher messbaren Einheit.

»Von dem Haus ist nur die äußere Hülle stehen geblieben«, stellte Wielert fest. »Die Zimmer und sämtliche darin befindlichen Einrichtungsgegenstände – und damit natürlich auch sämtliche eventuell vorhandene Spuren – dürften unrettbar verwüstet sein. Selbst wenn die Kriminaltechnik äußerst gründlich arbeitet, mache ich mir keine Hoffnung, dass dort noch etwas Brauchbares zu finden ist.«

»Dieser Simon ist schlimmer als ein Phantom«, knurrte Katharina wütend. »Ich habe den Eindruck, er ist uns ständig einen Schritt voraus.«

»Hat er vielleicht doch gemerkt, dass Sie ihn angepeilt haben?«, fragte Hofmann mit einem Seitenblick auf Harms.

»Möglich ist alles«, gab der Friese zurück. »Und die Kontaktaufnahme war ein Risiko. Vielleicht war der Vorwand zu offensichtlich banal. Staroske hatte doch gesagt, dass es nur sehr selten zu derartigen Mitteilungen gekommen ist. Vielleicht hat Simon danach seinerseits versucht, Staroske zu kontaktieren, nachdem wir die Leitung stillgelegt hatten. Und natürlich keine Antwort erhalten – ein Indiz, dass sein Kumpel aufgeflogen ist.«

»Aber wir hatten keine andere Wahl«, seufzte Katharina. »Wenigstens haben wir nun mehr als nur einen Vornamen und ein Fahndungsbild.«

»Was ist denn über diesen Simon ten Brink bekannt?«, erkundigte sich Gassel.

»Nichts«, antwortete Wielert. »Wir wissen lediglich, dass er existiert. Und wo er wohnt … gewohnt hat.«

»Er hat die Platte geputzt«, bemerkte Harms. »Hätte ich an seiner Stelle auch gemacht. Er wird überall kleine Spione haben, die sämtliche Datenverzeichnisse nach einer Eintragung über ihn durchsuchen. Und sobald irgendwo etwas auftaucht, löscht er es. Online ist er so nicht greifbar.«

»Irgendwo muss dieser Simon eine Schwachstelle haben«, stöhnte Katharina. »Nach dem Mord an de Rosa haben wir nur eine Woche gebraucht, um ihn ausfindig zu machen. Er macht Fehler. Er ist arrogant und er unterschätzt uns.«

Wielert verschraubte seine Finger ineinander und nickte nachdenklich. »Natürlich macht er Fehler, wie jeder andere auch. Erstaunlicherweise hat er die Fehler vor allem auf seinem Spezialgebiet begangen. Sonst hätte Harms ihn nicht orten können. Bei den Verbrechen, die er verübt hat, war er wesentlich umsichtiger. Sowohl in dem Swingerclub hier bei uns als auch in dem Hotel in Utrecht hat er keine verwertbaren Spuren hinterlassen, das Phantombild der Kellnerin mal außen vor gelassen. Es war doch ein absoluter Glücksfall, dass wir überhaupt erkannt haben, dass die Fälle zusammenhängen.«

»Soll heißen?«, wollte Hofmann wissen.

»Dass wir nicht auf weitere Fehler hoffen dürfen«, antwortete Katharina an Wielerts Stelle. »Er war nachlässig, weil er sich unangreifbar fühlte. Inzwischen hat er gemerkt, dass wir ihm ausgerechnet auf seinem Spezialgebiet gefährlich geworden sind. Er wird sich nicht die Blöße geben, uns ein zweites Mal zu nahe an sich herankommen zu lassen.«

»Genau das meinte ich«, bestätigte Wielert. »Ab jetzt werden wir Simon nur mit akribischer und altmodischer Ermittlungsarbeit beikommen können. Wir haben seinen Namen, der nicht gerade alltäglich ist. Wir haben eine Kontoverbindung, von der aus die Miete für das Haus bezahlt wurde. Vielleicht hat er irgendwo Familie. Vielleicht war er nicht gründlich genug, als er versucht hat, seine Vergangenheit für andere unzugänglich zu machen.«

»Was haben denn die Düsseldorfer erreicht?«, erkundigte sich Katharina gähnend.

Kurz vor der Besprechung hatte Wielert mit dem Einsatzleiter in Düsseldorf telefoniert, um sich nach dem dortigen Stand der Dinge zu erkundigen.

»Fehlanzeige«, zerstörte der Leiter des KK 11 die zarten Hoffnungen auf dort erzielte Fortschritte. »Dass die georte-te Adresse nicht der tatsächliche Wohnort des Richters war, hatte ja eigentlich schon vor dem Einsatz festgestanden. Die Kollegen haben sämtliche Wohnungen kontrolliert, aber nur harmlose Mieter vorgefunden. Unter dem Dach befindet sich jedoch eine kleine Kammer, mit einer stabilen Metalltür und einem extra Vorhängeschloss gesichert. Ein Kabelschlauch führte durch das Mauerwerk in den Raum …«

Harms lachte leise auf. »Das hätte ich mir eigentlich denken können. Eine Relaisstation, nicht wahr?«

»So etwas Ähnliches«, nickte Wielert. »Als die Kollegen endlich in der Kammer waren, standen sie vor einem qualmenden PC in einem ansonsten komplett leeren Zimmer.«

»Nichts, was Rückschlüsse auf die Identität des Richters zulässt?«, fragte Hofmann enttäuscht.

»Nein. Es ist bekannt, dass diese Dachkammer vor mehr

als anderthalb Jahren angemietet worden ist, der Name auf dem Mietvertrag gehört einer Fantasiefirma, die den Verschlag angeblich als Lagerraum nutzen wollte. Jeden Monat gehen zweihundert Euro für Miete und Nebenkosten auf das Konto des Vermieters, die Bankverbindung wird im Augenblick noch gecheckt. Keine Anmeldung für einen Telefonanschluss, aber es gibt einen DSL-Zugang.«

»Lass mich raten«, sagte Katharina. »Niemand hat jemanden gesehen, der je die Kammer betreten oder verlassen hat.«

»Korrekt. Ich hoffe, wir finden über die Mietzahlungen etwas heraus, sonst ist die Spur so tot wie sonst etwas.«

»Der Rechner war ein Totalverlust?«, erkundigte sich Harms.

»Ja. Die Festplatte muss wohl nur noch ein geschmolzener Klumpen gewesen sein.«

»Hör auf«, bat Gassel. »Ich muss ins Bett, und wenn ich noch mehr schlechte Nachrichten höre, finde ich nachher gar keinen Schlaf.«

»Hast recht, wir sollten wirklich Schluss machen«, meinte Wielert. »Schlaft euch alle aus, wir treffen uns um elf Uhr wieder.«

»Dann also gute Nacht«, gähnte Hofmann und erhob sich von seinem Stuhl.

»Ich glaube, Sie irren sich«, sagte Harms seelenruhig.

»Bitte? In welcher Hinsicht?«

»Hinsichtlich der Detektivarbeit. Sie werden vielleicht etwas über Simon herausfinden. Aber Sie kriegen ihn dadurch nicht.«

»Da mögen Sie recht haben«, knurrte Hofmann. »Aber wissen Sie, warum? Weil er verschwinden wird. Simon wird seine Computer ausschalten, den Schwanz einziehen und sich eine ruhige Ecke suchen. Falsche Papiere dürften für ihn kein Problem sein. Anscheinend verfügt er ja auch über das nötige Kleingeld, denn die Hütte, die er in Mülheim in die Luft gesprengt hat, bezahlt man nicht von Hartz IV.«

»Was meinen Sie damit, dass klassische Ermittlungsarbeit zu nichts führen wird?«, überging Wielert seinen Vorredner.

»Simon ist im Augenblick vielleicht ein wenig durcheinander, aber er wird den Teufel tun und sich aus dem Staub machen. Für ihn ist das Ganze eine Frage der Ehre.«

»Der Ehre?«, echote Hofmann ungläubig.

»Ja, sicher. Er war wahrscheinlich extrem gelangweilt, deshalb hat er sich auf dieses Spiel eingelassen. Ein Spiel, bei dem er ohne Skrupel Menschen tötet, nur um zu zeigen, dass er besser ist als irgendein anderer. Und dann erdreistet sich jemand von der Polizei, ihm ins Handwerk zu pfuschen. Nun weiß Simon, dass er doch nicht so unfehlbar ist, wie er immer gedacht hat. Ich denke, das wird er persönlich nehmen.«

»Und was haben wir von dieser Theorie?«, fragte Wielert.

»Er wird versuchen, Ihnen klarzumachen, dass er besser ist als Sie. Simon ist es völlig egal, ob Sie Polizisten sind und er für den Rest seines Lebens im Gefängnis landet, wenn er gegen Sie verliert. Es geht ihm darum, der Beste zu sein. Er braucht die Herausforderung, den Nervenkitzel.«

»Ist das jetzt nicht Hobby-Psychologie?«, fragte Gassel zweifelnd.

Harms grinste. »Wenn schon, dann Hacker-Psychologie. Haben Sie schon mal Jugendliche gesehen, nachdem sie mehrere Tage auf diesen LAN-Partys gespielt haben? Die sehen aus wie eine verschimmelte Weißbrotscheibe, schleppen sich, wenn sie am Ende ihrer Kräfte sind, zu einer Schale Cornflakes, nur um sich dann wieder vor den Rechner zu setzen. Bei Simon ist es genau das Gleiche, allerdings auf einem gänzlich anderen Niveau. Er kann gar nicht anders, als

Ihnen beweisen zu wollen, dass er besser ist als Sie. Es ist sein Lebensinhalt, das, was für ihn real ist. Ich war doch früher fast genauso.«

»Sie meinen, er handelt geradezu zwanghaft?«, vergewisserte sich Katharina.

»So kann man es nennen.«

»Und wie will er uns beweisen, dass er besser ist als wir?«, überlegte Wielert.

»Ich habe keine Ahnung«, antwortete Harms. »Aber ich glaube, es wird gar nicht lange dauern, dann werden wir wissen, was sich Simon ausgedacht hat.«

50

»Papa, wann sind wir endlich da?«

Ulli Zander schaute in den Rückspiegel. Arne schien sich nicht zu langweilen, denn die Kopfhörer seines MP3-Spielers steckten in seinen Ohrmuscheln. Die Frage war wohl nur aus Prinzip gestellt worden.

»Gleich«, antwortete Ulli. »Ich schätze mal, noch so zehn Minuten.«

»Ich hab Durst.« Der Junge schrie fast, um die Musik zu übertönen.

»Dann trink etwas. Du hast doch eine Wasserflasche neben dir stehen.«

»Ich will aber kein Wasser. Das schmeckt nicht. Ich will Cola.«

Der genervte Vater seufzte und verzichtete auf eine weitere Steilvorlage. Stattdessen schraubte er seinen abgespreizten Mittelfinger in die Höhe, das vereinbarte Warnzeichen, dass er ab jetzt in Ruhe gelassen werden wollte. Nach der vor ihm liegenden Wegbeschreibung würde er gleich die Kreuzung erreichen, an der er die Hauptstraße verlassen musste, um über mehr oder weniger befestigte Nebenwege zu diesem Hotel zu gelangen, welches sein Bruder begutachten sollte.

Ulli hoffte, das anstehende Kennenlernen so kurz wie möglich halten zu können. Vielleicht konnte er sich mit seinem Sohn ja wirklich noch in der überraschend schönen Natur um Iserlohn herum vergnügen.

»Papa, ist das wirklich mein Onkel?«, bohrte Arne. Dankenswerter Weise hatte er die Kopfhörer nun von den Ohren gezogen und sprach in annehmbarer Lautstärke.

»Ja.«

»Dann ist das dein Bruder, richtig?«

»Genauso ist das.«

»Warum hast du denn noch nie erzählt, dass du einen Bruder hast?«

Ulli schielte auf den Zettel. Noch drei Mal abbiegen und sie waren am Ziel.

»Weil ich das selbst nicht wusste«, erklärte er währenddessen.

»Was? Du wusstest nicht, dass du 'nen Bruder hast?«

»Stimmt.«

»Hab ich auch 'nen Bruder, von dem ich nichts weiß?«, wunderte sich Arne.

Das musst du deine Mutter fragen, hätte Ulli beinahe geantwortet, aber er biss sich noch rechtzeitig auf die Zunge. »Nein, da brauchst du dir keine Sorgen zu machen«, sagte Ulli laut.

»Ich mein nur, so was weiß man doch eigentlich. Ob man 'nen Bruder hat.«

»Im Regelfall schon. Allerdings hat mir mein Vater nie erzählt, dass es noch einen anderen Sohn von ihm gibt. Ich find es auch nicht schön, aber so etwas kommt vor.«

»Würdest du mir das auch nicht erzählen?«, fragte Arne eindringlich.

»Selbstverständlich würde ich das. Warum interessiert dich das so?«

Arne setzte ein nachdenkliches Gesicht auf. Seine Augen hefteten sich starr in den Rückspiegel, damit er seinen Vater beobachten konnte. »Ich dachte nur, das hätte vielleicht auch was mit Mama zu tun. Dass sie nicht mehr mit uns zusammenwohnt.«

Ulli runzelte die Stirn. »Das verstehe ich nicht.«

Arne druckste herum. »Ja, ich dachte, dass das gar nicht dein Bruder ist, mit dem wir uns da jetzt treffen.«

»Sondern?«

»Weil ja die Mama auch mit 'ner Frau zusammen ist. Könnt ja sein, dass du deshalb schwul geworden bist.«

Ulli schnürte es die Kehle zu. Zum Glück dirigierte er den Familienkombi über eine gerade Strecke, sonst hätte es gefährlich werden können, als er sich fassungslos zu seinem Abkömmling umdrehte.

»Wie kommst du denn auf die Idee, ich sei schwul? Woher weißt du überhaupt, was das ist?«

»Der Kevin hat mir das erklärt. Dem sein Onkel ist auch schwul. Der wohnt sogar mit dem zusammen.«

»Kevin? Dein Klassenkamerad? Wohnt mit seinem schwulen Onkel zusammen?«

»Nein«, winkte Arne besserwisserisch ab. »Der Onkel wohnt mit seinem Freund zusammen.«

»Ach so. Nein, Arne, ich bin nicht schwul.«

»Aber Mama, oder?«

Ulli begann zu schwitzen. »Nein, Mama ist nicht schwul«, nuschelte er.

»Nicht? Aber die lebt doch mit ’ner anderen Frau zusammen. Das ist doch schwul, oder nicht?«

»Nein. Wenn eine Frau mit einer anderen Frau zusammen ist, heißt das lesbisch«, antwortete Ulli resignierend.

»Lesbisch? Cool. Und was bist du?«

»Wieso ich?«

»Wenn du nicht schwul und nicht lesbisch bist. Was bist du dann?«

»Das heißt hetero.« Ulli sehnte sich das Ende der Autofahrt herbei.

»Triffst du dich denn noch mal mit dieser einen Frau? Mit die Alma?«, fragte Arne munter weiter.

»Almut«, korrigierte Ulli. »Ja, wir treffen uns wieder. Hast du etwas dagegen? Du findest sie doch ganz okay, oder?«

Tatsächlich war Arne entgegen seiner sonstigen Gewohnheit mit der neuen Bekanntschaft seines Vaters sehr schnell warm geworden. Zumindest war das Ullis Eindruck gewesen, als er die beiden einander vorgestellt hatte.

»Ja, sicher«, krähte Arne mit kindlicher Überzeugung. »Ist nur irgendwie komisch. Dann hätte ich ja irgendwann drei Mamas. Und nur einen Papa.«

»So weit sind wir noch lange nicht«, wehrte Ulli ab und sandte ein Stoßgebet zum Himmel. Ein ziemlich neu aussehendes Schild, auf dem ein Investor stolz verkündete, hier demnächst das erste Literaturhotel Deutschlands eröffnen zu wollen, wies ihm die Richtung zu dem Bau. Den Treffpunkt, den ihm Emanuel genannt hatte, hatte er also gefunden.

Beinahe hätte er die Einfahrt verpasst. Der Weg war noch nicht asphaltiert, sondern bestand aus natürlichem Lehmboden, in dem es sich etliche Schlaglöcher gemütlich gemacht hatten. Die vor Jahren vermutlich einmal gepflegten Hecken waren unkontrolliert gewuchert und verhinderten eine freie Sicht sogar nach vorn.

Vorsichtig kurvte Ulli um die Schlaglöcher herum und ließ den Wagen auf den Vorplatz rollen. An dessen Ende parkte ein schwarzer Audi, am Kotflügel des Autos lehnte in lässiger Pose ein Mann.

Ulli atmete tief durch und stoppte den Kombi.

»Herzlich willkommen, Brüderchen«, intonierte der Mann neben dem Audi lautstark. »Mensch, ist das irre, dass wir uns endlich mal zu sehen kriegen.«

Noch bevor Ulli vollständig ausgestiegen war, stand Emanuel neben der Tür und zerdrückte fast Ullis Oberarm. Seine Augen leuchteten dabei wie das Flutlicht der Allianz-Arena.

»Lass mich doch erst mal aussteigen«, bat Ulli.

»Klar, sicher«, haspelte Emanuel. »Du kannst dir gar nicht vorstellen, wie sehr ich mich freue. Paps hat mir viel von dir erzählt. Wetten, ich kenn dich genauso gut wie er?«

Ulli schaffte es gerade noch, einen Arm zwischen sich und den Oberkörper seines Bruders zu bringen, sonst wäre er bei der herzlichen Umarmung womöglich erstickt. Dass sein Bruder seinen Vater mit ›Paps‹ titulierte, schien ihm fast ein Frevel zu sein. Hätte Ulli seinen Vater so genannt, hätte er ausziehen können – selbst, wenn er erst drei Jahre alt gewesen wäre.

»Hey, du hast ja deinen Kurzen mitgebracht«, rief Emanuel, nachdem er Ulli endlich aus seinem Griff entlassen hatte. »Hallo, kleiner Mann. Ich bin dein Onkel.«

Ulli warf die Fahrertür ins Schloss und sah mit einem flauen Gefühl im Magen zu, wie sein Bruder Arne aus dem Wagen half. Emanuel besaß äußerlich weder Ähnlichkeit mit seinem Vater noch mit ihm selbst. Allerdings gestand der Sozialarbeiter seinem verstorbenen Vater zu, dass er einen ziemlich ansehnlichen Menschen produziert hatte. Emanuel war ein Bild von einem Mann, höchstens Anfang dreißig, etwas über eins achtzig groß, durchtrainiert, ohne ein Gramm überflüssigen Fetts an seinem Körper. Das gebräunte Gesicht mit den sehr auffallenden, hochstehenden Jochbeinen und den stahlblauen Augen zog den Blick auf sich, wenn man sich vom Anblick der Glatze losgerissen hatte. Nach allem Anschein hatten beim äußeren Erscheinungsbild wohl die Gene der Mutter die Oberhand gewonnen. Ulli war nicht böse darüber, dass sie vom Aussehen her nicht gleich als Brüder zu erkennen waren.

»Hast du problemlos hergefunden?«, fragte Emanuel, nachdem auch Arne festen Boden unter den Füßen hatte. »Die Hütte hier liegt wirklich ein bisschen versteckt.«

»Es war okay«, nickte Ulli. »Aber wer kommt auf die Idee, in dieser Einöde ein Hotel aufmachen? Hierher verirrt sich doch kein Tourist.«

Er machte eine weiträumige Handbewegung, die das ganze Gelände einschloss. Das Gemäuer, das irgendwann in eine kleine Talmulde gesetzt worden war, stand, so ließ zumindest der Zustand der Außenmauern vermuten, schon mindestens zehn Jahre leer. Einige Scheiben waren eingeschlagen oder zerbrochen, Jalousien hingen lose vor den Fenstern. Die Eingangstür, über eine gerundete Treppe zu erreichen, war aus verwittertem Holz und stand offen.

Emanuel lachte. »Literaturhotel Franzosenhohl.«

Ulli erinnerte sich, den Namen auf dem Schild gelesen zu haben.

»Der Investor, der das Ding gekauft hat«, fuhr Emanuel fort, »ist ganz begeistert. Und du kannst mich für verrückt halten, ich glaube, die Idee wird funktionieren. Das wird einmalig in Deutschland sein. Und so etwas zieht die Leute an.«

»Na, wenn du meinst.« Ulli zuckte die Achseln. »Bist du hier fertig?«

»Nein, ich bin erst kurz vor euch angekommen. Ich muss aber nur eine kleine Runde drehen, ein paar Detailfotos schießen und das war es dann. Habt ihr Lust mitzukommen?«

»Meinetwegen. Ist besser, als blöde hier draußen herumzustehen.«

Emanuel verbeugte sich, deutete mit beiden Händen auf den Eingang und lachte. »Dann hereinspaziert. Ich hole nur noch schnell meine Kamera aus dem Wagen.«

Die Eingangshalle des Hotels war dunkel und muffig; abgesehen von der Theke der ehemaligen Rezeption waren sämtliche Möbelstücke abtransportiert worden. Der eine oder andere Wasserschaden hatte an den Wänden und Decken Spuren hinterlassen, in zwei betroffenen Ecken hatten sich beachtliche Schimmelkulturen angesiedelt. Ulli vermutete, dass ein Neubau vielleicht sogar weniger kosten würde als eine aufwendige Sanierung.

»Du warst ganz schön überrascht, als du von meiner Existenz erfahren hast, stimmt's, Brüderchen?«, erkundigte sich Emanuel, während er gelegentlich das Display der Digitalkamera betrachtete.

»Das kann man wohl sagen«, entgegnete Ulli.

»Es hat mir selbst leid getan, dass ich mich unter solchen Umständen bei dir melden musste. Paps hatte mir strikt verboten, zu dir Kontakt aufzunehmen, weiß der Schinder, warum.«

Ulli rümpfte die Nase. »Er war schon immer ein Egozentriker. Alles musste nach seiner Nase laufen, wenn etwas nicht funktionierte, rastete er sofort aus.«

»O ja, das habe ich gemerkt«, nickte Emanuel. »Manchmal hat er Mama ganz schön zur Sau gemacht … Oh, entschuldige, ich meine natürlich meine Mutter. Wie das mit deiner aussah, weiß ich ja nicht.«

»Ähnlich«, antwortete Ulli knapp.

Emanuel betrat die Treppe, die in die oberen Stockwerke des Gebäudes führte. Das Treppenhaus war in einem Karree rund um den Aufzug gebaut worden, die Holzstufen waren abgenutzt, schief und knarrten bei der geringsten Belastung.

»Hey, Arne, wer als Erster oben ist«, rief Emanuel und knuffte seinem Neffen in die Seite. »Der Verlierer muss nachher ein Eis ausgeben.«

Arne lachte und stürmte die Stufen nach oben, Emanuel in nicht ganz so großer Eile hinterher. Ulli folgte ihnen, ohne seine Schritte zu beschleunigen.

»Papa hat verloren«, krähte der Junge und sah schadenfroh nach unten. Ulli hatte erst die letzte Biegung vor dem ersten Stock in Angriff genommen.

»Ich meinte ganz nach oben«, erklärte Emanuel. »Ich muss noch ein paar Fotos vom Dachgeschoss knipsen.«

Arne rannte weiter, während die beiden Erwachsenen ein normales Tempo anschlugen.

»Eventuell muss das Dach neu gedeckt werden«, erklärte Emanuel seinem Begleiter. »Falls dem so ist, kann ich dem Investor empfehlen, den Preis nachträglich noch einmal um mindestens fünfzigtausend Euro zu drücken. Und mit jedem Euro, den der Investor spart, steigt meine Provision. Manchmal liebe ich meinen Job.«

»Das hast du wahrscheinlich von Vater«, nickte Ulli ernst. »Sobald es darum ging, dass er Kohle verdienen konnte, fingen seine Augen an zu strahlen. Geld war alles für ihn.«

»Ist da irgendwas verkehrt dran?«, wunderte sich Emanuel.

»Ich weiß nicht. Wenn es zum Wichtigsten überhaupt wird … alles andere dahinter anstehen muss … Ich finde, es verdirbt den Charakter.«

Emanuel lachte laut auf. »O weh, Ulli, ich bitte dich. Wo lebst du denn? Erzähl mir nicht, dass du dir nicht gern mehr leisten können würdest.«

»Erster!«, schrie Arne von oben.

»Super!«, brüllte Emanuel. »Wir sind auch gleich da.«

»Entschuldige bitte«, erregte sich Ulli. »Ich bin mit meinem Leben sehr zufrieden. Anscheinend verstehst du genauso wenig wie unser Vater, dass man auch Prioritäten setzen kann, die sich nicht in der Anhäufung von Reichtum erschöpfen.«

»Na ja, jeder wie er meint. Aber bist du wirklich so zufrieden? Mit deiner kaputten Beziehung? Ich kann nicht glauben, dass es dich glücklich macht, als alleinerziehender Vater durch die Gegend zu laufen, weil deine Freundin auf andere Frauen steht!«

Ulli blieb irritiert stehen. Sie waren fast im vierten Stock angelangt. »Woher weißt du davon?«

»Wovon?«

»Von Katharina. Dass sie mit einer anderen Frau zusammenlebt? Ich habe auch Vater nie etwas davon erzählt.«

Einen Moment zeigte sich auf Emanuels Stirn eine tiefe Falte. Dann zuckte er gleichgültig die Achseln. »Wahrscheinlich hast du es mir gegenüber mal erwähnt. Ist doch auch völlig egal.«

»Nein, das ist nicht egal. Woher weißt du das?«

»Ich habe keinen Schimmer«, gab sein Bruder bestimmt zurück. »Arne, sieh mal, ich hab noch eine Überraschung für dich.«

Der Junge kam aus einem der leeren Zimmer geschossen und sah seinen Onkel neugierig an. »Was denn?«

»Guck selbst. Da drin ist es.«

Arne folgte der ausgestreckten Hand, die in die Fahrstuhlkabine zeigte. Hier oben herrschte Dämmerlicht, sämtliche Fenster waren mit Jalousien oder Vorhängen verhangen, das Innere der Kabine lag beinahe völlig im Dunkeln.

»Was ist denn da?«, fragte Arne noch einmal und tappte in die Kabine.

»Arne, komm da wieder ...«, rief Ulli energisch, brach aber unvermittelt ab.

Emanuel hatte unter seine Jacke gegriffen und hielt plötzlich eine Pistole in der Hand. Der Lauf zeigte auf Ullis Brust.

»Was soll das?«, hauchte Ulli entsetzt.

»Keine Panik. Ich will nur, dass du zu deinem Sohn in den Fahrstuhl steigst.«

Unschlüssig bewegte sich Ulli einige Zentimeter in Richtung der Kabine. Arne stand auf der Laufschiene der Tür und starrte abwechselnd seinen Vater und seinen Onkel mit aufgerissenen Augen an.

»Was soll der ganze Scheiß?«, fragte Ulli mit zitternder Stimme.

»Es würde ein wenig zu lange dauern, dir alles zu erklären«, antwortete sein Gegenüber. »Ich möchte nichts weiter, als dass du mit deinem Sohn zusammen in diesen Fahrstuhl steigst. Ich garantiere dir, ich werde euch nichts zuleide tun.«

Ulli merkte, wie ihm der Schweiß ausbrach. Mit langsamen, zögernden Schritten näherte er sich dem Fahrstuhl. Dabei ließ er die Pistole, die nach wie vor auf seine Brust gerichtet war, keine Sekunde aus den Augen.

»So ist es brav«, nickte Emanuel, als Ulli seinem Sohn einen Arm um die Schulter gelegt hatte. »Jetzt nur noch zwei

Schritte zurücktreten, bitte, damit ich die Tür schließen kann.«

»Aber hier ist doch gar kein Strom«, krähte Arne kaum hörbar.

»Kluger Junge«, stellte der Mann hinter der Pistole fest. »Um dieses Problem habe ich mich gestern gekümmert. Wenn ich bitten darf …«

Ulli trat einen Schritt zurück, dann einen weiteren, wobei er seinen Sohn sanft mit sich zog. Kaum waren die beiden innerhalb der Kabine, streckte Emanuel die linke Hand vor. »Gib mir dein Handy.«

»Wer bist du?«, fragte Ulli.

»Ist das nicht völlig irrelevant? Bleib ruhig und gib mir endlich dein verdammtes …«

51

»Telefon«, rief Harms. »Wo sind Sie?«

Katharina unterbrach die Rubbelei mit dem Handtuch und lauschte einen Moment. Der hohe, nervtötende Klingelton, den Veronika in der Basisstation programmiert hatte, dröhnte prompt erneut durch die Wohnung.

»Gehen Sie bitte mal dran«, rief die Kommissarin zurück. »Ich bin noch unter der Dusche. Eine Minute, dann bin ich so weit.«

Während sie die Geschwindigkeit, mit der sie ihre Haare frottierte, um gut vierzig Prozent steigerte, warf Katharina einen Blick auf die Uhr, die, mit Saugnäpfen befestigt, an den Kacheln hing. Halb zehn.

Das Badetuch landete in der Nähe des Wäschekorbs, mit

einem Griff hatte die Kommissarin ihren Bademantel vom Haken genommen und im nächsten Moment war sie hineingeschlüpft.

»Noch da?«, rief sie, nachdem sie die Badezimmertür geöffnet hatte.

»Hier, im Wohnzimmer«, rief Harms. »Moment.«

Gleich darauf stand er in der Diele und hielt ihr den Hörer hin. Katharinas stumme Frage, wer denn dran sei, beantwortete er mit einem Achselzucken.

»Thalbach«, meldete sie sich.

»Hallo, ich bin's. Verrätst du mir bitte, was ein Mann in unserer Wohnung macht?«

Katharina schluckte.

»Hey, mein Schatz«, flötete sie mit leicht gerötetem Gesicht. »Wo steckst du?«

»Immer noch im Big Apple, aber heute Abend fliegen wir zurück. Wen hatte ich denn da gerade am Telefon?«

Katharina klemmte das Telefon zwischen Wange und Schulter, wickelte sich ein frisches Handtuch um die feuchten Haare und tapste ins Wohnzimmer. »Erkläre ich dir, wenn du wieder zu Hause bist. Wie ist es gelaufen?«

Veronika Mitschke atmete am anderen Ende der Leitung hörbar durch. »Nicht ganz so gut«, erwiderte sie. »Muss ich mir eine neue Mitbewohnerin suchen? Oder war das ein Handwerker?«

Katharina lachte gezwungen. »Sein Name ist Hinnerk Harms, er ist knapp zwei Meter groß und ein Bär von einem Mann. Seit ein paar Tagen wohnt er bei uns. Weil er mir bei der Lösung eines Mordfalls behilflich ist.«

»Eine bessere Ausrede fällt dir nicht ein?«

»Veronika, bitte, ich habe dir gesagt, ich erkläre dir alles, wenn du wieder da bist. Mach jetzt keine Szene.«

Katharina hörte ein Räuspern, dann ein Rauschen.

»... dann warte ich mal ab, was du zu erzählen hast«, vernahm sie endlich wieder Veronikas Stimme. »Holst du mich morgen früh ab?«

»Wann und wo landest du denn?«

»Falls wir keine Verspätung haben, um kurz vor zehn in Düsseldorf. Ich würde mich echt freuen, wenn du kommen würdest. Ich hab Sehnsucht nach dir.«

»Ich kann es dir nicht versprechen. Ich werde sehen, was ich tun kann.«

Katharina hielt die oberen Enden des Bademantels fest und hockte sich auf die Wohnzimmercouch. Obwohl Harms im Arbeitszimmer saß und hörbar eine Computertastatur bearbeitete, hatte sie ihre Stimme fast zu einem Flüstern gesenkt.

»Hast du darüber nachgedacht?«

»Worüber?«, fragte Katharina. Erst als das Wort schon längst am anderen Ende des großen Teichs angekommen sein musste, biss sie sich vor Schreck auf die Lippen. In der letzten Woche war so entsetzlich viel passiert, dass sie den Heiratsantrag komplett verdrängt hatte.

»Worüber wohl?«, schnappte Veronika verärgert.

»Sorry, ich habe den Kopf einfach zu voll. Lass uns bitte morgen über alles reden, einverstanden?«

»Na gut«, hörte sie ihre Freundin enttäuscht sagen. »Bis morgen dann. Ich liebe dich.«

»Bis morgen«, quetschte Katharina heraus und beendete schnell die Verbindung.

Die Kommissarin stopfte das Telefon in die Tasche ihres Bademantels, zündete sich eine Zigarette an und inhalierte tief. Morgen würde Veronika wieder da sein. Würde vor Freude strahlend aus dem Flugzeug stürzen, ihr um den Hals fallen und, auf heißen Kohlen sitzend, Katharinas

Antwort hören wollen. Nein, wahrscheinlich würden Veronikas Augen zuvor suchend über Katharinas Hand gleiten, ob sie den Ring trug, den sie ihr …

Verdammt noch mal, der Ring! Wo hatte sie nur dieses verdammte Kästchen hingepackt?

»Möchten Sie vielleicht auch eine Tasse Tee?«, hörte sie auf einmal Harms' Stimme.

»Was? Nein, danke. Ich mach mir gleich 'nen Kaffee.«

»Alles in Ordnung?«

Der große Mann hatte sich gegen den Türrahmen gelehnt und musterte Katharina prüfend. In der Küche wurde die vom Wasserkocher produzierte Geräuschkulisse immer lauter.

»Ja, sicher ist alles in Ordnung. Mal abgesehen davon, dass uns Simon durch die Lappen gegangen ist.«

»Das meinte ich nicht«, erklärte Harms ruhig. »Ihre … Mitbewohnerin schien sehr überrascht zu sein, als ich mich gemeldet habe.«

»Wären Sie nicht auch ein wenig irritiert?«, konterte Katharina. »Wenn Sie bei sich zu Hause anriefen und ein fremder Mann würde sich melden?«

»Nein. Wir haben kein Telefon zu Haus.«

»Sie wissen, was ich sagen will.«

Harms nickte. »Es geht mich ja nichts an. Doch wenn Sie wegen mir Schwierigkeiten kriegen, verschwinde ich. Ich frage mich sowieso, ob ich Ihnen noch helfen kann.«

Katharina drückte ihre Zigarette aus, nur um gleich eine neue anzustecken. Dann stand sie auf und trat auf den Balkon. Die Sonne bullerte mit voller Kraft, die Fliesen hatten sich aufgeheizt. Katharina spürte die Hitze unter ihren nackten Fußsohlen.

»Haben Sie Heimweh? Oder glauben Sie wirklich, dass Sie hier überflüssig sind?«

»Überflüssig nicht«, antwortete Harms und folgte ihr ins Freie. »Aber immerhin wissen Sie jetzt, mit wem Sie es zu tun haben. Und darum ging es doch, oder?«

»Zunächst ja. Ich wäre Ihnen aber sehr dankbar, wenn ...«

Das Telefon in der Bademanteltasche bimmelte erneut. Katharina holte das Gerät hervor und sah verärgert auf das Display. Die Anzeige blinkte fröhlich und signalisierte einen anonymen Anrufer.

»Machen Sie mir vielleicht doch einen Tee? Wer weiß, wann ich zu einem Kaffee komme, wenn das mit dem Telefon so weitergeht.«

»Kommt sofort«, grinste Harms und entschwand Richtung Küche.

»Ja?«, meldete sich Katharina, nachdem sie die Verbindung aktiviert hatte.

»Spreche ich mit Frau Kriminalkommissarin Katharina Thalbach?«

Katharinas Magen wurde plötzlich von einer eisernen Faust umklammert. »Ja«, antwortete sie. »Wer sind Sie?«

»Es freut mich, mal wieder persönlich mit Ihnen sprechen zu können. Vermutlich haben Sie in den letzten Tagen sehr häufig an meine Wenigkeit gedacht.«

Die Kommissarin griff auf der Suche nach einem Halt nach dem Balkongitter. In ihrem Kopf brummte es, ihr war schwindelig. Sie begriff nicht, was da vor sich ging, obwohl ihr selbstverständlich klar war, mit wem sie sprach.

»Wer sind Sie?«, fragte sie trotzdem noch einmal nachdrücklich.

»Beleidigen Sie nicht Ihre eigene Intelligenz«, erwiderte der Anrufer arrogant.

»Simon«, hauchte Katharina die deutsche Version des Namens.

»Fast. Falls Sie erlauben, ich bevorzuge die englische Aussprache meines Vornamens. Ich würde es begrüßen, wenn auch Sie mich Simon nennen könnten. Darf ich im Gegenzug Katharina zu Ihnen sagen?«

»Tun Sie, was Sie nicht lassen können«, gab Katharina zurück. Ganz langsam gewann sie ihre Fassung wieder.

»Höre ich da Feindseligkeit in Ihrer Stimme?«, fragte Simon. »Ich frage mich, warum. Ihnen persönlich habe ich doch nichts zuleide getan. Wenn jemand von uns beiden Grund hätte, auf den anderen böse zu sein, dann ja wohl ich. Immerhin haben Sie sich in eine sehr private Angelegenheit eingemischt.«

Katharina nahm einen letzten Zug von ihrer Zigarette und schnippte die Kippe über das Geländer. »Sie meinen, ich habe Ihr Spiel kaputtgemacht? Ihnen das Räppelchen gestohlen? Sie armer Irrer. Mord ist nie eine private Angelegenheit. Sobald wir Sie festgenommen haben, werden Sie mehr als genug Zeit haben, um einmal darüber nachzudenken.«

Simon lachte leise. »Sie glauben tatsächlich, dass Sie meiner habhaft werden können? Erstaunlich, woher Sie Ihre Sicherheit beziehen. Vor allem angesichts des Fiaskos von gestern Abend. Halten Sie mich wirklich für so dumm, Ihnen noch einmal zu gestatten, so nah an mich heranzukommen? Sie hatten Ihre Chance. Aus und vorbei.«

Katharina atmete bewusst gleichmäßig ein und aus. Jetzt bloß nicht die Ruhe verlieren. »Sie haben Fehler gemacht. Sie machen weiter Fehler. Es ist nur eine Frage der Zeit, bis wir Sie haben.«

»Ich gebe zu, manche Aspekte meiner Aktivitäten waren vielleicht mit zu wenig Sorgfalt vorbereitet. Und ich mache Ihnen das ehrlich gemeinte Kompliment, dass ich von Ihnen beeindruckt bin. Sie haben mich über das Netz aufspüren können, was ich nicht für möglich gehalten hatte. Aber, Katharina, ich kann Ihnen versichern, derartige Fehler unterlaufen mir nur ein einziges Mal.«

»Warten wir es doch einfach ab, Simon.«

»O nein, ich weiß es. Sie glauben, Sie könnten sich ein Bild von mir machen, aber da befinden Sie sich im Irrtum. Ich weiß viel mehr von Ihnen als Sie von mir.«

Harms kehrte mit zwei Tassen in der Hand ins Wohnzimmer zurück. Als Katharina ihn sah, legte sie die Finger auf die Lippen, verließ den Balkon und betätigte die Freisprechtaste auf ihrem Telefon.

»Die Tatsache, dass Sie meine Telefonnummer kennen, spricht nicht gerade für sehr viel Scharfsinn«, spöttelte Katharina. »Da müssen Sie schon mit mehr kommen.«

»Aber gern«, antwortete Simon. »Wissen Sie eigentlich, dass wir uns schon einmal begegnet sind? Persönlich?«

»Wann soll denn das gewesen sein?«

»Als Sie bei Ihrer Zahnärztin waren. Erinnern Sie sich an den netten, jungen Mann, der unmittelbar nach Ihnen das Wartezimmer betreten hat? Der versucht hat, eine freundliche Unterhaltung zu beginnen? Die Sie gleich zu Beginn abgewürgt haben? Warum eigentlich? An wen oder was haben Sie da gedacht? An Ihre kleine, lesbische Freundin? An Ulli? Oder Ihren Sohn?«

Katharina schluckte heftig. Harms sah sie mit großen Augen an, seine Lippen formten stumm Simons Vornamen. Die Kommissarin nickte.

»Nicht schlecht, Sie haben wirklich sauber recherchiert«, gab sie dann zurück. »Rufen Sie nur an, um mich zu beeindrucken?«

»Nein, keineswegs«, erklärte Simon. »Ich möchte Sie um etwas bitten.«

»Und zwar?«

»Mir die Möglichkeit zu eröffnen, das Spiel zu beenden.«

Katharina verengte ihre Augen zu Schlitzen. »Sie sind wahnsinnig, wissen Sie das?«

»Unterlassen Sie solche Unterstellungen. Vielleicht habe ich mich ungenau ausgedrückt. Ich spreche nicht von dem ursprünglichen Spiel. Mir ist selbstverständlich bewusst, dass mein Gegner inhaftiert wurde.«

»Wovon sprechen Sie dann?«

»Von unserem Spiel«, meinte Simon mit plötzlich eiskalter Stimme. »Sie gegen mich. Nur eine einzige Runde.«

»Machen Sie sich nicht lächerlich«, entgegnete Katharina. »Warum sollte ich mich darauf einlassen?«

»Aus zwei Gründen. Erstens ist es Ihre einzige Chance, meiner Person jemals habhaft zu werden.«

»Und zweitens?«

»Den zweiten Grund erfahren Sie gleich. Ich werde jetzt die Verbindung unterbrechen. Ich möchte Sie bitten, danach den Vater Ihres Sohnes auf seinem Mobiltelefon anzurufen.«

Ein eisiger Schauer jagte über Katharinas Rücken. »Warum?«

Doch aus dem Telefon war nur noch ein nervendes Tuten zu hören.

52

»Kommt überhaupt nicht infrage«, blaffte Katharina. »Ich werde genau das tun, was Simon von mir verlangt.«

Wielert hob beschwichtigend die Hände. »Ich erwarte ja nicht, dass du in einen Streifenwagen steigst. Aber es ist doch wohl selbstverständlich, dass wir dir folgen werden.«

»Nein!«, rief die Kommissarin. »Er hat Ulli und Arne in seiner Gewalt. Dieser Kerl ist pervers und kaltblütig, ich werde sie auf gar keinen Fall in noch größere Gefahr bringen.«

»Katharina, überleg doch mal«, mischte sich Hofmann ein. »Du allein wirst gegen Simon nichts ausrichten können. Er hat zwei Geiseln. Du bist ihm völlig schutzlos ausgeliefert. Wenn wir in der Nähe sind, erhöht das deine Chancen.«

»Er wird nichts davon merken«, beteuerte Wielert. »Wir stecken dir einen Sender in die Tasche und folgen dir mit gebührendem Sicherheitsabstand.«

Katharina griff nach der Zigarettenschachtel, klappte die Öffnung zurück, nahm aber keinen der Nikotinstifte heraus. Während der letzten halben Stunde hatte sie fünf Zigaretten geraucht, ihre Lungen wollten keine weitere Ladung blauen Dunst.

Seit sie mit Simon gesprochen hatte, waren etwa siebzig Minuten vergangen. In ihrem Kopf waren die Gedanken gerast, alle möglichen Horrorszenarien hatten sich vor ihrem geistigen Auge abgespielt. Die bloße Routine hatte sie davor bewahrt durchzudrehen. Die Rufumleitung des Netzanschlusses in ihrer Wohnung würde alle eingehenden Anrufe auf ihr Handy umleiten – doch seit sie sich davon überzeugt hatte, dass sich Ullis Handy tatsächlich in Simons Besitz befand, war das Telefon stumm geblieben.

»Wann wollte er sich wieder melden?«, fragte Gassel in die sich ausbreitende Stille.

»Ich habe keine Ahnung«, antwortete die Kommissarin. »Vielleicht innerhalb der nächsten fünf Minuten. Vielleicht auch erst morgen.«

»Wie soll wohl das Spiel aussehen, das er mit dir spielen will?«, murmelte Wielert nachdenklich. »Können Sie sich vorstellen, was als Nächstes kommen wird?«

Harms, dem Wielerts zweiter Satz gegolten hatte, hob ratlos die Schultern. »Ich habe keinen blassen Schimmer. Ich glaube nicht, dass er eine offene Konfrontation sucht. Er wird wohl irgendeine Hinterhältigkeit geplant haben.«

»Natürlich ist er hinterhältig«, ätzte Katharina. »Er hat zwei Geiseln.«

»Ich meinte damit eher, dass sich Simon nicht aus der Deckung wagen wird. Er wird Sie wahrscheinlich irgendwo hinbestellen, wo er Ihnen eine Aufgabe zu lösen geben wird.«

»Und wie will er Katharina die Aufgaben stellen, wenn er sich nicht zeigt?«, fragte Hofmann verwirrt.

»Er kann ihr über das Handy Befehle erteilen und sie über Kameras beobachten.«

»Ist das nicht ein bisschen weit hergeholt?«, überlegte Gassel. »Ich glaube eher, Simon will sich uns vom Hals halten und Zeit gewinnen, damit er fliehen kann. Dazu benutzt er Ulli und Arne als Faustpfand. Und sobald er im Ausland in Sicherheit ist ...«

»Ich wollte, du hättest recht, Karl Heinz«, seufzte Katharina. »Aber wenn er einfach verschwinden wollte, hätte er dazu mehr als genug Zeit gehabt. Ich fürchte, Harms' Theorie stimmt. Simon hat sich eine Schweinerei überlegt.«

»Kannst du dir vorstellen, wie er Ulli und deinen Sohn in seine Gewalt bekommen hat?«, fragte Wielert.

»Es kann nur mit dem Tod von Ullis Vater zusammenhängen«, nickte Katharina.

»Mit dem Tod seines Vaters?«, fragte Hofmann.

»Letzte Woche erhielt er die Todesnachricht. Und ein paar Tage später meldete sich ein angeblicher Halbbruder bei Ulli.«

»Das passt«, erklärte Harms. »Dieser Bruder tauchte auf, nachdem Simon merkte, dass wir das Spiel, an dem er beteiligt war, begannen zu durchschauen. Er hat sich dafür interessiert, wer da die Federführung hatte. Und es war ja nicht schwer, dann schnell auf Frau Thalbach zu kommen.«

»Stimmt«, nickte Wielert. »Ein Blick in die Zeitung genügte.«

»Und nun sinnt er auf Rache?«, zweifelte Hofmann.

»Nicht nur. Wie ich schon sagte, Simon muss seinem Ego beweisen, dass er gerissener ist als wir. Genau genommen, gerissener als Frau Thalbach.«

»Meinen Sie nicht eher, gerissener als Sie?«, fragte Wielert.

»Von mir weiß Simon nichts. Das ist im Moment auch der einzige Vorteil, den wir haben. Sein ganzes Interesse fokussiert sich auf Frau Thalbach. Er denkt wahrscheinlich, dass sie den Fachleuten in Ihrem Haus die entscheidenden Impulse gegeben hat.«

»Ist ja alles gut und schön«, meinte Katharina. »Aber das nützt uns alles nichts.«

»Wir sollten die Zeit, bis Simon wieder anruft, so gut wie möglich nutzen«, sagte Wielert entschieden. »Du wirst verkabelt, ob du willst oder nicht. Und wenn sich Simon meldet, werden wir dir folgen. Keine Widerrede.«

»Na gut«, seufzte Katharina. »Aber tu mir den Gefallen und alarmiere nicht gleich die ganze Kavallerie. Ulli und Arne dürfen nicht noch mehr gefährdet werden.«

»Keine Angst, ich werde die Truppe klein halten und wir werden schön dezent im Hintergrund bleiben.«

Katharina angelte sich nun doch eine weitere Zigarette aus der Hardbox, aber bevor sie dazu kam, ihr Feuerzeug anzuwerfen, schrillte ihr Handy.

»Stell auf freisprechen«, bat Wielert. »Und lass dich nicht aus der Ruhe bringen.«

Katharina funkelte ihren Chef böse an, entflammte ihre Kippe und griff dann zu ihrem Telefon. »Ja?«

»Hallo, Frau Thalbach«, flötete Simon gut gelaunt. »Wie ich sehe, haben Sie die Zeit seit unserem letzten Gespräch genutzt.«

»Was meinen Sie damit?«

»Nun, Sie befinden sich doch im Polizeipräsidium Bochum, nicht wahr?«

»Wie kommen Sie darauf? Schließlich haben Sie doch meine Festnetznummer gewählt.«

»Ich bitte Sie«, antwortete Simon enttäuscht. »Trauen Sie mir nicht mehr zu? Sie sind ungefähr zehn Minuten nach Beendigung unseres Telefonats nach Bochum gefahren, zum Präsidium. Ich nehme an, Ihre Kollegen haben sich um Sie herum versammelt?«

Katharina atmete tief durch. »Ja, das stimmt.«

»Na also, es geht doch. Machen Sie sich keine Gedanken, Ihr Ausflug wird keine Konsequenzen haben. Wir hatten ja nicht vereinbart, dass Sie in Ihrer Wohnung bleiben sollen. Ab jetzt spielen wir aber streng nach den Regeln, einverstanden?«

»Welche Regeln meinen Sie?«, fragte Katharina, so ruhig es ihr möglich war.

»Nur wir beide, Sie und ich. Ihre Kollegen bleiben schön, wo sie sind. Das ist ein Spiel für zwei.«

»Ich habe keine Wahl, nicht wahr?«

»Das ist richtig.«

»Dann sagen Sie endlich, was sich Ihr kranker Geist ausgedacht hat.«

Simon lachte hell auf. »Verlieren Sie bitte nicht die Nerven. Zunächst möchte ich nichts weiter, als dass Sie in Ihren Wagen steigen – Ihren Privatwagen, meine ich natürlich, ohne Funkgerät, Blaulicht und Dienstwaffe – und dass Sie auf die A 40 in Richtung Dortmund auffahren. Verbinden

Sie Ihr Handy mit der Freisprecheinrichtung. Ich werde mich wieder bei Ihnen melden und möchte nicht, dass Sie andere Verkehrsteilnehmer gefährden, indem Sie beim Lenken ein Telefon ans Ohr halten. Spätestens in zehn Minuten sollten Sie auf der Autobahn sein.«

Aus dem Handy ertönte ein sanftes Knacken, dann war die Verbindung unterbrochen.

»Scheiße, woher weiß der, wo du bist und wann du losgefahren bist?«, wunderte sich Hofmann.

»Handyortung«, vermutete Wielert. »Das ist für den doch kein Problem.«

»Oder er hat dir einen Sender verpasst«, überlegte Gassel. »Entweder dir oder deinem Auto.«

»Ich werde ihn fragen, wenn ich ihn erwischt habe«, knurrte Katharina und stopfte das Handy in die Hosentasche.

»Halt«, befahl Wielert. »Wir müssen dich noch verkabeln. Dauert höchstens eine Minute.«

53

»Wahnsinn, er dirigiert Katharina an den Ort, den Harms vorhergesagt hat«, staunte Wielert und hämmerte auf das Armaturenbrett des Dienstwagens.

Hofmann hatte sich alle Mühe gegeben, mit Katharinas bekannt sportlichem Fahrstil mitzuhalten, und so befand sich der Vectra mit Wielert, Hofmann und Gassel nur fünf Minuten hinter Katharinas Mazda.

»Wenn ich diese Karte hier richtig deute, befinden wir uns mitten im Niemandsland. Kein Ort, keine Sehenswürdigkeit«, erklärte Gassel, der trotz der schwankenden Fahrzeugbewegungen genug Konzentration aufbringen konnte, ihren Weg mit dem Finger auf dem Papier zu verfolgen. »Allerdings ist der Maßstab zu groß, als dass die Karte Einzelheiten abbildet.«

»Na ja, dank Harms wissen wir jedenfalls, dass wir auf dem richtigen Weg sind«, seufzte Wielert. »Seine Idee, das E-Mail-Postfach von Katharinas ehemaligem Verlobten zu knacken, war genial.«

»Ulli ist blindlings in die Falle getappt«, meinte Hofmann und schaltete einen Gang zurück. »Ich hoffe nur, wir kommen noch rechtzeitig.«

»Verbreite bitte keinen Pessimismus«, sagte Gassel.

Wielert nagte an seiner Unterlippe. Dann griff er zum Handy und aktivierte die Wahlwiederholung der zwölfstelligen Nummer, die er zuletzt gewählt hatte.

So wenig Erfolg versprechend es auch war, was Harms vorgeschlagen hatte, es war vielleicht die einzige Möglichkeit, Simon in die Enge zu treiben.

54

Simon pirschte wie ein gefangen gehaltener Tiger durch das Zimmer in der kleinen Pension, in die er sich eingemietet hatte. Allerdings weniger aus Nervosität, als vielmehr wegen einer geradezu freudigen Erregung.

Es überraschte ihn selbst, wie viel Spaß es ihm bereitete, dass die Polizei hinter ihm her war. Das Risiko war ungleich höher als bei der ursprünglichen Partie, denn nun waren die Züge des Gegners nicht mehr vorhersehbar, er musste sich ständig auf neue Situationen einstellen.

Zunächst hatte es ihm fast Angst gemacht – nicht über alles die Kontrolle zu haben. Aber nun amüsierte ihn dieser Zustand mehr und mehr.

Und er beherrschte das Spiel wieder. Er ganz allein. Denn nicht nur sein ursprünglicher Gegner – Staroske – war ausgeschaltet, sondern auch der Richter. Und zwar im wahrsten Sinne des Wortes.

Als die Kripo die Kammer in dem heruntergekommenen Düsseldorfer Mietshaus stürmte, hatte sie ein Signal ausgelöst und einen zerstörerischen Prozess in Gang gesetzt: Der jüngste Datenbestand war zu einem Server gesendet worden, anschließend hatte sich das Programm deaktiviert und den Selbstzerstörungsmechanismus des Rechners gestartet.

Simon hatte das Programm seitdem nicht wieder aktiviert. Die Erschaffung des Richters war die Krönung der vielen Programme und Scripts, die er im Laufe seines Lebens entwickelt hatte. Zunächst war es nur eine Laune gewesen, sich in Ermangelung von ebenbürtigen Gesprächspartnern einen virtuellen Gefährten zu schaffen, mit dem er sich austauschen konnte. Die ersten Programmierversuche schlugen erwartungsgemäß fehl, doch dann hatte die Kreatur Konturen gewonnen.

Simon hatte sich mehr und mehr in sein Projekt verbissen – und im Laufe der Zeit eine künstliche Intelligenz geschaffen, die sich zwar an der Denkweise seines Schöpfers orientierte, aber eigenständig Entscheidungen treffen, Bewertungen vornehmen und sogar – wenn auch in begrenztem Maß – Ideen entwickeln konnte.

Es war ein aufregender Moment gewesen, als seine Schöpfung das erste Mal von sich aus zu anderen Menschen Kontakt aufgenommen hatte. Und keiner derer, die mit dem Programm, dem Simon eigentlich nur als Arbeitstitel den

Namen Richter gegeben hatte, in Kontakt gekommen waren, hatte Verdacht geschöpft, dass er nicht mit einem Wesen aus Fleisch und Blut konferierte, sondern lediglich mit einem Softwareprogramm.

Als Simon die Bewertungen des Richters für die durchgeführten Missionen empfangen hatte, war es ihm fast selbst so vorgekommen, als hätte er es mit einem realen Menschen zu tun. Der Richter hatte sich von Runde zu Runde mehr von seinem Schöpfer emanzipiert. Und auch wenn der Richter nicht in einer sturmumtosten Nacht auf einer hochgekurbelten Liege in einem finsteren Gemäuer durch die Energie von Blitzen zum Leben erweckt worden war, hatte Simon mit einem Mal die Faszination verstanden, die Mary Shelleys Roman über die Kreatur Victor Frankensteins auch heute noch auf die Menschen ausübte.

Der blinkende rote Punkt auf der Anzeige seines Notebooks signalisierte Simon, dass sich Thalbach auf den Weg gemacht hatte. Zwar konnte er nicht überprüfen, ob sie, wie befohlen, allein war, aber das war eigentlich auch egal.

Wieder verspürte Simon in seinem Magen ein aufgeregtes Flattern. Zur Ausarbeitung des Plans hatte er zwar nicht viel Zeit gehabt, aber Simon war sich sicher, dass er an alles gedacht hatte. Sobald die Kommissarin am Schauplatz der Mission eingetroffen war, würde er sie jederzeit im Blick haben. In dem Gebäude gab es nichts, das Rückschlüsse auf seinen derzeitigen Aufenthaltsort zuließ. Luftlinie waren es nur knapp zehn Kilometer, die zwischen Thalbach und ihm liegen würden, aber genauso gut könnte er auch auf der Rückseite des Mondes sitzen. Er hatte alles in der Hand.

Mit einem Mausklick wechselte er zu einem anderen Programm, auf dem Monitor erschienen sechs kleine Fenster, in die jeweils das Signal einer Kamera übertragen wurde. Links oben überblickte Simon den Vorplatz des Hotels, oben in der Mitte sah er die Eingangshalle, die Kamera oben rechts zeigte ihm das erste Treppenhaus, die übrigen waren in den oberen Etagen installiert. Der Sender, der die Signale der Kameras bündelte und weiterleitete, stand in einem der verfallenen Dachräume. Bei optimalen Bedingungen lag die Reichweite bei etwa fünfundzwanzig Kilometern, aber Simon war es wichtig, nicht zu weit von dem Schauplatz der Mission entfernt zu sein. Der Grund befand sich in der Tasche seiner Jacke. Dieses Gerät arbeitete nur auf relativ kurze Entfernungen störungsfrei. Und dieses Gerät war sein letzter – und bester – Trumpf.

Die Kameras funktionierten tadellos. Simon schaltete zurück auf den GPS-Sender, Thalbach war vielleicht noch fünf Minuten vom Hotel entfernt. Es wurde Zeit für die letzte Wegbeschreibung.

55

Katharina fühlte sich schrecklich allein.

Nicht, weil sie ohne Begleitung unterwegs war, nein, die Einsamkeit ging tiefer, entsprang ihrer Angst um Ulli und Arne. Simon hatte ihren langjährigen Lebensgefährten und ihren Sohn in seiner Gewalt. Und damit war dieser wahnsinnige Mensch in der Lage, das Leben der beiden einzigen Menschen, die ihr wirklich etwas bedeuteten, zu beenden, wenn er wollte.

Solange Katharina im Präsidium gewesen war, hatte sie sich mühsam beherrschen können, hatte funktioniert, sich an der Routine festgeklammert. Aber schon auf dem Weg zu ihrem Wagen hatte sie sich kaum auf den Beinen halten können, waren die ersten Tränen über ihre Wangen gelaufen.

Nicht Ulli. Nicht Arne.

Warum nur, um Himmels willen, hatte sie alles kaputtgemacht? Warum hatte sie nicht akzeptieren können, dass sie mit Ulli und ihrem Sohn glücklich gewesen war, warum hatte sie dem Frieden nicht getraut? Warum hatte sie sich so kopflos in eine Affäre mit einer Frau gestürzt?

Katharina verstand nicht mehr, was in sie gefahren war. Bevor sie Veronika kennengelernt hatte, hatte sie nie Interesse verspürt, Erfahrungen mit einer anderen Frau zu machen. Doch als sich die Gelegenheit ergab, als Veronika um sie geworben hatte, war sie nur zu bereitwillig darauf eingegangen. Der Sex war gut gewesen, überraschend gut sogar. Aber brachte er ihr mehr als mit einem Mann? Oder, viel wichtiger, hatte sie sich mit einer Frau an ihrer Seite besser gefühlt als mit Ulli?

Nein, wirklich nicht.

Katharina merkte, dass ihr wieder Tränen über die Wangen liefen. Die Straße vor ihr verschwamm. Mit dem Handrücken fuhr sie sich über die Augen, zog den Rotz hoch und klammerte sich so fest ans Lenkrad, dass die Knöchel weiß hervortraten. Am liebsten hätte sie geschrien, den Frust und die Angst herausgelassen, aber das verbot sich von selbst. Erstens, weil sie verkabelt war und ihre Kollegen nicht mitbekommen mussten, wie dreckig es ihr ging. Und zweitens, weil auch Simon ein Mikrofon in ihrem Wagen versteckt haben konnte.

Was hatte sie gefühlt, als das Kind, als ihr Sohn geboren wurde? Freude? Oder nur Erleichterung darüber, die Schwangerschaft hinter sich gebracht zu haben? Oder gar Verärgerung, weil die Probleme nun erst anfingen?

Sie hatte sich nie groß Gedanken gemacht, sie und Ulli hatten innerhalb von fünf Minuten entschieden, dass er den Erziehungsurlaub nehmen würde, damit sie weiter arbeiten konnte. Geld war das vordergründige Argument gewesen, Katharina verdiente mehr als Ulli als Sozialarbeiter. Und sie hatte es genossen, morgens das Haus verlassen zu können, weg von den Windeln, dem Geschrei und dem Chaos.

Wie hatte sie nur so blöd sein können?

Als sie vorhin Ullis Handynummer gewählt und sich Simon gemeldet hatte, war ihr schlagartig klar geworden, was sie aus Bequemlichkeit und Egoismus verpasst hatte. Was sie leichtfertig verspielt hatte. Wie viel ihr Ulli und Arne bedeuteten.

Aber vielleicht war es ja noch nicht zu spät. Vielleicht konnte sie Ulli klarmachen, was für eine Idiotin sie gewesen war. Vielleicht ließ sich das Porzellan, das zerdeppert vor ihren Füßen lag, ja noch einmal kitten.

Das Handy in der Halterung auf dem Armaturenbrett piepste. Katharina zählte leise bis zehn, um ihren Verstand wieder Herr über ihre Gefühle werden zu lassen, und aktivierte dann die Verbindung.

56

Sobald der Sportwagen der Kommissarin auf den mit Kies belegten Vorplatz des Hotels fuhr, vergrößerte Simon das Bild der Kamera. Obwohl er keine besonders hochwertigen Geräte verwendete, war die Qualität der Übertragung hervorragend. Durch das bereits schräg einfallende Sonnenlicht war der Platz in Helligkeit getaucht, selbst auf dem relativ kleinen Monitor des Notebooks waren die Details gut zu erkennen.

Der Bug des Mazda wippte leicht, als er neben dem Kombi zum Stehen kam. Die Kommissarin sprang ins Freie, stürzte zum Wagen ihres Freundes und sah hoffnungsvoll in den Innenraum. Als sie erkannte, dass der Wagen verschlossen und leer war, richtete sie sich verärgert auf.

Simon griff ein letztes Mal zum Handy, ein extra für diese Mission gekauftes Prepaidgerät. Solange er sich während der Telefonate kurzfasste, dürfte es der Polizei kaum möglich sein, ihn zu orten. Befand sich die Kommissarin erst mal im Inneren des Hotels, konnte er über die Lautsprecher steuern, die er in jedem Stockwerk installiert hatte.

»Hallo, Katharina«, säuselte Simon, nachdem Katharina das Gespräch angenommen hatte. »Haben Sie den Wagen erkannt, neben dem Sie geparkt haben?«

»Sparen Sie sich Ihren Sarkasmus.«

»Warum sind Sie denn so ungehalten? Ich habe Ihnen doch versprochen, dass ich Ihren Lieben kein Leid zufügen werde. Und an dieses Versprechen werde ich mich halten, wenn Sie mich lassen.«

»Wo sind Arne und Ulli?«

Über Simons Gesicht kroch ein Grinsen, das fast so breit war wie der Datteln-Hamm-Kanal. »Innerhalb des Gebäudes. Sie dürfen es nun betreten, aber langsam. Sobald Sie in der Halle sind, warten Sie bitte auf neue Anweisungen.«

Auf dem Monitor sah Simon, dass Katharina noch etwas sagte, aber er hatte die Verbindung schon unterbrochen. Gestik und Mimik der Frau verrieten, dass sie panische Angst hatte.

Das war gut. Das war sogar sehr gut.

Denn das war erst der Anfang.

57

»Katharina hat angehalten«, bellte Wielert und nahm das Handy, über das er ständig die Position von Thalbachs Wagen übermittelt bekam, vom Ohr. »Anderthalb Kilometer von hier.«

Hofmann stoppte den Vectra am Straßenrand und wollte etwas sagen, doch Gassel, der mit seinem Telefon Kontakt zu den örtlichen Polizisten hielt, hob die Hand. Zwei Augenpaare hingen nervös an seinen Lippen und warteten auf seine Worte.

»Kein Zweifel möglich?«, fragte Gassel seinen unsichtbaren Gesprächspartner. »Gut, das könnte passen. – Danke, ich melde mich gleich wieder.«

»Was ist?« Wielert ließ Hofmann keine Chance, etwas zu sagen.

»Der Kollege in Iserlohn, der ebenfalls Katharinas Position übermittelt bekommen hat, ist sich sicher, dass sich dort, wo sie angehalten hat, ein altes, seit etlichen Jahren unbenutztes Hotel befindet. Vor einiger Zeit ist begonnen worden, das Gebäude zu sanieren. Der ideale Ort für einen Hinterhalt.«

»Meint ihr, die beiden Geiseln sind noch in dem Hotel?«, fragte Wielert.

»Vermutlich«, sagte Hofmann. »Wir wissen von Ullis Nachbarn, dass er und Arne erst heute früh zusammen weggefahren sind, bis hierher hat er etwa eine Stunde gebraucht. Was immer Simon mit Ulli und Arne gemacht hat, dürfte auch etwas Zeit in Anspruch genommen haben. Er hatte also kaum Gelegenheit, die beiden wegzuschaffen, berücksichtigt man, wann Simon Katharina das erste Mal angerufen hat.«

»Klingt logisch«, meinte Wielert und griff wieder zum Handy. Doch bevor er eine Nummer eingeben konnte, klingelte Gassels Apparat.

»Ja?«, meinte der.

Wortlos hörte er ein paar Sekunden zu. Dann fragte er: »Wo ist das?«, klemmte das Telefon zwischen Ohr und Schulter und notierte sich mit fliegenden Fingern eine Adresse.

58

Katharina entdeckte die Kamera, welche direkt über der Eingangstür angebracht war, erst, als sie aus dem grellen Sonnenlicht in den Schatten des Vordachs trat. So viel also dazu, dass sie gleich Simon direkt gegenüberstehen würde. Der Feigling machte sich einen Spaß daraus, sie aus einem sicheren Versteck heraus fernzusteuern.

Langsam stieg sie die wenigen Stufen zum Hotel hoch. Die Tür war nur angelehnt, mit zwei Fingerspitzen stupste Katharina sie auf. Abgestandene, muffige Luft strömte ihr entgegen.

Ihre Augen brauchten ein paar Sekunden, um sich auf die geänderten Lichtverhältnisse einzustellen. Vorsichtig tat Katharina einen Schritt nach dem anderen. In dem Gebäude war es fast totenstill. Staub tanzte in den schmalen Streifen Sonnenlicht, die durch die Lücken der Vorhänge ins Innere drängten. Die wenigen Möbel, die Theke und der Boden waren mit einer dicken Dreckschicht bedeckt. Erst auf den zweiten Blick erkannte Katharina die Fußspuren, die kreuz und quer durch die Eingangshalle führten.

»Sehen Sie sich ruhig um«, plärrte plötzlich eine blecherne Stimme durch den Raum.

Katharina fuhr zusammen, ihre Hand zuckte zu der Stelle, an der normalerweise ihr Schulterhalfter saß.

Die Kamera befand sich in einem Regal hinter dem Tresen und war so angebracht, dass sie schätzungsweise fünfundneunzig Prozent des Eingangsbereichs im Fokus hatte. Der kleine Lautsprecher hing neben dem Treppengeländer und war nur zu sehen, wenn man unmittelbar vor den Stufen stand. Katharina registrierte, dass sowohl die Kamera als auch die kleine Box an Funksender angeschlossen waren.

»Ich fühle mich wirklich geehrt, dass Sie meiner Einladung gefolgt sind«, plärrte es wieder aus dem Lautsprecher. »Ich würde Ihnen ja gern etwas anbieten, aber leider war ich ein wenig in Eile und bin nicht mehr dazu gekommen, etwas vorzubereiten.«

»Sie sind krank«, sagte Katharina einmal mehr mit fester Stimme. »Lassen Sie jetzt meinen Sohn und meinen Verlobten frei. Ich habe mich an meinen Teil der Abmachung gehalten.«

»Ist alles das, was außerhalb der Norm ist, gleich krank? Sie urteilen, ohne zu versuchen, zu erkennen, was dahintersteckt – was der wahre Grund ist, worin das Besondere des Augenblicks besteht.«

»Ich verstehe kein Wort«, erklärte Katharina kopfschüttelnd.

»Ist das jetzt Taktik? Oder ein Zeichen Ihrer Ignoranz?«

»Was wollen Sie von mir?«, rief Katharina.

»Reizt Sie der Wettstreit der geistigen Fähigkeiten nicht? Verspüren Sie nicht das Verlangen, die Züge des Gegners vorauszudenken oder ihm seinen Willen aufzuzwingen? Sind Sie nicht deswegen Polizistin geworden?«

»Weswegen?«

Simon blieb einen Moment still. »Es ist doch so, dass Sie, wenn Sie einen Verbrecher fassen wollen, sich in ihn hineinversetzen müssen. Seine Motive nachempfinden. Seine Lebenswelt studieren. Oder nicht?«

Katharina legte fröstelnd die Hände auf ihre Oberarme. Der Typ war durchgeknallter, als man sich vorstellen konnte.

»Das ist lediglich mein Job«, erklärte Katharina nachdrücklich. »Nicht mehr, nicht weniger.«

»Unsinn!«, schrie Simon. »Sie spielen, genauso wie ich. Der einzige Unterschied ist, Sie halten sich für die Gute, die, die Sie jagen, sind die Bösen. Für mich sind alle böse. Unwürdiges Leben. Unwichtig! Es ist egal, ob sie existieren oder nicht.«

»Sie brauchen dringend Hilfe«, sagte Katharina ruhig. »Ich kann Ihnen welche besorgen. Sie müssen begreifen, dass wir hier kein Spiel spielen. Also sagen Sie mir endlich, was Sie von mir wollen.«

»Sie sind es nicht wert!«, jaulte Simon gequält. »Sie auch nicht!«

»Was meinen Sie?«

»Ich dachte, Sie wären endlich jemand, der auf meinem Level spielt. Auf meinem Niveau. Aber Sie sind genauso … armselig wie alle anderen. Verschwinden Sie! Ich habe mich getäuscht. Ich will Sie nicht mehr sehen. Nie mehr!«

»Wo sind Ulli und Arne?«, fragte Katharina drohend.

»Suchen Sie sie doch«, spie Simon förmlich aus. »Ich wünsche Ihnen viel Spaß dabei.«

59

»Mein Gott, wenn die Adresse stimmt, trage ich Harms eigenhändig auf seine Insel zurück«, seufzte Wielert und klammerte sich an den Sicherheitsgurt.

Hofmann war inzwischen fast mit dem Lenkrad verwachsen und steuerte den Wagen wie ein Irrer über die kurvenreichen Landstraßen.

»An der nächsten Kreuzung musst du nach links«, dirigierte Gassel, der wieder sein Handy am Ohr hatte. »Dann die zweite rechts, dann müsste nach einem halben Kilometer auf der rechten Seite dieser Gasthof kommen, direkt am nächsten Ortseingang.«

Hofmann nickte nur knapp, reden konnte er nicht. Die angekündigte Kreuzung kam bereits in Sichtweite.

Harms hatte die Vermutung geäußert, dass es nicht zu Simons Typ passte, in direkter Konfrontation zu Katharina zu treten, sondern er sich vielmehr einen Unterschlupf in der Nähe des Treffpunktes suchen würde, von dem aus er ›das Spiel‹ zu steuern beabsichtigte. Als offensichtlich geworden war, dass die Wegbeschreibung auf Ullis Rechner sie zu ihrem Ziel bringen würde, hatte Wielert deshalb veranlasst, dass sämtliche Gasthöfe, Hotels, Pensionen und auch Internetcafés im Umkreis von dreißig Kilometern um den Treffpunkt angerufen, angefaxt oder, sofern die örtliche Polizei es von ihren Kapazitäten her schaffte, direkt angefahren werden sollten. Die Frage lautete, ob sich innerhalb der letzten vierundzwanzig Stunden irgendwo ein alleinreisender Mann eingenistet hatte. Wielert teilte inzwischen

Harms' Ansicht, dass es sich bei einem solchen mit relativ hoher Wahrscheinlichkeit um Simon handelte.

Der Gasthof, zu dem sie unterwegs waren, hatte vor gut zwanzig Minuten das Fax, auf dem auch das Fahndungsbild von Simon abgebildet war, erhalten. Glücklicherweise hatte der Besitzer des kleinen Hotels gerade seine Bücher auf Vordermann gebracht und direkt neben dem Gerät im Büro gesessen, als die Nachricht eintraf. Nach einer Schrecksekunde hatte er zum Hörer gegriffen und erzählt, dass sich ein Mann, auf den die Beschreibung größtenteils zutraf, vor knapp anderthalb Stunden bei ihm eingemietet hatte. Dem Wirt war zudem aufgefallen, dass der neue Gast abgesehen von einer flachen Ledermappe, in der wahrscheinlich ein tragbarer Computer verstaut war, kein Gepäck bei sich hatte.

»Fahr langsamer«, bat Gassel von der Rückbank aus. »Hinter der nächsten Kurve musst du abbiegen, dann sind wir da.«

»Ist die Verstärkung schon in Sicht?«, fragte Wielert.

»Die Kollegen sind noch etwa zehn Minuten entfernt. Sollen wir auf die warten? Oder greifen wir zu?«

»Ich glaube, dass jede Minute zählt«, entschied Wielert. »Sobald wir bei dem Gasthof sind, schnappen wir uns Simon.«

60

»Ulli? Himmel noch mal, wo seid ihr?«

Katharina fühlte, wie ihr der Schweiß über den Rücken rann, dabei waren die Temperaturen in dem düsteren Treppenhaus erträglicher als draußen in der prallen Sonne. Ihr Kreislauf protestierte, als sie die ersten Stufen, die in die oberen Stockwerke führten, in Angriff nahm.

War Simon noch da? Beziehungsweise, hockte er noch in seinem Versteck und sah ihr zu? Oder hatte er tatsächlich das Interesse an ihr verloren?

»Ulli? Arne? Seid ihr hier irgendwo?«

Katharina stand im ersten Stock und schnappte nach Luft. Der Sauerstoffgehalt war hier deutlich geringer als im Erdgeschoss, dafür machten sich an den Wänden immer mehr Schimmelkulturen breit. Bis sie das ganze Gebäude nach den beiden durchsucht hätte, würden Stunden vergehen.

Katharina wollte gerade die nächste Treppe in Angriff nehmen, als sie einen unterdrückten Laut hörte. Sie hielt den Atem an, um besser lauschen zu können. Ein paar Sekunden war es mäuschenstill, dann hörte sie es wieder. Ein unterdrücktes Rufen.

»Ulli!«, brüllte sie und jagte die Stufen hoch. Was sie gehört hatte, war von oben gekommen. »Arne! Ulli! Wo seid ihr?«

Die Antwort erfolgte sofort, zwar noch unverständlich, aber wesentlich lauter als gerade. Katharina stürmte in das Dachgeschoss und richtete sich schwer atmend auf. Direkt vor ihren Augen befand sich die geschlossene Fahrstuhltür. Und dahinter die Quelle der Rufe, die sie gehört hatte.

Erleichtert donnerte sie mit der Faust gegen das Metall. »Seid ihr da drin? Wie geht's euch?«

Ein jubelnder Schrei erklang. Arne, das war eindeutig Arne.

»Katharina, bist du das?«, rief Ulli fragend. »Gott sei Dank, ich hab schon gedacht, wir müssten hier drin verrecken.«

»Mama«, kreischte Arne. »Hol uns hier raus.«

»Sofort«, rief Katharina und drückte auf den Rufknopf für den Lift. Nichts geschah, natürlich nicht. Der Strom war vermutlich schon seit Jahren abgestellt.

»Könnt ihr die Tür nicht von innen aufmachen?«, schrie sie.

»Nein«, antwortete Ulli. »Der Typ hat irgendwas gebastelt, hatte eine Autobatterie an die Kabel angeschlossen, damit er die Tür zufahren lassen konnte. Steht die noch draußen?«

»Nein. Warte, ich probier etwas anderes. Ihr seid gleich wieder draußen.«

Fieberhaft suchend sah sich Katharina um. Natürlich hatte sie sofort versucht, ihre Finger in den engen Schlitz zwischen Aufzugtür und Wand zu quetschen, aber der Spalt war zu schmal. Ein Werkzeug musste her.

Katharinas Augen hatten sich inzwischen vollständig an das Zwielicht gewöhnt. Deshalb erkannte sie auch die Brechstange, die in ein paar Meter Entfernung auf dem Boden lag.

»Einen Moment noch«, rief sie. »Gleich hab ich es.«

61

»Ist das der Mann?«

Wielert wedelte dem Hotelier mit einem Farbfoto von Simon vor der Nase herum.

»Halten Sie das Bild doch mal still«, bat der stämmige Weißhaarige. »Ich seh ja gar nichts.«

»Entschuldigung«, knurrte Wielert und legte das Bild auf den Tresen. »Ist das der Mann, dem Sie das Zimmer vermietet haben?«

»Tja«, meinte der Hotelier. »Auf dem Bild hat er Glatze, als er vorhin hier ankam, hatte er 'ne ordentliche Frisur, blond, frisch gekämmt. So richtig adrett. Wenn Sie verstehen, was ich meine.«

»Aber er ist es?«

Mit zusammengekniffenen Augen betrachtete der Mann erneut das Bild. »Ja, ich denke schon.«

»Welches Zimmer hat er?«

»Nummer 14, erster Stock, geht zur Straße raus. Wenn Sie die Treppe hochkommen, rechts, dann ist das die zweite Tür.«

»Und er ist allein dort oben?«

»Er ist allein da hochgegangen«, erklärte der Wirt. »Keine Ahnung, ob er Besuch bekommen hat, aber ich glaub es nicht. Müsste ich eigentlich mitgekriegt haben.«

»Gut«, nickte Wielert. »Wir gehen jetzt hoch. Sie bleiben in Ihrem Büro. Ist sonst noch jemand im Hotel?«

»Meine Frau«, antwortete der Pensionsbesitzer. »Warum?«

»Holen Sie sie und schließen Sie sich ein. Beeilen Sie sich.«

Der Mann wollte noch etwas sagen, doch Wielerts Blick ließ ihn loslaufen.

Der Leiter des KK 11 winkte seine Männer heran und nahm die Treppe in den ersten Stock in Angriff. Hofmann und Gassel folgten, beide mit gezogenen Pistolen.

»Klopfen wir an?«, flüsterte Hofmann nervös. »Oder gehen wir sofort rein?«

»Sofort rein«, gab Wielert leise zurück. »Sollten wir falsch liegen, nehme ich das auf meine Kappe.«

62

In einem Zustand höchster Erregung starrte Simon auf den Monitor. Die Kommissarin näherte sich mit der Brechstange in der Hand dem Fahrstuhl. Gleich würde sie das Werkzeug in den schmalen Spalt zwischen Tür und Fahrstuhlschacht drücken und versuchen, den Zugang frei zu bekommen.

Sobald sie das tat, hatte er gewonnen.

Thalbach war vielleicht noch zwei Meter vom Fahrstuhl entfernt, noch anderthalb, hielt das eine Ende der Stange in der linken Hand, die rechte ballte sich zur Faust und umklammerte das Endstück. Gleich würde die Kommissarin die Arme heben und …

Nichts!

Warum tat sie es nicht? Warum setzte sie nicht die Brechstange an, sondern blieb wie festgenagelt vor dem Lift stehen?

Pfeifend entwich die Luft aus Simons Lungen.

Vor der Tür seines Zimmers knarrte etwas, wahrscheinlich lief ein anderer Gast den Flur entlang. Doch dann krachte jemand mit roher Gewalt gegen die Tür, die daraufhin splitternd aufsprang. Ein Körper tauchte in Simons Blickfeld auf und duckte sich gleich wieder weg. Simon sah in die Mündungen zweier Pistolen.

»Bleiben Sie, wo Sie sind!«, schrie der Mann, der hinter das Bett gesprungen war. »Keine Bewegung. Simon ten Brink, ich verhafte Sie wegen Mordes an Renate de Rosa und wegen …«

Simons Erstarrung löste sich genauso schnell, wie sie ihn befallen hatte. Während er sich noch darüber wunderte, dass die Polizei sein Versteck gefunden hatte, arbeitete sein Verstand mit Hochdruck an der Suche nach einem Ausweg. Vielleicht hatte er noch eine Chance.

Ruckartig stand er auf, wobei seine Hände unter die Platte des Schreibtischs glitten. Mit aller Kraft wuchtete er den Tisch hoch und schleuderte ihn den Polizisten entgegen. Seine Muskeln protestierten, selbst das tägliche Krafttraining ließ ihn beinahe vor dem Gewicht des Möbelstücks kapitulieren. Aber eben nur beinahe.

Übergangslos drehte sich Simon um und stürzte zum Fenster. Das Zimmer befand sich im ersten Stock, darunter parkte am Straßenrand sein Mietwagen.

Simon packte mit einer Hand den Fenstergriff, während seine andere in die Tasche seines Jacketts fuhr. Er konnte zwar nicht mehr beobachten, was Thalbach machte, aber er würde auf jeden Fall gewinnen …

63

Etwas stimmte nicht.

Katharina hielt inne, die Brechstange in den Händen. In ihr weigerte sich etwas, das Werkzeug in Aktion treten zu lassen. Dabei konnte sie nicht sagen, was und warum.

»Bist du noch da?«, rief Ulli.

»Natürlich.«

»Hast du etwas gefunden, womit du diese Sardinenbüchse aufmachen kannst?«

»Nein«, log sie nach kurzem Zögern. »Ein bisschen müsst ihr euch noch gedulden, okay?«

»Mach schnell«, bat Ulli. »Arne muss dringend pinkeln. Und wenn ich ehrlich bin, so langsam, aber sicher kriege ich hier drin Platzangst.«

»Ich muss einen Moment nachdenken, ja? Gleich seid ihr frei, versprochen.«

Simon hatte, soweit das in der Kürze der Zeit möglich war, die Aktion sorgfältig geplant. Hatte sie observiert. Hatte in ihrem Leben gegraben, bis er auf Ulli und Arne gestoßen war. Hatte weiter gegraben und sich als Ullis Bruder ausgegeben, um ihn und ihren Sohn in dieses gottverlassene Hotel zu locken.

Und jetzt sollte sie so einfach mit einer Brechstange alles wieder zum Guten wenden können? Mit einer Brechstange, die praktischerweise hier herumgelegen hatte?

Etwas, was Ulli gerade gesagt hatte, schoss ihr durch den Kopf. Simon hatte einen gewaltigen Aufwand betrieben, um Ulli und Arne gerade in dem Aufzug einzusperren. Er hatte sogar eine Autobatterie mitgebracht, um die Tür öffnen und wieder schließen zu können.

Warum gerade der Aufzug? Wenn es Simon nur darum gegangen wäre, Ulli und Arne in seine Gewalt zu bekommen, hätte er die beiden fesseln und in jedem anderen Raum einschließen können. Nein, Simon hatte den Aufzug gewählt. Was hatte er sich dabei gedacht?

Katharina ließ die Brechstange fallen und nahm die Tür des Aufzugs genau in Augenschein. Alt, verstaubt, verkratzt, nichts Ungewöhnliches.

Simon hatte ihr vorgeworfen, sie sei seiner nicht würdig. Aber irgendetwas sagte Katharina, dass er keineswegs das Interesse an ihr verloren hatte – sondern dass er gerade erst angefangen hatte, mit ihr zu spielen.

Unschlüssig trat sie einen Schritt zurück. Was stimmte hier nicht? Wo war der Haken?

Dann entdeckte sie ein in transparentes Plastik gehülltes Kabel, welches, kaum erkennbar, aus dem Spalt zwischen Aufzugtür und Metallrahmen herausführte, straff gespannt unter der Decke hing und in einem winzigen Loch verschwand.

Und neben diesem kleinen Loch waren die Umrisse einer in der Decke eingelassenen Klapptür zu erkennen.

64

Wielert wusste gleich, dass sie den Richtigen vor sich hatten. Der Mann, der mit starrem Blick hinter seinem Notebook saß, sah genauso aus wie auf dem Foto, das Simon ten Brink für seinen Personalausweis hatte anfertigen lassen. Die adrette, blonde Haarpracht war wohl das Werk eines Perückenmachers.

Wielerts und Gassels Reflexe funktionierten – sie wichen zurück, als Simon ihnen den Tisch entgegenschleuderte. Simon verfügte anscheinend über Bärenkräfte.

Das Holzmöbel krachte gegen den Türrahmen und stürzte polternd zu Boden. Hofmann brachte im letzten Moment seine Füße in Sicherheit, sonst hätte er sich einen doppelten Knöchelbruch eingefangen.

Das Ablenkungsmanöver dauerte nur Bruchteile von Sekunden, aber es verschaffte Simon den gewünschten Vorsprung. Als Wielert die Waffe wieder im Anschlag hatte, befand sich Simon bereits mit einem Fuß auf der Fensterbank.

»Bleiben Sie stehen!«, brüllte Wielert.

Simon drehte sich noch nicht einmal zu dem Polizisten um. Entschlossen hielt er sich am Fensterrahmen fest, wuchtete seinen rechten Fuß auf die Fensterbank, schwang auch das zweite Bein hoch und stieß sich ab.

Im gleichen Moment krachte ein Schuss durch den Raum.

65

Katharina setzte die Brechstange an der Klapptür an. Irgendwann einmal hatte es hier einen Haken gegeben, mit dessen Hilfe man die Tür hatte aufziehen können. Doch der war wohl schon vor ewigen Zeiten abgebrochen.

Sobald die Tür aufschwenkte, setzte sich die an die Klappe montierte Zugleiter in Bewegung und rutschte so weit nach unten, dass sie ein normal großer Mann greifen konnte. Katharina benutzte erneut die Brechstange und erwischte endlich die unterste Sprosse.

»Sag mal, was machst du da?«, rief Ulli ungeduldig. »Dekorierst du erst ein wenig um, um uns zu überraschen, wenn wir hier rauskommen?«

»Ulli, bitte, ich will nur sichergehen, dass uns keine Gemeinheit erwartet. Einen Moment noch.«

Katharina konnte nun die Sprossen betreten und in die dunkle Öffnung klettern, die sich in der Decke aufgetan hatte.

Die Luft, die ihr mit jeder Sprosse, die sie emporstieg, entgegenschlug, war noch muffiger als im Rest des Hauses. Etwas Dunkles huschte über die Kante der Luke, Katharina erkannte eine große Spinne, die ihre Chance zur Flucht ergriff.

Trotz der zunehmenden Beklemmung kletterte Katharina weiter. Sie erkannte gar nichts, das spärliche Licht des Hotelflurs reichte nicht bis in den Hohlraum.

Sich mit einer Hand an der Leiter festhaltend, kramte sie mit der anderen ihr Feuerzeug aus der Hosentasche. Mit einem metallischen Klicken ließ sie den Deckel hochschnappen, dann fuhr die Haut ihres Daumens über das geriffelte Schwungrad. Gleich beim ersten Versuch fing der Docht des Zippos Feuer.

Einige Sekunden war Katharina wie geblendet. Als sie sich an die geänderten Sichtverhältnisse gewöhnt hatte, blieb ihr ein Schreckensschrei im Hals stecken.

Sie hatte recht gehabt.

66

Simon flog.

Wie in Zeitlupe, so schien es ihm, schwebte er zu Boden. Er registrierte die Schindeln an der Außenwand des Hauses, die Fugen und die Risse im Mauerwerk. Dumm, dass ihn der Schlag der Kugel den Sprung nicht hatte kontrolliert durchführen lassen. Schmerz verspürte er keinen, eher Glücksgefühle, denn er flog …

Und vielleicht konnte er sich noch drehen, bevor es zum Aufprall kam. Das Spiel war noch nicht verloren – nein, das Spiel war auf keinen Fall verloren.

Der Aufprall war hart. Wie ein Gummiball plumpste sein Körper erst auf eine Motorhaube und von da auf den Asphalt. Simon hörte das Knacken seiner Knochen, dann folgte der Schmerz. Als würden viele kleine Bomben in seinem Innern gezündet, breitete er sich aus, wurde immer präsenter, nahm vollständig von ihm Besitz.

Nein! Noch war er nicht tot, er hatte noch nicht verloren!

Simon versuchte, die Beine anzuziehen, vielleicht konnte er sich ja doch noch in ein Versteck schleppen.

Aber es war ein völlig aussichtsloses Unterfangen, seine Muskeln wollten oder konnten nicht gehorchen.

Unvermittelt musste er husten und ein Schwall Blut schoss über seine Lippen, tiefrotes, fast schon schwarzes Blut.

Herzblut.

Das war schlecht.

Ihm blieb nicht mehr viel Zeit. Zeit, die er sinnvoll nutzen musste.

Er konzentrierte sich auf seinen rechten Arm. Und trotz des Schmerzes huschte ein triumphierendes Grinsen über sein Gesicht. Der Arm lag frei und beweglich auf seiner Hüfte. Mit übermenschlicher Anstrengung ließ er die Hand die Jacketttasche ertasten und hineingleiten.

Und nach endlos scheinenden Sekunden stießen seine Finger auf den Gegenstand, der für ihn den Sieg bedeutete.

67

Wielert rannte an der Spitze seiner Leute die Treppe hinunter, durchquerte den Eingangsbereich mit langen Schritten und warf sich mit seinem ganzen Gewicht gegen die verglaste Schwingtür. Der massive Rahmen der Tür knallte scheppernd gegen den Stopper. Die Glasscheiben zitterten, zerbrachen aber nicht.

»Wo ist der Kerl?«, japste Hofmann.

»Da.« Wielert blieb keuchend stehen und deutete nach vorn.

Simon lag nur wenige Schritte entfernt neben einem Auto auf dem Asphalt. Sein Körper war unnatürlich verdreht, die Verletzungen mussten sehr schwerwiegend sein, falls er überhaupt noch lebte.

»Ich rufe einen Krankenwagen«, sagte Gassel sachlich, zog sein Handy aus der Tasche und ging zurück ins Haus.

»Komm, schauen wir mal, ob noch was zu machen ist«, meinte Wielert tonlos.

»Mach dir keine Vorwürfe«, sagte Hofmann und legte seinem Chef die Hand auf die Schulter. »Du musstest schießen. Der Kerl wäre so oder so gesprungen, und ihn unter Umständen wieder entkommen zu lassen, konnten wir uns nicht leisten. Immerhin hat er Ulli und Arne in seiner Gewalt. Und was er mit Katharina vorhatte – nicht auszudenken!«

Wielert nickte und trat an Simon heran. Die geöffneten Augen starrten glanzlos ins Leere, der Brustkorb bewegte sich nicht. Aus dem Mund lief eine dunkle Blutspur. Der Beamte hat schon zu viele Tote gesehen, um nicht zu wissen, dass hier jede Hilfe zu spät kam.

»Was hält er denn da in der Hand?«, fragte Hofmann, der sich neben Wielert postiert hatte.

»Keine Ahnung«, erklärte der Leiter des KK 11. »Sieht aus wie ein elektronisches Bauteil …«

68

Katharina stürzte die Falltreppe mit zwei halsbrecherischen Schritten herunter. Verdammt, sie musste Hilfe holen. Aber wie? Und wen? Und, vor allem, wie lange hatte sie dafür noch Zeit?

»Katharina, bitte, was machst du denn?«, jammerte Ulli. »Kriegst du die Tür immer noch nicht auf?«

»Nein!«, schrie sie und erschrak selbst über den schrillen Klang ihrer Stimme.

Ulli und Arne schwiegen verdutzt.

»Ulli, bitte, hör zu«, flehte Katharina verzweifelt. »Der Kerl, der euch da eingesperrt hat, ist … ein bisschen durchgedreht. Allein krieg ich euch da nicht raus. Ich hole Hilfe und bin sofort wieder bei euch.«

Von den Sprengsätzen, die an den vier Halteseilen und den Bremsvorrichtungen des Fahrstuhls angebracht waren, wollte sie lieber nichts erzählen. Arne war inzwischen alt genug, um zu verstehen, was das bedeutete. Nicht, dass der Junge durchdrehte.

Wenn Katharina versucht hätte, die Tür mit der Brechstange aufzustemmen, hätte der verborgene Kontakt die Sprengung ausgelöst.

»Na gut, aber beeil dich«, sagte Ulli.

»Bleibt ruhig. Ihr müsst nur noch ein wenig Geduld haben.«

Mit fliegenden Fingern zerrte Katharina ihr Handy aus der Tasche ihrer Jeans und starrte auf das Display.

Natürlich kein Netz.

»Ich muss kurz vor das Hotel, in diesem Schuppen hat das Telefon keinen Empfang. Ich bin sofort zurück.«

Ohne auf eine Antwort zu warten, hastete Katharina die Treppen hinunter.

Doch bevor sie das nächste Stockwerk erreicht hatte, vernahm sie aus der weiterhin geöffneten Deckenklappe ein mechanisches Klicken.

Unmittelbar darauf piepste es.

Einmal.

Zweimal.

Dreimal.

Viermal.

Fünfmal.

Nach dem fünften Piepszeichen flammte aus der Deckenluke ein greller Blitz und ein ohrenbetäubender Lärm zerriss die Stille der Hotelruine.

»Neeein!«, schrie Katharina.

Der Nachhall der Explosion war noch nicht ganz verklungen, als der Fahrstuhl – samt seiner Passagiere – auf dem Betonfundament im Keller aufschlug.

Weitere Krimis von Theo Pointner

Der Dominoeffekt
ISBN 978-3-89425-310-3
»›Der Dominoeffekt‹ ist einfach ein Lesevergnügen, das man sich ganz rasch und schnell zu Gemüte führen kann, spielt es doch in der unscheinbaren Realität zwischen Bochum und dem Niederrhein.« Deutsche Welle

Rosenmunds Tod
ISBN 978-3-89425-268-7
»Die gute Komposition der verschiedenen Handlungsstränge macht das Buch abwechslungsreich und fesselnd. Die Thematik des Buches (Pädophilie) wird nicht reißerisch, sondern fundiert dargestellt.« Krimi-Kurier

Ein Tropfen Blut
ISBN 978-3-89425-246-5
»...hebt sich wohltuend aus der großen Masse deutscher Krimis hervor. Die Charaktere haben Ecken und Kanten.« Wetzlarer Neue Zeitung

... und du bist weg!
ISBN 978-3-89425-231-1
»Mit der Kriminalbeamtin Katharina Thalbach hat der Autor Theo Pointner eine der sympathischsten Heldinnen der deutschen Krimi-Szene entworfen.« Gießener Anzeiger

Rechts-Außen
ISBN 978-3-89425-214-4
»Als Fußball- und Krimifan sollten Sie sich diesen flotten und frechen Krimi nicht entgehen lassen.« Pforzheimer Zeitung

Einer nach dem andern
ISBN 978-3-89425-204-5
»Ein bestialischer Serienmörder treibt sein Unwesen – einziger Anhaltspunkt: Die Opfer sind alle Mitglied einer mysteriösen Sekte. Raffinierter deutscher Krimi von Theo Pointner.« Fernsehwoche

Scheinheilige Samariter
ISBN 978-3-89425-043-0
»Ein hinreißend spannender Krankenhaus-Krimi, in dem der Täter am Ende durch einen Computer-Bastler enttarnt wird, der sich per Datenleitung in den Heim-Computer eine Arztes einschaltet und dort die Beweise für Mord und Drogenhandel findet ...« Radio Ruhrgebiet, WDR 5

Tore, Punkte, Doppelmord
ISBN 978-3-89425-031-7
»Kripo-Kommissar Wielert und sein Kumpan Bach decken 20 Jahre nach Gregorio Canellas' Enthüllungen einen neuerlichen Kicker-Skandal auf, der sich gewaschen hat. ... beachtliches Krimi-Debut« Unicum

»Pegasus«-Krimis von Ard & Junge

Das Ekel von Datteln
1. Band ISBN 978-3-89425-426-1
»Gründlich ausrecherchiert – darum sehr realitätsnah – ist die Szenerie an den Schauplätzen des kriminellen Geschehens.« Ruhr-Nachrichten

Das Ekel schlägt zurück
2. Band ISBN 978-3-89425-010-2
»Tempo, Spannung, der milieusichere Blick in die rauhe Herzlichkeit des Revier-Genossen-Filzes.« Manfred Breuckmann/WDR

Die Waffen des Ekels
3. Band ISBN 978-3-89425-021-8
»Genial springen die Autoren zwischen mehreren Handlungssträngen, spielen mit der deutschen Sprache wie mit Verdachtsmomenten; so entsteht Lesevergnügen vom Feinsten.« SCHNÜSS, Bonn

Meine Niere, deine Niere
4. Band ISBN 978-3-89425-028-7
PEGASUS, das berühmteste Videoteam zwischen Marten, Oespel und Lütgendortmund, deckt kriminellen Organhandel auf.

Der Witwenschüttler
5. Band ISBN 978-3-89425-044-7
Doppelmord in Recklinghausen: Die Opfer sind der Umweltminister von NRW und seine Geliebte. Private Rache oder Terror?

Totes Kreuz
6. Band ISBN 978-3-89425-070-6
Panik in Datteln: Zwei Altenpflegerinnen werden ermordet, ein altes Ekel nervt und Zivi Kalle Mager ruft PEGASUS zu Hilfe.

Straßenfest
7. Band ISBN 978-3-89425-213-7
Punker-Happening beim Straßenfest in einer spießigen Reihenhaussiedlung – es gibt Tote, PEGASUS filmt und Lohkamp ermittelt.

Glatzenschnitt
8. Band ISBN 978-3-89425-257-1
Skinheads vergewaltigen eine Türkin – danach setzt das große Sterben bei Mitgliedern der ›Heimatfront Ruhr‹ ein.

Krimis von Jan Zweyer

Krimis mit Jean-Paul Büsing:

Glänzender Tod ISBN 978-3-89425-263-2
Versicherungsdetektiv Jean-Paul Büsing sucht einen für tot erklärten Kunsthändler und gerät zwischen die Fronten von Kunstmafia und Geheimdiensten.
»Jean Büsing ist ein echter Typ. Und der Krimi? Glänzend.«
Westdeutsche Allgemeine Zeitung

Als der Himmel verschwand ISBN 978-3-89425-313-4
Jean-Paul Büsing soll die entwendete Himmelsscheibe von Nebra ihren rechtmäßigen Eigentümern zurückbringen.

Rainer-Esch-Krimis:

Glück auf, Glück ab ISBN 978-3-89425-212-0
Der Fahrsteiger Klaus Westhoff wird tot aufgefunden. Selbstmord, sagt die Polizei. Klaus' Freunde stoßen auf eine dubiose Investmentfirma.

Alte Genossen ISBN 978-3-89425-221-2
Die lukrative Tour für Taxifahrer Rainer Esch ist die letzte Fahrt von Jürgen Grohlers: Er wird erschossen. Und Esch wird fortan bedroht.

Siebte Sohle, Querschlag West ISBN 978-3-89425-230-4
Mord auf der siebten Sohle! Ein Bergmann wird tot aufgefunden. Schnell findet die Polizei einen Verdächtigen mit Gelegenheit und Motiv.

Tödliches Abseits ISBN 978-3-89425-234-2
Ein toter BVB-Anhänger, ein toter Bayern-Fan, ein toter HSV-Freund: Meuchelt ein fanatischer Schalke-Fan die Anhänger der Konkurrenz?

Georgs Geheimnis ISBN 978-3-89425-242-7
Rentner Pawlitsch will wissen, ob sich Esch im Presserecht auskennt – schon am nächsten Tag hat der Anwalt das Mandat eines Toten.

Tatort Töwerland ISBN 978-3-89425-253-3
Insel Juist, Weihnachten. Spekulanten streiten mit Ökos um einen Golfplatzbau. Rechtsanwalt Esch gerät in einen Interessenkonflikt.

Verkauftes Sterben ISBN 978-3-89425-289-2
Esch glaubt es nicht: Selbst mit den Lebensversicherungen Todkranker werden noch Geschäfte gemacht. Und dann ist sein Mandant tot ...

Lust auf Hellweg-Leichen?

H. P. Karr, Jürgen Kehrer, Herbert Knorr (Hrsg.)
Mord am Hellweg
Kriminalstorys
ISBN 978-3-89425-271-7

»... absolut lesenswert. Mehr oder minder kurze Krimis ... lassen die Region zwischen Soest und Dortmund in einem völlig anderen Licht erscheinen. Da wird munter das Messer gewetzt bzw. der Revolver gezogen.« Emsdettener Volkszeitung
»Autoren von Jürgen Alberts über Jacques Berndorf und Gabriella Wollenhaupt bis Jan Zweyer beschreiben schaurig-schön das Leben und Sterben auf dem mehr oder weniger flachen Land.« Rhein-Zeitung

H. P. Karr, Herbert Knorr (Hrsg.)
Mehr Morde am Hellweg
Kriminalstorys
ISBN 978-3-89425-294-6

»... das Potpourri der Geschichten ist originell, spritzig und spannend und offeriert eine Bestenliste von 20 namhaften Krimi-Autoren.« Ostthüringer Zeitung, OTZ Journal
»Die kurzweilige Lektüre macht in doppelter Hinsicht Appetit: Auf die geschichtsträchtige Landschaft und auf weitere Werke der Verfasser.« Badische Neueste Nachrichten

H. P. Karr, Herbert Knorr (Hrsg.)
Mord am Hellweg III
Kriminalstorys
ISBN 978-3-89425-325-7
Neue Mordgeschichten u. a. von Friedrich Ani, Jacques Berndorf, Oliver Bottini, Anne Chaplet, Sabine Deitmer, Horst Eckert, Doris Gercke, Jürgen Kehrer und Beate Sauer

grafit